7년간의 마법 같은 기적

치매 아빠와
함께
이루어 낸
감동 행복 프로젝트

노신임 지음

밀알속기

BOOKS

치매 걸린 아빠를 우주 최고의 행복한 아빠로 이끈 돈키호테 같은 딸의 이야기.
아주 기발하고 독특한 삶의 편린들을 엮어낸 보석 같은 이야기다.
「Toyo Economy」

아빠를 웃게 하기 위해 딸이 행한 기발하고 놀라운 에피소드들이 펼쳐진다.
개인주의 시대에 가족의 의미를 다시금 생각해보게 하는 책이다.
「르몽드 디플로마티크」

치매 아빠를 우주 최고의 행복한 아빠로 만든 딸의 사랑과 치유의 보고서
「여성조선」

노신임 작가님과 아버님의 유쾌한 삶의 여행은, 몇 번을 읽어도 저에겐 큰 감동으로
다가옵니다. 직접 겪지 않으면 몰랐을 삶의 지혜들을 나누어 주셔서 감사합니다!
「MBC 라디오 '잠깐만' 방송 작가」

저자는 아빠의 상상 속으로 뛰어 들어가 7년간의 마법 같은 여행을 펼친다.
「KNN 뉴스」

상상 속에서 아빠는 대기업 회장님이 되고, 대통령 후보자도 되는 등 아픈 아빠를
지키기 위한 딸의 놀랍고도 유쾌한 프로젝트가 펼쳐진다.
「연합뉴스TV」

치매 아빠를 지켜낸 7년간의 마법! 노하우가 담긴 딸의 이야기!
「NSP통신」

치매 아빠의 '상상의 세계' 공유, VIP·회장님·건물주·귀인 등 밝고 행복한 기억
으로 변화 시켜. 치매 아빠와의 7년... 행복하고 유쾌했다.
「경기신문」

걸작은 세월이 흘러도 아름답게 빛난다.
이 책은 2살인 내 아이가 자랐을 때 선물해주고 싶을 만큼 가치 있는 책이다.
「jdtc1*****」

영화가 아니라 실화라는 게 더욱 놀랍다!　　　　　　　　　　　　「compus*****」

이 책은 단순한 감동 실화가 아니다. 책을 둘러보는 것만으로도 상처가 치유되는 아름다운 책이다.　　　　　　　　　　　　　　　　　「bomira*****」

커피숍에서 읽었는데 눈물, 콧물 짜면서 울다가 갑자기 낄낄거리고 웃다가 어느 순간 나는 미친 사람이 되어있었다.　　　　　　　　　　「papaya*****」

베스트셀러로서 자격이 충분하다. 이런 따뜻한 책은 사랑하는 가족을 둔 모든 이들이 꼭 읽어봤으면 좋겠다.　　　　　　　　　　　　　　「lovestar*****」

자연스럽게 터지는 웃음, 나도 몰래 흐르는 눈물, 무릎을 치는 감탄! 종합감동 세트라 할만하다.　　　　　　　　　　　　　　　　　「enlightment」

시간 가는 줄 모르고 읽다가 마지막엔 눈물이 주르륵 흘러내렸다. 너무나 아름답고 감동적인 책이다.　　　　　　　　　　　　　　　　「obstj*****」

책을 읽는 내내 감탄하며 입을 다물지 못했다. 배꼽 잡고 웃다가 숨을 고르기도 여러 번 했다. 부모를 어떤 마음으로 대하고 사랑해야 하는지 잘 알려주는 훌륭한 지침서이다.　　　　　　　　　　　　　　　　　　　　　　　「과일사랑」

치매 아빠도 기쁘게 해줄 수 있음을 알려주는 책. 저자 역발상으로 행복 바이러스를 뿌리다.　　　　　　　　　　　　　　　　　　　　「난꽃」

'7년간의 마법 같은 기적'을 펼치고 마지막 페이지까지 눈을 뗄 수가 없었다. 뭉클한 감동, 행복, 뿌듯함, 웃음을 연속해서 짓게 만들었고 책을 읽을수록 행복해졌다.　　　　　　　　　　　　　　　　　　　　　「shala*****」

평생토록 잊지 못할 것이다. 그토록 아름다운 기적을.
아빠는 가려던 길을 멈추고, 울고 있던 내게 다가왔다.
그렇게 7년 동안 아빠는 내 곁에 머무르며
내 인생 최고의 시간을 선물해 주었다.

지구인 중에서 '기적'을 경험한 사람이 몇이나 될까? 나는 그 기적을 경험한 사람 중 하나를 알고 있다. 바로 나다. 지금부터 그 엄청난 얘기를 털어놓겠다.

아빠는 중환자실에서 홀로 사투를 벌였다.
"아버님 상태가 매우 심각합니다."
"마음의 준비를 하세요."
병원 측의 얘기들이 나의 심장을 옥죄여왔다. 이렇게 아빠를 잃게 되는 건가? 해준 것보다 못 해준 게 더 많은데, 함께 해야 할 일들이 가득한데, 아빠와 쌓을 추억들이 한참이나 남았는데…….

나와 가족들은 아빠에게 가지 말라고 애원했지만, 아빠의 상태는 점점 더 안 좋아졌다.

그런 아빠를 잠깐 동안 면회하고 돌아오는 길, 붐비는 버스에서 눈물이 뚝뚝 떨어졌다. 아니 폭포수처럼 쏟아졌다. 그냥 자리에 주저앉아 펑펑 울었다. 생명 빛을 잃어가는 아빠에게 아무 도움도 줄 수 없는 내 자신이 원망스러웠다.

나는 호주머니에서 아빠 사진을 꺼내 한참을 쳐다봤다. 사진에서 아빠는 나를 향해 환하게 미소 지으며, 항상 그랬던 것처럼 이렇게 말했다.

"신임아, 아빠 괜찮아. 우리 딸 예쁘게, 예쁘게."

그 순간 깨달았다. 아빠가 내 곁에 있었던 순간이 가장 행복한 시간이었다는 것을, 수많은 성공과 부와 행복만 좇았던 내게 아빠는 그 무엇보다 소중하고 엄청난 보물이었다는 사실을. 그때부터 나는 아빠가 다시 돌아오기를 간절히 바랐다. 미친 듯이 간절하게.

'아빠는 신임이와 가족들 곁을 절대로 떠나지 않을 것이다.'

'아빠에겐 분명히 기적이 일어난다! 아니, 이미 일어나고 있다!'

'나는 아빠를 다시 만날 수 있다.'

그리고 내 손에 들린 아빠 사진을 바라보며 절실하게 얘기했다.

"아빠, 못난 나에게 시간을 더 줘. 기다릴게! 지금은 아닌 거 알지? 우리들 곁으로 다시 와줘."

그렇게 며칠 밤낮을 쉬지 않고 미친 사람처럼 수없이 기도하고 꿈꾸고 바랐다.

아, 정말 간절히 바라면 이루어진다고 했던가? 나의 기도는 놀라운 기적을 일으켰다. 중환자실에서 사경을 헤매던 아빠는 며칠 후 호흡기 없이도 스스로 숨을 쉬기 시작했고, 상태가 급속도로 좋아졌다. 병원 측에서도 있을 수 없는 기적이 일어났다며 놀라워했다.

그로부터 한 달 후, 아빠는 가족들 곁으로 돌아왔다. 그토록 그리워하던 집으로 돌아온 것이다. 아빠는 예전처럼 하품도 하고 코도 풀었다. 예쁜 눈에는 눈곱도 꼈다. 너무도 그리웠던 그 목소리로 "신임아~ 신임아" 하며, 나의 이름을 불렀다. 퇴근 준비 중인 내게 전화를 걸어 "신임아, 왜 이리 안 오냐? 많이 늦냐?" 하고 물으며 귀여운 잔소리도 했다. 그 모든 순간이 꿈만 같았다. 정말 믿기지가 않았다.

그렇게 다시 찾은 아빠와의 솜사탕 같은 첫 휴일을 맞게 된 어느 날, 나는 핼쑥한 아빠의 볼을 살짝 꼬집었다. 아빠는 몇 개 남지 않은 치아를 드러내며 환한 미소를 머금으며 물었다.

"신임아, 왜 꼬집냐?"

나는 아빠의 팔에 팔짱을 꼈다.

"아빠, 이거 꿈 아니지? 지금 내 앞에 있는 사람 우리 아빠 맞지?"

"오냐, 깡패(아빠가 지어 준 내 별명)야. 내가 니 아빠 맞다."

아빠가 내 품으로 돌아왔다. 나에게 소중한 기회가 다시 찾아온 것이다. 나는 아빠가 곁에 계신 이 순간이 안개처럼 사라지기 전에 아빠를 더 많이 사랑하기로 결심했다. 그간 외롭고 쓸쓸하게만 지내 왔던 외톨이 아빠에게 매일매일 엄청난 행복을 선물해 주기로 결심 했다. 언제 또 찾아올지 모를 아빠와의 가슴 아픈 이별 앞에 절대로 후회스러운 일을 만들지 않기로 다짐했다.

이 책은 기적같이 다시 돌아온 아빠와 함께 보낸 7년간의 마법 같은 이야기다. 그 기간 동안 나는 아빠를 '우주 최고의 행복한 아빠' 로 만들기 위해 수많은 작전을 세우고 또 성공시켰다.

아빠를 무진장 괴롭혔던 도사와 담판을 짓기도 했고, 아빠가 어마 어마한 부자인 걸 증명해 주기 위해 007가방에 돈을 잔뜩 담아 전달 하기도 했으며, 최첨단 특수 칩을 아빠 몸에 심기도 했다. 세상에서 가장 따뜻한 경호원들과 팀을 이뤄 아빠를 밀착 경호하기도 했고, 아빠와 합심하여 데이트 폭력의 수렁에 빠진 여자 후배를 구출해 내 기도 했다. 그 외에도 기저귀 패션쇼를 성공리에 치러냈고, 애기똥 특허를 통해 지구를 보호할 수 있는 아이디어도 짜냈다. 아빠와 나 사이에는 영화에서나 있을 법한 일들이 셀 수 없이 펼쳐졌다.

이 책에는 그런 에피소드들이 가득 담겨있다.

내가 책을 쓰게 된 이유는 두 가지다.

첫째, 사실 나는 할머니가 된 후에야 이 책을 쓰려고 계획했었다. 그런데 한 해 한 해 지나갈 때마다 아빠와의 소중한 추억을 조금씩 잊어가는 나를 발견했다. 그때부터 쓰기 시작했다. 아빠와 함께 했던 이 기적 같은 경험들을 잊지 않고 남겨두기 위해서.

둘째, 나의 이야기가 누군가 단 한 명에게라도 아주 작은 희망이 되기를 바라는 마음에서 썼다. 이 지구에 사는 누군가는 분명 나처럼 치매 때문에 힘들어하는 부모를 곁에 두었을 것이기 때문이다. 그들에게 들려주고 싶다. 치매 아빠와 함께 누구보다 행복한 7년을 보낸 나의 이야기들을.

자, 이제 아빠와 나의 추억여행에 독자들을 초대한다. 엉뚱 발랄하면서도 마법 같았던 7년으로의 추억여행, 우리 아빠와 함께 떠나보지 않겠는가? 잠깐, 여행을 떠나기 전에 가급적 안전벨트를 매주시기 바란다. 솔직히 살짝 웃겨서 배꼽을 잡다가 뒤로 넘어가지 않을까 걱정이 되기 때문이다. 자, 그럼 출발해 보자.

내 인생에 마법 같은 기적을 선물해 준 나의 영웅,

나의 아빠 노영현 님께 이 책을 바칩니다.

| 차 례 |

이 책에 쏟아진 찬사들   2

프롤로그   4

1장 아빠, 지켜주지 못해 미안해

아빠에게 치매가 찾아오다   16

아빠와 나   22

강제 입원   28

나쁜 딸   31

이사를 강행하다   37

"신임아, 니 아빠가 숨을 안 쉬어."   41

불고기버거   43

기적   47

2장 아빠, 이젠 내가 함께할게

아빠 천사 증서   54

천사의 언어 해석하기   58

아빠의 혼잣말   62

아빠 행복 프로젝트   66

"아바마마, 둘째 딸 문안 인사 올리옵니다."   70

아빠가 나를 잊기 전에   78

말라깽이가 버려지다   83

3장 아빠에게 안심별, 감동별을 따다 주다

슬픈 기억을 위대한 기억으로 리셋하다　　　　　90
도사와의 한판 승부　　　　　　　　　　　　　97
틀니 끼우기 대작전　　　　　　　　　　　　107
금요일의 파티　　　　　　　　　　　　　　114

4장 아빠 지킴 프로젝트

소변을 마시다　　　　　　　　　　　　　　124
칼 경호원　　　　　　　　　　　　　　　　133
고문서 시크릿　　　　　　　　　　　　　　138
청천벽력! 아빠를 잃어버리다　　　　　　　　146
엄마는 위험인물　　　　　　　　　　　　　157
마이크로 칩 대작전!　　　　　　　　　　　164
"신임아, 누가 날 잡으러 온단다."　　　　　172
세계 최고의 경호팀　　　　　　　　　　　178
"충성! 김장미 장교입니다!"　　　　　　　185

5장 아빠에게 행복별, 기쁨별을 따다 주다

인형 던지기   194
아빠의 기억 속 보물창고(황금열쇠)   200
"내 오토바이를 도둑맞았다. 어쩌면 좋으냐?"   204
호주머니 속 만 원의 기적   212
철학가 고객의 신비한 이야기   223

6장 우주 최고로 행복한 아빠 만들기

팔판동 땅문서를 찾아라!   238
수백 채의 건물주가 된 아빠   245
아빠, 로또 1등에 당첨되다!   256
007가방을 사수하라!   267

7장 따뜻하고 다정한 나의 아빠

다정한 아빠   280
아빠가 고쳐준 불면증   285
물수건을 던져서라도……   290

8장 괜찮아, 괜찮아. 그래도 우리 아빠가 최고야!

소변을 흘리다   300
"변비야, 물러가주겠니?"   309
애기똥 특허   317
똥 파티: 드디어 현실을 마주하다   326
기저귀 패션쇼   337
아빠 목욕시키기 대작전   345

9장 내 별명이 깡패인 이유

데이트 폭력 피해 후배 구출 작전 352

족(足) 같은 년 367

지하철 성희롱 372

10장 나의 영웅 아빠와 추억 쌓기

모든 순간 아빠를 웃겨라 384

"내가 언제 라면을 먹었다고 그러냐?" 391

아빠와의 정산놀이: 아빠의 뇌세포를 깨우다 396

200살까지의 버킷리스트 405

11장 아빠, 다시 떠날 채비를 하다

다시 떠날 채비를 하는 아빠 414

아빠가 떠나다 423

에필로그 444

1장
아빠, 지켜주지 못해 미안해

아빠에게
치매가 찾아오다

어느 날부터 아빠가 이상해지기 시작했다.

집 안을 걷다가 갑자기 멈춰서 정신 나간 사람처럼 허공에 대고 삿대질을 했다. 어떤 날은 옷장과 서랍을 마구 뒤지며 무언가를 열심히 찾기도 했다. 한숨을 쉬고 혼잣말을 하며 흐느껴 울기까지 했다. 뭐가 괴로운지 잠을 못 이루며, 가뜩이나 마른 몸이 뼈가 다 드러날 정도로 야위어졌다.

가족들은 불안했고, 며칠 후 절대 가지 않겠다는 아빠를 겨우 설득해 병원에 모시고 갔다. 병원에서는 아빠가 '치매'라고 진단했다. 아직은 사람을 못 알아볼 정도로 중증은 아니지만, 증상은 점점 심해질 수 있다고 했다.

치매가 찾아온 아빠는 그동안 우리에게 보이지 않았던 낯선 모습들을 보여주었다. 어떤 날은 기억 깊은 곳에 있는 과거로 여행을 다녀오기도 했고, 또 어떤 날은 결코 일어난 적이 없던 상상 속으로 여행을 다녀오기도 했다. 안타까운 건 그 여행의 장르가 기쁨이나 웃음이 아닌, 좌절과 절망과 슬픔, 공포였다는 것이다.

어느 날 아침, 출근 준비를 하던 내게 아빠가 다가왔다. 그리고는 예전에 다쳤던 다리를 뜬금없이 가리키며, 누가 자신의 다리를 이렇게 만들어 놓았는지 아느냐고 물었다. 내가 모른다고 하자, 아무개가 오래전 자신의 다리를 부러뜨렸으며, 그것 때문에 현재 아무 일도 할 수 없게 되었다면서 언성을 높였다.

나는 몹시 당황했지만, 출근 시간도 늦었고 해서 "저기, 아빠……" 하며 조심스럽게 말을 끊었다. 그러나 아빠는 내 말을 더 빨리 끊고 다음 질문으로 넘어갔다. 자신이 지금 몇 년째 놀고 있는지 아느냐는 것이다. 질문의 속도가 어찌나 빠른지 무슨 스피드 퀴즈 하는 것 같았다. 냉큼 답을 하려고 하자, 또 틈을 안 주고 곧장 세 번째 질문에 들어가려고 했다. 이대로 가다간 질문만 받다가 출근도 못 할 게 뻔했다. 그래서 세 번째 질문이 나오려던 찰나, 힘차게 외쳤다.

"정답!"

아빠가 놀란 눈으로 날 쳐다봤다.

"아빠는 지금 노는 게 아니고 정년이 돼서 쉬는 거야! 다음 질문. 어서!"

나는 눈을 동그랗게 뜨고 다음 질문을 기다렸다.

"내가 누구 때문에 이렇게 오래 놀고 있는지 알고 있냐?"

"정답! 혹시 신임이(나)~?"

그러자 아빠는 실망스러운 얼굴로 "아니다."라고 짧게 답한 뒤 방으로 들어갔다.

"휴~"

그제야 나는 겨우 출근을 할 수 있었다.

가뜩이나 말라가는 모습을 지켜보는 것만으로도 가슴 아픈데, 점점 이상하고 괴이한 말들을 쏟아내는 아빠를 보는 건 정말 힘든 일이었다. 늘 인자하기만 했던 아빠가 생전 해본 적 없던 남 탓을 해대며 크게 손짓을 하지 않나, 끊임없이 불만을 쏟아내지 않나, 달라진 아빠의 모습에 가족들은 모두 당황했다.

퇴근 후나 휴일에 집에 있으면 나는 아빠의 질문을 수없이 받아야 했다. 대부분은 고장 난 오디오에서 나오는 음악처럼 무한 반복되는 질문이었다. 처음에는 당황스러움을 감추고 친절하게 대답했지만, 같은 질문이 열 번, 스무 번을 넘어가자 견딜 수가 없었다. 제발 그만 좀 하라고 부탁을 해도 소용없었다. 급기야는 집 안 곳곳, 아빠가 없는 곳으로 도망까지 다녀야 했다.

어느 날이었다. 밤 10시경, 한참 드라마 삼매경에 빠져있을 때였다. 갑자기 아빠가 말을 걸어왔다.

"신임아 내 복권 봤냐?"

수십 번, 아니 수백 번도 더 들었던 질문이었다.

나는 답하지 않았다.

아빠는 또다시 물었다.

역시 답하지 않았다.

아빠는 계속해서 물었다.

이쯤 되자 나의 묵언 수행도 한계에 도달했다. 나는 폭발하고 말았다. 사나운 불독처럼 미간을 찌푸리고 고개를 쳐든 채, 앞니를 툭 드러내며 짜증 섞인 말투로 쏘아붙였다.

"아, 아빠! 왜 자꾸 복권 얘기야? 복권이 있긴 어디 있다고 그래? 나 좀 그만 괴롭혀!"

아빠는 불안한 듯 고개를 흔들었다.

"신임아, 분명히 복권이 있었다. 분명히 복권이 있었단 말이다."

그리고 한참 동안 집 안 이곳저곳 복권을 찾아다녔다. 아빠의 비정상적인 모습에 숨이 막혀 왔다.

그뿐 아니었다. 온순한 양 같았던 아빠는 치매가 찾아온 이후로 괴팍하고 사나운 사자처럼 변해갔다. 그로 인해 가족들은 단 한순간도 긴장을 늦출 수 없었다. 다행히 딸들에게는 공격 성향을 보이지 않았으나, 엄마에게는 달랐다. 치매가 오기 전에는 항상 존댓말만 하는 예의 바른 남편이었으나, 치매가 찾아온 이후엔 엄마만 보면 매서운 눈으로 노려보고, 입도 거칠어졌다. 엄마가 애써 마주치지 않으려 피해 다녀도, 아빠는 끝까지 엄마를 쫓아다니며 괴롭혔다. 자신의 인생을 왜 이렇게 망쳐놓았냐며 울부짖기도 했고, 자신의 물건을 모두 어디에 버린 거냐며 소리치기도 했다. 그러다 분에 못 이기면 가슴팍을 세게 치며 자해까지 했다. 그 강도도 점점 세졌다.

하루는 내가 출근한 사이에 엄마가 경련을 일으켰다. 고혈압이 있던 엄마가 아빠의 집요한 괴롭힘에 참다못해 왼손을 바들바들 떤 것이다. 마치 중풍의 초기 증상 같았다. 그러기를 몇 번 반복하자, 엄마는 아빠를 피해 집 밖으로 도망 다니기 시작했고, 심지어는 하루 종일 밖에 있다가 내가 퇴근을 하면 그제야 집에 들어오기도 했다. 두 분만 집에 두기가 어려운 상황이 된 것이다.

아빠의 말도 안 되는 행동에 화가 난 나는 퇴근하자마자 아빠를 나무랐다.

"도대체 왜 그러는 건데? 엄마를 왜 그리 못살게 굴어? 아빠 때문에 집안 꼴이 이게 뭐냐고! 아, 정말 돌아버리겠어!"

딸에게만큼은 한없이 약해지는 아빠는 고개를 숙인 채 체념한 듯 울부짖었다.

"그래, 내가 죽으면 되겠냐? 그냥 나가서 죽어버리마."

그리고는 방으로 들어가 버렸다.

딸 셋 중 가장 친한 나조차도 아빠에게 막말을 퍼부었으니 많이 괴로웠을 거다. 그 모습에 마음이 아파 달래도 보고, 행복하게 살아보자며 새끼손가락 걸고 약속까지 해봤지만 그때뿐이었다. 내가 출근하면 또다시 엄마를 괴롭혔다. 엄마가 점점 위태로워졌다. 그럴수록 나는 더욱 강력하게 경고했다.

"엄마 그만 건들라고 했지! 집에만 오면 숨이 막혀. 얼른 치매약이나 먹어!"

"신임아, 나 치매 아니다. 약 같은 거 주지 마라."

"아니! 치매 맞아! 얼른 먹어. 치매 환자는 치매약을 먹는 거야. 알았어? 아빠는 특히 중증 치매 환자야. 얼른 먹어!"

아빠는 입을 꾹 다문 채 약을 거부했다. 아빠를 흘겨보며 말했다.

"약 안 먹으면 병원에 입원시켜버릴 거야. 그거 외엔 방법이 없어. 알고 있지?"

아빠는 병원이라는 말이 떨어지기 무섭게 바로 약을 집어삼켰다. 그리고 방에 들어가 한동안 나오지 않았다.

힘든 상황이 거듭될수록 아빠에 대한 원망은 커져만 갔다. 변해 버린 눈빛, 변해 버린 말투, 변해 버린 행동으로 가족들 모두 아빠를 멀리하기 시작했다. 급기야 그 누구도 아빠 얘기를 듣지 않게 되었다. 그저 무시하는 게 최선이었다. 나는 퇴근을 해도 집에 가기가 싫었다. 쉼터가 되어야 할 집이 전쟁터가 되어 버렸기 때문이다. 그렇다고 늦게 들어갈 수도 없었다. 엄마가 아빠와 힘겹게 전투를 벌이고 있을 것이기에.

날이 갈수록 가족들의 고통은 극에 달했고, 더 이상 버틸 수 없음을 알았을 때 우리 가족은 몇 차례의 회의를 통해 결론을 내렸다. 아빠 자신과 가족들을 위해서 아빠를 요양병원에 입원시키기로 한 것이다. 나는 생각했다. 갈수록 상태가 악화되는 아빠를 더 이상 보고 싶지 않다고. 병든 아빠가 눈에 보이지 않으면 괴로운 내 마음도 조금은 편안해질 거라고.

다만 내가 놓친 부분이 하나 있었다. 아빠는 병원을 끔찍이도 싫어했다는 사실이다.

아빠와 나

그렇다면 처음부터 우리 아빠가 이상한 아빠였을까? 천만의 말씀! 우리 아빠로 말할 것 같으면, 이 세상 최고의 아빠였다. 이야기를 더 진행하기 전에, 이 책의 주인공인 아빠와 나를 간단히 소개해야 할 것 같다.

[아빠]

우리 아빠. 이름 노영현. 나이는 61세, 키는 171cm, 작은 얼굴에 야무진 입술, 다리는 길었으며 눈빛도 총명했다. 여덟 남매 중 일곱째로 태어나, 효심도 지극하고 인정도 많았으며, 어릴 때부터 천재라는 말을 들을 정도로 공부도 잘했다. 장남 우선의 집안 분위기 때문에 학업을 계속할 수 없었지만, 누구보다 진취적이고 독립적이었던 아빠는 돈 몇 푼 들고 상경했다. 공부는 계속하지 못하더라도 성공만은 이루겠다는 강한 의지가 있었던 거다.

아빠는 특출한 손재주가 있었다. 세상에서 쓰일 대로 다 쓰여 버려질 위기에 처한 물건도 아빠 손에만 들어가면 기적같이 소생한다. 난 아빠를 '한국의 맥가이버'라고 불렀다. 그러한 놀라운 능력으로 열심히 노력한 끝에, 상경한 지 얼마 안 돼 서울에 집까지 장만했다.

그러나 행복도 잠시, 형편이 어려운 선배가 처자식과 지낼 곳이 마땅치 않다 하자 선배에게 그 집을 몽땅 빌려주었다. 명의까지 전부다. 이 글을 읽는 독자는 여기서부터 뭔가 심상치 않음을 느낄 것이다. 맞다. 그 선배는 아빠 몰래 그 집을 날름 팔아 잡수시고 아주 멀리 도망가 버렸다. 만일 내가 아빠였다면 이를 악물고 그 선배를 끝까지 찾아다녔을 테지만, 아빠는 그러지 않았다. 선배가 집을 홀라당 말아 드신 것도 자신의 부덕함 때문이라며 그냥 놔두셨다. 그 후 엄마를 만나 결혼을 하고, 딸 셋을 거느린 딸부자가 되었다.

딸들은 무럭무럭 자랐고, 먹기도 엄청 먹어댔다. 그로 인해 통장 잔고는 점점 바닥을 보였다. 세상 모든 아빠들이 그렇듯 아빠는 밤잠도 잊은 채 열심히 일했다.

당시 아빠는 오토바이를 타고 다녔는데, 몇 차례 사고를 겪은 뒤로는 몸 상태가 조금씩 안 좋아졌다. 그러던 중 한번은 매우 크게 다친 적이 있었는데, 생활비가 부족해 병원에 가는 대신 끙끙 앓는 것을 택했다. 그러다 어느 정도 통증이 풀리자 절뚝거리는 다리로 또다시 일선에 뛰어들었다. 아빠는 항상 그런 식이었다. 하지만 당신의 뼈아픈 수고를 어린 딸들이 알 리가 없었다.

세월이 흘러 사춘기를 지난 딸들은, 엄마와는 살갑게 지냈지만 아빠와는 멀어졌다. 아빠의 유일한 친구인 티브이 리모컨도 딸들에게 양보한 지 오래다. 그 때문일까? 아빠는 가끔 허전함을 달래고자 막걸리를 집으로 초대했다. 그럴 때마다 엄마와 세 딸은 아빠를 더 멀리했다.

"신임아, 내가 말이야……."

"어휴, 술 냄새. 아빠 또 막걸리 마시는구나."

"아, 인석아! 내가 너 키우느라 말이야……."

"알았어요, 알았어. 만날 술만 먹으면 같은 말만 반복하구."

"……."

딸들의 반응이 시큰둥하면 아빠는 고개를 툭 떨어뜨린다. 그리고는 멋쩍어하며 방으로 들어갔다.

어쩌다 엄마와 아빠가 다툴 때면 세 딸들은 모두 엄마 편을 들었다. 이유는 있다. 엄마는 본인이 왜 속상한지, 아빠에게 어떤 점이 서운한지를 설명했다. 반면에 아빠는 그 어떤 변명도 하지 않았다. 자연히 모든 잘못은 아빠에게로 돌아갔다. 그러면 나는 아빠를 나무라기도 하고, 성격 좀 바꾸라며 건방진 충고도 서슴지 않았다. 아빠는 그저 침묵만 지켰다.

그러나 아빠는 사실 사려가 깊고 이해심이 많은 분이다. 한 번도 반찬 투정을 해본 적이 없다. 딸들에게도 쓴소리를 한 적이 거의 없다. 권위적이지도 않았기에, 딸들이 늦은 시간까지 귀가하지 않아도 큰소리 한 번 치지 않았다. 그저 말없이 기다렸다. 심지어 밤 12시를 넘겨도 잔소리를 하는 대신 "왔냐? 밤길 위험한데……. 어서 씻고 자라." 할 뿐이다. 맘 졸이며 기다리다가 그제야 불안한 마음을 가라앉

히고 잠자리에 드는 것이었다.

아빠는 당신의 삶에 숱한 고민과 힘듦이 짓누르고 있어도 가족들에게 단 한 번도 티를 내지 않았다. 대신 몇 끼의 식사를 거르는 것으로 모든 아픔을 감당해 냈다. 가족들이 아빠의 낯빛이 걱정되어 무슨 일이냐 물어도, 별일 아니라며 가족들을 안심시키고 혼자서 끙끙 앓곤 했다.

[나]

내 이름은 노신임. 아빠의 둘째 딸이다. 어린 시절만큼은 귀엽고 앙증맞던, 그야말로 천사 같은 딸이었다.

그러나 세월이 흐를수록 천사 같던 모습은 사라지고, 가장 말 안 듣는 딸이 되어버렸다. 그래서 그런지 시집가서 잘 살라는 아빠 엄마의 말을 순순히 따랐던 첫째 딸, 막내딸과는 달리 끝까지 시집도 안 가고 버텼다. 거기다 틈만 나면 아빠를 무시하기까지…….

아빠가 한 마디 하면 두 마디, 세 마디로 답했다. 아니, 열 마디는 했을 것이다. 서로 의견이 다를 때면 마치 힙합 가수처럼 빠른 랩을 쏟아내며 내 의견을 피력했다. 아빠는 그런 나에게 "깡패"라는 별명을 지어줬다. 하지만 한 번도 나를 비난하기 위해 그렇게 부른 적은 없다. 다만 거침없고 저돌적인 내 성격을 빗댄 말일 뿐이다. 어쩌면 당신에겐 없는 나의 거친 성격을 오히려 인정해주고 격려해주었던 것 같다.

"깡패야, 흥분하지 말고 천천히 말해봐. 또박또박 상대가 알아듣게 얘기해야지."

그러면 나는 또 왜 얘기를 못 알아듣느냐며 성질을 부렸다. 한마디로 미친 딸이었다.

내가 얼마나 철부지 딸이었는지를 말하자면, 그저 웃음밖에 안 나온다.

우선, 다른 사람들을 대할 때면 그들에게 맞춰주려고 최선을 다한다. 반대 의견이 있어도 꿀 먹은 벙어리처럼 입을 꼭 닫고 고개만 연신 끄덕인다. 속으로는 욕할지언정 겉으로는 환한 미소까지 송송 날려준다. 반대로, 아빠의 말이라면 무조건 안 들으려고 최선을 다한다. 아빠가 뭐라고 말하면 듣는 둥 마는 둥 하고, 뭔가를 물으면 몰라도 된다며 툭 넘겨버린다. 아빠와의 대화에 별 신경을 쓰지 않은 것이다.

한번은 이런 일도 있었다.

그날은 무조건 집에 일찍 들어가야 했다. 그런데 친구가 갑작스레 연락을 해왔다. 3년간 사귄 남자친구가 바람을 피우는 것 같다는 것이었다. 지체 없이 친구와 만나 비상회의를 했다. 오징어가 연상될 만큼 찌그러진 얼굴로 나온 친구는 남자친구가 그간 자신에게 보인 행동들을 털어놨고, 나는 그 행동들을 낱낱이 분석해 주었다. 연애 초기부터 현재까지 두 사람 간 시간 단위별 애정전선 그래프까지 상세히 그려가면서, 마치 국가적 재난이 일어난 것처럼 긴급방안을 모색해 주었다.

나는 친구에게, 그간 남자의 모든 행태를 보았을 때 확실히 다른 여자가 생겼으며, 이미 오래전부터 양다리를 걸친 것이라는 뼈아픈 결론을 내려주었다. 충격을 받은 친구는 믿기지 않는다며 시간 끌 것 없이 바로 현장 확인을 해 보자고 제안을 했고, 나는 곧바로 수락했다.

7년간의 마법 같은 기적

우리 두 사람은 그 어두운 저녁에 선글라스를 끼고 모자를 푹 눌러 쓴 우스꽝스러운 모습으로, 퇴근하는 남자의 뒤를 밟았다. 아니나 다를까 그 남자는 다른 여자를 만나 손을 잡고 어깨동무를 했다. 그걸 목격한 친구는 그 자리에 주저앉아 펑펑 울었다. 마치 세상을 다 잃은 것처럼 너무나 슬프게 울어댔다. 나는 친구에게 심심한 위로의 말을 건넨 후, 집으로 돌아왔다.

그런데 현관문을 연 순간 깜짝 놀랐다. 그날은 나를 낳아준, 세상에 단 하나뿐인 아빠의 생일이었기 때문이다. 소중한 아빠의 생일날 나와는 전혀 상관없는, 친구의 바람난 남친에게 장장 몇 시간을 투자하다니, 나는 정말 정신 나간 딸이었다.

엄마는 사나운 여우처럼 이빨을 드러내면서, 생일 케이크는 어쩌고 이제야 들어왔냐며 고래고래 소리를 질렀다. 반면 아빠는 미소를 지으며 나를 다독였다.

"배고프지? 어여 저녁 먹어라."

그렇게 누구보다 따뜻하고 자상했던 나의 아빠에게 몹쓸 치매가 찾아온 것이다.

강제 입원

　많은 고심 끝에 결국 우리 가족은 하나의 결론에 다다랐다. 아빠를 병원에 입원시키기로 결정한 것이다. 아빠의 동의는 0.000001%도 구하지 않은 채……

　아빠가 요양병원으로 떠나던 날 아침, 날씨는 화창했다.
　엄마는 아빠가 좋아하는 굴비, 계란말이, 콩나물무침, 명란젓 등으로 아침상을 정성스럽게 차렸다. 자리에서 일어난 아빠는 그날따라 화는커녕 자상했던 예전 남편 모습으로 돌아와 있었다.
　기분이 좋았는지 밥 한 그릇을 뚝딱 비우고 엄마에게 다정히 말을 걸었다.
　"여보, 나 배 많이 고파요. 밥 한 그릇 더 줄래요?"
　아무것도 모른 채 마냥 웃고만 있는 아빠를 바라보는 내 마음은 무겁기만 했다. 지금까지 이런 모습이었다면 얼마나 좋았을까?

식사를 마치고 얼마 후 초인종이 울렸다. 이어서 건장한 남자 2명이 집 안으로 들어왔다. 요양병원 관계자들이었다.

남자 1이 가족들을 향해 물었다.

"준비되신 거죠?"

아빠는 놀란 눈빛으로 낯선 남자들을 경계하며 물었다.

"누구세요? 어떻게 오셨어요?"

남자 2가 대답했다.

"어르신, 저희와 어디 좀 가셔야겠습니다."

"어디요?"

그들은 말없이 서로 눈빛을 교환하며 고갯짓을 했다.

아빠가 불안한 기색으로 나를 보았다.

어떻게든 아빠를 안심시켜야 했다.

"아빠, 사실 가족 모두 건강검진을 할까 하는데, 병원에 가자고 하면 아빠가 안 간다고 하니까 직접 모시러 온 거야. 먼저 가 있을래? 우리도 곧 뒤따라갈게."

병원이라는 말에 아빠가 소스라치게 놀라며 대답했다.

"아니. 안 갈란다. 나는 됐으니까 너희들끼리 받고 와. 엄마 모시고 갔다 와라."

그때 두 남자가 아빠의 양옆에 서더니 아빠의 양팔을 꽉 잡으며 말했다.

"어르신, 저희와 가시죠. 가족들도 금방 따라오실 겁니다."

병원 관계자의 갑작스러운 행동에 아빠가 기겁하며 소리를 질렀다.

"아니요. 이거 놓으쇼. 나 안 간다니까요!"

병원에서 아빠를 모시러 온다고 했을 때 어느 정도 예상은 했으나,

생각지도 못한 광경에 나도 당황했다. 아빠는 그들의 손을 뿌리치려 맹렬히 저항했지만, 소용없었다. 저항하면 할수록 더욱 강하게 제압해 올 뿐이었다. 아빠가 그들에게 양쪽으로 포위된 채 어찌할 바를 모르고 있을 때, 나는 아무것도 할 수 없었다.

'이렇게까지 하려던 건 아니었는데…….'

갑자기 혼란스러워졌다. 아빠는 끝까지 그들의 손에서 벗어나려고 안간힘을 썼다. 그러다 힘에 부치자 공포에 질린 표정으로 가족들을 쳐다보았다. 도와달라는 신호였다. 그러나 가족들 누구도 나설 수 없었다. 아빠는 마치 어린아이처럼 힘없이 현관까지 끌려갔다.

"잠깐만요! 신발은 신고 가셔야죠."

내가 할 수 있는 말이 고작 이것이라니…….

곧이어 엄마가 미리 챙겨놓은 아빠의 짐 가방을 들고 따라나섰고, 나 역시 1층으로 부리나케 뛰어 내려갔다. 아빠는 막 앰뷸런스에 몸을 싣고 있었고, 내가 뛰어가 아빠를 부르자 아빠는 나를 향해 뒤돌아서며 다시 한번 물었다.

"신임아, 나 병원 안 가면 안 되냐?"

그때 내 못된 입은 아빠를 안심시키려고 또다시 비열한 거짓말을 했다.

"금방 끝날 거야. 아빠, 진짜 금방 끝나."

"너도 금방 오지?"

"응. 당연하지. 바로 갈게."

아빠는 그 말이 제발 진심이기를 바라는 표정으로 나를 보았다.

그렇게 아빠는 그토록 싫어하던 병원에 입원했다. 그날 아빠가 없는 집안은 조용했다. 그리고 쓸쓸했다.

7년간의 마법 같은 기적

나쁜 딸

아빠를 병원에 입원시킨 날 밤, 나는 걱정이 되었다.

낯선 장소에서 낯선 사람들에 둘러싸여 있을 텐데, 불편해하지 않을까?'

'설마 이 시간까지 우리를 기다리고 있는 건 아니겠지? 가족 모두 건강검진 받으러 간다고 했는데······.'

아빠는 어딘가에 얽매여 있는 걸 무척이나 싫어했다. 특히 병원에 갇혀 있는 것은 죽기보다 싫어했다. 집토끼처럼 유난히 집만 좋아했던 아빠라, 집이 아닌 병원에서의 생활을 어떻게 견뎌낼지 염려만 되었다. 오히려 스트레스로 병세가 악화되는 건 아닐지······.

무엇보다 아빠에게 금방 끝난다고 했던 말이 생각났다. 내 말만은 무슨 일이 있어도 끝까지 믿어주는 아빠였는데, 그런 아빠에게 거짓말을 하다니······.

"금방 끝나."

그 말이 뇌리에서 수없이 되풀이되었다. 가슴이 답답했다.

그렇게 아빠 침대에 앉아 입을 멍하니 벌린 채 천장만 하염없이 바라보고 있는데, 엄마가 지나가다가 내 모습을 보고 화들짝 놀라며 말했다.

"어머 깜짝이야! 니 아빤 줄 알았다. 그러고 입 벌리고 있으니 어쩜 니 아빠랑 그리 똑같니?"

'내가 아빠와 똑같아? 그럼 나도 언젠가 치매에 걸릴 테고, 내 자식들 또한 나를 강제로 입원시킬라나? 그럼 난 어쩌지?'

나는 말도 안 된다며 고개를 흔들었다.

'만일 내 자식들이 나와 한마디 상의도 없이 그런 짓을 한다면 난 부모 자식의 연을 끊을 거다! 어떤 이유에서든 미리 상의는 했어야지!'

그렇게 답하고 나니 마음이 더욱 불편했다. 아빠에게 한없이 미안해졌다.

몇 주 후 아빠를 보러 갔다.

다행히 아빠는 가족들을 보자 원망은커녕 반가워했다. 그 모습을 보니 안심이 되었다. 하지만 그 기쁨도 오래가지 못했다.

"옷 갖고 왔냐? 얼른 퇴원하자."

이번에는 어떤 말로 핑계를 대야 할까? 더 이상 핑계 댈 말이 없었다.

"아빠, 당분간만 여기 있자. 곧 모시러 올게."

아빠의 표정이 굳어졌다.

"그럼……, 언제 퇴원시켜줄 건데?"

"곧."

나는 그 말밖에 할 수 없었다.

아빠의 밝았던 미소는 흔적 없이 사라졌다. 병원 생활이 어떠냐고 이런저런 질문을 해도 눈을 감은 채 아무 대답도 하지 않았다.

그런 식으로 몇 번을 더 찾아갔지만 퇴원은 항상 무산됐고, 그때마다 아빠의 표정은 어두워졌다. 가족들이 면회를 하러 가면 갈수록 아빠는 점점 더 어두워졌다. 무슨 말을 걸어도 간단한 답 외에는 아무 말도 하지 않았다.

한 달 후, 나는 아빠가 걱정되어 혼자 병원을 찾아갔다. 그제야 아빠는 내게 솔직한 심정으로 물었다.

"신임아, 나 영영 여기다 가둘 거지? 그래서 여기로 데려온 거지?"

아빠의 입 주변은 떨고 있었고, 눈가엔 눈물이 맺혀 있었다.

나는 마음이 아파서, 떨어지려는 아빠의 눈물을 손으로 받아 닦아주며 말했다.

"아니야. 그럴 리가 있어? 내가 곧 나가게 해줄 거야."

그리고는 아주 오랜만에 아빠의 이곳저곳을 천천히 그리고 자세히 살펴보았다.

순간 너무 놀랐다. 내 앞에 있는 사람이 아빠가 맞나 싶을 정도로 어색했다. 눈빛은 불안할 정도로 초점이 없었고, 머리는 현실을 부정하듯 자꾸 흔들었다. 지난번 면회 왔을 때보다 더 달라져 있었다.

오늘 본 아빠의 모습은 처량하기 그지없었다. 예전의 잘생긴 울 아빠는 어디 가고, 그냥 폭삭 늙어버린 할아버지 한 분이 앉아 있었다. 병원 로고가 박혀있는 환자복은 몸보다 훨씬 커, 소매를 여러 차례 접어도 남아돌았다. 머리가 허옇게 세고, 슬픈 눈으로 나를 바라보는 이 노인이 정말 내 아빠란 말인가?

너무나 쇠약해진 아빠. 표정은 덤덤했지만, 그 눈에선 눈물이 계속 흘러나왔다. 나는 내 옷 왼쪽 소매로 아빠의 눈물을 닦아주었다.

내 눈에도 눈물이 핑 돌았다.

아빠는 진심으로 애원했다.

"신임아, 나 좀 퇴원시켜 주면 안 되겠냐?"

"응, 그럴게. 퇴원 준비해서 곧 다시 올게."

나는 아빠와 눈을 마주치며 말했다. 아빠는 내 눈빛에 겨우 안심을 했다.

그렇게 얼마간 대화를 나눈 후, 자리에서 일어났다. 아빠는 면회실 출구까지 나를 따라 나왔다.

"들어가. 나 아빠 들어가는 거 보고 갈게."

아빠의 눈가에 아직 눈물이 남아있었다. 이번에는 내 오른쪽 소매로 닦아주었다. 아빠는 콧물까지 흘렸다. 눈물과 콧물을 내 옷 양쪽 소매로 번갈아 닦아주었다.

병실로 돌아가는 아빠. 바지가 엄청 큰 탓인지 걸어가다 멈춰 서서 바지를 수시로 치켜 올렸다. 본인 몸보다 훨씬 큰 바지를 입어서 불편해도 바꿔 달라고 하지 못하는 아빠다. 누군가에게 미안해서다. 그냥 참아내는 게 아빠다. 난 그걸 안다.

'저러다 긴 바지에 걸려 넘어지면 어떡하지?'

그때 아빠가 나를 돌아보며 작은 소리로 외쳤다.

"신임아, 곧 퇴원하는 거지?"

"응, 아빠. 당연하지."

"빨리 와."

"응."

아빠의 모습이 사라진 후, 양쪽 소매를 만져보니 축축했다. 아빠의 간절함이 묻어있는 흔적이었다.

병원을 나오면서 관계자에게 아빠가 입고 있는 환자복이 너무 커서 걸려 넘어질까 걱정된다고 말했다. 병원 관계자는 아빠가 너무 순해서서 체크를 제대로 못했다며 사과했다. 그렇다. 그렇게 순한 아빠다. 그렇게 순한 아빠인데…….

집으로 돌아오는 발걸음이 무거웠다. 그러나 달라진 건 없었다. 아빠에게 미안했던 건 그때뿐이었다. 며칠이 지나자 늘 그랬던 것처럼 친구들과 만나 수다도 떨고, 여행도 갔으며, 맛집도 찾아다니며 자유를 만끽했다. 일도 잘했고, 잠도 잘 잤다. 수개월이 지났지만 달라진 건 없었다. 그 수개월 동안 아빠도 여전히 병원에 있었다. 나는 아빠의 'SOS 요청'을 까맣게 잊어버렸다.

가끔 생각은 났다. 아빠가 퇴원시켜 달라고 애원하던 눈빛이 떠오르긴 했다. 그럼에도 답이 없었다. 마음속에서 외치는 아빠의 요청에 난 늘 한숨으로만 대신했다. 아빠의 아픈 눈물을 봤음에도 말이다. 그 간절함의 흔적이 내 옷소매에 묻어 있음에도 말이다. 나는 솔직히 아빠의 퇴원이 두려웠다. 엄마와 가족들이 평화롭게 지낼 수 있는 지금이 좋았다. 이 고요함이 깨지는 게 두려웠다.

아빠의 눈물과 콧물이 배어있던 나의 티셔츠. 나는 그걸 세탁기에 집어 던져 확확 돌려버렸다. 그렇게 아빠의 눈물은 흔적 없이 사라졌다. 그토록 바라던 퇴원은 당신이 가장 믿었던 둘째 딸에 의해 산산조각 나버렸다.

그렇게 나는 나쁜 딸이었다.

이사를 강행하다

　꽃 피는 봄에 입원했던 아빠는 낙엽이 지는 그해 가을에 퇴원했다. 사실은 그 후로도 입원과 퇴원을 몇 번 반복했다. 처음 얼마간은 편안히 지내는 것 같더니, 시간이 흐르자 또다시 엄마를 괴롭혔기 때문이다. 기분이 좋다가도, 엄마만 보면 소리 지르고 울부짖었다. 다행히 그 다음 해부터는 안정을 찾았고, 엄마를 예전처럼 격렬하게 공격하지는 않았다.

　요양병원에서 퇴원한 후 한 달이 지났다. 아빠는 내게 다가와 당신의 물건들이 어디 있는지 물었다. 나는 오래돼서 버리거나 치웠다고 말해주었다. 그러자 아빠는 창백한 얼굴로 고개를 끄덕이며 방으로 들어가더니, 한참을 나오지 않았다. 궁금해서 방문을 열어보니, 아빠는 눈을 감고 있었고 뺨에는 눈물이 흘러내리고 있었다.
　"아빠, 울어?"
　"……."

"아빠 물건 버려서 그래?"

"……."

몇 번을 물어도 아빠는 대답을 안 했다. 나는 아빠 옆에 잠시 앉아 있다가 문을 닫고 나왔다.

'그래도 이게 낫네. 소리 지르고 삿대질하는 것보단 차라리 낫잖아?'

그날 나는 밤늦게 들어왔다. 아빠는 여전히 누워있었고, 나는 조용히 곁으로 다가가 다정하게 말을 걸었다.

"아빠 치매약 먹었지? 안 먹으면 안 된다."

그래도 아빠는 아무 대답이 없었다. 그저 하염없이 누워만 있었다.

그즈음 우리 집은 이사를 계획했다.

아빠는 반대했다. 지금 이 평수로도 충분한데 왜 이사를 가냐는 것이다. 가족들은 그런 아빠가 이해되지 않았다. 가뜩이나 짐도 많고 답답한데, 왜 저리 고집을 부리는지. 하지만 아빠의 반대는 그리 중요하지 않았다. 우리는 아빠의 반대와는 상관없이 이사를 준비했다. 언제부턴가 아빠의 의견은 무시해도 되는 것으로 여겨졌다. 그저 치매에 걸린 노인이 응석을 부리고 떼를 쓰는 걸로 받아들여졌다. 아빠가 말하는 건 깡그리 짓밟고 업신여겨도 된다. 그렇게 해도 누구 하나 죄책감을 느끼지 않는다. 아빠의 치매는 그렇게 가족 모두에게 면죄부를 주고 말았다.

그러나 아빠에게 있어 이 집은 그렇게 가벼운 존재가 아니었다. 단순히 짐 싸서 떠나면 되는 그런 곳이 아니었다. 아빠는 이 집에 오랫동안 살면서 낡은 곳을 정성스레 수리했고, 부족해 보이는 곳들도 근사하게 바꿔놓았다. 모두가 아빠의 훌륭한 손기술 덕분이었다. 그

　　　　　　　　　　　　　　7년간의 마법 같은 기적

정든 집에서 딸 셋이 아무 탈 없이 건강하게 자라주었고, 엄마도 살림살이 늘리는 재미에 기뻐했다. 아빠는 그 모습에 흥이 나 더욱 열심히 일했다. 그렇게 집 안 곳곳에 아빠의 손때가 묻어있었다. 그런 아빠에게 이사는 정들었던 오랜 친구와 이별하는 것이었다. 집을 떠난다는 것은 그동안 이 집과 쌓았던 행복했던 추억이 송두리째 사라져버리는 절망이었던 것이다.

이사 문제로 골머리를 앓던 즈음, 아빠가 나를 안방으로 불렀다.

"신임아, 이사 안 가게 해주면 안 되냐?"

"제발 이사 가자. 왜 반대만 하는데? 아빠 때문에 모두가 힘들어. 왜 그래?"

"이사 안 갔으면 좋겠다. 신임아, 부탁하마."

계속되는 설득 끝에 나도 아빠도 지쳐갔다.

"너만은 믿었는데, 알았다. 마음대로 해라. 나는 안 간다! 니들끼리 가!"

아무리 설득하고 달래도 고집을 부리는 아빠에게 나는 너무나 화가 난 나머지 독한 말을 퍼부었다.

"아 진짜! 아빠는 정말 나빠! 지금껏 나한테 해준 게 뭐가 있다고, 내가 넓은 집에 가서 산다는데 못 가게 해? 도대체 무슨 자격으로 가족들 행복을 막는 거야? 그동안 우리들 힘들게 했으면 이제는 맞춰줄 줄도 알아야지! 양심이 있어, 없어?"

아빠는 더 이상 할 얘기가 없다며 거실로 나가버렸다. 나는 아빠를 쫓아가 목청 높여 외쳤다.

"가족들 돌아가면서 괴롭히는 게 아빠 취미야? 이제는 엄마에서 나한테로 옮겨온 거야? 다음번엔 또 누굴 괴롭힐지 몹시 궁금해지는걸!"

아빠는 귀가 따가웠는지 귀를 막고, 눈을 감아버렸다.

"아 몰라. 그럼 혼자 살던가. 대신 아빠 보러 절대 안 올 거야!"

하지만 아빠의 고집도 보통이 아니었다. 내가 그렇게 매섭게 퍼부었음에도 절대 이사만은 안 가겠다고 끝까지 거부했다.

결국 나는 아빠에게 해서는 안 될 말을 내뱉었다.

"똑똑히 들어. 나는 아빠 없이는 살 수 있어도 이사 안 가면 못 살아! 알았어? 무조건 이사 갈 거야!"

결국 아빠는 나를 피해 다시 안방으로 들어갔다. 아빠가 할 수 있는 일은 그저 조용히 방문을 닫는 것뿐이었다.

그때는 몰랐다. 아빠에게 내뱉은 그 모진 말들이 앞으로 어떤 부메랑이 되어 돌아올지를.

"신임아,
니 아빠가 숨을 안 쉬어."

결국 우리는 이사를 강행했다.

가족들은 넓고 깨끗해진 집에서 행복해했으나, 아빠만은 새집을 낯설어했다. 나는 갖은 방법을 동원해 웃겨주려고 했지만 아빠는 거의 웃지 않았고, 누구와도 말을 섞지 않았다. 그래도 우리는 크게 신경 쓰지 않았다. 아빠의 삐짐이 이번엔 조금 오래간다고 생각했을 뿐이다. 시간이 지나면 좋아질 거라 믿었다.

그렇게 몇 달이 흘러갔다.

출근하자마자 엄마에게 전화가 걸려 왔다. 다급한 목소리였다.

"신임아, 니 아빠가 숨을 안 쉬어!"

나는 즉시 병원으로 달려갔다.

급성 폐렴이라고 한다. 믿기지 않았다. 기침이나 그 어떤 증세도 보인 적이 없었다. 아빠는 입원 당일 중증 환자로 분리되어 중환자실로 옮겨졌다.

주치의가 가족들을 불러 조심스럽게 말을 꺼냈다.

"아버님 상태가 몹시 좋지 않습니다. 아무래도 마음의 준비를 하시는 게 좋겠습니다."

갑작스러운 의사의 통보에 다리가 후들거렸다. 대체 이게 무슨 말인가? 아빠의 생명 빛이 꺼져간다니, 아빠가 내 곁을 곧 떠날 수도 있다니…….

그 순간 '번쩍'하며 번갯불 같은 것이 내 머릿속에서 튀었다.

'지금껏 내가 아빠에게 무슨 짓을 한 거지?'

요양병원에 갇힌 채 도움을 청했던 아빠의 울부짖음에 나는 귀 기울이지 않았다. 눈물을 흘리며 수십 번, 아니 수백 번 외쳤던 "퇴원 좀 시켜줘."라는 말, 아빠의 그 간절함을 나는 단지 '치매 걸린 노인의 투정'쯤으로 받아들였다. 아빠가 병원에서 처절하게 외로움과 싸우고 있는 동안, 나는 평화롭고 조용한 집안의 분위기를 즐겼다. 이사를 반대할 때는 가시 돋친 말들을 아빠의 가슴에 난사했었다.

그 숱한 죄스러운 행동들이 그 순간 내 가슴으로 되돌아와 깊숙이 박히기 시작했다. 모두 내 잘못인 것만 같았다. 그토록 예뻐했던 당신의 둘째 딸 때문에 아빠가 이 지경까지 오게 된 게 틀림없었다. 아빠를 쓸모없는 치매 노인으로 분류하면서 강제 입원을 시켰고, 반대하던 이사를 강행했으며, 마지막까지 지켜줘야 할 아빠의 자존감을 수시로 짓눌러버렸다. 그렇기에 아빠는 삶을 이어가고 싶은 그 어떤 희망도 꿈도 잃어버렸으리라.

그리하여 오늘에 이르게 된 것이리라.

아빠가 중환자실에 눕게 된 것은 모두 나 때문이리라.

나의 모든 행동들이 한없이 죄스러워졌다. 그저 지금 이 상황들이 현실이 아니길 바랐다. 차라리 꿈이었으면, 하루빨리 이 악몽에서 깨어났으면…….

7년간의 마법 같은 기적

불고기버거

지하철역 앞 맥도날드.

나는 주문대가 훤히 보이는 매장 통유리 바깥쪽에 서서 한참을 울었다. 아니, 통곡이라고 해야 하나, 그곳에서 매장 안을 들여다보며 목 놓아 울었다. 2주째 중환자실에서 생명의 끈을 간신히 붙들고 있는 아빠를 부르며 울고 또 울었다. 연신 흘러나오는 눈물과 콧물을 옷소매로 닦아내며 이 모든 게 제발 꿈이기를 바랐다.

아빠가 중환자실에 입원하기 전이었다. 퇴근 무렵 아빠에게 전화가 왔다.

"신임아, 햄버거 좀 사다 줄 수 있냐?"

아빠는 버거 사랑꾼이었다.

"당연하지. 꼭 사 갈게."

그러나 나는 그날 햄버거를 사 가지 않았다. 지인들과의 저녁 시간이 2차, 3차까지 이어졌기 때문이다.

'에이, 늦었네. 내일 사 가지 뭐.'

다음 날엔 손에 든 짐이 많았다. 솔직히 그리 무거운 것도 아니었지만, 어쨌든 백지장보다 살짝 무거운 햄버거를 또 사 가지 않았다.

그다음 날엔 지하철 밖으로 나오자마자 집에 가는 버스가 출발하려고 부르릉거렸다. 그 녀석을 놓치면 2~3분을 더 기다려야 한다. 그 조금을 기다리기 싫어서, 나는 그날도 햄버거 매장을 패스했다.

"다녀왔습니다."

"깡패(내 별명) 왔는가?"

집에 들어서자 아빠가 환한 미소로 나를 맞았다. 하지만 내 손에 아무것도 들려 있지 않은 것을 보고 표정이 어두워졌다. 그래도 아빠는 포기하지 않고 내 주위에 머물렀다. 혹시 가방에 햄버거가 들어있지 않을까 하는 표정으로 말이다. 아빠는 내가 가방에서 짐을 꺼내는 걸 가만히 보고 있었다. 결국 햄버거가 나오지 않자 아무 말 없이 방으로 들어갔다.

그땐 몰랐다. 나의 그런 행동들이 이토록 날카로운 비수가 되어 가슴을 아리게 할 줄.

아빠가 좋아했던 햄버거! 그걸 사 가는 건 정말로 중요한 일이었다. 지인들과 저녁밥을 적당히 먹더라도 불고기버거를 사 갔어야 했다. 10kg짜리 쌀가마를 머리에 이고 있더라도 어떻게든 맥도날드에 들어갔어야 했다. 떠나려는 버스가 설사 막차였다 하더라도 매장 문을 두드렸어야 했다. 집까지 두세 정거장을 걸어가는 한이 있더라도 말이다.

그땐 왜 그랬을까? 아빠에게 햄버거를 안겨드리는 일이 왜 그렇게 어려웠을까? 그것이 무엇보다 중요한 일이었음을 그때는 왜 몰랐을까? 흘러내리는 눈물은 아무리 닦아도 멈추지 않았다.

반쯤 정신 나간 여자처럼 추한 몰골로 서서 입을 삐죽거리며 서럽게 울고 있는데, 통유리 안쪽에 있는 모자 쓴 알바생이 나를 주시했다. 그리고는 매니저로 보이는 사람에게 뭐라고 속삭였다. 아마도 이렇게 말하는 것 같았다.

"저 여자 실성한 여자 같은데, 어떻게 처리해야 하지 않을까요?"

하지만 그런 건 중요하지 않았다. 나를 미친 여자로 보든, 진상 고객으로 보든, 나에게 뭐라고 비아냥거리든 그런 건 아무렇지도 않았다. 중요한 건 지금 이 순간 아빠가 좋아하는 '불고기버거'를 사드릴 수 없다는 사실이었다.

'만일 이대로 아빠가 내 곁을 떠나버린다면 다시는 햄버거를 주문할 수 없겠지.'

이런 생각을 하자 가슴이 너무 아팠다. 눈은 너무 많이 울어 이미 퉁퉁 부었다. 머리까지 아파왔다. 나는 결심하고 매장 안으로 들어갔다. 어쩌면 마지막일지도 모르는 아빠의 햄버거를 주문하기 위해서.

주문대 맨 뒤에 섰다. 내 앞에 다섯 명 정도가 있었다. 다리가 후들거렸다. 흘러나오는 눈물과 콧물을 계속 닦으며 기다리고 있는데, 주위 사람들의 시선이 내게 쏠렸다. 내 차례가 됐다. 간신히 눈물을 닦고 콧물을 들이키며 코맹맹이 소리로 말했다.

"저기……, 불고…… 버거 주시겠……? 흐흑……."

참던 눈물이 또 터졌다. 아빠가 중환자실에 입원한 후 2주 동안 성발 하고 싶었던 말, '불고기버거 주세요.' 아, 얼마나 하고 싶었던 말인지…….

"손님, 뭐라고요? 다시 한번 말씀해 주시겠어요?"

조금 전 유리 너머로 알바생과 함께 나를 한심하게 쳐다봤던 매니저가 알바생을 뒤로 밀치더니 나에게 물었다. (진상 고객은 자기 손으로 해결하겠다는 결연한 의지로 보였다.)

나는 심호흡을 한 뒤 천천히 말했다.

"흐흑, 불고기 버어거 한 개 주세요."

나는 어렵게 주문한 불고기버거를 가슴에 품고 아빠가 있는 병원으로 향했다.

기적

내 앞에 아빠가 있다. 호흡기를 낀 채 잠이 든 아빠는 오전보다 상태가 더 악화돼 보인다. 어쩌면 마지막이 될지도 모를 면회 시간, 짧게나마 아빠를 볼 수 있는 지금 이 순간이 더없이 소중하다.

"오늘 밤이 고비입니다. 마음의 준비를 하세요."라는 의사의 말이 뇌리를 떠나지 않았다. 하루 종일 울어 금붕어처럼 부은 눈에선 다시 눈물이 터져 나왔다. 아빠의 얼굴을 자세히 보려고 가까이 다가가도 눈물이 시야를 가려 제대로 볼 수 없었다. 그럴수록 퉁퉁 부은 눈을 마구 비비며 더 크게 치켜떴다. 아빠의 얼굴을 잊지 않기 위해서. 아, 차라리 내 눈에 사진기가 달려있다면 얼마나 좋았을까? 의사의 말처럼 오늘이 아빠와의 마지막 시간이라면, 내 눈으로 이 순간을 찰칵찰칵 찍어두고, 보고 싶을 때마다 꺼내 볼 수 있을 텐데.

앙상한 아빠의 손을 보았다. 가느다랗고 긴 아빠의 손, 어릴 때 아빠는 내게 자주 말했었다.

"신임이 너는 손가락마저도 나랑 똑같다. 알고 있냐? 허허허."

그 소중한 손을 내 볼에 갖다 댔다. 내 손길을 느낀 아빠가 힘겹게 눈을 떴다. 그리곤 애처로운 눈빛으로 나를 보았다.

아빠에게 좀 더 가까이 다가가 천천히 또박또박 인사를 건넸다.

"아빠, 신임이 왔다."

아빠는 힘없이 고개를 끄덕였다.

"내가 뭐 사 왔게? 우리 아빠가 좋아하는 햄버거 사 왔지롱."

그리곤 가슴에 품었던 햄버거를 꺼내 보였다.

아빠는 눈꺼풀을 힘겹게 깜빡이며 누런 봉투에 들어 있는 햄버거를 보았다.

"아빠 점점 좋아지고 있다니까, 곧 일어나면 이 햄버거 같이 먹자. 알았지?"

아빠는 희미하게 고개를 끄덕였다. 그리고 부어있던 내 눈을 향해 느릿느릿 손을 뻗었다. 내 눈이 경기를 막 끝낸 권투선수같이 퉁퉁 부어있어서 걱정된다는 손짓이었다.

"아빠, 내 눈 금붕어 같지? 그래도 예쁘지? 히히. 의사 선생님이 아빠 엄청 빨리 좋아지고 있다고 해서 기뻐서 막 울었거든."

나는 의사가 말해준 것과는 정반대로 마지막 인사를 하기로 했다. '그동안 고마웠어.' '좋은 곳에 가세요.' 따위의 말은 절대로 하지 않겠다, 무조건 희망의 말만 전해드리자, 진정 지금 이 순간이 아빠와의 마지막 만남일지라도 아빠를 편하게 보내드리자, 그리고 아빠가 제일 싫어하는 병원과 최대한 빨리 작별시켜드리자……, 그렇게 마음먹고 계속 말을 이어가려던 찰나 지나가던 간호사가 나를 향해 외쳤다.

"보호자분, 중환자실 음식물 반입 안 됩니다. 어서 갖고 나가주세요."

　　　　　　　　　　7년간의 마법 같은 기적

나는 너무 놀라 대답했다.

"네? 저, 저기 먹으려고 한 게 아니라요, 아빠가 좋아하는 거라 잠깐만 보여주려고……."

"안 됩니다. 어서 갖고 나가주세요."

결국 나는 그 중요한 순간에 중환자실에서 쫓겨나고 말았다.

잠시 후 간호사의 허락으로 겨우 다시 들어갈 수 있었다. 그리고 아직 못다 한, 어쩌면 마지막일지도 모를 아빠와의 인사를 계속 이어갔다.

"아빠, 지금 회복 속도가 엄청나게 빨라서 내일이면 퇴원할 것 같다는데? 그래서 나 지금부터 퇴원 준비할라고. 아빠 좀 더 힘내보자. 알았지?"

아빠는 옅은 미소를 띠며 고개를 끄덕였다. 잠시 후 아빠 볼에 내 볼을 갖다 대고 비볐다. 아빠의 희미한 숨소리가 들렸다.

'아빠의 가녀린 이 숨소리, 이걸 듣는 것도 마지막일까?'

애써 마음 아픈 기색을 감추며, 아빠 이마에 내 이마를 갖다 대고 말했다.

"고마워. 아빠가 자랑스러워. 나는 아빠 딸이라서 엄청 행복하다. 퇴원하면 좋은 곳에 많이 가자."

나는 남은 면회 시간을 온통 희망의 말들로 채웠다. 그러자 불안해하던 아빠 눈빛이 이내 평온해졌다.

"아빠, 내일 퇴원이니까 잘 자고, 무슨 일 있으면 나 불러. 신임이는 아빠 있는 여기 벽 바로 뒤에 있을 거니까, 알았지?"

아빠는 "응, 깡패야."라고 대답하듯 고개를 끄덕였다.

나는 아빠의 이마에 입맞춤을 하고 중환자실을 나왔다. 그리고

두 손을 꼭 쥔 채 기도했다.

'부디 아빠를 내일도 만날 수 있도록 기적을 베풀어 주세요.'

'그간 아빠에게 잘해주지 못했던 저의 불효를 만회할 기회를 주세요.'

'정 아빠를 데려가시려거든 한 달 아니 일주일만이라도 같이 있게 해주세요.'

그렇게 숱한 바람들을 신께 간절히 구하고 또 구했다.

얼마나 지났을까? 나도 모르게 잠이 들었나 보다. 눈을 떠보니 중환자 가족 대기실이었다. 날이 훤했다. 날이 이토록 밝았음에도 가족들이 날 깨우지 않았다는 것은 아빠가 여전히 살아계신다는 뜻이리라.

즉시 아빠에게 달려갔다. 예상대로 아빠는 살아계셨다.

감격의 눈물이 흘렀다. 신께서 내 기도를 들어주셨다! 나는 눈물을 머금고, 면목 없지만 신께 계속해서 기도를 드렸다.

그리고 한 달 뒤, 아빠는 자리를 훌훌 털고 일어나 퇴원했다. 가족의 품으로 돌아온 것이다. 의사도 기적에 가까운 일이라고 했다.

그토록 바라던 대로 아빠가 내 곁으로 다시 오다니, 절망이었던 내 삶에 그야말로 엄청난 기적이 찾아온 것이다.

2장
아빠, 이젠 내가 함께할게

아빠 천사 증서

꿈을 꿨다.

미소를 머금은 푸근하고 선한 모습의 자상한 어른이 나를 손바닥 위에 올려놓고, 검지손가락으로 내 머리를 쓰다듬었다. 그는 거인이 었고, 나는 5cm 크기의 작은 소인이 되어있었다.

오른쪽을 보자 청명한 하늘이 펼쳐졌다. 사파이어같이 파아란 빛 이 온 하늘을 가득 채웠고, 둥둥 떠 있는 새하얀 구름은 맑은 빛을 받 아 반짝이기까지 했다. 지상에 있는 어떠한 물감으로도 그처럼 아름 다운 채색은 하지 못할 것이다.

'이곳은 어디지? 천국인가?'

나는 가슴 벅차도록 찬란한 광경을 한동안 넋을 잃고 바라보았다.

고개를 돌리니 아빠가 있었다. 폭신폭신한 구름 위 넓은 평상에 앉 아 누군가와 장기를 두면서 웃고 있었는데, 그 모습이 세상에 없는 행복한 모습이었다. 아빠 얼굴에선 눈부신 빛까지 흘러나왔다.

들뜬 마음에 "아빠" 하고 불렀다. 아빠는 반응이 없었다. 내 목소리

　　　　　　　　　　　　　　　　　7년간의 마법 같은 기적

가 안 들리는 것 같았다.

그때 거인이 검지 손톱으로 내 어깨를 살짝 건드리며 물었다.

"네 아빠 얼굴색이 좋구나. 다시 돌려주면 어떻게 할 계획이냐?"

"무조건 잘해 드릴 거예요. 제 목숨 걸고요. 약속드려요!"

"좋다. 어디 얼마나 잘하는지 지켜보마."

나는 잠시 망설인 뒤 거인에게 되물었다.

"근데 저희 아빠한테서 치매만 좀 가져가 주시면 안 될까요? 치매 쟤만 없으면 우리 아빠 진짜 건강 체질이거든요. 그럼 제가 더 잘할 수 있을 거 같아서요."

내 말이 떨어지기 무섭게 거인은 아빠와 구름 그리고 장기판과 함께 흔적도 없이 사라졌다. 천국같이 아름답던 주변도 금세 짙은 회색으로 변했다. 갑자기 천둥번개가 치고, 까마귀 수백 마리가 내 주위를 감싸며 울어댔다.

나는 너무 무서워 "아빠!" 하며 목이 터져라 외쳤지만, 주위엔 아무도 없었다. 곧이어 주변이 깜깜해지고 아무것도 보이지 않았다. 나는 등골이 오싹해 더욱 크게 소리를 지르며 울기 시작했다.

"아빠! 아빠! 내가 잘못했어. 제발 다시 와줘."

수없이 아빠를 애타게 불렀지만 아빠는 그 어디에도 없었다. 나는 너무 괴로워 고개를 세차게 흔들었다. 바로 그때 눈이 떠졌다. 꿈이었다.

아, 아빠!

나는 미친 듯이 안방으로 달려갔다. 손을 뻗어 이불에 덥힌 바짝 마른 아빠의 다리를 잡았다. 아, 다행이다. 아빠가 곁에 있구나. 아빠는 곤히 잠을 자고 있었다.

아빠 퇴원 후 일주일 만에 꿨던 꿈이다. 꿈에서 깬 뒤엔 잠을 이루지 못했다. 꿨던 꿈이 너무 강렬했기 때문이다. 그 강렬함은 뭔가를 암시하는 것 같았다. 그다음 날도, 또 그다음 날도 그 꿈은 머릿속을 떠나지 않았다. 그때 내 머릿속에 번개같이 스치는 생각이 있었다.

'혹시 아빠는 천사가 아닐까?'

그래, 아빠는 가려던 길을 멈추고 천사의 모습으로 내 곁에 다시 돌아온 거다. 꿈이 그걸 말해주고 있다. 아빠는 구름 위에 앉아있었고, 거인 곁에서 평온한 모습이었다. 주위는 눈부시게 아름다웠다. 천국임이 틀림없었다. 그러니까, 아빠는 천국에서 지상으로 돌아온 천사다!

그런 생각을 하자, 갑자기 심장이 미친 듯이 뛰기 시작했다. 하지만 누가 믿겠는가? 이 신비로운 경험을. 다들 꿈일 뿐이라고 말하겠지? 아니, 발설하는 순간 아빠는 사라질지도 모른다. 꿈에서처럼 말이다. 나는 무슨 일이 있어도 아빠를 지켜야 했다. 그래서 괜히 떠들어대지 말고 조용히 있기로 했다.

그때부터 고민하기 시작했다. 이 신비스러운 꿈을 평생 기억할 방법이 없을까? 시간이 흐르면 꿈의 내용뿐 아니라 꿈꾼 것 자체도 잊어버릴 거고, 아빠의 소중함을 망각한 채 또다시 못되게 굴면, 거인이 아빠를 데려갔듯이 신께서 아빠를 데려갈지도 모른다. 어떻게 하면 계속 기억할 수 있을까? 어떻게 하면 아빠가 천사라는 걸 잊지 않을까?

며칠에 며칠을 고민하다가 방법을 찾아냈다. '증서'를 만드는 것이다. 이름하여, '아빠 천사 증서.'

먼저, 예쁜 천사 사진을 구한 후, 아빠의 잘생긴 얼굴과 천사의 몸통 부분을 어색하지 않게 하나로 합체시켰다. 며칠 동안 끙끙대며 이 작업을 했다. 드디어 아빠 천사 증서가 만들어졌다.

사진 속 아빠는 인간 천사가 되어 예쁜 날개를 달고 환하게 웃고 있었다. 아빠 천사 증서는 나만 볼 수 있게 사무실 서랍에 넣어두었다. 혹시나 다른 이가 보게 되면 비밀이 누설되어 아빠를 잃게 될까 봐 무서웠다. 그래서 가족들에게도 알리지 않고, 나 혼자만의 비밀로 간직해두었다.

나는 일하면서 수시로 아빠 천사 증서를 꺼내보았다. 그리고 몇 가지 문구도 적어놓았다. 절대 잊어버리지 않기 위해서.

1. 아빠가 하늘에서 여행 온 천사라는 걸 단 한순간도 잊지 말자.
2. 아빠의 여행 시간이 얼마 남았는지는 모르겠으나, 무조건 아름다운 시간으로 만들어주자.
3. 설사 아빠의 치매가 심해져 나를 엄청나게 힘들게 해도 아빠를 굳게 지키자.

그렇다. 나에게 돌아온 아빠는 하늘에서 온 천사가 분명했다. 그렇게 나는 천사의 신분으로 지상에 내려온 아빠 천사와 함께 살게 됐다.

천사의 언어
해석하기

아빠가 천사라는 걸 눈치챈 이후 아빠와 보내는 시간은 무척 특별해졌다. 퇴원 후에는 거의 침대에만 누워있었지만, 그래도 아빠가 존재하는 것 자체만으로 감사했다. 이제부터 내가 할 일은 천사로 돌아온 아빠를 최대한 행복하게 해주는 거다. 자, 무엇부터 시작할까?

우선 아빠에 대해 잘 알아야 했다. 부끄러운 얘기지만, 나는 아빠에 대해 잘 알지 못했다. 아빠가 내 아빠라는 것 외에는 아빠에 대해 아는 게 없었다. 생각하면 할수록 아빠에 대해 무지한 나 자신을 발견했다. 결국 "나는 정녕 아빠의 딸이 맞는가?"라는 존재론적 질문까지 하게 되는 지경에 이르렀다. 아니 어떻게 30년을 넘게 살면서 아빠의 고향 주소가 정확히 어디인지, 어떨 때 행복한지, 제일 싫어하는 게 무엇이며, 좋아하는 게 무엇인지 모를 수 있단 말인가?

아! 취미 정도는 조심스럽게 추측해 볼 수 있겠다. 아빠가 가장 자주 했던 건 '방 안에서 혼자 멍 때리기'였다. 식구들과도 거의 대화가 없었고, 항상 안방 침대에 고독히 앉아 무언가를 골똘히 생각만 했다. 그런 이유로 봤을 때, 많이 외로운 사람이라는 건 확실했다. 어떻게 하면 도울 수 있을까? 어떻게 하면 아빠 삶의 장르를 외로움, 절망, 아픔에서 행복, 기쁨, 판타지, 무한한 축복으로 바꿔줄 수 있을까?

며칠을 고민하다가 한 가지 방법을 찾았다. 바로 '대화'다. 그날부터 가급적 많은 시간을 대화하는 데 쓰기로 했다. 대화를 하다 보면 아빠 속에 쌓여있던 앙금이 조금이나마 풀리지 않을까 싶어서다. 퇴근을 하면 무조건 아빠 옆에 앉아서 말을 걸었다.

그런데 문제가 발생했다. 단답형일 때는 곧잘 알아들었던 아빠의 말들이 긴 문장들로 이어지자 도저히 알아들을 수 없게 된 것이다. 목소리에도 힘이 없거니와, 치아가 몇 개 남아있지 않은 터라 발음이 많이 샜다. 분명 한국어였고, 서울말이었지만 못 알아듣는 말들이 더 많았다.

어떻게 하면 알아들을 수 있을까? 고민에 고민을 거듭하던 나는 '마음으로' 받아들이기로 했다. 눈을 감고 명상하듯이 '마음으로' 들어보기로 했다.

'그래. 아빠의 발음이 엄청 샌다. 그러니 소리로만 해석하려 하지 말자. 아빠의 말은 아빠 내면의 소리이니, 도를 닦는 마음으로 눈을 감고 하나하나 귀담아들어 보자. 그러면 분명 들릴 것이다.'

그렇게 나는 며칠간 눈을 감고 차분히 들어보려 시도했다. 그러자 이게 웬걸, 놀라운 사실이 드러났다. 눈을 뜨고 들을 때보다 더 못 알아듣겠다는 것이다! 오히려 눈을 감으니 답답하기만 했다.

그렇다고 "아빠! 다시 얘기해줄래? 발음이 엄청 새거든."이라고 말할 수도 없는 노릇이었다.

하는 수 없이 아빠의 얘기들을 거의 알아듣는 척하며 어렵게 대화를 이어갔다.

예를 들어, 아빠가 "~냐? ~거야? ~이지?" 등 의문으로 물어 오면, 잇몸이 죄다 보일 정도로 환하게 웃으며, "아, 그거는, 내 생각엔 말이야……. 하하하! 근데 아빠는 어떻게 생각하는데?"라고 다시 묻거나, 전혀 무슨 말인지 못 알아들을 때는 갑자기 씨익 웃으며 "근데 아빠는 왜 그리 잘생겼어?"라는 식으로 화제를 바꿔버렸다. 그러면 신기하게도 아빠는 자신이 방금했던 질문을 까먹고, "내가 뭘 잘생기냐? 허허, 녀석." 하고 대답했다. 다행이었다.

그 외에도 아빠의 말끝이 "~했어. ~잖아. ~거든." 등 못 알아듣는 말들로 끝날 때는, "아, 정말? 맞지. 그랬구나, 그렇지. 어머머. 웬일이니! 잘 됐다!" 하고 맞장구를 쳐주었다. 그러다 가끔은 맞장구를 반대로 쳐서 아빠가 성을 낼 때도 있었다. "뭐가 잘 됐어 이놈아! 그걸 니 엄마가 전부 팔아먹었는데, 그게 왜 잘 됐냐? 너 나가라." 그럼 나는 "아빠 말이 맞아. 엄마 나쁘네. 구치 구치." 하고 편을 들어주었다. 그러면 아빠는 조금씩 풀어졌다.

그때 깨달았다. 얘기에 호응해 줄 때는 일정한 법칙이 있다는 것을.

긍정적인 얘기들에 대한 반응은 크게 다르지 않다. 그러나 부정적인 얘기들에 대한 반응은 좀 달라야 한다. 예를 들어, 뭐가 없어졌다거나 누가 아빠를 때렸다거나 할 때, "아빠 아니야. 그런 일 없었어. 왜 자꾸 그런 생각을 해?"라고 하면 안 된다. 왜냐하면 아빠의 상상 속에는 실제로 있었던 일들이기 때문이다. 내가 아무리 아니라고 부정해도 소용이 없다.

그보다는 이렇게 하는 것이 효과적이었다.

뭐가 없어졌다고 할 때,
"아, 그게 없어졌단 말이지? 내가 해결할게. 신임이가 수단과 방법을 가리지 않고 반드시 찾아올 거야. 걱정 마!"

누가 아빠를 때렸다고 할 때,
"그 자식이 아빠를 한 대 때렸으면 나는 그 자식 100대 때려줄 거야. 말리지 마! 가만 안 둬! 나 막지 마!"
이처럼 내가 아빠보다 더 흥분하면, 아빠는 십 년 묵은 체증이 내려간 것처럼 시원해했다. 아빠 가슴속의 한들이 조금이나마 해소되었나 보다.

그렇게 4개월이 지났다. 제법 귀가 뚫려서, 처음엔 알아들을 수 없었던 아빠의 말들이 어느 정도 들렸다. 아빠와의 대화를 슬슬 즐기기 시작했다. 엄청난 수확이었다.
하지만 그때까지도 알아들을 수 없는 말들이 있었으니, 바로 아빠의 혼잣말이다. 눈을 보고 나누는 대화는 알아들었지만, 허공을 보며 홀로 되뇌는 말들은 정말이지 알아들을 수가 없었다. 일단 목소리가 작다. 아예 들리지가 않는다. 욕심이 생겼다. 알아듣기 힘든 아빠의 말들을 알아내고 싶었다. 혼잣말을 제대로 이해한다면 아빠를 더 행복하게 해줄 수 있지 않을까?
그때부터 나는 아빠의 말 중 50%를 차지하는 혼잣말을 해독하기 위해 또 다른 방법을 찾기 시작했다.

아빠의 혼잣말

아빠의 혼잣말에는 분명 뭔가가 있다. 치매가 온 이후 부쩍 많아진 것도 그렇고, 혼잣말을 하면서 심각해지는 표정을 봐도 그렇다. 그 안에 설움과 한이 가득 담겨 있는 게 틀림없다. 그렇다면 혼잣말만 잘 해석해도 아빠를 슬픔에서 구해낼 수 있지 않을까? 근데 저 못 알아듣는 혼잣말을 어떻게 해석하지? 암호 같기도 하고, 우주 용어 같기도 한데 말이다.

아! 녹음하여 기록해보는 거다.

참고로 내 직업을 소개하자면, 나는 속기사무소를 10년 넘게 운영하고 있는 전문 속기사다. 주로 하는 업무 중 하나가 녹음된 내용을 기록하는 것이다.

오랜 시간 이 일을 하면서 불변의 진리라고 느낀 것이 하나 있는데, 그것은 녹음과 기록을 통해 상대방의 마음을 좀 더 자세히 알 수 있게 된다는 사실이다. 우선, 누군가의 목소리가 녹음되면 그 녹음 원본에는 그 개인의 생각과 감정들이 그대로 담겨진다.

7년간의 마법 같은 기적

그리고 녹음 내용을 하나하나 글로 옮겨 적다 보면 신기한 일이 벌어진다. 단순히 들었을 때는 파악되지 않았던 세세한 그들의 감정이 하얀 종이 위에서는 그대로 드러나는 것이다. 실제 만남의 장소나 회의 석상에서 상대의 말을 듣기만 할 때는 그들의 속마음을 50~60% 이해한다면, 그 상대의 말을 녹음해 문자화시킨 기록에서는 90% 이상 이해하게 된다. (물론 이것은 내 생각이다.)

같은 이유로 아빠의 말들을 녹음했다. 그리고 그 내용을 가급적 빠짐없이 세세하게 기록했다. 아빠를 완전히 이해하기 위해, 즉 아빠의 생각들, 걱정, 불안, 초조한 감정들뿐 아니라 기쁨, 행복, 기대, 바람 등 아빠의 모든 감정 상태를 파악하기 위해서다. 그렇게 아빠의 목소리를 하나하나 녹음하고 기록해 나가면서 확실히 알게 되었다. 그간 듣기만 하고 흘려보낸 아빠의 말들이 얼마나 많은지 그리고 그것들이 얼마나 중요한 말들인지 말이다.

아빠의 녹음 파일에는 내가 생각한 것 이상의 슬픔, 고독, 아픔 등이 녹아있었다. 특히 아빠가 혼자 있거나 침울할 때 흐릿한 발음으로 홀로 속삭였던 가슴속 깊은 얘기들은 내 가슴을 더욱 아프게 했다. 그리고 알았다. 그동안 내가 얼마나 무심한 딸이었는지, 그 숱한 시간 동안 아빠를 어떻게 대해왔는지 말이다. 치매 걸린 노인이 한 말이라고 수없이 무시해왔던 말들, 단 한 번도 제대로 들으려 하지 않았던 아빠의 울부짖음, 그 모든 것들이 그물에 잡힌 고기들처럼 녹음 파일이라는 수족관에 담겨졌다. 나는 그것들을 하나씩 꺼내어 누구보다 열심히 기록했다.

역시 예상한 대로였다. 아빠의 말들을 기록한 글에는 아빠의 감정들이 100% 고스란히 실려 있었다. 괴로움, 수치심, 절망감, 간절함, 지난 일에 대한 후회, 앞으로 하고 싶은 것, 바람 등등. 그러다 내가 미처 몰랐던 아빠의 어마어마한 가슴 아픈 얘기까지 알게 되었다. 사무실에서 그 녹음 내용을 기록하다가 가슴이 저미어 몇 번이고 기록을 중단하며 울고 또 울었다. 흐릿한 발음으로 녹음되었던 아빠의 독백을 수십 번 들으며 글자 하나하나 옮겨 적을 때, 그간 당신 딸이 "제발 도와 달라."는 당신의 호소를 어떻게 짓밟았는지, 그제야 자세히 알게 되었다.

다음은 아빠의 혼잣말을 요약하여 정리한 것이다.

[아빠의 혼잣말]

나는 누구보다 가족들을 믿었다. 특히 다시는 병원에 입원시킬 일은 없을 거라는 든든한 둘째 딸 신임이의 말을 믿었다. 그런데 어느 날 나는 또 병원에 갇히게 되었다. 그곳은 감옥 같았다. 나는 분명히 제정신이 맞는데, 왜 그곳에 감금되었을까?

병원에 있는 누구와도 말을 섞지 않았다. 모두가 낯설었다. 가끔 의사라는 자가 내게 말을 걸어왔지만, 수십 번, 아니 수백 번 퇴원 좀 시켜달라는 내 말은 무시한 채, "다음에 퇴원합시다."라는 말만 했다. 그 외에도 그곳에 있는 사람들은 모두 내 말을 못 들은 척했다.

간호사는 내게 말했다. "환자분 치매약 드세요."

나는 대답했다. "나는 치매가 아니오."

그래도 늘 치매약 봉지를 들고 와서는 꼭 먹어야 한다고 했다. 그 약을 먹어야 퇴원할 수 있다고……. 퇴원이라는 말에 억지로 약을 입에 털어 넣었다.

그렇게 매일매일이 악몽 같았다. 아, 그곳은 정말 숨이 막혔다. 내가 하루하루 어떻게 살고 있는지 우리 깡패(신임이)가 알면 당장 나를 퇴원시키러 올 텐데…….

시간이 너무 더디 갔다. 집사람은 무슨 이유로 나를 그런 곳에 가둬놓고 내 인생을 망가뜨렸을까? 괴로웠다. 차라리 죽고만 싶었다. 그때 가족들이 몇 차례 병원에 왔었지만 나를 남겨두고 끝내 퇴원시켜주지 않고 돌아갔다. 가족들은 일찌감치 나를 버렸다. 일주일에 한 번씩은 왔던 깡패(신임이)도 시간이 지나자 아예 발길을 끊었다.

나는 버려졌었다. 영원히 그곳에 갇혀있을 줄 알았다. 답답해서 숨이 막혔다. 또 언제 가족들이 나를 그곳에 버릴지 모를 일이다. 오늘이 될지 내일이 될지 알 수 없다. 그래서 더 무섭다.

아빠 행복 프로젝트

아빠의 독백을 울면서 기록한 나는 작업을 마친 뒤 오히려 감사했다. 지금이라도 아빠의 아픔을 알 수 있게 되었다는 것에 너무도 감사했다.

'그렇구나. 아빠의 상처가 그렇게 깊었구나. 아빠의 설움이 그렇게 컸구나. 아빠를 아프게 했던 과거, 그 과거를 잊을 수 있도록 더 확실히 지켜드리자. 그래야 한다. 그것이 내가 해야 할 일이다.'

나는 다짐에 다짐을 하고 구체적인 계획을 세웠다. 아빠를 행복하게 해드리기 위해 다각도로 작전을 짰다.

아빠는 내가 지켜내야 할 VIP, 나는 보디가드다.

아빠는 대통령, 나는 비서실장이다.

아빠는 회장님, 나는 기획실장이다.

나는 그렇게 매일 매 순간 아빠의 모든 일거수일투족을 책임지는 오른팔이 되기로 했다. 날마다 새로운 구상을 하는 사업가처럼, 아빠에게 어제보다 오늘이 더 흥미진진한 삶이 되도록 끊임없이 아이디어를 짜내고 또 짜냈다.

치매가 찾아온 아빠의 감정 상태는 예측 불가능하다. 그래서 신속하게 감정 상태를 파악해 그에 맞는 대응을 해주어야 한다. 감정이 맑을 때는 소풍 갈 준비를 해야 하고, 소나기가 올 때는 우비와 우산을 준비하여 안정감을 심어주어야 한다. 태풍이 올 때는 따뜻하고 편안한 곳에서 쉴 수 있게 해주어야 한다.

그러기 위해 아빠에 대한 리스트가 필요했다. 아빠가 뭘 좋아하는지, 뭘 싫어하는지, 어떤 음식을 좋아하며 어떨 때 웃는지 등 많은 정보들이 필요했다. 나는 시간을 들여 정보를 수집하고, 그 목록을 꼼꼼히 작성했다.

내 목표는 아빠의 잃어버린 웃음을 찾아주는 것이다. 그것만 이루어지면 내 프로젝트는 대성공이다. 아빠가 이렇게 말할 수만 있다면 얼마나 좋을까?

"아, 내 인생이 이리도 재미있었나? 이렇게 행복했었나?"

아빠가 슬픔에서 벗어나 하루빨리 이런 기쁨을 누릴 수 있게 하는 것, 그것이 내 목표였다.

감사하게도 내 안에서 자신감이 솟구쳤다. 기발한 아이디어들도 떠올랐다. 그때마다 메모를 하고 구체적인 계획을 세웠다. 언젠가부터 아빠를 위한 이벤트를 기획하는 것이 나의 하루 중 가장 재밌는 일과가 되어버렸다. 마치 운동선수가 하루라도 운동을 하지 않으면 몸이 근질거리듯이, 새로운 묘안을 짜내지 않으면 허전하고 불편해지기까지 했다. 업무를 보는 중간에도, 쉬는 시간에도 '아빠 행복 프로젝트'는 멈추지 않았다. 때로는 너무 기발한 아이디어가 떠올라서 나 혼자 키득거리기도 했다.

"그래, 아빠를 전 세계에서, 아니 온 우주에서 가장 행복한 아빠로 만들어드리겠어. 할 수 있어!"

"아바마마,
둘째 딸 문안 인사 올리옵니다."

호기에 넘쳐 장담을 했지만 아빠는 여전히 무기력했다. 어느 순간부터는 삶의 의미와 목적이 없는 사람이 되어 있었다. 마치 마지막 날을 받아놓고 떠날 시간만 기다리는 사람과 같았다. 아빠에게 잘해주려고 수많은 노력을 했다. 아빠의 웃는 모습을 찾아주려고 발버둥을 쳤다. 하지만 아빠는 절대 열 수 없는 비밀의 자물쇠로 마음의 문을 굳게 잠가버렸다.

아빠는 좀처럼 침대 밖으로 나오지도 않고, 온종일 누워있기만 했다. 누워만 있으니 식사를 챙겨주어도 먹는 둥 마는 둥, 가뜩이나 말라서 애처로운데 기운까지 없으니 더 안타까웠다. 잠은 잘 잤는지 물어도 눈만 감은 채 답이 없었다. 만사가 귀찮다는 듯 "날 좀 가만히 둬라."라는 말만 되풀이했다. TV도 보지 않았고, 누구와도 말을 섞지 않았다. 저러다 아빠를 또 잃게 되는 거 아닐까? 어떡하지? 아빠를 지켜내려면 뭐부터 해야 할까?

며칠을 고민하다 한 가지 생각이 떠올랐다.

'혹시 나 하나로 부족한 건 아닐까?'

사실 아빠는 나에 대해 너무나 잘 안다. 예전부터 제 하고 싶은 대로만 하던 딸, 정은 많지만 툭하면 대꾸나 해대고, 제 잘난 맛에 사는 철부지 딸이라는 걸 너무나 잘 안다. 어차피 시집가 버리면 끝일 텐데, 그런 내가 변하면 얼마나 변하고 잘하면 얼마나 잘하리라고 기대하겠는가? 당연히 나를 못 믿을 것이다. 그렇다면 엄마가 합세하면 좀 나아지지 않을까?

긴급히 SOS 요청을 했다.

"엄마, 우리 앞으로 아빠한테 좀 더 잘해주자."

다음 날 엄마는 아빠가 좋아하는 음식들로 정성스레 아침상을 차렸다.

"여보, 밥 먹어요."

하지만 묵묵부답. 아무런 반응이 없었다. 살짝 소리를 높였다.

"여보, 밥 먹어요. 당신 좋아하는 반찬 많아. 어서 와요. 먹어야 기운 차리지."

"……."

더 큰 소리로 말했다.

"여보. 밥 안 먹어? 그럼 치운다. 얼른 나와. 얼른! 응! 여보!!!!!"

"……."

아빠는 눈길 한 번 주지 않고 계속 누워만 있었다. 이쯤 되자 엄마도 더 이상 참지 못하고 힘껏 목청을 높였다.

"여보! 여보! 여보!"

누가 들으면 한 100m 밖에 있는 사람한테 소리치는 줄 알았을 거다.

'어쩌지? 내가 바란 건 이런 게 아니었는데…….'

나는 엄마를 조심스럽게 타일렀다.

"엄마, 그렇게 말고, 말하자면 말이야. 음……, 좀 더 정겹게 해주면 안 될까?"

"뭐? 이놈의 기지배가. 시끄러! 정겨운 거 좋아하고 있네. 힘들게 밥 차려 놨더니……."

엄마가 대노했다. 그러더니 그간 가슴에 맺혔던 한들을 기관총 발사하듯이 전부 쏟아내기 시작했다. 팔자타령에, 이제껏 고생만 시키더니 나이 먹어서까지 애를 먹인다는 둥, 늘그막에 좀 살만해지니까 몹쓸 병이나 걸려가지고 수발하게 됐다는 둥, 어느새 엄마는 시청률 50%에 육박하는 일일드라마의 비련의 여주인공이 되어있었다.

하긴 엄마를 이해 못하는 건 아니다. 엄마도 아빠 못지않게 힘든 시간을 보내왔다. 나이 들어서 누구보다 편안한 노후를 지낼 시기에 모든 것이 당신 탓이라며 원망만 해대는 아빠를 챙겨줘야만 하는 심정이 오죽할까? 그런 아빠의 음식을 만들어 준다는 건 정말이지 보통의 인내가 아니면 하기 힘든 일이다. 저 정도면 엄마는 200% 최선을 다한 거다.

결론은, 내가 잘해야 하는 거다. 나나 제대로 하자. 그럼 뭐부터 해야 하지?

곰곰이 생각해보니, 아빠는 여전히 아팠던 과거에 머물러 있는 것 같았다. 그렇다면 내가 할 일은 그 과거에서 꺼내주는 거다. 지금은 과거가 아님을, 여기는 예전과 다른 100% 새로운 세상임을 보여주는

7년간의 마법 같은 기적

거다. 오늘부터 아빠는 새로운 딸을 만나게 될 것이다. 과거의 싸가지 없던 딸이 아닌, 가장 이상적이고 완벽한 딸 말이다. 음하하하!

아빠를 위해 새롭게 변한 내 모습

아침 인사

before : 아침에 일어나면 아빠에게 눈길 한 번 주지 않고, 곧바로 출근 준비를 했다. 하루 중에 아빠와 눈을 마주친 건 손가락에 꼽을 정도……, 아니, 새끼손가락 한 번 들면 끝났다.

after : 일어나자마자 아빠에게 달려간다. 내 얼굴의 모든 근육을 총동원하여 잇몸을 최대한 드러낸 상태로 미소를 가득 머금고 말한다.

"아바마마 안녕히 주무셨사옵니까? 둘째 딸 문안 인사 올리옵니다. 오늘도 이렇게 옥체를 보존하여 주셔서 고맙습니다."

아빠는 반응이 없었다. 그래도 계속했다. 가끔은 반응을 보일 때도 있었다. "저리 가라." 그러면 "예, 알겠습니다. 물러 나옵니다." 하고 손을 가지런히 모은 뒤 뒷걸음질 치며 안방에서 물러 나왔다.

양치질

치매가 온 이후 아빠는 양치하는 걸 귀찮아했다. 그런 아빠에게 나는 아주 싸가지 흘러넘치게(?) 말하곤 했었다.

before : "아빠! 오늘도 양치 안 할 거야? 입 냄새나니까 얼른 닦으라고 좀! 진짜 나이 들수록 깔끔해야지. '누가 누가 제일 추하나?' 경연 대회라도 나갈라 그래?"

그럼 아빠는 눈을 꼭 감은 채 가만히 듣고만 있었다.

after : 아빠 칫솔에 네임펜으로 '위대한 우리 아빠 거'라고 기재한 뒤, 치약을 묻혀 가져갔다. "위대한 우리 아빠 양치질하시도록 이빨 청소 기구를 가지고 왔습니다. 아~ 하셔서 밤사이 잇몸에서 뛰어놀던 말썽쟁이 세균들을 어서 하수구로 내보내주시지요."

아빠가 "싫다. 저리 가라." 하면, "네. 알겠습니다." 하고 일단 물러났다가, 컵에 가글액을 담아 온다. "아빠, 아~" 하고 내밀면, 10번 중에 5번은 거절했지만 그 이후엔 귀찮아서라도 입을 헹궜다.

세수

before : "아빠, 좀 씻으라고! 얼굴에 기름 좔좔 흐른다. 으이구!"

after : 세숫대야에 온도를 적당히 맞춘 물을 담아 낑낑대며 안방으로 들고 갔다. "영차! 영차! 아이구, 무겁사옵니다." 대야를 침대(흙 침대라 바닥이 딱딱함) 위에 올려놓고 정중히 목례를 했다.

7년간의 마법 같은 기적

"아바마마, 잘생긴 얼굴을 어서 닦아내시어 세상에 그 귀한 얼굴을 내밀어 주십시오." 아빠는 어이없이 쳐다보다가 고개를 홱 돌려버렸다. "정 얼굴이 씻기 싫으시면 발꼬락이라도 씻으시는 게 어떨지요?" 그래도 반응이 없을 땐, "정 싫으시면 이 깨끗한 물 몽땅 버리겠사옵니다." 하고는 세숫대야를 "으이차!" 하고 들었다. 그러면 아빠는 "잠깐!" 하고는 세수나 족욕을 했다. 나는 알고 있었다. 아빠가 물을 그냥 버릴 사람이 아니라는 걸.

그렇게 몇 번을 반복하자 아빠는 어느 날부터 귀여운 짜증을 부리면서 욕실로 가 세수를 했다. 그러면 나는 호텔리어처럼 수건을 팔등에 걸고 욕실 앞에서 대기하고 있다가, 세수를 마치고 나오는 아빠에게 고개를 숙이며 수건을 내밀었다. "이 수건을 쓰시지요." 아빠는 내 팔등에서 수건을 쏙 빼서는 얼굴을 닦아냈다.

아빠의 몸단장

before : 세수를 마친 아빠가 "신임아, 빗 좀 줄래?" 하면, "작은방에 꽂혀 있잖아. 거기서 찾아봐." "아빠가 직접 찾지. 나한테 왜 시켜?"라고 '왕싸가지'처럼 대답했다.

after : 빗을 달라고 하기도 전에 빛의 속도로 달려가 아빠가 제일 좋아하는 도끼빗을 대령했다. 아빠가 거울을 보고 빗질을 시작하면, 옆에 앉아서 똑같이 따라 했다.

아빠가 거울 오른쪽에서 2 대 8 가르마를 타면, 나는 왼쪽에서 2 대 8 가르마를 탔다. 빗질을 2번 하면 나도 2번 하고, 코털을 뽑으면 나도 코털을 뽑는 시늉을 했다. 그리곤 "우와! 우리 진짜 똑같이 생겼어. 이 넓은 지구에서 아빠랑 똑같이 생긴 사람이 있다는 건 굉장한 일 아니야? 맞지?"라고 물었다. 그러면 아빠는 또다시 고개를 홱 돌려버렸다.

아빠가 "신임아" 하고 부르면

before : 당연히 아빠의 얼굴은 쳐다보지도 않았다. TV를 보거나, 친구랑 통화하거나, 맛있는 과자 봉지 입구에 머리를 처박고 '제일 큰 건더기부터 먹어야 맛있는데.' 하면서 "왜?" "뭐?" "나 바쁜데 왜 불러?" "나중에 얘기해."라고 건성건성 대답했다. 한마디로 참 '밥맛없는' 딸이었다.

after : 아빠가 "신임아"의 "시"자만 불러도 힘껏 몸을 돌려, 마치 인간 로켓처럼 쏜살같이 곁으로 달려갔다. "네! 아빠, 부르셨어요? 뭐든 분부만 내려주십시오." 그럼 아빠는 살짝 미소를 머금고 이것저것 물어보았다. 그렇게 아빠가 최고로 중요한 사람이라는 인식을 계속해서 심어주었다.

칭찬

before : 아빠에게 칭찬을 해준 적이 거의 없다. 그냥 "밥 먹어." "좀
씻어." 정도뿐, 그 이상은 없었다.

after : 아빠 눈에 눈곱이 끼어있었다. "어머나, 밤사이 눈곱이 아빠
눈을 열심히 지키고 이제야 퇴근하나 보다." "눈곱아, 고맙다.
근데 네 모습은 생긴 것이 꼭 별 같구나." 그러자 놀라운 일이
벌어졌다. 눈곱을 칭찬하자마자 아빠가 껄껄껄 웃는 게 아닌가?

그렇게 아빠의 모든 행동들에 '고맙다.' '감사하다.' 라고 표현했고,
화를 내든, 악을 쓰든 자주 포옹해주었다. 그러자 어느 순간 누워만
있던 아빠가 차츰 앉기 시작했고, 웃겨주면 슬쩍슬쩍 웃기도 했다.
역시 모든 건 나 하기에 달려있었다. 큰 깨달음을 얻은 나는 아빠를
더 잘 지켜내리라 다짐했다.

아빠가
나를 잊기 전에

나는 업무상 다양한 고객들을 만난다.

한번은 50대 여자 고객이 일을 다 마친 후 내게 가슴속 깊은 얘기를 털어놓았다. 본인의 70대 모친께서 치매에 걸리셨고, 발병 후 얼마 되지 않아 당신의 자식들과 손주들까지 못 알아본다는 것이다. 그러면서 흐느껴 울었다. 나는 그녀를 위로했고, 그녀는 고맙다고 인사를 건넨 뒤 사무실을 떠났다.

고객이 떠나고 난 뒤 나는 한동안 멍하게 앉아 있었다.

"우리 아빠도 치매인데…… 그럼 아빠도 우리를 곧 못 알아본다는 거야?"

그때부터였다. '아빠가 나와 가족들을 잊어버리면 어떡하지?' 하는 두려움이 온몸을 감쌌다. 무서웠다. 마치 고객이 내게 마음의 준비를 하라는 메시지를 주고 간 것 같았다. 솔직히 아빠의 치매 진행 속도는 빨라 보였다. 약은 먹었지만 좀처럼 나아질 기미는 보이지 않았고, 늘 불안해했으며 힘들어했다. 저 상태라면 조만간 나와 가족을 못 알아보는 건 시간문제일 것만 같았다. 그런 생각이 들자 눈물이 마구 흘러나왔다.

어느 날 퇴근해 들어오는 내게 아빠가 이렇게 물을지도 모른다. "아가씨 누구요? 여기 왜 왔어요? 어서 나가세요." 아! 생각만 해도 아프다. 그리고 슬프다.

다행히 아직까지는 그런 증상이 보이지 않았지만, 어느 순간 아빠가 나를 낯선 사람으로 대한다면 어떻게 해야 할까? 지금처럼 내 이름을 불러주고, 식구들의 얼굴 하나하나를 기억해준다는 것이 참으로 감사한 일이라는 걸 그날 처음 알았다.

저녁 식사 후 아빠의 양치를 도와준 뒤 아빠를 꼭 안아주었다.

"아빠, 고마워."

"뭐가, 깡패야?"

"전부 다."

그리고 나서 한동안 아빠의 양손을 꼭 잡아주었다. 그리고 아빠를 보았다. 현재 아빠의 상태가 좋지 않다고 해서 막연히 두려워하지는 말자. 뭔가 노력이라도 해보자. 어떻게 하면 아빠가 나와 가족들을 잊지 않게 할 수 있을까?

그로부터 얼마 후, 매일 아침 출근할 때마다 아빠에게 문제를 내기 시작했다. A4 용지에 아주 큰 글씨로 써서, 아빠 눈에 잘 띄는 서랍장 위에 문제지를 올려두었다. 이것은 아빠의 기억 속에서 나와 가족들을 잊지 말아 달라는 일종의 간절함이었다.

문제는 하루에 하나씩, 매일 달라졌다.

- 아빠는 딸이 몇 명인가요?

- 아빠네 가족은 총 몇 식구인가요?

- 아빠 딸 신임이는 몇째 딸이죠? 별명은 뭐죠?

- 신임이가 5살 때 예쁜 꼬까옷을 입혀주고, 멋지게 사진을 찍어줬던 사람은 누구일까요?

- 신희, 신임, 신화 딸 셋을 데리고 한 달에 한 번씩 택시 드라이브를 시켜준 사람은 누구죠?

그러나 일주일이 지나도 문제지에는 답이 적혀 있지 않았다. 나는 포기하지 않았다. 그 다음 날에는 아빠에게 전화를 걸어, 서랍장 위에 놓여있는 질문지에 답을 적어달라고 청했다. 아빠는 그래도 문제를 풀지 않았다. 나는 멈추지 않았다. 이번에는 더욱 자주 전화를 해서 졸랐다.

"아빠 내가 내준 문제 풀었어?"

"아니."

"아빠가 그걸 풀어줘야 신임이 일이 잘 풀린다고. 얼른 풀어줘. 응?"

"알았다."

"그럼 지금 같이 풀어볼까? 문제가 뭐였지?"

"잠깐만 문제지 갖고 와볼게."

너무도 착한 우리 아빠. 잠시 수화기를 내려놓고 문제지를 들고 와 직접 읽기 시작했다.

"신임이를 지금까지 키워준 사람은 누구일까요? 하하하."

아빠는 크게 웃었다.

"그거 답이 뭐야?"

"너 키워 준 사람?"

"응."

"어허 나지. 니 아빠. 하하하, 요놈아."

나는 즉시 환호했다.

"얏호! 고마워. 정답 종이에 적어줄 거지?"

"응."

하지만 아빠는 답을 적지 않을 것이다. 나는 안다. 전화를 끊은 지 2분도 채 안 되어 다시 전화를 했다.

"여보세요."

"아빠, 또 나야."

"응. 왜?"

"신임이, 지금 방금 엄청 큰 매출이 발생했어. 아빠가 문제 풀어주자마자 디~게 큰 거 받았어. 내 말이 맞잖아. 아빠가 문제 풀어주니까 행운이 마구마구 밀려온다고. 고마워, 아빠. 이따가 봐."

물론 거짓말이었다.

그 후로도 아빠는 내가 전화를 여러 번 해야 겨우 문제를 풀었다. 늘 그렇듯 답안지에는 적지 않고 전화로만 답을 했다. 그럼에도 나는 포기하지 않고 계속 문제를 냈다. 내가 당신의 딸이라는 걸 절대 잊지 말아 달라고. 제발 아빠의 가족만큼은 오래 기억해달라고……

그렇다고 아빠가 나와 가족들을 잊어버리지 않을 거라는 보장은 없었다. 그럼에도 그렇게라도 하지 않으면 아빠가 조만간 모든 걸 잊어버릴 것만 같아 불안했다.

그러던 어느 날, 그날도 나는 새로운 문제지를 두고 출근을 했다.

"아빠는 누가 지킬까요?"

그날은 문제를 풀어달라는 전화를 못 했다. 너무 바빠서 전화하는 것도 잊었다. 야근 후 늦은 밤이 돼서야 집에 들어가니 아빠는 자고 있었다. 정답을 적을 거라는 건 기대하지도 않았다. 그래도 문제지는 갈아주어야겠기에 안방으로 들어갔다. 기존 문제지를 빼고 새로운 문제지를 올려놓으려던 그때, 불이 꺼져 있어 잘 보이진 않았지만, 문제지 아래쪽에 뭔가가 희미하게 적혀 있었다.

문제지를 거실로 가져와 불을 켰다. 그걸 본 순간 나는 얼음처럼 얼어붙었다. 질문지에 아빠가 처음으로 답을 적은 거다. 비록 유치원생 어린아이처럼 삐뚤빼뚤하고 너비도 일정치 않은 힘없는 글씨체였지만, 다음과 같이 또렷이 적혀있었다.

"신임이"

갑자기 눈물이 쏟아졌다. 한참을 울고 난 뒤 잠들어 있는 아빠에게로 갔다. 그리고 아빠를 보며 작게 속삭였다.

"그래. 아빠가 어떤 모습으로 변해도, 설사 나중에 나를 못 알아보는 순간이 오더라도 내가 아빠 끝까지 지켜줄게."

말라깽이가 버려지다

늦은 밤 11시경, 집 안에 있던 말라가 안 보였다.

말라는 생일 선물로 받은, 내가 아끼는 인형이다. 우리 집에는 여러 인형들이 있는데, 대부분 통통했고 말라만 날씬했다.

말라를 간단히 소개하자면, 키 35cm에 팔다리가 길며, 눈, 코, 입이 상당히 귀엽게 생긴 곰돌이 인형이다. 얼굴도 순수하게 생겨서 보호 본능을 자극했다. 말라는 어떤 자세로 있어도 항상 예뻤다. 그 마른 것이 예뻐서 말라깽이의 앞 두 자만 따 '말라'라는 이름을 지어주었다.

말라는 늘 내 곁에 있었다.

유치하게 느껴질지도 모르지만, 밤에 잘 때는 말라에게 무릎 담요를 덮어주고, 내 왼쪽에 눕혀 재웠다. 아침에 일어나면 털을 말끔히 정돈해준 뒤, 팔과 다리를 열심히 움직여 스트레칭까지 시켜줬다. 그만큼 말라에게 애정을 가득 쏟았다.

그런 말라가 퇴근 후 샤워를 하고 나와 보니 없어진 것이다. 옷장도 열어보고, 싱크대도 열어보고, 이불장도 열어보았다. 그렇게 온 집 안 구석구석을 뒤져봤지만, 말라는 보이지 않았다. 엄마도 모른다고 했다.

혹시나 해서 아빠에게 물었다.

"아빠, 혹시 말라 봤어? 말라가 안 보여. 말라 어디 갔을까?"

잠시 후 아빠가 무뚝뚝하게 대답했다.

"그거 내가 갖다 버렸다."

내가 잘못 들었나? 아빠를 쳐다보았다.

"뭐라고?"

"그 인형 내가 버렸다고."

너무 놀라 다시 물었다.

"뭐? 그게 무슨 소리야? 말라를 버려?"

"응."

"왜?"

"그냥."

정말 황당했다. 도대체 무슨 말을 하는 건지 믿기지 않아 다시 한번 물었다.

"아빠가 말라를 버려? 말라를 버렸다고?"

아빠는 말이 없었다. 설마 아니겠지 하며 계속 찾았지만 말라는 집 안 어디에도 없었다. 갑자기 알 수 없는 안타까움이 마구 솟구쳤다. 체중 1kg도 채 안 되는 연약한 말라를 버리다니, 말도 안 된다. 일단 말라를 찾아야 했다.

"아빠, 말라 진짜 버렸어? 그럼 어디야? 버린 위치 좀 알려줘. 어서."

아빠는 머뭇거렸다.

"빨리. 말라 데려와야지!"

나는 일생일대의 중대한 사건이라도 터진 듯 추궁했다. 아빠는 내 눈을 보며 무언가 말을 하려는 듯하다가 멈칫했다. 나는 빨리 알려달라고 재촉했다. 아빠는 한참 후 겨우 입을 뗐다.

"모르겠다. 어디다 버렸는지 기억이 안 난다."

그 말에 또 한 번 놀랐다.

"기억해 봐. 언제, 몇 시에 버렸어? 어딘데? 제발 아빠, 말라 찾아와야지. 빨리!"

마치 말라가 나와 피가 섞인 막내 동생이라도 된 듯 다그치자, 아빠는 당황하여 어쩔 줄 몰라 했다. 그리곤 기억해보려 이마에 양손을 얹더니 한참을 생각한 후 대답했다.

"기억이 안 난다. 정말 기억이 안 나."

아빠의 무책임한 행동에 갑자기 화가 치솟았다.

"아, 뭔 소리야! 지금 그걸 말이라고 해? 아빠가 뭔데 말라를 버리냐고? 왜!!"

"보기 싫어서 버렸다."

"뭐가 보기 싫다는 거야! 그리고 내 인형인데, 보기 싫든 말든 아빠가 왜 남의 인형을 함부로 버리는 건데!"

나는 목소리를 점점 높여가며 아빠에게 고래고래 소리를 질렀다. 그동안 아빠한테 잘 하겠다고 다짐했던 모습은 온데간데없어졌다. 아빠를 존중해주고 행복을 찾아주겠다고 계획을 세웠던 모든 일들은 그 순간 가식이 되어 훨훨 날아가 버렸다. 난 미친 딸임이 분명했다.

"아, 말라를 왜 버렸냐고? 도대체 왜!!"

잠시 후 아빠는 눈을 감은 채 천천히 대답했다.

"그놈이 나를 닮아서……."

나는 내 귀를 의심했다.
"뭐라고?"
"빼짝 마른 것이 나 같아서 버렸다."
순간 심장이 쿵 내려앉았다. 더 이상 말을 잇지 못했다. '이게 무슨 말이지?' 한동안 말없이 아빠를 바라보았다. 아빠는 고개를 푹 숙인 채 눈만 껌뻑이고 있었다. 갑자기 내 다리가 후들거렸다. 어떻게 내 방으로 돌아왔는지 모르겠다. 가슴이 송곳으로 찌르듯 아파왔다. 아빠가, 우리 아빠가 이제껏 저런 마음이었다니…….
아빠는 말라가 깡마른 것이 싫었던 게 아니다. 깡마른 당신의 모습이 싫었던 거다. 이제껏 단 한 번도 생각하지 못했다. 아빠는 자신의 모습을 싫어하고 있었다.

그날 끝내 말라의 행방은 찾지 못했다. 하지만 더 이상 말라는 중요하지 않았다. 아빠의 자기애(自己愛)가 곤두박질치는 동안 나는 무엇을 한 걸까? 그것도 모르면서 막연히 잘해드릴 수 있다고 자신한 내 모습이라니…….
잠든 아빠의 모습이 너무나도 안쓰러웠다. 살며시 이불을 덮어주며 속삭였다.
"아빠, 신임이가 소리 지르고 화내서 미안해."

그날 밤 '울 아빠 행복 프로젝트'에 한 가지 계획이 긴급 추가됐다. 땅속 깊은 곳까지 추락해 있는 아빠의 자존감을 달나라로 쏘아 올릴 수 있을 만큼 굉장한 것들을 끊임없이 찾고 연구할 것. 지금 바로 즉시!

3장
아빠에게
안심별, 감동별을 따다 주다

슬픈 기억을
위대한 기억으로 리셋하다

주말 아침, 잠에서 깬 아빠가 거실로 나왔다.

"굿모닝! 아빠 잘 잤어?"

나는 빨래를 개고 있었다.

"신임아, 이리 좀 와봐라."

"네, 아빠."

즉시, 개던 빨래를 천장으로 힘껏 집어 던지며 달려가 팔짱을 꼈다. 아빠는 잔뜩 신경이 곤두서 있었다.

"니 엄마가 집에 있는 돈 몽땅 가지고 나간 거 알고 있냐?"

이미 수없이 받아본 질문이었다. 그렇지만 마치 처음 받아본 질문인 것처럼 깜짝 놀라며 대답했다.

"어머나 세상에! 경찰서에 신고해야겠다. 엄마 잡아 오라고."

"아니다. 신고하지 마. 그냥 놔둬."

"엄마 집 앞에 운동 가셨어. 우리도 운동 갈까?"

7년간의 마법 같은 기적

"아니, 발이 아파서 운동 못 간다."

그리고 아빠는 안방 침대로 가서 발바닥을 주물렀다.

아빠는 자주 발이 아프다고 했다. 돌아간 엄지발가락 때문이다. 아빠의 오른발 엄지발가락은 43도가량 휘어져 있다. 앙상한 발목에 엄지발가락까지 돌아가 버렸으니, 언뜻 봐도 많이 아파 보였다.

예전에는 그 말이 왜 그렇게 안 들렸을까? 아빠가 '다리 아프다.' '다리가 많이 아프다.' 수없이 얘기했어도, "음~ 아픈가 보네." 하고는 흘려 넘기기만 했다. 하지만 이제는 확실히 들린다. 귀에다 확성기를 대고 말하는 것처럼 똑바로, 정확히, 아주 크게 들린다. 머릿속에도 쏙쏙 박힌다.

"다리 아프다, 신임아."

그러면 나는 열심히 아빠의 발을 주물러 주었다. 특히 돌아간 엄지발가락을 살살 마사지해 주었다. 휘어진 곳이 얼마나 아프냐고 물으면 아빠는 고개를 숙이고 눈을 감아버렸다. 그리고 갑자기 눈을 확 뜨면서, 잔뜩 화가 난 얼굴로 항상 같은 말을 했다.

"이게, 예전에 심하게 두들겨 맞아서 이렇게 된 거다!"

물론 사실이 아니다. 일하다 다쳤고, 병원에 가보자고 수없이 말했지만 끝내 가지 않았다. 그러다 엄지발가락은 점점 더 돌아갔고, 나중에 병원에 가봤지만 이미 수술하기엔 늦어버렸다. 가족들도 모두 알고 있는 사실이지만 아빠만은 맞아서 그렇게 되었단다. 예전 같으면 진실을 알려줘야 한다며 끝까지 사실을 말했을 테지만 이제는 아니다. 중요한 건 아빠가 발가락을 볼 때마다 누군가의 폭행을 떠올린다는 사실이다. 한마디로 당신의 기억 속에서 매번 가슴 아픈 피해자인 것이다. 그 기억부터 바꿔줘야 한다.

몇 분간 휘어진 발가락을 주무르다가 넌지시 물었다.

"근데, 아빠 때린 사람 이름 기억해?"

"응. ○○○가 때렸어."

"아, 그랬구나. 그럼 그 사람 잡아 족치면 끝나겠네. 내가 금방 잡아 올게."

"아마 찾기 힘들 거다."

"나만 믿어. 내가 다 해결할게."

며칠 후, 다시 아빠의 다리를 주물러 주고 있었다.

"아빠 다리 이렇게 만든 사람 잡았어."

"뭐라고?"

아빠는 깜짝 놀랐다.

"○○○잖아. 맞지?"

"니가 그걸 어떻게 아냐?"

오호, 이런 감사할 데가 있나! 아빠는 며칠 전 내게 가해자(?)의 이름을 알려줬다는 사실을 기억하지 못하고 있었다.

"내 성격 알잖아. 한번 물면 끝장 보는 거. 제까짓 게 뛰어봤자 벼룩이지. 쳇! 계속 찾았더니 바로 잡혔어. 폭행죄에 해당돼서 강력계 형사 3명이랑 동행해서 걔네 집으로 갔거든. 근데 글쎄, 김치냉장고 뚜껑 올려서 여는 거 있잖아."

"응."

"그게 살짝 들려있는 거야. 그래서 이상하다 싶어서 그 뚜껑을 확 열어봤더니, 세상에! 거기 있던 김치통을 다 빼놓고 지가 그 안에 쏙 들어가 숨어있는 거 있지. 벌벌 떨면서. 조금만 늦었으면 얼어 죽었을걸! 진짜 어이없더라. 멍충이! 내가 아빠 아냐고 물었더니 잘못했다고 싹싹 빌더라고. 아빠한테 찾아와 사죄한다고 하길래, 닥치고 처벌이나 받으라고 했어. 아빠한테 오기만 하면 내가 가만 안 두겠다 했어. 아빠 허락 맡기 전에는 함부로 나대지 말라고. 잘했지?"

아빠는 놀란 마음을 애써 진정시키고는 차분히 말했다.

"뭐 하러 그랬냐? 지난 일인데."

"일단 아빠 의견 묻고 구속시키려고 하는데, 어떻게 할까?"

"그냥 놔둬라."

"그럼 용서해 줄까?"

"응."

"아냐, 일단 그 자식 하는 거 봐서."

그렇게 아빠의 슬픈 기억이 일단락되는 듯했다. 그러나 또 얼마 후에 휘어진 엄지발가락을 만지며 폭행의 기억을 떠올렸다. 상상 속 가해자는 용서했어도 맞았던 기억 자체는 사라지지 않은 것이다. 이 일을 어쩐담? 그렇다면 이참에 아예 아픈 기억을 삭제시켜버리고 완전히 새로운 기억을 심어주면 어떨까?

며칠 후, 나는 여느 때처럼 휘어진 발가락을 주무르며 말했다.

"근데 아빠, 최근에 놀라운 사실을 하나 알게 됐어."

"뭐?"

"신임이, 책 좋아하잖아."

"응."

"요새 세상에 존재하는 성인(聖人)들에 관한 책을 보고 있거든. 근데 한 중간 정도 보다 보니까 굉장한 내용이 나왔어. 나 정말 깜짝 놀랐잖아."

"뭐가 나왔는데?"

"아시아에 몇몇 성인이 산대. 근데 그 성인들은 되게 평범한 삶을 살고 있대. 일반인들과 비슷해서 거의 못 알아본다는 거지. 근데 딱 하나 다른 점이 있다는 거야."

"그게 뭔데?"

"발가락!"

"발가락?"

"응. 성인들의 발가락은 일반인과 다르게, 한 42도에서 43도가량 휘어있대. 그래서 그 사진을 자세히 봤거든. 근데, 아빠 발가락이랑 완전 비슷하더라고! 휘어져 있는 각도나 모양이 거의 똑같았어. 완전 신기하지?"

물론 처음에는 안 믿었다. 그러나 내가 누군가? 아빠가 믿을 때까지 반복했다. 반복의 힘은 놀라웠다. 아빠는 내 말에 믿음이 가는지 점점 눈이 커졌다.

나는 주위를 한 번 쓱 둘러본 뒤 목소리를 한 단계 낮춰서 말했다.

"아빠, 이거 아무한테도 얘기하면 안 돼. 아빠만 알고 있어."

"응. 어서 얘기해봐라."

나는 마치 위대한 보물을 찾아낸 듯한 표정으로 아빠에게 천천히 그리고 또박또박 말했다.

"그 책을 자세히 읽어보니까, 성인 중에는 여러 레벨이 있대. 근데 아빠처럼 발가락이 휜 성인은 지구상에 존재하는 성인 레벨 중에 상당히 높은 경지에 이른 거래. 그래서 생각했어. 혹시 아빠가 성인이 아닐까 하고 말이야."

아빠가 침을 꿀꺽 삼켰다. 나 역시 눈을 반짝거리며 계속 말을 이어갔다.

"그리고 성인들은 아빠처럼 많이 휘어있는 성인들의 발을 '신성한 발'로 여긴대. 그래서 성인 중에 발이 조금 휜 분들은 '언제쯤 내 발이 43도가량 더 휘려나?' 하고 엄청 기다린대. 한마디로, 하루빨리 아빠처럼 43도가량 발이 확 휘어져서 진정 위대한 성인으로 거듭나고 싶은 거겠지. 근데 엄지발가락이 43도가량 휘는 게 정말 어렵대. 아무나 휘지 않는대. 절대!"

"진짜냐?"

"진짜지 그럼. 그래서 내가 내린 결론은 이거야. 아빠는 위대한 성인이라는 거지. 완벽한 성인 말이야!"

아빠는 내 얘기가 재밌는지 한 번 더 들려달라고 했다. 당연히 또 들려주었다. 다음 날도, 그다음 날도 수십 번을 반복해서 들려주었다. 침이 마르고 입이 아플 때까지 말하고 또 말했다. 단순히 반복만 한 게 아니다. 얼굴 표정, 몸짓, 목소리 톤 등에서도 최선을 다했다. 아빠의 슬픈 기억이 반드시 위대한 기억으로 바뀔 거라는 강렬한 바람과 확신을 가지고 계속 또 계속 말했다. 그렇게 2개월쯤 지나자 놀라운 일이 벌어졌다.

"아빠 발 왜 이런 거야?"

그날도 아빠의 발을 주무르면서 물었다. 아빠는 흐뭇한 표정을 지으면서 대답했다.

"원래 성인들 발은 그렇단다. 너도 알고 있으면서 왜 묻냐?"

그렇다. 아빠는 충격적인 일들도 기억했지만, 감동을 받은 일들도 기억했다. 또 아빠가 치매라고 최근에 발생했던 일들까지 모두 잊는 게 아니었다. 깊이 와닿은, 자극이 센 감동적인 일들은 오히려 더 잘 기억해냈다. 나는 거기서 다시 한번 확신을 얻었다. 아빠는 기억 속의 삶, 즉 상상 속의 삶을 살아가는 사람이기에 그 상상 속으로 내가 직접 뛰어 들어가면 되는 것이다. 그래서 거기에 살고 있는 나쁜 놈은 물리쳐주고, 그 자리에다 행복하고 위대한 우리 아빠를 만들어 주고 나오면 되는 것이다.

그렇게 아빠의 상상 속에서 슬픈 기억의 조각들을 하나씩 빼내 주자, 아빠의 슬픔은 조금씩 옅어지기 시작했다.

도사와의 한판 승부

"뭐라고요? 그러지 마세요. 제발 부탁합니다. 제발!"

절박한 아빠 목소리에 잠이 깼다. 시계를 보니 새벽 5시였다. 무엇이 불안한지 안방과 주방 사이를 오가며 팔짱도 꼈다가, 갑자기 선 채로 허공에 대고 삿대질도 했다가, 아랫입술을 파르르 떨면서 양 볼을 두 손으로 감싼 채 주위를 두리번거렸다. 얼마 후엔 오른손 주먹을 전화기처럼 귀에 대고 마치 누군가와 통화를 하듯 고개를 수없이 끄덕였다.

조용히 곁으로 가 물었다.

"아빠 뭐 해?"

대답이 없었다. 내 말이 아예 들리지 않는 모양이었다.

시간이 지나가면서 아빠의 상태는 점점 더 나빠졌다. 처음에는 손가락으로 허공을 가리키며 누군가에게 말하듯 조근조근 얘기하더니, 조금 지나자 "제발! 제발!" 하며 괴로운 듯 소리를 질렀다.

시간이 더 지나자 허공에 대고 양손을 싹싹 빌었다.

"그러지 마세요. 제발 나 좀 놔주세요."

급기야는 양손으로 귀를 틀어막고, 머리를 미친 듯이 흔들어댔다. 입술을 쭉 내민 채 마치 방언을 하듯이 무어라 계속 중얼거리기도 했다. 도와주고 싶었지만 아무것도 할 수 없었다. 그저 아빠를 살피고 약을 먹이는 것뿐이었다. 약을 먹어도 잠시 동안만 좋아질 뿐, 얼마 지나면 또다시 힘들어했다.

그렇게 몇 달이 지났다. 상황은 더 심각해졌다. 아빠는 이제는 침까지 튀겨가며 허공 속 누군가와 맹렬히 싸웠다. 안방에 들어가면 살벌한 기운까지 느껴졌다. 문제는 싸움의 강도가 심해질수록 아빠가 점점 기력을 잃는다는 것이다. 자연히 식사까지 거르게 됐고, 피골이 상접한 채 여위어가는 아빠를 보는 내 마음은 불안했다. 그대로 두었다간 병원행은 시간문제였다. 그것만은 막아야 했다.

'이 난국을 어떻게 풀지?'

그날부터 아빠 옆에 착 붙어 아빠를 괴롭히는 자에 대해 파헤치기로 했다. 각고의 노력 끝에 드디어 그자의 정체를 알아냈다. 그는 바로 도사였다.

성이 '도'고 이름이 '사'냐고? 아니다. 어느 이름 모를 도사님이다. 아빠는 그냥 도사라고만 했다. 그러면 도사랑 왜 싸우는 걸까? 아빠는 도사가 자꾸 자신을 괴롭힌다고 했다. 문제는 이 싸움에서 매번 아빠가 진다는 것이다. 그럼 어떻게 해야 하지? 당연히 싸움판에 뛰어들어 아빠를 구해내야 한다!

7년간의 마법 같은 기적

"아빠, 도사가 누구야? 어떤 사람이야?"

"묻지 마라. 너도 위험해진다!"

허허, 거참, 고마웠다. 나를 이렇게나 보호해주고 말이다. 휴……

결국 끈질긴 추적과 기나긴 설득 끝에 드디어 도사에 대해 알아냈다. 우선, 그는 동에 번쩍 서에 번쩍할 수 있단다. 시간 여행을 할 수 있어 아빠의 과거도 꿰뚫어 보고, 먼 미래까지도 볼 수 있다고 한다. 아무튼 매우 용하단다. 보통 인물이 아닌 것만은 틀림없었다.

"근데 그런 도사가 왜 자꾸 아빠한테 와?"

"몰라!"

아, 명답이로다! 답을 알 수 없으니 점점 미궁 속이로구나. 하는 수 없다. 내 방법대로 할 수밖에. 도사는 아빠를 괴롭히는 존재니까, 그 괴롭히는 몇 배 이상으로 강하게 대응하여 내쫓으면 될 것이다.

지가 도사면 도사지, 왜 울 아빠 힘들게 하고 난리야! 두고 보라지. 아빠 옆에는 늘 천하무적 둘째 딸 신임이가 있다는 걸 보여줄 거다. 장담컨대, 상상 속 도사에게 무서운 내 모습을 살짝만 비춰줘도 도사는 기겁하고 도망갈걸! 그럼 아빠와 나는 승리의 축배를 들게 되겠지? 이 싸움은 결국 해피엔딩으로 끝날 것이다. 음하하하!

나는 때를 기다렸다.

[바람 작전]

드디어 싸움이 재개됐다. 아빠의 손가락이 1초에 한 번씩 허공을 찔렀다. 조금 있으면 치열해질 것이다. 바로 지금이 내가 등장할 타이밍이다.

"이보쇼, 도사. 이제 그만 오쇼! 당신 여기 계속 오면 다쳐요! 알았나요?"

나는 아빠보다 빠르게, '다다다다다' 1초에 다섯 번이나 삿대질을 하며 도사에게 소리쳤다. 아빠 옆에 서서, 아빠가 쳐다보는 그 방향을 똑같이 쳐다봤다.

하지만 도사는 답이 없었고, 아빠는 내가 무엇을 하는지 신경을 쓰지 않았다. 내가 있으나 마나, 싸움은 여전히 치열했다. 아빠는 울부짖었다. 여기서 질 내가 아니다. 나는 더 힘차게 싸웠다.

"도사! 울 아빠 건드리면 부셔버리겠소! 좋은 말 할 때 꺼지시오!"

나는 아빠보다 몇 배나 강하게 양손을 번갈아 가며 삿대질 폭격을 퍼부었다.

"도사! 당신 지금 매우 위험하오. 어서 내 손아귀에서 벗어나는 게 좋을걸!"

그날부터 우리 집은 전쟁터가 되었다. 부녀가 한 방에서 길길이 날뛰며 소리소리 지르는 꼴이란……. 아마 모르는 사람이 봤으면 어느 신종 사이비 종교가 입점해 있는 줄 알았을 것이다.

한번은 고무장갑을 낀 채 설거지를 하고 있었는데 때마침 결투가 시작되었다. 나는 지체 없이 달려가 고무장갑을 낀 손으로 삿대질을 날리며 싸워주었다. 사실 처음에는 잠깐씩만 끼어들었었다. 하지만 나중에는 출근 전이나 퇴근 후나, 아빠가 싸움만 하면 무조건 끼어들어 함께 싸웠다. 그렇게 한 이유가 있다. 내가 도와주면 아빠는 흥분을 덜 했기 때문이다. 어느 순간 내가 든든한 지원군이 된 것이다.

어떤 날은 출근 준비를 하고 있었는데, 아빠가 기상하자마자 싸우기

　　　　　　　　7년간의 마법 같은 기적

시작했다. 나는 곧바로 화장품 가방을 통째로 들고 아빠 방으로 달려가, 침대 옆에서 화장을 하면서 틈틈이 아빠를 도왔다. 아빠가 도사와 이야기하는 틈을 타 아이라인과 윗눈썹도 그렸다. 어떤 날은 너무 흥분한 나머지 아이라인이 눈썹 위 이마까지 치켜 올라간 적도 있었다.

하지만 몇 주가 지나면서 회의감이 들기 시작했다. 일이 계획대로 진행되지 않은 것이다. 이때쯤이면 아빠 마음속에 맺힌 앙금이 사라지고 싸움이 끝남과 동시에 안정과 행복의 단계로 나아가야 하는데, 상황은 전혀 그렇지 못했다. 오히려 정반대로 흘러갔다. 싸움은 점점 커져 전쟁이 되었고, 아빠는 삿대질에서 나아가 주먹질까지 난사했다. 얼굴은 시뻘게지고 목에는 핏대까지 섰다. 소리 지르다 못해 괴성까지 질러댔다. 마치 새가 된 양 두 팔을 마구 흔들기도 했다. 아니 날뛰셨다는 표현이 정확하겠다.

나는 혼란스러웠다. 싸움이 진행되는 중에 잠시 두 눈을 감았다.

'여기는 어디? 나는 누구? 내가 우리 아빠에게 무슨 짓을 한 거지?'

다시 눈을 떴을 때, 아빠는 여전히 허공을 향해 고래고래 소리를 지르고 있었다.

그 순간 안방 문이 열리더니 엄마가 소리쳤다.

"너 당장 나와!"

엄마는 더 이상은 안 되겠다며, 아빠를 당장 병원에 입원시키자고 했다. 나는 거절했다. 누구보다 아빠가 원하지 않기 때문이다. 그렇지만 엄마의 말대로 상황은 매우 심각했다. 그래서 나는 그 후로 아예 출근도 하지 않았다. 내가 곁에 있어도 이 정도인데, 출근하고 없으면 온 집 안을 종횡무진하며 아빠 혼자 전쟁을 치를 게 뻔했다. 나는 잠도 제대로 못 잤다. 아빠가 새벽에도 싸움을 했기 때문이다. 혹시 저러다 아빠가 다치지나 않을까 걱정이 이만저만이 아니었다.

수많은 후회가 밀려왔다. 차라리 가만히 있었다면 아빠가 덜 힘들지 않았을까? 어떻게든 상황을 멈추어야 했다. 계속 강하게 대응한다면 아빠만 더 힘들어질 것이다. 그럼 어떡하지? 반대로 해 볼까?

아, 반대! 그래, 차라리 도사와 사이좋게 지내보는 거야. 왜 그 생각을 못했지? 좋아, 작전 변경이다. 햇님 작전!

[햇님 작전]

지금부터 할 일은 도사 이미지를 180도 바꿔보는 거다. 나쁜 사람에서 의롭고 좋은 사람으로. 그렇게 되면 의외로 문제가 쉽게 해결될지도 모른다. 나는 도사와 극적으로 화해하는 순간을 만들기 위해 치밀한 작전을 짰다.

며칠 후 아침, 드디어 기회가 왔다.

오늘도 아빠는 어김없이 허공에 대고 삿대질을 하며 싸움을 했다. 1라운드가 끝나자 힘이 들었는지 잠시 목을 축이기 위해 거실로 나왔다.

'이때다!'

나는 냉큼 방으로 들어가, 도사가 있는 쪽을 바라보며 대화를 하기 시작했다. 아니, 연기를 시작했다. 아빠 귀에 쩌렁쩌렁 들리도록,

매우 큰 소리로.

"도사님, 안녕하세요. 벌써 몇 달째 오셔서 그런지 정이 들었네요."

내가 평소와는 다르게 도사에게 따뜻한 인사를 건네자, 아빠는 마시던 물컵을 내려놓고는 나를, 아니 우리(도사와 나) 쪽을 보았다.

'이제 됐다!'

"다름이 아니라……, 도사님, 그거 아세요? 솔직히 저 도사님 진짜 부러운 거?"

그리고는 잠시 도사의 말을 듣는 척했다.

"아, 뭐가 부럽냐고요? 동에 번쩍, 서에 번쩍하시는 거 말이에요. 정말 대단하신 거잖아요. 맞죠?"

일단 칭찬부터 시작하여, 한동안 도사와 순조롭게 대화하는 모습을 아빠에게 보여주었다. 그러자 아빠는 식탁 의자에 앉아 멀찌감치 우리를 지켜보았다.

"근데요, 도사님. 저희가 왜 자꾸 이렇게 싸워야 하죠?"

또다시 도사의 말을 경청하는 자세를 취했다.

"아, 그렇군요. 잠시만요, 아빠에게 전달해 드리고 올게요. 기다려 주세요."

나는 쏜살같이 아빠에게 달려가 빠른 속도로 말했다.

"아빠! 도사님은 절대 아빠랑 싸울 생각이 없대. 사실 자기는 아빠를 보호해주러 왔대. 근데 도사님이 아직 할 말이 더 있다니까, 좀 더 들어보고 올게. 잠깐만 기다려."

나는 안방으로 바람을 가르며 뛰어가 도사 앞에 앉았다. 그리고 다시 연기를 이어갔다. 아빠는 나와 도사의 대화가 궁금했는지 우리 쪽을 계속 쳐다봤다. 나는 거기에 힘을 얻어 더 큰 목소리로 말했다.

"아, 네. 맞죠. 그렇죠. 아하, 정말요? 세상에, 그랬군요."

또 얼마간 도사의 얘기를 듣는 시늉을 하다가, 깜짝 놀란 표정을 지으며 말했다.

"어머나! 그랬군요."

그리고는 마치 큰 감격을 받은 듯 두 손을 모아 도사를 향해 감사의 말을 전했다.

"감사합니다, 도사님. 오 마이 갓! 너무 멋져요!"

그리고 아빠가 선명하게 들을 수 있도록 천천히, 크게 말했다.

"그러니까 한마디로, 도사님이 오신 건 저희 아빠를 지켜주러 오셨다는 거군요. 아빠 방에 있는 나쁜 기를 쫙 빼버리고, 좋은 기로 가득 채우는 작업을 하고 계셨다는 거네요."

말을 마치고 나서 아빠의 눈치를 힐끔 살폈다. 아빠의 눈이 살짝 커진 게 조금 놀란 표정이었다.

'됐다. 모든 게 잘 되고 있다. 이제 클라이막스로 가자.'

나는 또다시 도사의 말을 듣는 척했다. 그리고 대답했다.

"정말요? 도사님이 나쁜 기를 빼시기 전에는 공기청정기가 빨간색(나쁨)으로 되어있었는데, 다 빨아들이셨더니 형광색(좋음)으로 바뀌었다고요? 우와, 신기하네요."

다시 아빠를 보았다. 아빠의 시선이 방에 있는 공기청정기로 향했다. 그리곤 이내 이해했다는 표정으로 고개를 살짝 끄덕였다.

"어쩐지, 아빠 방은 좋은 기운이 팍팍 넘치더라고요. 공기도 신선하고……. 아, 거의 다 끝났어요? 그럼 이제 자주 못 오시는 거예요? 어머, 그렇구나."

그리고 도사와의 면담이 끝난 것처럼 자리에서 일어서며 말했다.

"어머, 벌써 가신다고요? 아~ 가끔 아빠 주무실 때 오셔서 또 좋은 기운 넣어주신다고요? 감사합니다."

도사에게 예의 바르게 목례한 뒤, 안방 창문과 앞 베란다 방충망까지 활짝 열어주었다.

"도사님, 여기로 날아가시면 돼요. 네. 잘 날아가세요. 가실 때 새들 조심하시구요. 네네."

그렇게 나의 숨 가쁜 열연은 일단락되었다.

나는 곧바로 식탁 의자로 뛰어와 아빠와 마주 앉아, 도사와의 회담 내용을 브리핑하기 시작했다.

아빠를 찾아오는 도사님은 상당히 덕망 있는 분이고, 아빠와 우리 가족을 위해 집의 어두운 기운을 걷어내고 숲속처럼 맑은 기운으로 바꿔놓는 분이며, 이제는 할 일을 다 해서 자주 못 올 수도 있다. 무엇보다 아빠의 인품이 매우 훌륭하여, 앞으로는 집안에 좋은 일들이 많이 일어날 것이다……

그렇게 이야기를 다 마쳤을 때, 아빠의 얼굴에는 그간 보지 못했던 희망의 빛이 보였다. 역시 햇님 작전이 답이었다.

그날 이후로도 아빠가 같은 행동을 반복하며 불안해할 때마다, 나는 바로 옆에 서서 삿대질 대신 도사와 행복한 이야기를 나누는 모습을 연출했다. 손뼉도 치고, 배꼽을 잡고 우헤헤 웃기도 했으며, "고맙다, 굉장하다, 감사하다, 기쁘다, 아름답다, 행복하다, 도사님 덕분에 좋은 일만 생기는 것 같다, 우리 아빠 얼굴이 점점 좋아진다, 아빠 방은 공기가 엄청 좋다." 등등 주로 유쾌한 대화의 모습을 보여주었다. 그중 가장 많이 했던 말은 "우리 아빠를 지켜줘서 고맙다."라는 말이었다.

나는 멈추지 않고 계속했다. 아빠가 허공에 대고 외로운 싸움을 할 때마다 좋은 말들을 하고 또 하고, 더 하고 또 더 했다. 아빠의 머릿속에 도사라는 사람이 착한 도사가 될 때까지 계속했다. 출근해서 아빠 곁에 있지 못할 때는 전화를 해서 같은 내용을 전달했다. 도사가 이렇다고 하더라, 저렇다고 하더라 하고 끊임없이 전했다.

그렇게 몇 달이 지나자 아빠에게 놀라운 변화가 일어났다. 어느 날부터 도사님과 함께 웃고 떠들며 담소를 나누는 것이다. 처음에는 옅은 미소만 짓더니 조금씩 웃기 시작했고, 좀 지나서는 박장대소를 하고 눈물까지 흘리며 기뻐했다. 어느 순간 삿대질은 사라지고, 그 자리에 웃음꽃이 피었다.

어쨌든, 우여곡절이 있었지만 이번 작전도 성공인 듯하다.

틀니 끼우기 대작전

점심시간, 꼬르륵 소리가 났다. 뭘 먹을지 생각만 해도 기분 좋아지는 이 시간이 참 행복하다. 식사를 하기 전 아빠에게 전화를 했다.

"여보세요."

"아빠~ 신임이 점심 먹을 수 있게 이빨 달고 태어나게 해줘서 고마워."

"하하하. 오냐, 맛난 거 먹어라."

전화를 끊고 맛집으로 향하려던 순간 갑자기 생각이 떠올랐다.

'아, 맞다. 치아!'

생각해보니 아빠에게는 치아가 몇 개 없었다.

모름지기 인간에게 큰 기쁨 중 하나가 먹는 즐거움 아닐까? 내가 지금 군침을 흘리며 '오늘은 뭘 먹지?' 하고 느끼는 설렘과 기대감을 아빠는 느껴본 지 이미 오래다. 치아가 없어 먹는 음식이 정해져 있기 때문이다.

아무리 폭행범을 잡아서 혼내주면 뭐 하나? 도사와 화해를 시켜

준다 한들 그것이 무슨 소용이 있으랴? 그런 것들이 맛있는 음식을 먹는 행복과 비할 수 있을까? 입에서 사르르 녹는 맛난 음식을 먹고, 음식에 대해 얘기하고, 때로는 먹고 싶어 군침도 흘려 보고, '다음엔 거기 가서 먹어봐야지.'라는 다짐도 해보는 것, 그것이 진정한 행복일 것이다. 이제껏 나에게 가장 흔한 일상이었던 그 일들을 아빠는 꽤 오래전부터 못 누리고 있었다. 이런 불효막심한 딸이 있나! 내가 느껴온 이 먹는 기쁨을 아빠도 당장 느끼게 해줘야 한다. 그러므로 지금 가장 시급한 건 아빠에게 틀니를 해주는 일이다.

아빠는 젊은 시절 꽃미남이었다. 그 시절 환하게 웃고 있는 아빠 사진을 보면 건강했던 치아가 눈에 들어온다. 그 모습과 지금을 비교해 보면, 우리 아빠가 맞나 싶을 정도로 너무도 판이하다. 가지런하고 건강했던 치아는 어느새 사라져버리고, 어금니 몇 개만 듬성듬성 붙어 있는 채로 환하게 웃을 때면 영락없는 귀여운 할아버지의 모습이다.

그로 인해 또렷했던 발음도 새기 시작했고, 식사를 해도 음식의 맛도 느껴보지 못한 채 바로 삼켜버리기 일쑤였다. 그러니 연한 음식 위주로 먹어야 했고, 늘 먹는 음식이 거의 똑같았다. 그 좋아하던 참외, 감, 사과 등은 당연히 못 먹었고, 포도, 귤 같은 연한 과일만 겨우 입에 댈 수 있었다. 영양 보충을 할 수 있는 고기도 못 먹고, 생선도 잘게 부셔줘야만 먹을 수 있었다.

무엇보다, 사람이 씹지 못하면 뇌의 노화 속도가 빨라진다는 얘기가 있다. 그렇다면 아빠의 치매가 음식을 씹지 못해서 생긴 건 아니었을까? 진즉에 틀니를 해주었다면 치매에 걸리지 않을 수도 있었을 텐데……. 모든 게 내 불찰 같았다.

사실 생각을 안 한 건 아니었다. 오래전부터 틀니를 해주려고 했으나,

그때마다 불발로 이어졌다. 병원의 '병' 자만 들어도 공포를 느끼는 아빠를 치과에 모시고 가는 건 그야말로 하늘의 별 따기였다. 하지만 더 이상 미룰 수 없다. 어떻게라도 병원에 모시고 가야 한다. 그런데 어떻게……?

그렇게 몇 주간을 궁리하던 끝에 좋은 아이디어가 떠올랐다.

주말 오후, 아빠는 깎아준 오렌지를 입속에 넣고 몇 번 오물거리다 즙만 겨우 빤 뒤 건더기를 다시 뱉어내고 있었다. 나는 즉시 아빠 옆으로 가서 작전을 펼쳤다.

아빠처럼 어금니 몇 개를 제외한 내 치아 곳곳에 시커먼 김 조각을 단단히 붙이고, 이빨이 몇 개 없는 사람처럼 일부러 발음을 엄청 새게 하여 아빠에게 말을 걸었다.

"아빠~ 티님이 오덴지 멍는 거 바조."

아빠는 찬찬히 나를 보았다. 나는 오렌지를 매우 불편하게 먹는 시늉을 하며 말했다.

"티님이 이빠리 엄떠서 오덴지를 떱어멍는 게 너무 힘드더."

아빠는 우스꽝스러운 내 모습에 웃음을 쏟아내며 내 볼을 어루만졌다.

"깡패야~ 나를 그렇게 웃겨주고 싶냐? 허허허."

1차 작전 실패다!

지금 아빠의 상황이 이렇다고, 나를 통해 아빠의 모습을 제발 봐 달라고, 그러니 지금 당장 틀니를 하러 가자고 설득하려던 내 작전은 말도 못 꺼내 보고 실패했다. 아빠는 내가 김을 붙여서 작전을 펼칠

때마다 배꼽을 잡고 웃기만 했다.

　2주일 후 다음 작전에 돌입했다.
　내 기억에 초등학교 시절 아빠와 손을 잡고 박물관에 갔던 적이
있었다. 그걸 이용해보는 거다. 당시 아빠는 내 손을 꼭 잡고 이런 얘
기를 했었다.
　"신임아, 박물관은 중요한 곳이다."
　"왜?"
　"조상들이 어떻게 살아왔는지 알 수 있는 물건들을 보존하는 귀중
한 곳이야."
　나는 그 말을 기억하며, 마침 집 안을 걷고 있는 아빠에게 어깨동
무를 하며 물었다.
　"아빠, 예전에 나랑 박물관 갔던 거 기억해?"
　"음~ 그랬냐? 몰라."
　"박물관이 뭐 하는 곳이지?"
　"우리 조상들, 조선시대나 왕조시대에 썼던 물건이나 책들이 비치
된 곳이지."
　다행이다. 아빠가 박물관이 어떤 곳인지는 기억하고 있었다.
　"아, 그럼 그곳에는 내가 만나보지 못한 왕이나 조상들이 그 당시
썼던 물건들도 남아있겠네?"
　"그렇지."
　부녀는 왼발 오른발을 맞춰 걸었다.
　"바꿔 말하면, 지금 시대에 살고 있는 사람들이 쓰던 물건들도
미래의 후손들에게 남겨주어야겠다. 맞지?"

"그렇지. 그래야겠지."

"그럼 우리 후손들에게 아빠의 물건도 남겨줘야겠다. 아빠는 특별하니까."

내 얘기에 아빠는 걸음을 멈추고 어두운 표정으로 시선을 떨구며 식탁 의자에 털썩 주저앉았다.

"니 아빠는 남길 게 없어. 잘난 게 없어서. 그냥 조용히 살다 가면 돼."

"아니라던데? 후손들에게 아빠 흔적 꼭 남겨줘야 된댔어. 아빠가 성인이라서."

"누가? 누가 그러디?"

"지난번 도사님이 그랬어. 아빠 주무실 때 잠깐 들리셨더라고. 지구에서 아빠같이 엄청난 사람은 몇천 년에 한 번 나올까 말까 한 위인이랬어. 그런 인물은 꼭 흔적을 남겨야 한대."

아빠는 놀란 표정으로 물었다.

"도사가?"

"응. 여러 번 얘기하시던데? 근데, 아빠 거는 흔히들 남기는 옷이나 신발 같은 것보다 더욱 값진 걸 남겨야 한댔어."

"그게 무슨 말이냐?"

"아빠는 성인이라서 치아를 꼭 남겨줘야 한대."

"치아? 이빨 말이냐?"

"응. 잘 생각해 봐. 아빠는 그 치아를 평생 달고 다니면서 밥도 먹고, 잠도 자고 살아왔잖아. 아빠가 입었던 옷이야 치아만큼 오래 입었던 것도 아니고, 많이 입어봤자 고작 십 년 정도 입었겠지."

"그래서?"

"아빠가 아기 때부터 지금까지 오랜 시간 함께했던 치아들을 후손들에게 물려주면, 후손들은 그 치아를 연구해서 아빠 같은 위인들의 일생을 탐구하게 된대. 그렇게 되면 후손들은 이 나라를 더욱 훌륭한 나라로 만들 수가 있대."

한마디로 미친 소리였다. 그런데 아빠는 내 말이 일리가 있다는 듯 고개를 끄덕였다.

"그럴 수도 있겠구나."

"근데 요새 아빠 치아가 거의 썩어서 몇 개 안 남았잖아. 거기다 지금 붙어있는 어금니도 많이 흔들리고 있고. 그것마저 빠져버려서 잃어버리면 후손들에게 아예 못 물려주겠지?"

"그렇겠구나."

"그러니까 남은 치아들은 그렇게 허무하게 잃어버리지 말자. 어쩌면 미래 후손들의 운명이 달린 문제일 수 있어. 아빠 이빨은 그만큼 후손들에게 가치 있는 이빨이야. 그걸 명심해. 알았지?"

나의 그럴듯한 설명에 아빠의 눈빛이 흔들리기 시작했다.

"그러니까 더 상하기 전에 지금 남은 치아 얼른 구해 내서 잘 보관했다가 후손들 물려주고, 그 자리에 틀니를 새로 껴 넣자고."

나는 아빠가 틀니 장치를 결심할 때까지 위의 얘기들을 입에서 단내가 날 정도로 계속해서 들려주었다.

그리고 3주 후, 드디어 아빠의 허락이 떨어졌고, 틀니를 하러 가기로 한 당일, 아빠는 나를 아침 일찍 깨웠다. 서둘러 병원에 가자는 것이다. 병원에 가서는 의사에게 신신당부까지 했다.

의사는 아빠가 발음이 많이 새서 못 알아듣겠다며 내게 통역을 요청했다.

나는 똑똑히 들을 수 있었다. 아빠는 다음과 같이 말하고 있었다.

7년간의 마법 같은 기적

"제 이빨 빼고 버리지 마세요. 제 딸 신임이한테 꼭 주세요. 부탁합니다."

후에 들으니 마취 주사도 하나도 안 아프다며 잘 참아냈다고 한다. 그 후로 틀니를 하러 병원에 다니는 일은 아빠에게 중요한 임무가 되었다. 병원이면 엄청 무서워했던 아빠가 후손들의 더 나은 삶을 위해 아픈 것도 꾹 참아내는 모습을 보며 나는 잠시 생각에 잠겼다.

'어쩌면 아빠는…… 진짜 성인이 아닐까?'

어쨌든 아빠가 참 자랑스러웠다.

금요일의 파티

　내가 제일 좋아하는 요일은 금요일이다. 아빠의 틀니 장치가 완성된 날도 금요일이었다. 앞으로 아빠가 경험하게 될 맛의 신세계를 기대하며, 우리 세 식구는 그날 조촐한 파티를 했다. 그때부터였다. 매주 금요일마다 우리 집에서 파티가 개최된 건.

　금요일 파티를 계획한 건 아빠가 중환자실에 입원했던 기억 때문이다.

　대한민국 사람 절반 이상은 명절이나 기일에 돌아가신 분을 추모하는 행사를 갖는다. 바로 차례와 제사다. 차례 음식과 제사 음식을 정성스럽게 차려놓으면, 야심한 시각 그분이 찾아오셔서 맛있게 드시고 가신다. 물론 그 모습을 볼 수는 없다. 그냥 맛있게 드실 거라 믿을 뿐이다. 그러면 나머지 가족들은 그분이 남기고 간 음식을 나누어 먹는다. 그게 돌아가신 분과의 유일한 만찬일 것이다.

　만약에 말이다. 우리 아빠가 그때 중환자실에서 우리 곁을 떠나버렸다면 어떻게 됐을까? 아마도 불교신자인 엄마가 일 년에 한 번 제사상과 두 번의 명절 때 차례상을 차려드리는 걸로 아빠와의 만찬은 끝났을 것이다.

나는 기억한다. 중환자실에서 사경을 헤맸던 아빠를 보며 내가 느꼈던 후회들을. 항상 친구들과 함께 맛집 이곳저곳을 찾아다녔지만, 정작 집에만 계셨던 아빠에게는 맛난 음식을 사드린 적이 거의 없었다. 아빠 인생에 휘황찬란한 음식을 몇 번이나 드셔보시게 했었나? 아니 그런 음식들을 맛볼 기회라도 드렸었나? 딸 셋을 키우느라 허리띠를 졸라매며 끼니도 거른 채 힘들게 사셨을 아빠에게 나는 몇 번이나 수고했다고, 고마웠다고 인사하며 맛있는 음식을 사드렸었나? 나는 오로지 내 배만 채우면 그만이었던 이기적인 딸이었다.

그때 나는 결심했다. 만일 아빠가 다시 돌아오신다면 세상에 맛있는 음식을 죄다 맛보게 해드리겠다고. 유명 족발, 아귀찜, 입에서 살살 녹는 초밥, 지금껏 한 번도 먹어보지 못한 귀한 과일들, 아빠가 좋아하던 혀에 닿기면 하면 톡톡 튀는 아이스크림까지. 감사하게도 나의 결심을 모두 이룰 기회가 왔다.

아빠의 틀니 장치가 완성되던 날이 그 시작이었다. 그날 아빠는 바로 내 앞에서 음식을 입에 넣고 맛있게 씹으셨다. 쩝쩝 소리도 내셨다. 손가락에 묻은 양념을 쪽쪽 빨아 드셨다. 틀니가 불편한지 입을 오물조물 하시면서도 행복해하셨다. 아빠는 아예 내 앞에서 생방송으로 먹방을 찍고 계셨다. 아, 내가 이 모습을 다시 볼 수 있다니……. 내 앞에 펼쳐진 이 광경이 엄청난 기적임을 나는 이미 알고 있었다. 언제 다시 떠나실지 모르는 아빠에게 나는 이 행복을 오래오래 전해 드리고 싶었다. 그렇게 우리 가족의 금요일 파티는 시작되었다.

초밥

한번은 지인에게 점심 식사 초대를 받았다. 장소는 회전 초밥집. 아담한 접시에 먹음직한 초밥들이 장단을 맞춰 자태를 뽐내면서 원을 그리며 돌고 있었다. 접시들은 색깔마다 가격이 정해져 있었다. 원래 초밥을 좋아한 데다 식당의 분위기는 고급스러웠고 맛은 더없이 깔끔했다. 지인과 담소를 나누며 한참을 맛있게 먹고 있는데, 문득 아빠 생각이 났다. 부끄러운 얘기지만, 아빠를 초밥집에 모시고 간 적이 없었다. 비록 이 좋은 분위기를 선물해드릴 수는 없겠지만, 맛난 초밥이라도 맛보게 해드려야겠다 마음먹었다. 퇴근 후 다시 초밥집으로 달려갔다. 연한 초밥들을 엄선해서 구입한 뒤 포장해 집으로 왔다.

초밥을 양손 가득 들고 부랴부랴 현관에 들어서니, 아빠 엄마가 나란히 서서 나를 쳐다보았다. 그 순간을 잊을 수가 없다. 양손에 가득 든 초밥과 나를 번갈아 보며 놀랍고도 기대에 찬 표정을 짓던 두 사람의 모습을. 그것은 기대, 행복, 설렘 등 모든 걸 망라한 금요파티 최고의 명장면이었다.

아빠가 초밥을 받으며 물었다.

"이게 다 뭐냐? 하하하."

"오늘 금요일 파티 날이잖아. 파티해야지."

아빠는 파티라는 말에 신이 난 어린아이처럼 들떴다. 그리곤 냉큼 식탁에 앉아 기대에 찬 모습으로 초밥 꾸러미를 바라보았다. 보통은 밥이 다 차려진 다음에야 식탁에 앉곤 했는데, 이날은 먼저 식탁에 앉아 초밥이 차려지는 장면을 쭉 지켜보았다. 나는 아빠 보란 듯이 다양한 초밥을 식탁 가득 하나하나 먹음직스럽게 세팅했다. 아빠는 입을 다물지 못했다. 모양도 먹음직스러웠고, 오색찬란한 자태를 뽐내면서도 어쩜 그리도 앙증맞은지. 마치 "저 맛있겠죠? 저를 먼저 드셔주세용."이라고 하는 것 같았다. 아빠는 초밥들을 쭉 들러보더니 "신임아, 도대체 이게 뭔 일이래? 하하하." 하면서 기쁨을 감추지 못했다.

"에헴~ 오늘 금요파티에 참석해주신 내외 귀빈 여러분, 멀리 해외에 계신 동포 여러분, 아니, 내가 사랑하는 우리 아빠 엄마. 지금부터 세계 최고의 요리사가 만든 초밥을 맛있게 먹는 파티를 시작하겠습니다. 짝짝짝."

그 모습에 아빠 엄마도 신이 나서 물개박수를 쳤다. 두 분의 표정은 역대 최고로 행복해 보였다.

잠시 후 아빠가 걱정되는 얼굴로 물었다.

"이거 다 네가 사 온 거냐? 비쌀 텐데……."

"아니, 아는 분이 아빠 엄마 드리라고 선물해 주셨어. 원래는 초밥집 건물을 통째로 넘겨주신다는 거 부담돼서 사양했어. 헤헤헤."

아빠는 또 박수를 쳤다.

"고맙다고 꼭 전해드려라."

나는 아빠 엄마가 젓가락으로 초밥을 하나씩 집을 때마다 거들었다.

"이건 참 부드러워."

"얘는 연어야. 태평양에서 대서양 쪽으로 가장 빨리 헤엄치는 애를 잡은 거래. 그만큼 귀한 거지."

"요건 장어 초밥. 이 장어는 힘이 엄청 세서, 잡는 데 2시간이나 걸렸대. 구하기 어려운 장어인데 아빠 엄마 드시라고 주신 거야."

"이 초밥들 밥알 수가 정확히 320개래. 모두 똑같대. 한 치의 오차도 없이! 그만큼 엄청난 장인이 밥알 수를 꼭꼭 맞춰서 아빠 엄마를 위해 특별히 만들어준 거야. 대단하지?"

물론 다 하얀 거짓말이었다. 그러나 내 말 덕분인지 두 분은 초밥을 매우 맛있게 드셨다.

족발

유명 족발집이 있었다. 그곳의 족발은 정말 맛있다. 단점은 사무실에서 족발집에 갔다가 집으로 가려면 족히 2시간은 걸린다는 것이다. 씩씩하게 달려가 족발을 샀지만, 집에 도착하니 녹초가 되어버렸다.

그러나 현관에 들어서자, 예상대로 아빠가 나의 모든 수고를 훨훨 날려주었다.

나를 보자마자 즐거운 표정으로 활짝 웃고 있는 게 아닌가? 그 순간의 3초, 그 3초를 잊을 수 없기에 내가 이 고생을 하는 거다. 저 3초가 아니었다면 내가 왜 그 머나먼 족발집까지 가서 이 무거운 족발을 들고 왔겠는가?

족발을 받으려고 손을 뻗는 아빠에게 족발 대신 악수를 청했다. 아빠는 멋쩍게 웃었다.

"그래. 악수하자, 이놈아! 하하하."

"아빠, 족발 대령이요. 얼른 파티하자. 오케이?"

아빠는 너무나 행복해했다. 순식간에 식탁에 족발이 차려지고 금요파티가 시작되었다.

엄마는 족발 뼈다귀를 통째로 들고 입으로 물어 뜯었다. (엄마는 그렇게 먹는 걸 즐긴다.) 한참 맛있게 먹고 있는데, 아빠가 엄마를 빤히 보더니 한마디 툭 던졌다.

"당신 돼지 같소."

나와 엄마는 깜짝 놀라 아빠를 쳐다보았다. 아빠는 표정 하나 안 바뀌고 정말 돼지를 쳐다보듯 엄마를 보았다. 엄마는 몹시 당황한 것 같았다.

"여보, 왜 그래? 내가 왜 돼지야? 얼른 먹기나 해요."

"당신 그러고 있으니 정말 돼지 같소."

세상에! 아빠가 엄마에게 저런 농담까지 하다니. 몇 년 만에 보는 장면인지 입이 다물어지지 않았다. 그런데 농담치곤 아빠의 표정이 상당히 진지했다. 갑자기 엄마의 표정이 어두워졌다. 분위기를 바꿔 보려 나도 냉큼 족발 뼈다귀를 집어 들어 살점을 베어 물었다.

"아빠, 나는 어때? 뭐 같아?"

"너는 이뻐! 근데 니 엄만 영락없는 돼지다."

"뭐라고요? 아니 이 양반이!"

엄마는 들고 있던 족발을 내던졌다. 내가 발로 엄마를 저지하지 않았다면 금요일 파티가 아니라 금요일 싸움터가 될 뻔했다. 엄마는 아빠를 살짝 흘기더니, "여보, 나도 예쁜 거 다 알거든! 흥!" 하고 억지 웃음을 지었다. (참고로 우리 엄마는 표준체형이시다.)

배달음식을 시키면 고마운 배달원들이 집 안까지 음식을 가져다
준다. 그들의 수고에 진심으로 감사를 표한다. 그러나 나는 그 수고
중 절반은 정중히 사양했다. 왜냐하면, 아빠는 내가 들고 온 음식을
더 맛있게 드셨기 때문이다.

한번은 치킨이 배달됐다. 곧바로 "아빠, 신임이 나갔다 올게." 하며
추리닝 위에 외투를 걸치고, 출근 시 맸던 백팩을 멨다. 이어서 슬리
퍼를 신고 현관 밖으로 나가 치킨을 받았다. 그리고는 1분 후에 '띠띠
띠띠' 문을 열고 들어와, 치킨을 번쩍 들고 큰소리로 외쳤다.

"신임이가 맛난 치킨 사 왔다!"

그러자 아빠는 크게 웃으며 치킨을 받았다.

"우리 깡패! 요놈~ 하여튼. 하하하."

그렇게 아빠와 금요일 파티를 하며 놀라운 사실을 깨달았다. 아빠
는 치매가 온 이후로 음식의 맛도 크게 못 느낄 거라 생각했지만,
아니었다.

아빠는 내가 사다 주는 다양한 음식들을 입으로도 드시고, 눈으로
도 드시고, 손의 촉감으로도 드셨다. 그리고 엄마와 나의 보살핌과
사랑 속에서 그 어느 때보다 행복하게 드셨다.

몇 달 후 아빠에게 물었다.

"아빠는 무슨 요일이 제일 좋아?"

아빠는 잠시 생각을 하더니 "금요일"이라고 답했다.

나는 아빠 볼에 내 볼을 비비며 말했다.

"나둔데."

4장
아빠 지킴 프로젝트

소변을 마시다

몹시 추운 1월의 어느 날이었다. 뒤 베란다에서 갑자기 '쿵!' 하는 소리가 났다. 황급히 달려가니 아빠가 베란다 바닥에 주저앉아 있었다. 창문을 닫으려다가 미끄러진 것이다. 그날 아빠는 고관절이 부서지는 큰 사고를 당했다. 어쩔 수 없이 병원에 입원하게 되었다.

수술을 며칠 앞두고 엄마에게 다급한 연락이 왔다.

"신임아, 너 걱정할까 봐 얘기 안 했는데, 요새 니 아빠가 이상하다. 자꾸 소변을 마신다."

'뭐라고? 아빠가 소변을 먹는다고?'

믿기지 않았다. 엄마도 잠시 그러다 말겠지 생각했단다. 혹시 통증이 심해서 그런 걸까? 아니면 죽기보다 싫어하는 병원에 입원해서 충격이 컸던 걸까? 지체 없이 병원으로 달려갔다.

병실로 들어서는 길.

환자복을 입은 노인과 간호사의 뒷모습이 보였다. 노인이 종이컵을 들고 무언가를 마시고 있었다. 그 모습을 지켜보던 간호사가 손으로 입을 가린 채 짜증 투로 말했다.

"아우! 할아버지 드럽게 왜 자꾸 소변을 드세요? 그만 좀 드시라고요!"

간호사의 무례한 태도에 노인은 힘없이 답했다.

"아, 이거 보리차 아니었소? 그럼 물 좀 줄 수 있을까요?"

"그건 보호자한테 얘기하시고요. 할아버지, 이제 소변 좀 그만 드세요! 아셨죠? 아, 냄새!"

간호사는 매우 불쾌한 표정을 지으며, 마치 악취 나는 노숙자를 대하듯 노인을 대하고 있었다. 주변에 있는 다른 환자들도 '쯧쯧쯧' 거리며 노인을 쳐다보고 있었다.

문밖에서 그 광경을 지켜보던 나는 다리가 후들거렸다. 나이도 어려 보이는 젊은 간호사가 함부로 대하던 그 노인, 누가 봐도 불쌍해 보이는 그 노인이 바로 내 아빠였기 때문이다. 엄마가 잠시 자리를 비운 사이 일어난 일이었다.

솔직히 나에게 함부로 대했다면 100번이고 1000번이고 그냥 넘어갔을 것이다. 그러나 아빠한테만큼은 저래서는 안 되는 거였다. 어떻게 되찾은 소중한 아빠인데, 아빠는 더 이상 불쌍하고 초라한 늙은이로 취급당해서는 안 될 사람이다. 그 누구보다 귀한 사람으로, 아주 귀한 사람으로 대접을 받아야 할 사람이란 말이다. 그런 점에서 방금 봤던 저 간호사의 행동은 내 가슴에 아주 큰불을 질러놓았다.

그때 아빠와 눈이 마주쳤다. 나는 즉시 윙크를 날려주었다. 다행히 아빠가 씩 웃었다. 그러나 금세 고개를 다시 푹 숙이고는 시무룩해졌다. 나는 눈물이 나오려는 걸 간신히 참았다. 일단 심호흡을 크게 했다.

지금 이 순간, 아빠가 보고 있는 이 자리에서 저 간호사의 잘못된 행동을 바로 잡지 않는다면 아빠가 느끼는 창피함은 회복 불능 상태에 놓일 것이다. 또 저 간호사의 예의 없는 행동을 당장 잡아주지 않는다면, 앞으로 툭하면 아빠를 무시하고 함부로 대할 게 불을 보듯 뻔했다.

나는 간호사의 뒤통수에 대고 말했다.

"간호사님! 노영현 님 딸인데, 잠시 얘기 좀 나눌 수 있을까요?"

간호사가 뒤를 돌아보았다. 대체 어떻게 생겨먹은 여자기에 성질이 저리도 드럽나 했더니, 참 예뻤다. 욕이 나오려는 걸 겨우 참고 차분히 말했다.

"근데 우리 간호사님 나이 드신 환자분한테 너무 친절하셔서, 뒤에서 보니 눈물이 다 나네요. 너무 감동적이라. 호호호."

간호사가 나를 똑바로 쳐다보았다. 그리고는 아무렇지 않은 듯 대답했다.

"아, 할아버지가 자꾸 소변을 드시잖아요."

여전히 짜증 섞인 말투였다. 마치 아빠가 소변을 먹는 행위가 우리 가족 모두를 무시해도 된다는 특권을 부여한 것인 양 당당했다.

곧바로 받아쳤다.

"자, 호칭부터 정리하죠. 할아버지라고 하지 말아 주세요. 저희 아빠는 회장님이십니다."

그때 슬쩍 아빠를 보자 입가에 엷은 미소가 번졌다. 그 미소를 보니 힘이 솟구쳤다. 그래! 저 미소를 지켜줘야 한다. 그게 내가 할 일이다!

하지만 그때 간호사가 치고 들어왔다.

"따님, 환자분 소변 좀 그만 드시라고 하세요. 제가 벌써 여러 번 얘기했거든요."

아빠는 간호사의 말을 듣고는 다시 고개를 숙였다. 많이 창피해하는 표정이었다.

자, 여기서 보통 환자 가족들의 반응은 이럴 것이다.

"네, 죄송해요. 주의시키겠습니다."

라든가,

"정말요? 어머나, 어째요. 사실 저희 아빠가 치매가 있으시거든요. 이해 좀 해주세요."

아니면,

"간호사님, 아빠가 무안해하시겠어요. 나가서 얘기하시죠."

뭐, 이 정도일 것이다. 나는 달랐다. 지금 이 순간 아빠가 보고 있다. 나는 90도로 꺾여버린 아빠의 자존심을 반드시 빳빳하게 펴드려야 했다. 만일 그러지 않는다면 아빠가 퇴원하는 그 순간까지 아빠를 지저분하고 냄새나는 노인으로 대할 것이다. 그렇게 되면 우리 아빠가 얼마나 창피하고 가슴이 아플까?

나는 헐리웃 스타들에게서 자주 볼 수 있는, 어깨를 귀까지 쭉 올렸다가 내리는 일명 헐리웃 어깻짓을 하며 큰 소리로 말했다.

"소변 드시는 게 왜요? 저도 자주 먹는데요."

그 순간 알았다. 나 자신조차도 내 입이 통제가 안 될 때가 있다는 걸. 내가 소변을 먹다니! 그러나 어쩌랴? 아빠가 소변을 먹은 건 팩트고, 부정할 수 없는 사실이니 일단 아빠부터 구해드리고 수습하기로 했다.

간호사는 내 말이 떨어지기가 무섭게 무지 더럽다는 표정을 지으며 나를 아래위로 꼬나보았다. 자세히 보니 간호사 이마에는 왕 뾰루지가 나 있었다. 많이 피곤해 보였다. 하여튼 나는 계속 말을 이어갔다.

"소변이 뭐 어때서요? 저희 아빠는 사람의 몸 상태가 안 좋을 땐 소변의 맛으로 건강 상태를 가늠할 수 있다고 하셨어요. 그래서 본인의 몸이 안 좋으실 때 가끔 드시기도 하시죠. 현대인들이 가지고 있지 않은 보기 드문 능력을 갖고 계신 거죠. 아빠랑 저는 몸 상태 안 좋을 때 가끔 소변 먹어요."

간호사는 기겁했다.

"네? 그래도 어떻게 소변을……."

"하하, 간호사님도 닭똥집이랑, 돼지 곱창, 소 곱창 드시잖아요. 소변 가지고 뭘 그러세요?"

간호사는 잔뜩 일그러진 표정으로, 마치 토할 것 같다는 표정으로 나를 쳐다봤다.

나는 멈추지 않고 말했다.

"연세 많으신 환자분께 그리 막 대하시니까 정말 보기 좋아요. 서울에서 드럽게 친절한 병원이라고 소문내 드릴게요. 수간호사님 좀 불러주시겠어요? 가급적 빨리요."

그리고 내 분노가 그녀에게 전해지게끔 있는 힘껏 눈을 부릅떴다. 내 말이 끝나기 무섭게 간호사는 답도 없이 휑하니 몸을 돌려 나가 버렸다. 끝까지 사과 한마디 없이 아빠와 나를 무시하면서 사라진 저 여인을 어쩌면 좋단 말인가? 나는 화가 머리끝까지 나서 얼굴까지 시뻘게졌다. 20여 분 후, 아빠를 열심히 웃겨드리고 있는데 수간호사가 도착했다. 왕 뾰루지 간호사도 같이 왔다.

즉시 물었다.

7년간의 마법 같은 기적

"수간호사님~ 여기 계신 간호사분이 저희 아빠에게 '드럽게,' '아 냄새' 하시면서 너무 친절히 대해주셔서, 이 기쁨을 수간호사님과 함께 나누고 싶어서 뵙자고 했어요."

그러자 수간호사는 자초지종을 듣고 왔다며, 업무가 과중한 탓에 간호사가 예민하게 굴었다며 미안하다고 사과했다. 왕 뾰루지 간호사도 아빠에게 사과했다.

그날 이후 간호사들이 나를 대하는 태도가 달라졌다. 늘 먼저 인사를 건네줌은 물론 내가 엘리베이터를 타고 병원 복도에 들어설 때마다 '어머, 소변 먹는 따님 오셨어요?'라고 하는 듯 따뜻한 눈길로 바라봐 주었다. 나 또한 '네. 소변 먹는 저 왔답니다.'라고 화답하는 눈길로 밝게 인사했다.

사실 간호사분들의 수고와 고충을 모르는 게 아니다. '왕 뾰루지' 간호사님도 나름 최선을 다하셨을 것이며, 고생에 감사드린다. 하지만 나는 그때 아빠의 자존심을 세워주는 게 가장 큰 과제였다. 어쨌든 아빠를 세워주었으니, 최고의 수확을 얻었다.

그나저나 아빠가 소변을 드시는 건 어떻게 막아야 할까?

모든 걸 내 관점에서 생각하면 아빠의 행동이 이해가 안 될 수도 있다. 그렇지만 아빠 관점에서 헤아려보면 분명 뭔가 놓친 부분이 있을지도 모른다.

일단 아빠 주변부터 탐문하기 시작했다. 아빠가 잠시 자리를 비운 사이, 아빠 침대 주변을 둘러보고 있었다. 그때, 때마침 침대 시트를 갈아주겠다며 병원 관계자들이 왔다.

마침 잘 됐다. 나는 잠시 기다려달라고 한 뒤, 아빠 침대 위로 올라가 누워도 보고, 앉아도 보고, 여러 자세를 취해 보았다. 그리고 소변 통과 아빠 사이의 거리를 여러 차례 확인했다.

'아, 역시! 그거였구나.'

현재 물병이나 물컵의 위치는 아빠가 손을 길게 뻗어야 마실 수 있는 곳에 있었다. 반면에 소변 통은 침대 바로 옆, 언제든 아빠의 손이 닿는 곳에 꽂혀있었다. 아빠는 불안하면 목이 타서 물을 마시는 습관이 있는데, 엄마가 잠시 자리를 비우는 사이 목이 말랐고, 주위를 두리번거리다 침대에 꽂혀있는 소변 통이 물인 줄 알고 마신 것이다. 즉, 소변을 보리차로 착각한 것이다. 틀림없었다.

그래도 그렇지. 어떻게 소변을 먹느냐고?

얼마나 아프고 불안했으면 그랬을까? 소변을 물로 알고 삼킬 만큼 아빠는 지금 고통스럽고 힘든 거다. 그제야 아빠가 이해가 됐다. 내가 사무실 일로 바빠서 요 며칠 신경을 못 쓴 사이 아빠는 더욱 약해져 있었던 것이다. 우선 엄마에게, 아빠가 소변을 보고 나면 소변 통을 가급적 바로 비워달라고 부탁했다. 그리고 아빠의 상태를 관찰했다.

지금 아빠에게 병원은 사막이다. 병원에 있다는 것 자체만으로 입이 마르고 숨이 막혀온다. 그런 아빠를 구하기 위해선 사막을 오아시스로 바꿔야 한다. 어차피 수술이 끝나고 회복되기까지 적어도 한 달 이상은 병원에 있어야 한다.

1인실로 옮겨 병원을 숲속처럼 싱그럽게 만들어주고 싶은 마음이야 굴뚝같지만, 그건 비용이 너무 많이 든다. 그럼 차선책은 무엇일까? 목이 마를 때 언제든 손만 뻗어 물을 마실 수 있게 해주면 될 것이다. 사방이 온통 물로 채워져 있어, 눈으로만 봐도 갈증이 해소되게 말이다.

7년간의 마법 같은 기적

나는 즉시 500ml 옥수수수염차 30병을 사와 아빠 침대 주변 곳곳에 촘촘히 세워두었다. 여기저기 아빠가 손만 뻗으면 언제든 물을 집어들 수 있도록 한 것이다. 예상대로 아빠는 주위에 수없이 둘러진 물병을 보자 안심했다. 목이 마르면 물병 한 병을 집어 엄마에게 뚜껑을 열어달라고 하여, 시원하게 목을 축였다.

그런데 하루는 병원에 들어서자 아빠 엄마가 작은 목소리로 실랑이를 하고 있었다. 언뜻 들으니 엄마가 "여보, 딴 거. 딴 거."라고 말하는 것이다. 내가 모르는 사이에 엄마가 중국어를 배우나? 깜짝 놀라자세히 들어보니, "딴 거를 먹으라고. 딴 거. 딴 거. 왜 자꾸 새 거를 따 달라 그래? 뚜껑 이미 딴 거 마시라고요."라고 말하고 있는 게 아닌가? 속으로 생각했다. 엄마는 정말 못 말린다고. 아니, 아빠가 소변을 안 먹는 것만으로도 기쁜 일인데, 굳이 새 물 말고 이미 뚜껑 딴 물을 마시라고 강요하는 건 또 뭐란 말인가?

엄마에게 물었다. 아빠를 그냥 놔둘 수 없냐고. 엄마가 대답했다. "니 돈 나가니까 그러지. 자꾸 새 거 따면 돈 나가잖니."

다음 날 나는 옥수수수염차 20개들이 5박스를 배달시켰다. 그리고 엄마에게 말했다. "앞으로 아빠가 하고 싶은 대로 놔둬. 아빠가 새 물을 따달라고 하면 새 걸 따주고, 헌 물을 마시겠다면 헌 물을 줘." 엄마는 알았다고 했다. 아빠는 그 이후로 소변을 단 한 번도 마시지 않았다.

수술 후 며칠이 지났다. 다행히 수술은 잘 끝났고, 회복도 잘 되고 있었다. 퇴근 후 병실에 들어서자 병원 침대가 45도 정도 기울어져 있었고, 아빠는 침대 등받이에 기대어 곤히 잠들어 있었다. 손으로 옥수수수염차 한 병을 살짝 거머쥔 상태로.

　한동안 꼼짝 않고 그 모습을 지켜봤다. 든든한 기둥에서 연약한 존재로 변해버린 가냘픈 나의 아빠. 그 모습에 코끝이 찡했다. 나는 다짐했다. 소변을 먹든 그보다 더한 걸 드시든, 내 아빠를 무조건 지켜내겠다고.

칼 경호원

퇴원한 아빠는 주로 안방 침대에 기대앉아 있었다. 거실을 걸어 다니는 게 유일한 집안 운동이었는데, 수술한 지도 얼마 안 돼서 그마저도 불편해했다.

침대 등받이에 기대앉아 있으면 주방 싱크대가 정면으로 보인다. 그곳에서 엄마가 등을 보인 채 식재료를 썰고 있었다. 그때 아빠가 다급하게 나를 불렀다.

"신임아. 빨리 와봐. 빨리!"

나는 빛의 속도로 달려갔다.

"응. 아빠 불렀쪄?"

아빠는 내게 가까이 오라며 귀엣말로 말했다.

"신임아, 이따가 니 엄마한테 저 칼 뺏어라. 알았냐?"

"왜?"

"니 엄마가 저 칼로 나를 찔러 죽일 거다."

정말 기가 차서 말이 안 나왔다. 이번 아빠의 공포는 다름 아닌 칼이었다. 말도 안 된다고, 절대 아니라고 아무리 안심시켜도 소용없었다. 아빠는 엄마에게서 칼을 뺏어야 한다는 얘기만 계속했다.

며칠 후에는 출근 준비를 하는 내게 다가와 개미만 한 소리로 속삭였다.

"신임아, 칼 좀 안 보이는 곳에 치워주고 나가라. 찔릴까 봐 무섭다."

칼에 대한 아빠의 공포는 날로 심해졌다.

며칠 후 저녁 시간, 엄마가 칼을 들고 감자를 썰고 있었다. 잠시 후 아빠가 안방 문을 확 열더니 엄마에게 날카롭게 소리쳤다.

"그걸로 나 찌를라 그러오?"

엄마는 무섭게 뒤를 획 돌아봤다. 그리고 칼을 든 채 말했다.

"도대체 나한테 왜 그래, 정말? 어!"

아닌 게 아니라 엄마의 눈과 칼이 동시에 번쩍였다. 이미 여러 차례 누명을 뒤집어쓴 탓인지 엄마도 예민했다. 그 모습을 본 아빠는 공포에 질려 문을 쾅 닫고, 한참 동안 나오지 않았다.

어느 날은 칼꽂이에 꽂혀있던 칼이 전부 없어졌다. 아무리 찾아봐도 없었다. 퇴근 후 집 안 곳곳을 찾아보니 세탁기 옆쪽 깊은 곳에 숨겨져 있었다. 아빠는 하루에도 몇 번씩이나 칼이 꽂혀 있는 싱크대를 열어보며 확인했다. 칼이 보이면 불안해했고, 칼이 안 보이면 안심했다. 엄마는 아빠의 상태가 점점 심각해진다며 걱정했다.

하지만 누구보다 가장 힘든 건 아빠였다. 뭔가에 살짝 베이는 상상만 해도 무서운데, 곧 칼에 찔릴 거라는 불안으로 하루하루를 보낸다고 생각해 보라. 아빠가 얼마나 힘들지 안 봐도 알 수 있었다. 이번에

7년간의 마법 같은 기적

는 아빠를 어떻게 지켜내야 할까? 칼이라는 도구가 아빠를 해칠 리 없다는 걸 어떻게 알려줘야 할까? 나의 고민은 깊어져 갔다.

몇 주 후 주말 오후,

늦잠을 자고 일어나 보니 그날따라 아빠의 상태가 '맑음'이었다. 더욱이 그토록 무서워하던 칼을 직접 들고 무언가를 썰고 있었다. 복숭아였다. 칼을 언제 무서워했냐는 듯 아주 평온하게 왼손으로 복숭아를 잡고, 오른손으로 칼질을 했다. 매일 저 모습이면 얼마나 좋을까 하고 지켜봤다.

그런데 순간, 아빠 손에서 힘이 풀리더니 썰고 있던 칼을 놓치고 말았다. 아빠 손을 떠난 칼은 아빠 발등 쪽으로 무섭게 떨어졌다. 다행히 발등을 살짝 비켜간 자리에 떨어져 다치지는 않았다.

바로 그때, 번뜩이는 아이디어가 떠올랐다.

"아빠 봤어? 우와!"

아빠는 미처 다 깎지 못한 복숭아를 내게 건네며, 마저 깎아달라는 눈빛을 보냈다. 나는 복숭아를 받아든 채 펄쩍 뛰며 물었다.

"방금 봤냐고?"

"뭐를 봐?"

"어떻게 저럴 수가 있지?"

"무슨 일인데 깡패야?"

"방금 복숭아 깎다가 바닥에 칼 떨어졌잖아."

"응. 근데?"

"분명히 그 칼이 말이야!"

"응, 그 칼이 왜?"

"떨어지는 위치가, 아빠 발등을 향해 무섭게 내리꽂고 있었거든."

아빠는 자신의 발등을 보다가 나를 다시 쳐다봤다.

"근데 그 칼이 떨어지다가 갑자기 방향을 오른쪽으로 확 틀었어!"

"······?"

"그니깐 봐봐. 아빠가 놓쳐버린 칼이 직선으로 이렇게 무섭게 떨어지다가, 아빠 발등을 찍을 참이었거든. 근데 갑자기 지 스스로 오른쪽으로 방향을 확 틀어. 그러더니 지가 알아서 아빠 발 안 다치게 하려고 저기 멀리 가서 떨어져 버렸다고. 내가 봤어!"

"뭐라고, 요놈아? 하하하하."

아빠는 웃고 있었지만 믿지 않는 눈치였다. 나는 아빠가 복숭아를 먹는 동안 아주 천천히, 생생하게 설명해주었다. 칼이 아빠 손에 있다가 바닥에 떨어지기까지의 모든 상황, 때로는 슬로우 화면으로, 때로는 빠른 화면으로, 또 역 화면으로도 시연해주었다. 그렇게 수십 번을 반복하자 드디어 아빠가 믿기 시작했다.

"어떻게 그럴 수 있냐?"

"나도 그게 신기하다니깐. 아빠는 진짜 엄청난 사람인가 봐. 우리 집 칼들도 아빠를 지켜내려고 저렇게 기를 쓰는 거 보면!"

아빠가 진지하게 물었다.

"복숭아 하나 더 깎아줄래?"

"네! 위대한 아빠."

칼 스토리를 들려준 이후 아빠를 꾸준히 관찰했다. 물론 한 번에 될 리가 없다. 며칠 뒤 아빠는 또다시 칼이 무섭다고 했다. 나는 걱정할 거 없다고 안심시키며, 며칠 전 들려주었던 얘기를 다시 들려주었다.

7년간의 마법 같은 기적

다행히 아빠는 '칼' 스토리를 전에 어디선가 들었던 얘기 같다며 기억했고, 나는 거기에 살을 붙여 더욱 재밌고 리얼한 칼 스토리를 만들어 아빠를 초대했다. 더 이상 칼이 아빠에게 무서움의 대상이 아니라 아빠를 보호하는 충직하고 기특한 녀석이 되어주기를 간절히 바라는 마음으로 말이다.

그로부터 석 달 후, 나는 또 놀라운 경험을 했다.

아빠는 칼을 감추지도 무서워하지도 않았다. 심지어 엄마가 커다란 식칼을 양손에 하나씩 들고 고기를 곱게 다질 때도 바로 옆으로 가서 정수기의 물을 떠 꿀꺽꿀꺽 마셨다. 게다가 수시로 칼과 과일을 엄마에게 내밀며 깎아 달라 청했다. 아마도 누군가 옆에서 칼춤을 추었다 해도 끄떡없었을 것이다.

그 후로 아빠에게서 칼이 무섭다는 얘기는 단 한 번도 듣지 못했다.

고문서 시크릿

아무래도 아빠의 머릿속 상상의 방은 생각보다 큰 게 틀림없다. 그 상상의 방에 들어가 어두운 건 밝게 해주고, 나쁜 놈들은 물리쳐주며, 슬픈 건 기쁘게 해주어도 그때뿐이었다. 상상의 방에서는 또 다른 공포나 위기가 계속 발생되었고, 그럴 때마다 아빠는 내게 SOS를 요청했다. 덕분에 나는 항상 바빴다.

이번에도 내가 해결을 해줄 거라 생각한 걸까? 출근 준비를 마치고 현관을 나가려는데 아빠가 불렀다. 즉시 신었던 신발을 벗어 던지고 번개같이 뛰어갔다.

"응, 아빠."

"신임아, 귀 좀 줘봐."

나는 얼른 귀를 갖다 댔다. 아빠는 한동안 망설이다가 나지막한 목소리로 물었다.

"나 곧 죽나?"

이건 또 무슨 말인가? 죽다니? 이번엔 정말 엄청난 존재가 왔다. 바로 '죽음'이다!

결코 아니라고, 절대 그렇지 않다고 수없이 말해줘도 믿지 않았다. 같은 질문만 수없이 반복했다. 하루 종일 침대에 꼭 붙어 앉아 안절부절못했다. 화장실 갈 때를 제외하고는 움직이지도 않았다. 당연히 식사도 걸렀다. 집에서라도 열심히 운동을 했던 아빠가 꼼짝하지 않으니 가족들의 걱정은 이만저만이 아니었다. 그러면서 간간이 나를 불러서는 귓속말을 했다.

"신임아, 나 죽으면 화장해서 뿌려줘라."

"아빠, 왜 자꾸 약한 소리를 해?"

"아니다. 저승사자가 곧 데리러 온단다. 저승사자가 곧 올 거야."

힘들다.

실컷 해결하면 다른 숙제를 내주고, 또 해결하면 더 어려운 숙제를 내주는 우리 아빠. 이번에는 정말 풀기 어려운 숙제였다. 도대체 나를 얼마나 유능하게 만들려고 이러는 걸까? 팔색조처럼 변하는 아빠의 상상 속 세계에 맞춰 방법을 강구하다 보니, 어느새 나는 대담한 이야기꾼이 되어버렸다. 이렇게 하는 것이 과연 옳은 걸까? 어떻게 보면 아빠를 계속 속이고 있는 건데 말이다. 수없이 나 자신에게 묻고 또 물었지만 다른 방법이 없었다. 급기야 나 자신을 타이르기에 이르렀다. '신임아, 어차피 다른 사람에게는 피해가 가지 않는 일이잖아. 지구상에서 유일한 생명체인 아빠에게만 쓰는 방법 아니니? 그러니 괜찮아. 이렇게 해서라도 아빠를 괴로움에서 구할 수 있다면 뭐든지 해보는 거야. 그리고 딸로서 아빠를 지켜내기 위해서라면 얼마든지 더 강한 이야기도 꾸며낼 수 있는 거야. 그러니까 힘내!'

그렇게 또 내 머리는 아빠의 상상 속 또 하나의 오싹한 존재 저승사자님을 내보내기 위해 대역전극을 짜냈다.

주말 아침, 아빠는 여전히 불안한 얼굴을 한 채 앉아있었다.

아빠에게 다가가 조심스럽게 말을 걸었다.

"아빠, 심장소리 좀 들어봐도 될까?"

"뭐? 심장소리?"

그리곤 미리 주문해놨던 청진기를 내밀었다.

"어! 이게 뭐냐? 저리 치워라!"

순간 아빠가 흠칫 놀라며 소리쳤다.

'아차, 병원!'

아빠가 가장 싫어하는 게 병원인데, 하필이면 의사 옆에 콕 붙어 다니는 청진기를 갖다 댔으니 기분이 좋을 리 없었다. 이걸 어쩌지? 자칫하면 계획을 망칠 수도 있겠다. 그래도 청진기는 매우 중요한 소품이라 뺄 수는 없었다.

"얼른 저리 치우래두!"

"아빠, 최근에 내가 신기한 걸 알아냈거든. 조금만 참아봐."

가까스로 설득해 아빠의 심장에 청진기를 갖다 댔다. 아빠의 심장소리가 매우 크게 들렸다.

"우와, 잘 들린다."

아빠는 귀찮다는 듯 고개를 돌려버렸다.

"아빠 심장소리 들어본 적 있어?"

"아니."

"한 번 들어 봐. 정말 커. 아빠 심장소리는 예사롭지 않은 것 같애.

내 심장소리랑 틀려."

아빠는 별 반응이 없었다.

"먼저 내 심장소리부터 들려줄게. 잘 들어봐."

나는 내 심장에서 멀리 떨어진 내 옆구리 쪽에 슬쩍 청진기를 갖다 댄 뒤 아빠 귀에 꽂아주었다.

"자, 이거 내 심장소리거든."

아빠는 가만히 듣더니, 고개를 내 쪽으로 돌리며 걱정하듯 물었다.

"어허, 너 심장이 왜 안 뛰냐?"

"아니야. 뛰는 거 맞는데, 소리가 진짜 작은 거야. 거의 안 들리지?"

"응. 안 들린다."

"근데 아빠 심장소리는 진짜 크다. 한 번 들어봐."

이어서 아빠 심장 바로 위에 청진기를 대고, 심장소리를 들려주었다. 아빠는 자신의 심장소리가 너무 컸는지 깜짝 놀랐다.

"아빠 심장소리 진짜 크지?"

"응. 크다."

그러면서 아빠는 삐딱하게 앉아있던 자세에서 등을 펴 똑바로 앉았다.

예상대로 아빠의 관심을 끄는 데 성공했다. 딸의 심장소리보다 당신의 심장소리가 훨씬 크다는 걸 인지했으니, 이제부터 시작이다.

"며칠 전 사무실에 손님 한 분이 오셨거든. 근데 그분이 주로 고문서를 수집하시는 분이래."

아빠는 내 얘기를 잠자코 들어주었다.

"근데 그분이 내게 여러 가지 고문서를 보여주셨거든. 특이한 게 정말 많더라고. 그중에 진짜 특이한 문서 하나가 있었어. 심장소리에 관한 고문서."

아빠는 귀에 꽂혀있던 청진기를 떼며 나를 쳐다보았다.

"그 고문서에는 사람마다 심장 뛰는 소리가 다르다고 적혀있었어. 아빠 알고 있었어?"

"아니. 몰라."

"사람의 심장소리는, 심장소리가 큰 사람이 있고 작은 사람이 있는데, 대부분 99.999%가 심장소리가 작게 들린대. 오직 0.001%만이 크게 들린다는 거야."

그리고 다시 한번 아빠의 심장소리를 들려주었다. 역시 매우 크게 들리자 아빠의 눈이 커졌다.

"어. 신임아, 내 심장소리가 크긴 크구나."

"근데, 거기에 적힌 걸 보니까, 아빠같이 큰 심장소리는 보통 사람의 심장소리가 아니래."

내 말에 아빠는 고개를 갸웃했다.

"아빠 같은 심장소리는 귀인의 심장이라고 해서 엄청 장수한대요. 기본이 200살은 넘게 산대."

"뭐? 200살?"

"응. 200살 넘게 산다고 고문서에 적혀있었어."

"그렇게 오래 산다고? 말도 안 된다."

"응. 나도 신기해서 자세히 봤거든. 많게는 300세까지도 살 수 있대."

아빠는 미심쩍은 표정으로 나를 보았다.

"근데 더 흥미로운 건, 200살 넘게 사는 이유가 말이야, 귀인은 어떠한 위험에서도 절대적으로 수호신들이 지켜낸다는 거야."

"수호신?"

"응. 예를 들어 누군가가 높은 곳에서 떨어뜨리려고 하면, 즉 인간이 지킬 수 없는 상황이 오잖아? 그럼 눈 깜짝할 사이에 기적이 일어난대. 갑자기 어린 묘목이 인간들이 볼 수 없는 0.000001초 사이에 쑥 자라서, 떨어지는 귀인을 '이럇!' 하고 나뭇가지로 힘껏 받아낸대. 즉, 어린 묘목이 수호신인 거지."

아, 이건 너무 심했다. 내가 들어도 말도 안 되는 얘기였다. 혹시나 아빠가 믿지 않으면 어쩌나 하며 마음을 졸였다. 하지만 아빠는 입을 헤 벌린 채 내 말에 집중하고 있었다.

"결론은 아빠 심장소리가 귀인의 심장소리라는 거야."

"뭐라고? 내 심장소리가?"

"응."

"허허. 그릴 리가."

"그게 다가 아니야. 만약에 귀인이 물에 빠져서 거의 죽을 상황이 되잖아? 그럼 아무도 모르게, 그 귀인 주위로 동그랗게 진공막이 씌워진대. 그러니까 밖은 폭풍우가 몰아치고 난리가 나도, 귀인은 편안하게 진공막 안에서 자고 있는 거야. 그럼 어느새 육지에 안전하게 도착해있고, 일어나 보면 바닷가인 거지. 그럼 새끼 바닷게들이 귀인이 안전하게 지낼 곳을 줄을 쫙 서서 안내해준대. 귀인이 그곳을 따라가면 세상에서 가장 안전한 곳에 도착하게 된대. 한마디로 바다랑 어린 바닷게들이 수호신인 거지."

아빠는 껄껄껄 웃었다.

"어떻게 그런 일이 있대?"

"더욱 놀라운 건, 그런 귀인이 전 세계에서, 아니 전 우주에서 몇

명 안 된다는 거야. 총 7명밖에 없대. 그런데 내가 들어보니, 아빠 심장소리가 바로 그 심장소리 같애. 귀인의 심장소리."

"어디에 그런 말이 나와 있다고?"

"고문서에 나와 있다니깐. 진짜야!"

"허허, 그래?"

잠시 후 나는 아빠에게 심장소리 좀 녹음하게 해달라고 부탁했다. 아빠의 심장소리가 귀인의 심장소리가 맞는지, 고문서 수집가에게 확인받고 싶다고 하면서 말이다. 당연히 녹음기에는 심장소리가 미미해 녹음되지 않았지만, 아빠는 녹음이 되었다고 믿었다.

며칠 뒤 아빠와 마주 앉았다.

"아빠, 며칠 전에 심장소리 녹음했던 거 기억하지?"

"응."

다행히 아빠는 기억하고 있었다. 강한 기억이었나 보다. 나는 고문서 수집가에게 확인받았다면서, 아빠의 심장소리는 귀인의 심장소리가 맞다고 알려주었다. 아울러, 고문서 수집가가 매우 감동하며 그 고문서를 아빠에게 꼭 전해달라고 부탁했다는 말도 해주었다.

"이게 그 고문서야. 이거 아빠가 갖고 있어."

"뭐라고? 이게 고문서라고?"

아빠는 신기했는지 고문서에서 눈을 떼지 못했다.

사실은 이랬다.

고문서는 내가 만든 것이다. 일단 피시(PC)로 '귀인은 이 우주에서 단 7명뿐이며, 수명은 200에서 300세이고, 심장소리가 일반인과 달리 매우 크고, 그 어떠한 위기 상황이 닥쳐와도 반드시 보호된다.'는 등의 문구들을 한문과 섞어 그럴싸하게 타이핑한 뒤, 미리 구해놓은 견고하고 누런 종이 위에 인쇄했다. 그런 후 오래된 느낌을 주기 위해 종이의 가장자리를 라이터로 태웠다. 그리고 돌을 구해서 글씨가 인쇄된 부위를 여러 차례 긁었다. 다음으로는 종이를 여러 번 구겼다 폈다 반복하여, 아주 낡아 보이게 만들었다. 그렇게 하고 나니 진짜 오래된 고문서 같았다. 거기에 완벽을 기하기 위해 도장업의 대가에게 '고문서'라는 한문을 새긴 도장을 부탁해 찍었다.

그렇게 제작된 고문서가 아빠에게 전달됐다. 감사하게도 아빠는 고문서의 진위 여부를 의심하지 않았고, 액면 그대로 신뢰했다. 뿐만 아니라 침대 왼편에 세워두고 자주 들여다보았다. 곁에만 두어도 든든했던 모양이다.

며칠이 지나 기억이 흐릿해지자 아빠가 물었다.

"신임아, 이게 뭐였지?"

그러면 나는 또다시 처음부터 자세히 설명해주었다.

아빠는 처음 들은 것처럼 재밌어 하다가도, 그게 예전부터 내려오던 무슨 전설 아니냐고 되묻기도 했다. 나는 절대 전설이 아니고 실제 사실이라고 말해주었다. 그러면서 '아빠는 현존하는 위대한 귀인'이 틀림없으며, 앞으로 적어도 200세까지는 무병장수할 거라고 아빠 귀가 따가울 정도로 말하고 또 말해주었다.

그날 이후 "나 곧 죽냐?"라는 질문은 "이 종이가 뭐라고?"라는 질문으로 바뀌었다. 그걸로 아빠를 공포에 떨게 했던 '저승사자'의 존재는 아빠의 기억에서 서서히 사라져갔다.

청천벽력!
아빠를 잃어버리다

한번은 아빠를 잃어버려 정말 큰일 날 뻔했던 일이 있었다. 다행히 아빠는 찾았지만, 그 과정에서 엄마와 아빠 사이에 벌어졌던 이야기가 너무도 영화 같아서 시나리오처럼 서술해보았다. 미리 말해두지만, 나는 시나리오 작가가 아니다. 그러니 구성이 좀 어색할지라도 편안하게 읽어주기 바란다.

[등장인물]

남편
신임이 아빠. 인자하고 선한 모습의 60대 노인. 다리가 길고 미남형. 치매를 앓고 있음.

아내
신임이 엄마. 남편보다는 4살 아래. 성격은 급하지만 따뜻한 성품의 소유자.

마음이 여리고 감정 표현이 솔직함. 눈치가 빠르고 순발력이 있음.

신임

철부지 둘째 딸. 지구에 살고는 있지만, 지구인 같지 않은 인간.

치매를 앓고 있는 아빠를 웃게 하려고 온갖 수단과 방법을 가리지

않는 불도저 같은 성격.

젊은 남자, 꼬마

지나가는 행인들

[줄거리]

벚꽃이 흩날리는 4월 어느 날, 아내는 집에만 있는 남편에게 꽃구

경을 시켜주고자 수많은 인파가 몰려 있는 벚꽃 산책로로 데려간다.

그러나 그곳에서 잠깐의 실수로 남편을 잃어버리게 되는데…….

1. 집 안 (아파트 거실, 낮)

거실을 걷고 있는 남편, 아내는 설거지를 마친 후 손에 묻은 물기

를 닦아내며 남편에게 다가간다.

아내 : (남편에게 다정히 팔짱을 끼며) 여보, 날씨도 좋은데 우리 산

　　　책 가요.

남편 : (고개를 가로저으며) 안 갈래요. 혼자 다녀와요.

아내 : (끼었던 팔짱을 마구 흔들며) 에이 여보. 우리 꽃 보러 갑시다. 벚꽃이 얼마나 예쁜지 몰라요. 어서 가자고요. 얼른.

이때 아내의 핸드폰이 울린다. 둘째 딸 신임이다. 전화를 받는 아내. 곧이어 남편을 바꿔준다.

신임 : (밝은 목소리로) 존경하는 아빠. 밖에 핀 벚꽃들이 잘생긴 울 아빠 얼굴 한번 보고 싶다고 손꼽아 기다리고 있대. 엄마랑 잠깐 나가서 콧바람도 쐬고 벚꽃들하고 인사도 나누고 오면 안 될까?

남편 : (딸의 목소리만 들어도 기뻐서 씨익 웃으며) 응. 알았다. 밥은 먹었냐?

신임 : 응. 밥 세 그릇 먹었어. 두 그릇 더 먹을라고. 헤헤.

남편 : 허허, 적당히 먹어라. 과식하면 못 쓴다.

전화를 끊고, 남편은 둘째 딸 신임의 부탁대로 꽃구경을 가기 위해 잠바를 입는다.

2. 산책로

길에는 온통 벚꽃들이 가득하다. 맑은 햇빛까지 받으니 연분홍 꽃잎이 하얗게 빛나기까지 한다. 바람이 살짝 불자 반짝이는 하얀 별들이 쏟아져 내린다. 길옆으로는 개천이 흐르고, 아름다운 물결 위로 오리 가족들이 유유히 헤엄친다. 엄마 오리를 열심히 뒤쫓아 가는 아

7년간의 마법 같은 기적

기 오리들의 모습이 앙증맞다. 산책로에는 수많은 사람들이 봄의 향기에 흠뻑 취한 듯 행복한 표정을 지으며 걷고 있다. 중간에 남편과 아내의 모습이 보인다. 떨어지는 꽃잎들은 마치 남편과 아내가 올 것을 미리 알고 있었다는 듯 그들 주변에서 가득 흩날린다.

아내는 남편의 손을 꼭 잡고 연신 감탄을 쏟아낸다.

아내 : 와~ 예쁘다. 저 꽃 좀 봐요. 너무 예쁘지 않아요? 날씨도 따뜻한 게, 산책 나오기 딱 좋다. 그죠? 거봐요. 나오니 좋죠? 음~ 꽃향기. 넘 행복해…….

10분 남짓 남편과 아내가 손을 잡고 걷던 중, 남편이 아내의 손을 슬며시 뿌리친다.

남편 : 여보, 이제 집에 갑시다.
아내 : 아우, 나온 지 얼마나 됐다고. 좀 더 걷다 가요.
남편 : (무릎을 손으로 만지작거리며) 다리가 아파서 그래요. 어서 갑시다.

아내는 어떻게 할까 잠시 고민하다, 손을 뻗어 산책길 끝 쪽을 가리킨다.

아내 : 여보, 나 그럼 저기 끝에까지만 얼른 갔다 올 테니까, 잠깐 여기 벤치에 앉아있을래요?
남편 : (표정이 굳어지며) 그…… 그래요. 금방 갔다 올 거죠?
아내 : 그럼요. 금방 오죠.

남편 : 얼른 갔다 와야 돼요. 늦게 오면 안 돼요.

아내 : 아이구, 걱정하지 말아요. 빨리 올 테니까, 잠깐만 있어요.

아내는 주머니에서 핸드폰을 꺼내 남편에게 내민다.

아내 : (핸드폰을 펼치며) 여보. 나 금방 올 건데, 혹시 무슨 일 있으면 1번 눌러요. 1번 누르면 신임이가 바로 받을 거니까. 알았죠?

남편 : (속으로 안심하며) 신임이. 알았어요, 허허. 다녀와요.

3. 산책로 (아내 씬)

씩씩하게 걸어가는 아내. 10분 남짓 걷자 어느새 산책길 끝 지점에 도착한다. 곧바로 걸음을 돌려 남편이 기다리고 있는 벤치로 돌아간다. 그러나 좀 전까지 벤치에 앉아있던 남편이 보이지 않는다. 당황한 아내는 남편을 부르기 시작한다.

아내 : (주위를 둘러보며 놀란 표정으로) 여보, 여보! 신임이 아빠 어디 있어요?

아무리 찾아봐도 남편은 없다. 갑자기 아내의 눈앞이 캄캄해진다. 지나가는 행인의 핸드폰을 빌려, 남편이 갖고 있는 핸드폰에 전화를 건다. 하지만 전화 연결이 되지 않는다.

아내 : (안절부절못하며) 이 양반이 왜 전화를 안 받지? 미안한데, 한 번만 더 해 볼게요. 큰일 났네.

남편과의 전화 연결은 계속되지 않고, 불현듯 아내의 머릿속에 무서운 장면들이 스쳐간다.

남편이 횡단보도를 건너다 사고 나는 장면,

모르는 곳으로 길을 잘못 들어가 넘어지는 장면,

납치되는 장면.

아내 : (뛰는 가슴에 손을 얹고) 혼자 두는 게 아니었는데…….
　　　　딸들 전화번호라도 진작 외워둘걸.

아내는 가슴을 졸이며 수많은 사람들 틈에서 남편을 이리저리 찾아 헤맨다.

4. 산책로 (남편 씨)

남편은 산책길 끝 쪽으로 거의 뛰다시피 걸어가는 아내를 본다. 사람들이 많아, 아내가 보였다 안 보였다 한다. 남편은 고개를 좌우로 움직여 아내에게서 눈을 떼지 않는다. 아내가 보이지 않게 되면 불안해지고, 다시 아내의 모습이 보이면 안심한다. 그러다 몇 분 후, 아내의 모습을 완전히 놓쳐버린다. 남편은 두리번거리며 아내를 찾지만, 아내는 보이지 않는다.

불안한 마음으로 주위를 둘러보지만, 낯선 이들의 무표정한 얼굴밖엔 보이지 않는다.

남편 : (매우 당황한 표정으로) 집사람이 어디 갔지? 왜 안 보이지?

남편 : (산책길 끝 쪽을 목을 길게 빼고 쳐다보며) 어디로 간 거야? 여보? 신임이 엄마?

(갑자기 핸드폰을 쳐다보며) 그래, 신임이! 신임이한테 전화하자. 어……, 신임이, 신임이……, 신임이가 몇 번이지?

남편은 핸드폰을 몇 번 만지작거리지만 아무리 시도해도 전화는 안 걸린다. 벤치에서 벌떡 일어선다. 머릿속은 새하얘지고 아무것도 보이지 않는다. 벚꽃이 가득 찬 산책길, 활기차게 움직이는 인파 속에 불안에 떠는 노인 하나만 덩그러니 서 있다.

당황한 남편은 아내가 간 방향으로 걸어가 본다. 아내는 보이지 않는다. 다시 몇 발자국 가다가 멈춰서 돌아보고, 그러기를 몇 번 반복하니 이젠 방향까지 잃어버린다. 갑자기 어지러워지고, 숨이 막혀 온다. 누구에게든 말을 걸어 아내 좀 찾아달라고 도움을 청하고 싶지만, 입이 떨어지지 않는다.

남편 : (혼잣말) 여기에 이러고 있을 시간이 없는데, 일단 집에 가야 하는데, 얼른 집으로 가야겠는데……. 여기는 어디지? 집이 어디였지?

남편은 깊은 슬픔에 빠진다. 세상 끝에서, 도와줄 이 아무도 없는 이곳에서 이대로 죽는구나 하고 생각하자 서러움이 몰려온다.

잠시 후 남편은 집에 가야 한다는 생각에 무작정 걷기 시작한다.

이때 젊은 남자가 남편 옆을 느린 걸음으로 지나간다. 용기를 내보는 남편.

남편 : (절박한 표정으로) 저기요. 여기가 어디요?

젊은 남자 : (귀에 꽂고 있던 이어폰을 급히 빼며) 네? 할아버지? 뭐
라고요?

남편 : (다급하게) 내가 집에를 가야 하는데, 4단지, 4단지가 어디인
지 아시오?

젊은 남자 : 아아. 4단지면 이쪽이 아니고, 저쪽으로 가시면 돼요.

젊은 남자 : 반대로 오셨네요.

남편 : (알아듣겠다는 듯 목례를 한 뒤) 고맙소.

그렇게 남편은 산책로를 빠져나온다.

한참을 걷고 나니 횡단보도가 보인다. 남편은 신호등 앞에서 건너
야 할지 말아야 할지 망설이며 초조하게 서 있다. 그 사이 혹시나
아내가 오지나 않을까 하는 마음에 왔던 길을 돌아보지만, 아내는
보이지 않는다. 그때 옆에 서 있던 초등학생으로 보이는 꼬마 아이가
남편을 쳐다본다.

남편 : (긴장한 표정이지만 다정하게) 학생 4단지가 어디야?

꼬마 : (먹고 입던 막대사탕을 입에서 빼며) ○○아파트 4단지요?

남편 : (고개를 여러 차례 끄덕이며) 아~ 거기 맞아. 거기 맞을 거야.

꼬마 : (씩 웃으며) 저 거기 사는데. 할아버지, 저 따라 오시면 돼요.

남편 : (하얀 틀니를 드러내고 안도의 미소를 지으며) 아이구, 그래.
고맙구나.

신호등이 녹색으로 바뀌자 꼬마가 뛰기 시작한다.

느린 걸음으로 열심히 따라가는 남편, 그러나 횡단보도 중간을

약간 넘었을 뿐인데 신호등이 빨간색으로 바뀌어버린다.

꼬마는 뒤를 돌아 주위를 살핀 후 남편이 걸어오는 쪽으로 다시 뛰어가, 왼손으로는 남편 손을 잡아서 끌어주고 오른손은 번쩍 들어 차량들을 저지하며 무사히 반대편까지 안내한다.

남편은 꼬마가 기특해 머리를 쓰다듬어준다.

5. 아파트 앞 (4단지 입구)

꼬마 : (사탕을 입에 넣은 채 해맑게 웃으며) 할아버지 여기 우리집이
　　　　에요. 안녕히 가세요.

꼬마가 예의 바르게 인사한 후 뛰어간다. 그 모습을 바라보는 남편.

아파트 단지에 도착한 남편은 주위를 두리번거린다. 자신의 집이 어느 동인지 도무지 기억이 나지 않는다. 그렇게 왔다 갔다 수없이 반복한 끝에, 눈에 익고 왠지 낯설지 않은 동 앞에서 걸음을 멈춘다. 그러나 입구가 네 개나 되어 또 당황한다.

남편 : (아파트 정면을 하염없이 둘러보며) 1, 2라인 같기도 하고, 3, 4
　　　　라인 같기도 하고……, 5, 6라인인가? 아휴, 신임이 올 때까지
　　　　기다려야겠네.

남편은 그곳에 선 채로 꼼짝 않고 기다리기 시작한다. 목도 마르고 다리도 아파온다. 어느새 해가 지고 스멀스멀 어둠이 찾아온다.

6. 산책로

창백해진 얼굴로 미친 듯이 남편을 찾아 헤매는 아내. 겁먹은 얼굴로 발을 동동거리던 아내는 실종신고를 해야겠다는 생각으로 집을 향해 뛰기 시작한다.

아내 : (눈가에 눈물을 닦아내며) 여보, 제발 살아만 있어요. 제발요!

7. 집 앞 입구 (저녁)

아내가 집 앞으로 뛰어오니, 남편이 1층 입구에 서성이며 기다리고 있다.

남편을 발견한 아내는 감격하여 남편에게 달려간다.

아내 : (남편을 얼싸안으며) 여보, 걱정했잖아요. 어디 갔었어요? 핸드폰은 왜 안 받아요?

남편 : (아내를 뿌리치며) 아니 왜 그리 늦게 오는 거요? 어서 올라갑 시다.

어느덧 어두워진 아파트 주변. 남편과 아내가 들어간 아파트 11층에 불이 켜진다.

8. 집 안 (아파트 안)

저녁을 차리고 있는 아내. 방안에 가만히 앉아 있는 남편.

뒤늦게 아내는 둘째 딸 신임에게 전화를 해서 자초지종을 알려준다.

신임은 아빠와 통화하며, 집으로 잘 찾아와주어 감사하며 역시 성인답게 위대한 행동을 해주었다고 존경을 표한다.

딸과의 짧은 통화를 마친 후 안방 침대 등받이에 기대어, 저녁을 준비하는 아내의 뒷모습을 싸늘한 표정으로 바라보는 남편. 갑자기 벌떡 일어서서 눈을 치켜뜨고 아내를 매섭게 노려본다. 곧이어 문 쪽으로 다가가 안방 문을 아주 세게 닫아버린다.

"쾅!"

엄마는 위험인물

엄마가 아빠를 버리려 한다고?

소중한 아빠를 다시 찾은 그날 저녁, 아빠가 긴급호출을 했다.

"응. 아빠 왜?"

"문 닫고 가까이 와."

아빠의 눈이 벌겋게 충혈된 게 딱 봐도 심각해 보였다.

즉시 문을 꼭 닫은 뒤 아빠에게 다가가 물었다.

"응. 어서 말해봐."

아빠는 마치 엄청난 음모를 알아차린 사람처럼 내 눈을 보며 매우 진지한 표정으로 이야기를 시작했다.

"오늘 니 엄마가 나 버리려고 했다. 알고 있냐?"

순간 너무 당황스러워 말문이 막혀버렸다. 가뜩이나 아빠를 잠시나마 잃어버렸다는 사실에 놀란 터였는데, 엄마가 자신을 버리려고 했다는 말을 들으니 까무러칠 뻔했다.

"아빠, 어떻게 그런 생각을 할 수가…… 있어?"

말도 안 된다고, 엄마 또한 아빠를 잃어버려서 얼마나 찾아 헤맸는지 모른다고 수없이 설명했지만, 아빠는 끝끝내 믿지 않았다.

며칠 후에는 출근 전 드라이를 하고 있었는데, 내 옆으로 와 슬픈 얼굴로 부탁까지 했다.

"신임아 출근 안 하면 안 되냐? 니 엄마가 또 나를 내다 버릴 거다."

"아니야. 절대 그렇지 않아."

"참말이다! 니 엄마가 나 버릴 거래두!"

흥분한 아빠를 겨우 진정시키고 출근을 했다.

그 후로도 아빠는 엄마가 호시탐탐 자신을 버릴 기회만 노리고 있다며 계속 불안해했다.

내가 할 수 있는 일이라곤 '괜찮아.' '괜찮아.' 하며 안심시켜주는 것뿐이었다.

그로부터 몇 달 후, 엄마가 울면서 전화를 했다. 오전 일찍 외출해서 저녁 5시경에 집으로 돌아왔는데, 와보니 번호 키 아래 잠금장치가 잠겨 있어 현관문이 안 열린다는 것이다. 아무래도 집 안에 있는 아빠가 잘못된 것 같다며 흐느꼈다. 우리 집은 번호 키 밑에 별도로 잠금장치가 또 있다. 식구들이 나가면 아빠가 항상 그 잠금장치를 잠근다. 그러다 식구들이 돌아오면 아빠가 그 잠금장치를 풀어 문을 열어주신다. 그런데 그날은 아빠가 아무 기척 없이 잠금장치를 열어주지 않으니 아빠에게 문제가 생겼다고 판단한 것이다.

"어떡하니? 니 아빠 어쩌면 좋으니? 흐흐흑~"

"안 돼. 울 아빠! 안 돼!"

나 역시 사무실에서 통곡하며 울었다.

자신이 곧 버려질 거라며 공포에 떨고 있는 아빠를 벌써 몇 달째 방치했던가? 모든 게 다 내 탓 같았다. 내가 아빠를 저렇게 만든 거나 다름없었다.

곧바로 집 근처 열쇠수리공에게 전화해 위급상황이 발생했으니 빨리 와달라고 부탁했다. 아니, 애원했다. 그리고는 가슴을 부여잡고 기도했다.

"제발……, 아빠! 제발 살아만 있어 줘, 내가 미안해. 부디 살아만 있어 줘……."

잠시 후 열쇠수리공이 도착했고, 현관문이 열렸다. 엄마는 울먹이며 뛰어 들어갔다. 거실에는 아빠가 없었다. "여보!" 하고 소리치며 안방 문을 연 순간,

"여, 여보……?"

아빠가 덩그러니 침대에 기대어 벽 쪽을 보고 앉아있더란다!

엄마가 눈물을 닦아내며 왜 문을 안 열어줬냐고 묻자, "그냥요."라고 대답하곤 고개를 휙 돌려 버렸다나?

나중에 아빠에게 물으니, 엄마가 자신을 해칠 것이 뻔한데 뭐 하러 문을 열어주겠냐며 도리어 내게 화를 냈다. 그렇게 엄마를 향한 아빠의 불신은 점점 커져갔다.

한번은 또 이런 일도 있었다.

그날은 정말 큰일 날 뻔했다. 엄마가 외출한 사이 아빠는 뭐가 그

리 불안했는지 현관 밖으로 나왔다. 그러다 덜커덕하고 문이 잠겨버린 것이다. 그럴 땐 번호키만 누르면 그만인데 당연히 번호가 기억나지 않았다. 아빠에게는 핸드폰도 없었다. 때마침 앞집 이웃도 외출한 후였다. 아빠는 앉지도 못한 채 3시간 넘게 현관 밖에서 초조하게 기다려야 했다.

엄마가 집에 돌아와 왜 나와 있냐고 묻자 창백한 얼굴로 "문 좀 열어주세요." 하더란다. 그리곤 안방으로 들어가서 문을 꼭 닫고는 내가 퇴근해 돌아올 때까지 아예 나오지 않았다고 한다.

그때가 가을이었기에 망정이지, 만약 겨울이었다면 어떻게 됐을까? 어휴, 생각만 해도 아찔하다.

퇴근 후 아빠에게 물었다.

"낮에 왜 나갔어?"

"집에 있으면 위험해서 나갔지."

"위험하긴 집이 오히려 안전하지. 오늘 많이 놀랐지? 다리 안 아파? 다신 나가지 마. 알았지?"

"아니다. 신임아, 니 엄마가 나 내다 버릴 거다. 제발 내 말 좀 믿어 줘라. 제발!"

시간이 흐를수록 아빠는 점점 더 힘들어했다. 나 또한 엄청 불안했다. 그날은 현관 밖이었지만, 조만간 엘리베이터를 타고 1층으로 내려갈 테고, 그렇게 어디론가 내가 찾을 수 없는 곳으로 가버린다면 영영 아빠를 잃게 되는 거 아닌가? 생각만 해도 섬뜩했다.

만일에 대비해 뭔가 해결책이 필요했다. 임시방편이지만, 내 연락처와 주소를 적어 아빠 바지 주머니 깊숙이 넣어두었다. 하지만 옷을 세탁해버리자 글씨가 번져버렸다.

다음엔 내 명함을 넣어두었는데, 역시나 빨아버리니 흐물흐물해졌다.

그다음엔 이름표를 사서 중요한 내용을 적은 뒤, 아빠 옷에 옷핀으로 꽂아두었다. 그랬더니 글쎄, 아빠가 그걸 떼서 쓰레기통에 버려버리는 게 아닌가? 휴~.

좀 더 확실한 해결책이 필요했다. 그리하여 내가 손수 만들었다. 먼저 가로세로 6cm×5cm 메모장 양면에 아빠에 관한 중요내용을 적었다. 성함, 나이, 주소, 보호자인 내 이름과 전화번호까지. 그걸 코팅했다. 그런 후 코팅지 모서리 부분을 펀치로 구멍 뚫어, 그 구멍에다가 굵은 실 수십 가닥을 넣고 길게 뺀 뒤 단단히 매듭을 지었다. 그리고는 그 매듭 끝부분을 아빠 바지 주머니 안감에 바늘로 단단히 고정시켜 꿰맸다. 그렇게 하니 아무리 빨아도 메모장은 아빠 바지 주머니에서 떠나지 않았다. 한마디로 아빠 바지 주머니에는 늘 코팅지가 붙어 다녔던 것이다.

그제야 안심할 수 있었다. 이제는 아빠가 집 밖으로 나가서 길을 잃어도 누군가가 아빠 바지 주머니를 살필 것이고, 그러다 코팅지를 발견하면 즉시 내게 연락을 해 올 것이다. 비록 바느질은 엉망이었지만, 저 단단한 실이 아빠를 찾게 해줄 것이다.

"아빠, 이 코팅지랑 연결된 실은 절대 끊으면 안 돼. 아빠와 나를 이어주는 동아줄이야. 알았지?"

다행히 아빠는 동아줄을 끊지 않았다.

나의 노력에도 불구하고 아빠의 불안은 사라지지 않았다. 특히 엄마에 대한 불신은 눈덩이처럼 커져갔다. 급기야 엄마가 만든 음식을 거부하는 사태까지 벌어졌다.

"왜 엄마가 차려준 음식을 안 먹는 건데?"

아빠는 분노에 이글거리는 눈빛으로 나를 쏘아보며 대답했다.

"독! 음식에 독을 탔어! 저거 먹으면 죽을 텐데 어떻게 먹냐? 너라면 먹겠냐!!"

이럴 수가! 가히 천재적이라 아니할 수 없다! 도대체 아빠의 상상력은 어디까지 뻗칠 것인가? 만일 아빠의 얘기대로 영화를 제작한다면 적어도 500명(!)의 관객은 동원할 수 있을 것이다. 어떻게 아빠는 이런 극적인 시나리오를 저리도 잘 지어내지? 정말 놀라움을 금할 수 없었다.

한번은 아빠가 나를 붙잡고, 놀라운 정보를 주겠다며 엄마도 까맣게 모르는 '엄마의 무서운 계략'을 털어놓았다.

"니 엄마가 왜 음식에 독을 넣는지 알려 주랴?"

아빠의 심각한 표정이 너무 귀여워 나도 모르게 장난기가 발동했다.

"응. 알고 싶어. 빨리 얘기해봐."

아빠는 눈을 부릅뜨며 말했다.

"나를 버리려고 했었다가 그게 마음대로 안 되니까, 이제는 음식에 독을 넣는다고 하더구나."

나는 사건 해결의 실마리를 낚아챈 탐정처럼 되물었다.

"'하더구나?' 아빠 생각이 아니라 누가 얘기해준 거야?"

"그래."

"누구? 도사?"

"넌 알 거 없다."

정말 놀랍다. 이쯤 되면 이 시나리오의 관객은 적어도 1,000명(!)은 넘어설 것이다.

그러나 상황은 더욱 심각해졌다. 아빠는 독살에 대한 공포심을 갖기 시작한 날부터 엄마가 해준 음식을 선뜻 먹지 않았다. 내가 먼저 먹고, 독이 없다는 걸 안심시켜준 뒤에야 겨우 먹었다. 당연히 식사를 하긴 했지만 맛있게 먹지는 못했다.

그렇게 아빠는 자신을 스릴러 영화에 나오는 위기에 처한 남자 주인공으로 만들며 계속해서 독극물 시나리오를 완성해 가고 있었다.

그런 아빠 때문에 엄마와 나는 많이 힘들었다. 낙담하고 한숨 쉰 날이 하루 이틀이 아니다. 그렇다고 낙담만 하고 있을 수는 없었다. 낙담의 끝은 병원행이기 때문이다.

결국 내 방법대로 해보기로 했다. 설사 남들이 미쳤다고 욕해도, 우리 아빠만 믿어주면 된다. 아빠가 안 믿어주면 어떻게 하냐고? 그럼 믿게 하면 되지.

나는 또 해결책을 찾아 나섰다.

마이크로 칩 대작전!

지구인 중에서 가장 무서운 여인과 살고 있는 우리 아빠를 어떻게 구해내야 할까?

그즈음 나의 하루 일과는 이랬다.

사무실에 도착하자마자 포스트잇에 '아빠 독살 해결'이라고 적은 뒤, 수시로 메모를 보며 생각했다. 업무를 보다가도, 식사를 하다가도 메모를 뚫어지게 쳐다보며 방법을 찾았다. 심지어는 평소 친분이 있던 형사에게 문의까지 했다.

"저기 말이야. 독살될 뻔한 사람이 극적으로 구출된 사례가 혹시 있었나?"

아쉽게도(?) 그런 사례는 없다고 한다. 정말이지 머리가 아플 정도로 생각하고 또 생각했다.

그렇게 몇 주간을 고민하자, 드디어 기가 막힌 작전이 설계됐다! 아빠가 어디에 있든 바로 찾아내고, 독이 든 음식을 먹어도 끄떡없는

7년간의 마법 같은 기적

방법. 일명 '마이크로 칩 작전'이다. 시간 끌 것 없이 그날 저녁 바로 실행했다.

전날 저녁을 끝으로 아빠가 아무것도 먹지 않는다며 엄마가 전화를 해왔다. 아빠가 좋아하는 햄버거를 사 들고 집으로 갔다. 현관에 들어서자 아빠는 마치 10년 만에 돌아온 자식을 맞이하듯 반겼다.

"신임아, 어서 와라!"

"아빠, 밥은 먹었어?"

"아니. 안 먹었다."

"햄버거 2개 사 왔는데 먹을래?"

"내 것도 사 온 거냐? 어서 먹자. 배고프다."

아빠는 햄버거를 집자마자 허겁지겁 먹어치웠다.

"아빠, 내 것도 먹어."

"아니야. 너 먹어야지."

아빠는 아쉬워하면서 안방 침대로 가 앉았다. 그러면서 식탁에 있던 내 햄버거를 계속 쳐다봤다.

나는 햄버거를 벗겨내 한 입 크게 '앙' 물었다. 그리고 아빠를 불렀다.

"아빠, 이거 같이 나눠 먹자. 나 양 많아."

아빠는 내 말이 떨어지기 무섭게 한걸음에 달려와 내가 한입 물어 놓은 햄버거를 또 한입 물었다. 곧이어 내가 하마처럼 입을 벌려 또 한입 크게 물었다. 그렇게 우리 둘은 사이좋게 햄버거를 다 먹어치 웠다.

그렇게 먹고 나니 아빠의 기분이 한층 '업'되었다. 지금이야말로 작전을 실행하기에 가장 좋은 타이밍이다. 이제 작전실행을 위해 아빠를 씻겨야 한다.

"햄버거 먹었으니까 양치하고, 얼른 씻자."

"아니, 안 씻을 거다. 너나 씻어라."

"아빠 안 씻으면 신임이 다시 나갈 거야. 괜찮겠어?"

"아니. 지금 씻으마."

말이 끝나기가 무섭게 아빠는 냉큼 욕실로 들어갔다. 저렇게 빨리 씻으러 갈 아빠가 아닌데, 얼마나 두려우면 저럴까? 내가 없는 집은 아빠에게 그야말로 공포의 집인 게 틀림없었다.

아빠의 손, 발, 이, 얼굴을 깨끗이 씻긴 후, 얼굴에 로션을 발라주었다. 그러면서 오늘 작전의 핵심 위치인 팔등을 눈으로 스윽 한 번 스캔했다.

'저기로 해야겠군.'

그리고 한동안 아빠의 눈치를 살피다 조금 큰 소리로 말했다.

"좀 아플 거야!"

동시에 팔등 중간쯤에 있는 작은 점 하나를 엄지손톱과 검지 손톱 끝으로 콕 집어, 있는 힘껏 아주 세게 꼬집었다. 순간이었지만, 진짜 아팠을 거다.

"아아! 너 왜 그러냐? 아프다!"

"휴~ 됐다."

나는 안도의 한숨을 쉬는 척했지만, 아빠는 매우 화를 냈다.

"이제 너까지 나를 죽이려 드는구나!"

아빠는 나의 행동에 놀란 듯 고함을 지르며, 꼬집힌 팔등을 마구 비볐다.

내가 걱정되는 얼굴로 물었다.

"많이 아팠지?"

"저리 가라! 너도 필요 없다."

"아니야. 잘 심어진 것 같애."

아빠는 홍당무처럼 시뻘게진 얼굴로 씩씩댔다.

"아빠 진정하구, 지금 아빠 몸에 초소형 마이크로 칩을 심었거든."

"뭐라고?"

"칩을 심었다고. 마이크로 칩!"

"칩?"

"응. 우리 눈에는 보이지 않는 아주 작은 칩인데, 방금 꼬집은 게 아니고, 그 칩이 아빠 몸에 심어진 거야. 여기 봐봐. 지금 들어가고 있는 중이잖아. 보이지?"

그리곤 아빠 팔등에 있는 작은 점을 가리켰다. 아빠는 눈을 비비며 빨갛게 부어있는 점을 쳐다보았다. 나는 미리 준비한 대일밴드를 재빨리 붙여주었다.

"칩을 심어서 이거 오늘은 붙이고 있어야 해."

그리고 내 팔등에도 이미 붙어있는 밴드를 내밀며 보여주었다.

"나도 아까 칩 심었잖아. 진짜 아팠어."

그 순간 생각했다. 아빠가 안 믿으면 어떡하지? 매우 짧은 순간이었지만 머릿속은 온갖 생각으로 복잡해졌다. 아빠가 믿지 않으면 이 계획이 수포로 돌아갈 뿐 아니라 오히려 역효과만 낼 것이다. 그래도 어쩔 수 없었다. 이미 물은 엎질러졌다. 믿으면 감사할 뿐이고, 믿지 않아도 밀고 나갈 수밖에 없다. 나는 말도 안 되는 쇼를 계속 이어갔다.

"아빠, 잘 들어. 지금 아빠 몸엔 최첨단 칩이 심어진 거야."

아빠는 수상쩍은 표정으로 물었다.

"뭐? 최첨단 칩?"

"응. 그 칩이 심어지느라 아팠던 거야. 미리 알고 있으면 칩이 몸에 안 박혀. 그래서 아빠 모르게 심으려다 보니까 꼬집은 것처럼 느껴진 거야. 많이 아팠지?"

아빠는 '우리 딸이 정신이 완전히 나가버렸구나.' 하는 표정을 지으며, 대일밴드를 떼버리고 그 부분을 마구 긁어댔다.

나는 더 확신을 갖고 얘기했다.

"그래봤자 안 나와. 지금쯤 칩이 혈을 통해서 몸속 깊숙이 들어가고 있는 상태일 거야. 그거 빼려면 특수 기계 가져와서, 현미경으로 보면서 수술해서 빼야 되거든. 다시 빼기가 힘들어. 눈에도 안 보이는 칩이라서."

"신임이 너 정신이 나간 거냐? 니 애비가 그리 우습냐?"

아빠는 거짓말을 하면 못쓴다며 나를 나무라기 시작했다.

거기서 질 내가 아니다. 나는 칩에 대해 아빠가 믿을 때까지 내 모든 능력을 총동원했다. 손짓, 발짓, 눈짓, 고갯짓을 하면서, 표정도 변화무쌍하게 지으며 완전히 내 이야기에 푹 빠져들게끔 쉬지 않고 얘기했다.

그렇게 20분쯤 지났을까?

"그래? 대체 어떤 칩인데?"

됐다! 드디어 아빠가 호기심을 갖기 시작했다!

"쉿! 아빠만 알고 있어."

방에는 둘밖에 없었지만, 마치 여러 사람이 있는 것처럼 아빠 귀에 대고 속삭였다.

"그 칩에는 위치 추적기가 달려있어."

아빠는 내 입에서 귀를 떼고는 살짝 놀란 표정으로 물었다.

"뭐? 위치 추적기?"

나는 머리를 끄덕였다.

"응! 아빠가 어디에 있든 그 칩으로 위치 파악이 되는 거야. 한마디로 아빠가 미국을 가든, 프랑스를 가든, 독일을 가든 아빠의 위치가 1,000% 정확히 뜨는 거지. 지난번에 아빠가 집 앞에서 길 잃어버렸잖아. 그런 상황이 오면 0.1초도 안 돼 바로 아빠 위치가 떠버려. 이제 누구도 아빠를 버릴 수 없어. 아빠가 지구 어디에 있든 다 추적이 되거든. 아니 우주까지 추적될걸."

아빠는 의심의 눈초리로 나를 보았다.

"진짜냐?"

"진짜지!"

"어떻게 그런 게 있을 수 있냐?"

"그러니까 말이야. 우리 인간의 기술이 어느 정도 발전했는지 아빠는 상상도 못할걸? 나도 정말 깜짝 놀랐어. 이 마이크로 칩은 처음에 심을 때만 잠깐 아프고, 나머지 생활하는 데는 전혀 지장이 없대. 평생 달고 지내면 되는 거야."

"그래?"

아빠의 눈빛이 살짝 흔들렸다. 믿는 걸까, 의심하는 걸까? 에라 모르겠다. 나는 더 세게 밀어붙였다.

"그게 다가 아니야. 그 칩에는 독을 해독하는 기능까지 있대!"

"뭐 독? 어떻게?"

"응. 예를 들어, 아빠 몸에 안 좋은 성분이 들어오면 바로 그 칩에서 해독제가 뿜어져 나온대. 그리곤 엄청 빠른 속도로 독극물을 해독해버린다는 거야. 다시 말해서, 아빠 몸에 독이 들어와도 아픈 것도 전혀 못 느끼고, 바로 몸이 치유가 되어버리는 거지. 해독제는 용량이 앞으로 2,000년 넘게 써도 될 만큼 충분히 들어있대. 그 작은 칩에 말이야. 즉, 아빠가 200살 넘게 살 거니까, 그때까지 쓰고도 남아있을 만큼 충분히 들어있는 거라고 보면 돼."

아빠는 나를 빤히 쳐다보았다.

"너 정말이냐?"

나는 대일밴드를 다시 붙여주며 말했다.

"응. 진짜야. 이거 주사 맞았을 때처럼 오늘은 붙이고 있자. 앞으로 우리 둘 다 뭐든지 안심하고 먹어도 되는 거야. 알겠지?"

"근데 어떻게 구했냐? 비싸지 않냐?"

출처와 가격을 묻는 걸 보니, 아빠는 내 말을 믿는 게 틀림없었다. 나는 이 칩이 매우 비싼 칩이며, 아빠를 존경하는 국제경호팀 소속 '제임스'라는 미국 요원이 아빠의 중요함을 전 세계에 알린 바, 이에 감동을 받은 미국의 어떤 수천억 원대 자산가가 아빠에게 꼭 칩을 심어달라고 했다는 것, 그리고 그 칩을 위해 어마어마한 비용을 지불했다는 것을 아주 사실적으로 또 상세히 이야기해주었다. 그러면서, 아빠는 전 세계 모든 사람들이 반드시 지켜야 할 위대한 인물로 선정되었기에 모두들 아빠를 보호하려고 혈안이 되어있다고 알려주었다.

내 얘기를 다 들은 아빠의 표정이 밝아졌다. 그리고 팔등에 대일밴드를 손으로 만지작거렸다.

'됐다!'

그 후로도 아빠가 버려질 거라는 불안함과 독극물로 괴로운 상상을 할 때마다 아빠 팔등에 있는 점을 가리키며 같은 얘기를 반복해주었다. 물론 더욱 유쾌하고 흥미진진하게 말이다. 한편으론 너무나 순수한 아빠를 이렇게까지 속인다는 생각에 마음이 아프기도 했지만, 불안에 떨고 있던 아빠는 그 얘기를 들을 때마다 이내 편안해했다. 그리고 편안해하는 시간이 조금씩 늘어남에 따라 당신이 안전하다는 걸 의식했는지 얼굴빛이 바뀌기 시작했다.

몇 개월이 흐른 뒤에는 엄마에 대한 두려움도 옅어졌고, 음식에 독이 있다는 얘기도 더 이상 하지 않았다.

그렇게 아빠를 안심시키자, 또 하나의 기적 같은 일이 벌어졌다. 갑자기 우리 집 현관 '자동 문 닫힘' 장치가 고장 나버린 것이다.

앞에서도 말한 바 있지만, 가족이 아무도 없는 상태에서 아빠가 바깥에 나갔다가 문이 잠겨 못 들어오는 경우가 몇 번 있었다. 그런데 '자동 문 닫힘'이 고장이 나니 아빠가 아무리 밖으로 나가도 언제든 집 안으로 들어올 수 있게 되었다.

그때 직감했다. 누군가 우리 아빠를 지켜주고 있다고.

내가 아빠에게 수없이 말했던 대로, 우주의 모든 것들이 아빠를 지켜내는 게 틀림없었다. 나는 그날 현관문 위에 고장 난 '자동 문 닫힘' 장치를 올려다보며 목례를 했다.

"감사합니다. 고장 나주셔서."

"신임아,
누가 날 잡으러 온단다."

어느 날 늦은 저녁, 이웃집 강아지가 사납게 짖어대기 시작했다.

아빠가 현관으로 다가가 그 소리에 한참 귀 기울이더니 내게 물었다.

"개가 왜 저렇게 짖냐?"

대수롭지 않게 답했다.

"글쎄, 배고파서 그러겠지."

그러자 아빠는 알 수 없는 묘한 말을 남기고 방으로 들어갔다.

"음⋯⋯. 그 사람들이 온 게 틀림없다. 그 사람들이 온 게 틀림없어."

그 사람들이라니? 이 불길한 기분은 또 뭘까?

아니나 다를까, 얼마 후 아빠는 특이한 행동 패턴을 보이기 시작했다. 두려운 표정으로 현관 앞을 서성이기도 했다가, 현관문에 귀를 대고 한참을 듣기도 했다가, 갑자기 안방으로 후다닥 달아나기도 했다. 하루에도 수십 번 같은 행동을 반복했다.

"신임아! 누가 곧 나를 잡으러 온단다. 나 어떡하면 좋으냐?"

"아니야. 절대 그럴 리 없어. 내가 이렇게 버티고 있는데 아빠를 어떻게 잡아가? 못 잡아가!"

여러 번 아빠를 안심시켜주었지만 소용없었다.

아빠는 내게 집 주변이 온통 아빠를 잡아가려는 나쁜 사람들로 포진되어 있다고 말했다. 그리고 그들이 언제 집으로 쳐들어올지 알 수 없다고도 했다.

정말 해결이 시급했다. 그렇다고 출근도 안 하고 하루 종일 아빠 옆에 있을 수도 없는 노릇이었다. 적어도 아빠가 그들에게서 자신을 방어할 수 있는 그 무언가는 만들어줘야 했다. 오랜 고심 끝에, 내가 없어도 아빠가 스스로를 지켜낼 수 있는 호신용 무기를 만들어주기로 결심했다.

첫 번째 호신용 무기는 목검이었다.

과거 잠깐 동안 검도를 배운 적이 있었다. 그때 사용했던 목검을 현관 문 앞에 떡 하니 세워두었다. 그리고 아빠의 불안지수가 올라갈 때마다 힘차게 X자를 그리며 목검을 휘둘렀다. 휙휙~!

"신임아, 그 작대기는 뭐냐?"

"아, 이거? 목검이잖아. 검도할 때 쓰는 거."

"내려놔라. 그러다 다친다."

"이거는 단순 목검이 아니고 특수 목검이야. 수면침이 들어 있는 호신용 목검! 휙휙~"

"뭐? 수면침?"

"응. 이 목검에는 수면침이 사방에 박혀 있어서, 누군가를 제압하고자 할 때 이 목검으로 한 대 탁 때리면 말이지, 그러면……."

아빠는 약간은 의심스러운 눈빛으로 나를 쳐다보며 물었다.

"때리면 어떻게 되는데?"

"응. 이 목검에 있는 수면침들이 마구 발사되면서, 나쁜 놈 몸에 딱 꽂히게 되거든. 그럼 그 녀석은 바로 마취가 되면서 잠들어 버려! 그러니까 아빠는 아무 걱정 말고 나쁜 놈 보면 이걸로 한 대 탁 쳐버리면 돼. 알았지?"

방금 전까지 기대에 차 있던 아빠의 눈빛이 생기를 잃었다.

"신임아. 쓸데없는 소리 그만하고 물이나 좀 줄래?"

"응. 아빠."

실패다! 그러나 여기서 포기할 내가 아니다.

며칠 후, 평일 오전 아빠가 나를 막아섰다.

"신임아, 지금 누가 나 잡으러 온다. 절대로 문 열면 안 된다."

"아빠, 나 지금 출근해야 되는데……."

"안 된다. 지금 문 열면 나 잡혀간다!"

아빠의 눈빛이 불안에 떨고 있었다.

드디어 새로운 호신용 무기를 선보일 때가 되었다. 며칠 전부터 야심차게 구상해놓았던 것이다.

아빠의 양 어깨를 꽉 잡고 큰소리로 말했다.

"아빠, 걱정 마! 그 누구든 발 2개 달린 못된 인간들은 우리 집 근처에 얼씬도 못해! 알겠어?"

"그게 무슨 말이냐?"

"아무도 우리 집에 못 들어온다고! 약국 가서 끈끈이 사서 발라놓으면 돼."

"뭐? 끈끈이?"

"응. 약국 가면 바퀴벌레 잡는 끈끈이랑 침입자용 끈끈이 둘 다 판대."

아빠가 놀란 얼굴로 되물었다.

"침입자용 끈끈이?"

"응. 나쁜 사람 잡는 끈끈이라고 새로 출시됐대."

"그게 뭔데?"

"외부에서 침입자가 집 안으로 들어오잖아. 그럼 들어오려고 하는 순간 끈끈이에 붙어서 바로 잡혀버리는 거야."

그렇게 말한 후 현관 문 쪽으로 다가가 문손잡이와 바닥을 가리키며 이곳이 끈끈이를 바를 위치임을 알려주었다.

"침입자용 끈끈이는 페인트처럼 바르는 거거든. 투명 액체라서 절대 사람 눈에 안 띄어. 그래서 아무것도 모르는 침입자가 우리 집에 들어오는 순간 발이 이 바닥에 착 들러붙어. 그러다 당황한 침입자가 도망가려고 문손잡이를 잡잖아. 이번에는 손잡이에 손까지 찰싹 들러붙어. 한마디로 꼼짝 못 하게 되어버리는 거지. 그리고 나면 아빠한테 "살려주세요."라고 애원할 거야. 그럼 경찰서에 연락해서 넘겨버리면 끝나. 한마디로 우리 집은 24시간 안전한 거지."

그리고는 만족스러운 표정으로 아빠를 보았다.

아빠가 다시 물었다.

"그러다 니가 붙어버리면 어떡하냐?"

순간 깜짝 놀랐다. 그 생각까지는 미처 못 했었는데…… . 역시 우리 아빠는 똑똑했다.

"응! 괜찮아. 내 신발과 손에는 특수 액체를 발라놓을 거야. 그러면 절대 안 붙어. 아빠도, 엄마도 둘 다 발라줄 거야. 끈끈이 살 때 세트로 같이 들어있대."

나 역시 기발하게 받아쳤다.

"그게 얼만데?"

오호! 이 엉뚱한 얘기를 믿어주는 건가? 즉시 대답했다.

"10만 원."

"어허, 비싸구나. 사지 마라."

살짝 헷갈렸다. 내 말을 정말 믿는 걸까? 아니면 그냥 맞장구만 쳐주는 걸까?

그날 이후 아빠가 불안해할 때마다 끈끈이 얘기를 들려주었지만, 불안은 해소되지 않았다. 또 실패였다.

아빠의 불안 증세는 점점 커져갔다. 이제는 밤낮을 가리지 않고 현관 앞을 서성이며 불안해했다. 나는 낮에는 사무실에서 일을 하며, 밤에는 불안에 떠는 아빠를 보살피며 계속 방법을 찾고 또 찾았다. 눈은 퀭해졌고, 잇몸에선 피가 나왔다. 아빠가 쇠약해가는 만큼 나 역시 쇠약해져갔다. 엄마도 마찬가지였다. 하지만 포기하지 않았다. 분명 방법이 있을 거라 믿고 수없이 많은 시도를 했다. 그럼에도 계속 실패했다.

거듭되는 실패로 지쳐갈 무렵, 희망의 빛이 보이기 시작한 것은 그로부터 몇 달 후였다.

세계 최고의 경호팀

"왜 그래? 무슨 일인데?"

아빠는 대답 없이 벌써 수 시간 째 현관문 쪽만 노려보고 서 있었다. 그리고 얼마 후에는 현관문을 조심스레 열고 고개를 내밀어 두리번 거렸다.

"왜, 아빠? 누구 있어?"

아빠는 황급히 문을 닫으며 검지손가락을 입에 갖다 댔다.

"쉿! 조용히 해라. 병원에서 나 잡으러 올 거다."

아빠의 불안 상태가 더욱 심해져, 자신을 잡으러 올 사람이 일반인에서 병원 관계자로 바뀌었다. 그로 인해 아빠의 불안은 최고도에 달했다.

나는 아빠가 걱정되어 며칠간 출근을 하지 않고 아빠 옆에 있어 드렸다. 그리고 그날도 어김없이 새로운 작전을 실행했다.

우선, 불안에 떨고 있는 아빠의 손을 끌어 식탁에 앉혔다. 곧이어 엄청 중요한 얘기를 꺼낼 듯 자세를 바로잡고 이야기를 시작했다.

"지금부터 내 말 잘 들어. 어느 누구도 아빠를 잡아갈 수 없어. 우리 집 주변, 특히 우리 아파트 1층에는 특수요원들이 쫙 깔렸어. 아빠가 세계적으로 위대한 인물임을 알고, 미국 FBI뿐 아니라 전 세계의 내로라하는 특수요원들, 또 한국에서도 강한 걸로 손꼽히는 특전사들이 사복 차림으로 아빠를 보호하고 있어. 그러면서 아빠가 괜찮은지 수시로 나에게 물어오고 있어."

가만히 내 얘기를 듣던 아빠가 갑자기 벌떡 일어섰다.

"신임아!"

순간 긴장했다.

"응 아빠."

"너 왜 자꾸 거짓말을 하냐? 응!"

순간 너무 놀라 침을 꼴깍 삼켰다. 내 얼굴은 시뻘게졌고, 말까지 더듬었다.

"아, 아빠. 그……게 무……슨 말이야?"

"내가 뭐가 잘났다고 FBI에서 날 지킨다는 거냐? 응!"

나름 논리 있는 반박이었다.

"그러니까 그게 있잖아. 저기 그……."

일단 아빠의 시선을 피하고 고개를 숙였다.

참 희한했다. 그동안 아무리 말이 안 되는 작전을 펼쳐도 잘 믿어줬던 아빠였는데, 이번 경호 작전만큼은 무진장 안 믿어줬다. 어쩌지? 정말 큰 일이었다. 여기서 들키면 진짜 안 되는데…….

어찌할 바를 몰라 안절부절못하고 있던 그때!

하늘이 도우신 걸까? 갑자기 전화벨이 울렸다. 사무실 전화였다.

"어머. 경호팀에서 전화 왔다. 잠시만."

나는 전화기를 들고 작은방으로 뛰어갔다. 아니 도망갔다.

업무 전화를 마친 뒤 거실로 나오자, 아빠가 걷고 있었다. 나는 아빠의 눈치를 슬쩍 살피며 큰 소리로 말했다.

"방금 특전사팀 전화 왔는데, 아빠 편안히 잘 계시는지 묻네. 오늘 뭐 드셨는지도 묻고, 아우, 질문이 너무 많아. 무조건 다 얘기해 달래. 아빠 완벽히 지킨다고."

아빠가 갑자기 걸음을 멈추고 나를 옆으로 쳐다보며 물었다.

"신임아, 진짜냐?"

"당연히 진짜지!"

나는 아빠의 의심을 해소해주기 위해 앞 베란다 쪽으로 가서 창문을 활짝 열었다. 1층에 할아버지 한 분이 서 계셨다.

"아빠, 이쪽으로 와봐. 빨리."

아빠가 내 옆으로 왔다.

"저 1층 내려다 봐봐. 저 밑에 보이지? 저 사람 경호원인데, 일부러 할아버지처럼 변장한 거야. 저 흰머리도 가발이고. 진짜 같지? 저분 나이가 40대래. 오늘따라 변장도 완벽하다. 무술 유단자라 싸움도 정말 잘한대. 근데 저런 엄청난 요원이 아빠 지킨다고 우리 집 1층에 저렇게 잠복하고 있는 거잖아. 정말 감동스럽지 않아?"

한참을 떠든 뒤 아빠를 쓱 돌아보았다. 그런데 이럴 수가! 아빠는 내 말이 다 끝나기도 전에 안방으로 휙 가버렸다. 내 말을 믿지 않는 게 틀림없었다.

아, 나의 작전이 큰 난관에 부딪혔다. 도대체 아빠의 불안을 어떻게 없애주지? '신이시여, 제게 답을 주세요. 제발!'

　　　　　　　　　　　　　　7년간의 마법 같은 기적

그로부터 며칠 후, 평소 아끼던 후배에게 문자가 왔다.

'누나, 밥 좀 사줘요.'

6개월 전부터 취직을 준비하고 있던 남자 후배였다. 내게 여러 번 단기알바 자리라도 있으면 소개해 달라고 부탁했었다.

아, 후배! 나의 잔머리는 360도 공중회전을 했다.

그렇게 또 하나의 작전이 설계됐다. 아빠의 의심을 거두어 줄 역할 대행 아르바이트! 후배는 흔쾌히 허락했다.

일주일 후 오전 시간, 후배가 우리 아파트 앞 1층에 도착했다. 내 부탁대로 말끔한 정장 차림이었다. 키가 183cm에 잘 생기고 호리호리한 후배는 그날따라 더욱 뽀대가 났다.

우리 집은 11층. 미리 앞 베란다 정 중앙에 커다란 분홍색 수건을 걸어두었다. 그곳에서 잠시 후 작전이 펼쳐질 거라는 표식이었다. 아빠에게는 이미 수일 전부터 특수경호원 얘기를 질리도록 해놓았기에, 아빠는 당신 딸이 정신이 반쯤 나간 건지, 아니면 실제로 경호를 받고 있는 건지 헷갈려 하고 있을 것이다.

잠시 후, 베란다 쪽으로 가 소리쳤다. "우와! 경호원이다. 저 밑에 있어. 아빠 빨리 와봐! 빨리."

아빠는 빠른 걸음으로 내 쪽으로 걸어왔다.

아빠의 시선이 창문 아래쪽으로 향하고 있을 때 후배에게 문자를 보냈다.

"지금이야!"

그리곤 베란다 창문을 활짝 열어 아빠와 내 얼굴을 빼꼼히 내밀었다.

1층에 있는 후배도 우리 쪽을 올려보았다. 아빠의 눈에 비친 후배는 늠름한 모습의 믿음직한 젊은이였다. 잠시 후 그 후배가 어깨를 쫙 펴고 차렷 자세를 한 뒤, 아빠를 올려다보면서 "충성!"이라고 매우 크게 외치며 거수경례를 했다.

순간 아빠는 넋이 나간 사람처럼 후배를 한참 동안 내려다보았다. 후배도 그 자세 그대로 아빠를 올려다보았다. 두 사람은 한동안 그대로 정지되어 있었다. 아빠가 떨리는 목소리로 물었다.

"저기 저 남자 누구냐? 지금 나한테 경례한 거냐?"

"응. 맞아. 아빠한테 한 거잖아. 키도 정말 크시네. 저 분이 합기도 8단에, 특공무술 세계 1위 유단자래. 쿵푸도 세계 최강이고. 대한민국 최고의 경호팀 일원이라던데, 진짜 멋있다! 근데 외국에서 온 경호팀도 100명 넘게 있다 그랬는데, 저분 혼자만 보이네. 다들 숨어계시나 보다."

그러면서 다른 경호팀을 찾는 듯 두리번거렸다.

그때 갑자기 아빠가 손으로 입을 가리더니 곧이어 눈을 비볐다. 왜 그런지는 알 수 없었으나, 계속 비볐다. 손을 떼자 눈시울이 붉어졌다.

"아빠 울어?"

"아니, 그게 아니고……. 내가 뭐라고 저런 분이 저렇게 고생을 한다냐?"

아빠는 손등으로 양쪽 눈가에 고인 눈물을 슬쩍 닦아냈다.

드디어 아빠가 믿기 시작한 거다. 갑자기 힘이 불끈 솟았다! 더 확실히 믿게 해야 했다.

"사실 경호팀들이 신분 노출 절대 안 하시는데, 아빠가 하도 안 믿으니까 오늘 확인시켜주러 오셨나 보다. 진짜였구나. 아빠, 나 소름 돋아."

7년간의 마법 같은 기적

아빠는 감격했는지 후배에게 손을 흔들어 주었다. 나도 아빠 옆에서 손을 흔들어 주었다.

"아빠~ 정말 감동이다. 저 특수요원들은 아빠를 지키는 일이 본인들 목숨 지키는 일과 같다고 했어. 내가 똑똑히 들었어! 아빠를 지키는 일은 그들 삶에 최고로 명예로운 일이래."

"그래? 고맙구나. 다들."

그 후 1시간이 넘게 후배는 우리 집 밑에서 아빠를 경호해주었다. 걷고 또 걷고, 일부러 아빠 눈에 잘 띄는 곳에서 마치 주변을 감시하듯 두리번거리며 서성여주었다.

아빠도 그런 후배가 든든했는지, 집 안을 걷다가 수시로 베란다에 얼굴을 쏙 내밀고 1층에 있는 후배를 내려다보았다.

후배 또한 걷다가 위를 올려다보고, 아빠와 눈이 마주치면 즉시 차렷하고 거수경례를 반복했다. 그러면 아빠도 오른 손바닥을 곧게 펴서 관자놀이에 갖다 대며, 작은 목소리로 "충성" 하고 외쳤다. 그 모습이 더없이 평온해 보였다.

점심시간이 되자 후배에게 문자가 왔다.

"누나 많이 걸어서 그런지 배고파요."

바로 답했다.

"작전 성공이다! 좌측으로 직행하면 중국집이 있다. 삼선자장면 곱빼기랑 탕수육 곱빼기로 시켜 먹고 청구해라. 오버!"

그날 후배는 오후 2시까지 우리 집 앞에서 열심히 역할 대행 알바를 한 뒤 돌아갔다.

아빠의 표정은 매우 밝아졌다. 드디어 당신을 위한 특수경호팀이 실제로 존재한다는 걸 믿게 된 것이다.

연이어 실패했던 경호 작전이 극적으로 성공하자, 우리 집 앞 1층 풍경은 예전과는 많이 달라졌다. 평범한 사람들로 꽉 차 있었던 그곳이 이제는 특수 경호원들로 꽉 찬 것이다. 아파트 주민들, 택배 기사님, 경비 아저씨 등 모두 우리 아빠의 특수 경호팀 일원이 되었다.

"아빠, 저분은 일부러 택배 기사로 변장하셨나 봐. 정말 변장 완벽하다. 그치?"

아빠는 껄껄껄 웃었다. 그렇게 우리 부녀는 자주 베란다 창문에 몸을 바짝 붙인 채 아래를 내려다보며 경호원들을 구경했다. 물론 그들은 자신이 세계 최고의 경호팀 일원이 된 걸 모른다. 그건 나와 아빠만 알고 있는 비밀이니까.

"충성! 김장미 장교입니다!"

경호 작전이 성공한 이후, 아빠가 어느 정도 안정을 찾은 뒤 나는 다시 출근을 했다.

그러나 의지했던 둘째 딸이 집에 없으니 아빠는 또다시 불안해했다. 나는 집에서 전화가 올 때마다 최대한 아빠를 안심시켜주었다.

그날도 고객과 상담하던 중 아빠에게 전화가 왔다. 고객에게 양해를 구한 뒤 전화를 받았다. 단 1초라도 아빠의 불안을 방치할 수 없었기 때문이다.

"응, 아빠. 무슨 일 있어?"

"신임아, 집에 언제 오냐? 엄마도 도망가 버리고, 누가 문 앞에 있는 것 같다."

"알았어. 내가 해결할게. 잠시만 있어. 그리고 엄마 도망 아니고 외출이야. 집 앞에서 운동하고 있대. 걱정 마. 알았지?"

전화를 끊자 고객이 물었다.

"아들인가 봐요. 엄마를 많이 찾나 보네요."

"아들은 아니구요, 아빠 아기요. 집에 혼자 계신데 누가 왔다고 해서요."

"아빠 아기요?"

고객의 질문을 뒤로 한 채 양해를 구한 뒤 사무실 밖으로 나와 아빠에게 전화를 했다. 검지손가락으로 오른쪽 콧구멍을 꾹 눌러 틀어막고, 수화기를 약간 멀리 떨어뜨린 후 완전 다른 사람인 듯 음성 변조를 하여 연기를 시작했다.

"안녕하십니까? 거기 노 영 현 씨 댁입니까?"

"네. 근데 누구쇼?"

아빠의 목소리가 무서운 듯 떨고 있었다.

"아, 저는 특전사 출신의 여성 장교 김장미입니다. 지금 댁 앞에서 노영현 님을 철통같이 지키고 있습니다. 방금 따님의 전화 연락을 받았는데, 아버님께서 걱정을 많이 하신다 들었습니다. 절대로 걱정 마십시오. 아버님께서는 그저 집에서 편안히 지내시면 되는 겁니다. 제 목숨을 걸고 노영현 님을 끝까지 지켜낼 겁니다. 충성!"

"아, 고마워요. 근데 지금 어디쇼?"

"네, 여기는 아버님 집 바로 앞입니다. 저는 아버님이 보실 수 없는 곳에서 밀착 잠복 중입니다. 다른 팀들은 2인 1조로 아버님 집 앞을 순찰하며 경호 중입니다. 전체 인원 100명가량이 아버님 댁을 포위하고 있으며, 아버님의 모습을 특수카메라로 촬영 중입니다. 지금 보고 있는데요, 매우 안전하십니다. 이렇게 철두철미한 경호가 진행되고 있으니 걱정 안 하셔도 됩니다. 충성!"

나는 내 목소리가 절대 티 나지 않도록 절도 있고 똑 부러지게 애

7년간의 마법 같은 기적

기했다.

"아유, 수고 많으쇼. 좀 들어와서 커피라도 한잔하고 가세요."

"아, 아버님 안 됩니다! 저는 아버님을 온 힘을 다해서 지켜야 하는 것 외에는 다른 걸 일절 할 수 없음을 알려드립니다. 지금 순찰 중이오니 이만 끊겠습니다! 다시 한번 충! 성!"

누가 봐도 늠름하고 위풍당당한 여성 장교 목소리였다.

그런데 갑자기 조용해졌다. 그러더니 잠시 후 아빠가 큰소리로 외쳤다.

"저기, 너 혹시 신임이냐?"

헉! 들켰다! 어떻게 알았지? 진짜 완벽한 연기라고 생각했는데……. 이마에서 식은땀이 흘러내렸다.

"너 신임이 맞지?"

그 물음에 그만 웃음이 터져버렸다.

"푸흡~ 아, 그게 누구종? 저, 저는 그러니깐 김장미입니당."

"신임아, 너 집에 언제 오냐? 나 혼자 있어서 무섭다. 빨리 오면 안 되겠냐?"

아빠는 김장미 장교가 아니라 둘째 딸 신임이라는 확신을 갖고 말했다. 몹시 당황했지만, 그래도 끝까지 아닌 척했다.

"에헴~ 아버님 따님과 제 목소리가 많이 비슷한가 봅니다. 호호호, 저는 김 장 미 장교입니다. 얼마 전 상부로부터 아버님을 보호하라는 지령을 받고 출동하였고, 지금은 아버님 경호를 해야 해서 이만 끊겠습니다. 따님께 메시지 남겨드리도록 하겠습니다. 충! 성!"

놀란 가슴을 진정시키고 사무실로 돌아왔다. 고객은 부드러운 미소를 지으며 내게 물었다.

"다 들었습니다. 아버지한테 왜 그런 연기를 하시는지 물어도 될까요?"

사실 숨길 일도 아니었기에 자초지종을 설명해주었다. 고객의 직업은 교수였다. 교수는 감탄스럽다며 나를 격려해주었다.

그때 아빠에게서 다시 전화가 걸려왔다. 이번에는 내 목소리로 받았다.

"여보세요. 응, 아빠. 집 앞에 누가 있는 것 같애? 조금만 기다려. 다시 연락할게."

계약을 마친 후 고객을 배웅하려고 하자, 고객이 제안을 했다.

"소장님, 제가 좀 도와드릴까요?"

"네? 어떻게요?"

"사실 학창 시절 연기 좀 했었습니다. 제가 한번 해 볼게요."

"그래주시면 너무 좋죠. 저희 아빠 좀 도와주세요."

젊은 교수는 곧바로 아빠와 통화를 해주었다.

"노영현 님, 저는 ○○대학 교수입니다. 지금 노영현 님은 안전하십니다. 제가 장담합니다. 노영현 님의 따님 노신임 양은 아버님을 엄청 사랑하십니다. 그래서 노영현 님은 절대로 걱정하실 거 없습니다. 노영현 님이 부럽습니다. 어르신 건강하십시오."

"아, 예. 고맙소. 교수님, 근데 우리 신임이는 어디 있어요?"

"아, 저, 그게……."

교수가 머뭇거리자, 나는 재빨리 'CCTV'라고 써서 보여주었다.

"아, 지금 CCTV를 보러 갔는데요. 경호원들 외에는 아무도 없답니다. 걱정 안 하셔도 될 것 같습니다."

전화를 끊은 교수에게 온 마음을 다해 감사를 드렸다.

7년간의 마법 같은 기적

이 일을 시작으로 아빠의 불안이 극에 달할 때마다 사무실에 방문하는 분들에게 아빠를 안심시키는 연기(전화)를 부탁했다. 염치없는 내 부탁을 한 분 한 분 흔쾌히 받아주셨다. 사무실의 몇몇 고객들, 퀵서비스 기사님, 심지어 전단지를 돌리러 오는 알바생들까지. 그들은 모두 아빠와 통화를 하면서 걱정하지 말라며, 주옥같은 연기를 펼쳐주셨다. 진정 따뜻한 배우들이셨다. 아빠는 김장미(?) 목소리가 아닌, 다른 이들의 목소리로 당신의 안전을 확인받으니 더욱 안심했다.

7년간의 마법 같은 기적

5장
아빠에게
행복별, 기쁨별을 따다 주다

인형 던지기

"도대체 내 기계 어디다 버렸어요?"

엄마를 향한 아빠의 불같은 역정이 또 시작되었다. 엄마도 더 이상 지지 않았다. 흥분하며 맞받아쳤다.

"쓸모없으니까 버렸지요. 지저분하게 자리만 차지하고 있는 고물을 뭣 하러 집에 둬요? 고물은 내다 버리는 게 맞지요. 안 그래요?"

평상시답지 않은 엄마의 반응에 아빠가 크게 놀라 반박했다.

"아니, 이 사람이! 그 기계가 어떤 기계인 줄 알기나 하고 하는 얘기요?"

"그 기계가 어떤 기계긴 어떤 기계예요? 고물이지, 고물! 그거 치워버린 지 벌써 몇 년인데, 이제 와서 그 얘기를 하고 그래요? 제발 그만 좀 해요. 나도 이제 못 참아요!"

벌써 몇 주째 이어지는 싸움이었다. 사실 처음부터 이렇게 격정적인 건 아니었다. 싸움의 시작은 미약했으나 끝에 이를수록 점점 창대해졌다고 해야 하나? 과연 이 부부에게 그간 어떤 일이 있었던 걸까?

사단은 버려진 고물 기계였다. 그 기계는 아빠의 젊은 시절 늘 함께 일터를 누빈 친구 같은 녀석이었다. 한창 시절 그 기계로 열심히 돈을 벌어 엄마와 딸 셋을 먹여 살릴 수 있었다. 하지만 아빠가 나이를 드신 만큼 기계도 세월의 흔적을 피할 수 없었다. 녹이 슬고 쓸모 없어진 기계는 집 안 공간만 차지하게 되었다.

일이 벌어진 건 아빠가 치매를 앓은 지 얼마 후, 그러니까 병원에 입원해 있을 때였다. '버리기 대장'(아빠가 지어준 엄마 별명)께서 아빠가 없는 사이 그 기계를 갖다가 버렸다. 엄마 딴엔 아빠가 이제는 정년도 지났고, 치매까지 앓고 있으니 기계를 쓸 일이 없게 됐다고 판단한 것이다.

그래도 그 일이 일어난 게 벌써 언제 적 일인데, 아빠는 이제야 생각이 났나 보다.

"여보, 내가 쓰던 기계 어디다가 뒀소? 찾아도 영 안 보이네요?"

"아, 옛날 그 기계요?"

아빠는 고개를 끄덕였다.

"그래요. 내 기계 말이오. 어디다가 넣어 놨소?"

엄마는 천진난만하게 대답했다.

"넣어 놓긴 어디다 넣어 놔요? 내다 버렸지. 그게 언제 적 일인데……."

아빠는 어리둥절한 표정으로 되물었다.

"뭐, 뭐요? 내다 버렸다구요?"

"아니, 그럼. 고장 나서 쓰지도 못하는데 그걸 놔둬요? 당신 이제

일도 안 할 거잖아요. 근데 뭘 하러 집에다가 둬요?"

"......"

충격이 컸던 탓일까? 처음에 아빠는 별 반응을 보이지 않았다. 그리곤 집 안 구석구석을 뒤지며 기계를 찾고 또 찾았다. 그래도 기계가 안 나오자 크게 낙담했다.

그러다 며칠 후부터 몹시 침통한 얼굴로 기계의 행방을 엄마에게 지속적으로 묻고 또 물었다. 그러더니 급기야 눈만 뜨면 엄마를 쫓아다니며 거칠게 항의했다.

아빠의 상태가 심각해지자 엄마도 치매 초기 때처럼 당하고 있지만은 않겠다며 강하게 대응했다.

그러면 아빠는 "내 기계! 당장 찾아내요!" "신임아, 내 기계 좀 찾아줘라. 제발!" "기계 도대체 어디다 버렸어요? 빨리 말해요!"라고 애통해 하면서, 주먹으로 가슴팍을 마구 쳤다. 그렇게 과거 기계에 대한 아빠의 집착과 분노는 점점 커져갔다.

예전의 나였다면 이미 쓸모도 없는 기계 왜 자꾸 찾냐며, 이제 그만 좀 하라며 엄마 편을 들었을 거다.

이제는 다르다. 어떻게든 아빠를 달래줘야 한다.

스트레스는 독과 같다던데, 어떻게 하면 아빠의 마음을 풀어줄 수 있을까? 연일 방법을 찾던 중 우연히 사무실 앞 실내야구 연습장을 지나게 됐다. 사람들이 스트레스를 푼다며 야구방망이로 날아오는 공을 쳐내고 있었다. 그때 생각났다. 아! 우리 아빠도 저런 식으로 스트레스를 풀어주면 되지 않을까? 마침 우리 집에는 내가 예전 한참 재미에 들려 열심히 뽑고 다녔던 주먹만 한 인형들 수십 개가 있었다. 그걸 활용해보기로 했다.

그날 저녁 시간, 나는 내 방에 있던 인형들을 전부 아빠 침대 위에 갖다 놓고 말했다.

"아빠, 아무리 가슴팍 때려봤자 아빠만 아프니까, 이 인형들 분풀릴 때까지 나한테 던져. 내가 저쪽에서 멋있게 받아 줄게. 그럼 스트레스가 확 풀릴 거야. 응?"

그러나 아빠는 인형을 거들떠보지도 않았다. 그러다 며칠 뒤 전혀 예상하지 못했던 일이 벌어졌다. 아빠가 "에이. 독한 사람!" "에라! 버리기 대장!" 하면서 인형을 엄마에게 던지고 있는 것이 아닌가?

정말 너무 놀랐지만, 그렇다고 "아빠! 엄마한테 그걸 던지면 어떻게 해? 하지 마!"라고 할 수도 없었다. 저렇게라도 아빠 가슴속에 쌓인 한을 풀 수만 있다면 놔둬야 되지 않을까 싶었다. 그러자 엄마는 이제는 하다 하다 별짓을 다한다며 씩씩대더니, 엄마 주변에 떨어져 있던 인형을 다시 주워 아빠 바로 앞으로 와서 아빠를 정면으로 맞추고 달아났다. 그러면서 좋다고 깔깔깔 웃었다.

그날 이후 아빠 엄마는 서로를 향해 인형 던지기 '전쟁'을 했다.

특이한 건 아빠는 절대 엄마 가까이에서 공격하지 않았다는 점이다. 항상 침대에 앉아 주방 쪽으로 던졌는데, 힘도 없고 거리도 멀다 보니 엄마를 명중시키기는커녕 근처까지 가지도 못한 적이 많았다. 반대로 엄마는 늘 아빠 가까이에서 던져서 아빠의 등짝이나 팔등을 백발백중시켰다.

그러다 보니 슬슬 걱정이 되었다. 아빠가 인형을 던지면서 스트레스를 푸는 건 좋은데, 점점 더 심한 다툼으로 번져 인형보다 훨씬 큰 물건을 던지는 건 아닐까 하고 말이다.

그래서 혹시나 하여 넌지시 물어보았다.

"아빠, 혹시 나중에 인형 말고 텔레비전 같은 것도 던질 계획 있어?"

"왜?"

"혹시 던질 거면 벽걸이형 티브이라, 미리 떼어 주려고 그러지. 그럼 바로 던질 수 있잖아."

"그걸 무거워서 어떻게 던지냐? 그럴 계획 없다."

아빠는 퉁명스럽게 대답했다.

"아니면 전자레인지 같은 거 던지기 편하게 양쪽 옆면에 두꺼운 테이프 여러 번 감아서 손잡이처럼 만들어줄까? 그럼 훨씬 던지기 편할 텐데. 어때?"

"어허! 그러지 마라. 그러다 누가 다치면 어떡하냐?"

"응. 알았어."

다행이었다. 아빠는 인형만 던질 계획이었다.

그건 그렇고, 아빠는 왜 그토록 쓸모없는 고물 기계를 포기하지 못하고 마음 아파할까? 기계를 내다 버린 엄마를 그토록 원망하고, 원망을 넘어 증오까지 하게 된 이유가 분명 있을 텐데, 그 이유를 알고 싶었다. 그래야 원망을 풀어줄 수 있을 테니까. 그러다 그 이유를 우연한 기회에 알게 되었다.

어느 날, 아빠가 날 조용히 불렀다.

"신임아, 정 내 기계를 못 찾으면 말이다. 나 아파트 경비나 고물상이라도 좀 하고 싶은데, 알아봐 줄 수 있냐?"

처음 그 말을 들었을 땐 의아했다.

'집토끼처럼 집에만 있고 싶어 하는 줄 알았는데, 정년을 넘긴 나이에 다시 일을 하겠다고?'

별생각 없이 바로 대답했다.

"아빠, 바람 불면 날아갈 것 같은 그 몸으로 경비는 무슨 경비야?
아빠는 약해서 경비 못해. 그리고 고물상도 무거운 거 많이 들어야
해서 엄청 힘이 세야 할 수 있어. 아빠는 집에서 그냥 편안히 쉬시는
게 최고랍니다."

처음에는 그 말이 모범 답안이라고 생각했다. 하지만 그날부터
'경비를 해야겠다.' '고물상을 알아봐 달라.' 여러 번 부탁하는 아빠를
보며 아차 싶었다.

혹시 아빠는 젊은 시절 땀 흘리며 열심히 살았던 그때로 돌아가고
싶은 거 아닐까? 일을 통해 가장의 임무를 치열하게 수행했던 그
시절, 가족들 모두 아빠만 바라보며 아빠만을 의지했던 그 아름다운
시절로 말이다.

자기 일을 가져본 사람은 누구나 안다. 나 역시 사업체를 운영
중이다. 과거의 아빠처럼 나 또한 일을 사랑하고 일을 통해 보람을
느낀다. 그런데 만약 누군가가 내 속기 기계를 나와 상의 없이 버려
버리고, 아무 일도 못하게 한다면 어떨까? 나 또한 많이 슬플 것 같다.

그렇다. 아빠는 예전 젊을 때처럼 열심히, 가슴 뜨겁게 살기를 원
했던 건지도 모른다. 그런 의미에서 낡았든 고물이 됐든 그 기계는
아빠가 재기할 수 있는 유일한 도구였을 것이다. 그래서 그 낡은
기계를 끊임없이 찾고 찾으며, 마음 아파하고 힘들어했던 것이다.

그제야 아빠를 조금이나마 이해하게 된 것 같았다. 아빠가 힘든
이유를 알았으니 빨리 해결책을 모색해야 했다.

아빠의 기억 속 보물창고
(황금열쇠)

  기계에 대한 아빠의 가슴앓이를 어떻게 해결해야 할까? 당연히 기계를 찾아주는 게 답이다. 그럼 없어져 버린 기계를 어떻게 찾지? 나는 날마다 주문을 외웠다.

  '아빠의 기계를 찾아줄 수 있는 우주의 모든 아이디어들아, 내게 와주겠니?'

  그렇게 며칠 동안 머리를 쥐어짜자 드디어 묘안이 떠올랐다.

  퇴근 후 집 안으로 들어서자마자, 안방으로 허겁지겁 뛰어 들어갔다. 아빠는 풀이 죽은 채 힘없이 앉아있었다. 나는 매고 있던 가방을 후다닥 벗어 던지고 아빠의 양손을 꽉 잡았다. 그리고 헐떡거리며 이야기를 시작했다.

  "아빠, 하~ 숨차! 나 좀 얼른 칭찬해줘. 아빠 기계 찾았어!"

  아빠는 '기계'라는 말만 들어도 마음이 아팠는지 눈살을 찌푸렸다.

  그리고 5초 후 깜짝 놀라며 물었다.

  "뭐? 내 기계를 찾았다고?"

"응! 신임이가 그 기계 찾았어! 아빠 기계!"

아빠의 두 눈이 휘둥그레졌다.

"정말이냐? 니 엄마가 버린 걸 어디서 찾았냐?"

나는 매우 흥분한 얼굴로 소리쳤다.

"사실은 아빠! 예전에 엄마가 그 기계 버렸을 때, 혹시나 아빠가 나중에 다시 찾을 수도 있을 거 같아서, 내가 엄마 몰래 그 기계 주워다가 내 사무실 창고에 넣어놨었어! 나 잘했지? 히히히!"

순간 아빠 눈이 외계인 E.T. 눈만큼 커졌다.

"그런데 그걸 사무실 창고에 갖다 놓은 걸 깜빡 잊고 있었던 거야. 근데 어제 오랜만에 창고 정리하다 보니까, 세상에! 아빠 기계가 떡 하니 있더라고. 정말 깜짝 놀랐잖아! 살짝 녹슨 거 빼고는 멀쩡해! 새 것 같아!"

아빠는 '이걸 믿어야 하나, 말아야 하나?' 하는 아리송한 얼굴로 나를 쳐다보았다. 그러더니 잠시 후 입가에 알 수 없는 미소가 번지기 시작했다.

나는 중대한 결정을 묻는 듯 신중하게 물었다.

"아빠, 그 기계로 다시 사업할 거지?"

아빠는 비장한 목소리로 대답했다.

"그럼, 해야지! 얼른 돈 벌어서 너 시집도 보내야 되고!"

"우와! 우리 아빠 사업 다시 시작한다! 나도 그 사업에 껴주라! 응?"

아빠는 크게 웃으며 내게 경리를 보라고 했다. 나는 경리든, 경비든 뭐든지 하겠다고 했다.

아빠가 다시 물었다.

"근데, 신임아. 그 기계가 니 사무실 어디에 있었다고?"

"응. 내 사무실 창고에. 창고 깊숙한 곳에 있더라고. 헤헤."

사실 내 사무실에는 창고 자체가 없다. 하지만 늘 그렇듯 아빠의 상상 속 세계에서는 언제든 멋진 창고를 만들 수 있었으므로 전혀 문제가 되지 않았다.

잠시 후 아빠에게 말했다.

"아빠, 손바닥 좀 펴 볼래? 줄 게 있거든."

아빠는 순순히 손바닥을 펴 보였다. 나는 며칠 전 특별 제작한 황금열쇠를 살포시 올려놓았다.

"이게 뭐냐, 신임아?"

"응. 창고 열쇠야. 아빠 기계 들어있는 창고열쇠!"

"뭐라고?"

"여기에 생각보다 아빠 물건이 많더라고."

"뭐? 내 물건이 많아?"

"응."

아빠는 신기한 듯 열쇠를 한동안 바라보았다.

그러나 잠깐 동안만 황금열쇠를 손에 쥐고 있을 뿐, 잠시 후 식탁 위에 던져 놓았다. 당신 물건이 아니라는 뜻이다.

그러나 괜찮다. 첫술에 배부를 수 있겠는가?

지금부터 이 황금열쇠로 아빠의 기억 속 창고를 멋지게 만들어줄 거다. 그냥 창고가 아니다. 아주 넓고 큰 창고다! 그 창고에는 아빠의 모든 물건들이 보관되어 있다. 아빠가 잃어버렸다고 생각하는 물건들을 포함, 아빠의 기억 속 모든 물건이 그 창고에 전부 들어있다. 나는 황금열쇠를 통해 아빠의 창고가 머릿속에 그려지도록 수없이 알

7년간의 마법 같은 기적

려주고 또 알려주었다.

그러자 하루하루 열쇠를 대하는 아빠의 모습이 바뀌어 갔다.

처음에는 "신임아, 이거 누구 열쇠냐?" 했다가,

다음에는 "신임아, 이거 중요한 열쇠 아니었냐?" 했다가,

또 그다음에는 "이 열쇠가 내 창고 열쇠 맞지?"라고 했다.

그렇게 두 달쯤 지났을까? 아빠가 침대에 앉아 황금열쇠를 높이 들어 올리며 물었다.

"신임아, 이 창고에 전에 아빠가 잃어버렸던 시티폰(1997년에 출시된 발신전용 이동전화)도 있디?"

나는 소스라치게 놀란 표정을 지으며 대답했다.

"어머, 세상에! 그거 아빠 거였어? 당근 있지!"

아빠는 기뻐서 어쩔 줄 몰라 했다.

"하하하. 내가 그렇게 찾았었는데, 거기 있었던 거구나."

작전은 대성공이었다. 5센티 길이의 보잘것없는 작은 쇳조각이 아빠의 잃어버린 물건들을 하나둘 맡아주는 든든한 보관창고 열쇠로 바뀐 것이다.

그 후로도 아빠는 잃어버렸던 물건들이 생각날 때면 혹시 창고에 있냐고 물어봤다. 나는 그게 희귀한 물건이든 그 무엇이 됐든 전부 창고에 있다고 대답했다.

"당연히 있지! 무조건 있어! 꼭 있어!"

그 후로 아빠는 황금열쇠를 마치 보물을 다루듯 아빠의 서랍장에 꼭꼭 숨겨놓았다.

"내 오토바이를 도둑맞았다. 어쩌면 좋으냐?"

주말 아침, 곤히 자던 나를 사정없이 흔들어 깨우는 이가 있었다. 졸린 눈을 비비며 겨우 눈을 떴다. 아빠였다.

"신임아! 빨리 일어나 봐라. 빨리!"

단잠에 빠져있던 나는 순간 성질을 참지 못하고 본색을 드러내 버렸다.

"아, 잠 좀 자잣! 아빠아!"

눈을 치켜떠보니, 아빠는 불안한 눈으로 나를 바라보고 있었다. 입술도 다 말라 있었다.

그 모습이 너무 안쓰러워 벌떡 일어나 앉았다. 그리고 억지 미소를 띠며 물었다.

"아빠! 왜? 무슨 일이야? 뭔데 그래?"

아빠의 목소리가 떨렸다.

"내 오토바이를 훔쳐갔다! 어쩌면 좋으냐?"

"오토바이를 훔쳐갔다고? 누가 그런 짓을 했어?"
"니 엄마가! 니 엄마가 그랬다. 신임아."

아빠의 오토바이라……

사실 오토바이는 내 기억 속에도 자리 잡고 있다. 초등학교 시절, 그 녀석 꼬랑지에 올라타 아빠 허리를 꼭 붙잡고 "부릉부릉"을 외치며 환상적인 드라이브를 했었다. 정말 재미있었다. 수십 년간 아빠를 태우고 이리저리 뛰어다니며 우리 가족의 생계를 돌봐주었던 기특하고 고마운 녀석이다.

하지만 그 녀석도 아빠가 병원에 입원하자 쓸모없는 애물단지가 되어버렸다. 마치 주인 잃은 강아지처럼 아무도 찾아주는 이 없이 방치되었다. 비가 오나 눈이 오나 늘 그 자리에서 아빠를 기다렸을 오토바이, 그러나 그 녀석은 끝내 아빠와 재회하지 못했다. 아빠가 병원에 있는 동안 고물상에 팔려갔기 때문이다.

나는 늘 하던 방법대로 단순히 대응했다.
"아빠, 그거 창고에 있잖아. 그러니까 걱정 마."
그런데 웬걸! 아빠는 오토바이만큼은 절대로 창고에 없다고 확신했다. 분명히 엄마가 내다 버렸다며 마음 아파하고 눈물까지 흘렸다.
아닌 게 아니라, 오토바이는 엄마가 처분해버린 게 맞다. 그런데 몰래 팔아버린 게 아니라, 아빠의 허락하에 판 것이다. 과거 아빠가 병원에 입원해 있을 때, 어차피 관리를 하지 못하니 처분하자고 합의했던 내용이다. 그런 것을 이제 와서 엄마가 몰래 훔쳐갔다고 슬퍼하는 것이다.

그날 이후 아빠는 날마다 '오토바이, 오토바이' 노래를 불렀다. 처음에는 저러다 말겠지 하고 넘겨버렸지만 날이 갈수록 점점 더 힘들어했다.

아빠의 괴로움이 더 깊어지기 전에 해결해야 했다. 내 수첩에는 '아빠와 오토바이', '오토바이와 아빠' 라는 글자가 빼곡히 채워져갔다.

오랜 궁리 끝에 솔루션을 찾아냈다. 아빠에게 새 오토바이를 선물해주는 거다. 그것도 세상에 단 하나뿐인 어마어마한 오토바이를 말이다.

며칠 후 일요일 저녁, 그날도 아빠는 심각한 얼굴로 앉아있었다.

나는 아빠 옆에 바짝 붙어 앉아, 미리 구해두었던 오토바이 카탈로그를 쫙 펼쳐서 한 장씩 넘겼다.

"아빠! 신임이가 오토바이 새 걸로 하나 사 줄게! 여기서 골라봐 봐."

아빠가 고개를 돌려 카탈로그를 슬쩍 보았다.

"어? 이게 뭐냐?"

"새로 살 오토바이 카탈로그잖아. 여기서 마음에 드는 걸로 골라. 내가 사 줄게."

"신임이 네가?"

"응. 내가."

"니가 무슨 돈이 있어서?"

"나 돈 있어."

7년간의 마법 같은 기적

아빠는 정색하며 말했다.

"말도 안 된다. 니가 그걸 왜 사냐? 사려면 내가 사야지……."

"뭐가 말이 안 돼? 아빠가 이 나이 먹을 때까지 키워줬으니 내가 사 줄 수도 있는 거지."

내 말이 기특했는지, 아빠는 씨익 웃으며 내 볼을 쓰다듬었다. 나는 알고 있었다. 아빠가 내 돈으로 오토바이를 살 사람이 아니라는 걸.

아빠의 두 손을 꼭 잡고 말했다.

"이제 옛날 오토바이 찾지 마. 그냥 깔끔하게 새로 하나 사자. 응?"

계속되는 내 설득에 아빠가 서서히 넘어오고 있었다. 그러다가 멋진 오토바이 하나를 찍으며 말했다.

"이거 마음에 든다. 이거 얼마나 한다더냐?"

"아 이거? 잠시만. 아! 한 천만 원 정도 하는 거 같네." (내 멋대로 정한 가격이다. 다행히 그 카탈로그에는 가격이 나와 있지 않았다.)

아빠는 깜짝 놀랐다.

"뭐라고? 뭐가 그리 비싸냐? 아이고, 사지 말자."

"사실 50만 원짜리도 있는데, 솔직히 그건 별로 마음에 안 들어서 아예 아빠한테 안 보여준 거야."

"왜? 그냥 싼 걸로 사자."

"자, 설명해줄게. 잘 들어봐."

"지금 아빠가 찍힌 이 1,000만 원짜리 오토바이는 50만 원짜리보다 훨씬 좋아. 예를 들어볼게. 여기 이 손잡이에 있는 버튼 있잖아. 이거 한 번만 누르면 앞면을 제외한, 4면(왼쪽, 오른쪽, 위쪽, 뒤쪽)에 막이 생기면서 비도 막아주고, 여름에는 에어컨도 켤 수 있고, 겨울에는 히터까지 나온대."

"뭐라고! 이 오토바이가?"

아빠는 엄청 흥분했는지 침까지 튀겼다.

"그게 다가 아니야. 아빠 예전에 오토바이 운전하다 넘어져 크게 다쳤었잖아. 기억하지?"

"응. 그랬었지."

"이 오토바이는 더 이상 넘어질 염려가 없대. 만일 이거 타다가 넘어지잖아? 그럼 바닥에 커다란 에어백이 쫙 펼쳐진대. 그래서 넘어져도 푹신한 이불 위에 눕는 것처럼 편안히 넘어지게 된대. 그래서 하나도 안 다친대."

"어허, 그런 기능까지? 세상 참 좋아졌구나, 허허허. 어떻게 그런 오토바이를 만들었대냐?"

"이런 꿈같은 기능들이 풀 옵션으로 장착되어 있는 오토바이를 아빠가 방금 고른 거야. 그러니까 아빠 안목이 엄청난 거지. 아빠는 정말 대단해!"

"이게 얼마라고?"

"천만 원."

비용 얘기가 나오자 아빠는 또다시 정색했다. 너무 비싸서 못 산다고 했다.

즉시 새로운 꾀를 냈다.

"아! 생각났다!"

"뭐?"

"지금 우리가 사려는 오토바이보다 훨씬 더 좋은 오토바이가 내년에 나온대!"

"아 그래?"

"응. 그러니까 가격 때문에 정 부담되면 지금보다 더 업그레이드된 최신형 오토바이가 내년 하반기엔가 출시된다니까 그때 사도 돼. 차라리 돈 더 열심히 모아서 내년에 새로 나오는 걸 사는 것도 괜찮겠다. 아빠 생각은 어때?"

아빠는 눈알을 이리저리 굴리더니 방긋이 웃으며 말했다.

"그래! 차라리 조금 더 기다렸다가 내년에 사자. 나도 고물이라도 주워서 돈 좀 보탤 테니 그 돈이랑 합쳐서 내년에 사자."

"역시! 아빠는 천재라니까. 나랑 죽이 딱딱 맞잖아. 완전 신나! 유후!"

나는 아빠에게 어깨동무를 하며 깔깔깔 웃었다. 아빠도 기분이 좋았는지 껄껄껄 웃었다.

그렇게 아빠의 기억 속 가슴 아픈 고물 오토바이는 점차 사라져가고, 상상 이상의 엄청난 오토바이가 자리 잡기 시작했다.

특히 아빠는 오토바이의 새로운 성능에 대해 얘기해주면 너무나 재밌어했다. 보통 젊은 남자들이 새 차에 열광하는 모습과 흡사했다. 그래서 나는 틈날 때마다 앞으로 곧 출시될 미래의 오토바이에 대해 들려주었다.

어떤 날은 하늘을 나는 오토바이가 되었다가,

"정 중앙 버튼을 누르면 접혀져 있던 날개가 쫘~악 펼쳐지면서 헬리콥터처럼……."

"우와!"

어떤 날은 친환경 바이오 오토바이가 되었고,

"왼쪽 버튼을 누르면 오토바이가 자체적으로 나쁜 먼지를 차단하고 몸에 좋은 공기를 뿜어줘서······."

"허허!"

또 어떤 날은 인공지능 오토바이가 되었다.

"다른 차와 갑자기 부딪칠 것 같으면, 오토바이에 숨어 있는 자석 기능이 발동해서 다른 차를 자동적으로 밀어버리고 안전하게 피해 가게 한 대!"

"거참!"

아빠는 나의 이야기에 흠뻑 빠져들었다. 언제 나올지도 모르는 이 신기한 오토바이에 완전히 매료되었다. 생각만 해도 가슴이 벅차오르는지, 이야기를 듣는 내내 엉덩이를 들썩여 가며 흥분했다.

나는 이야기 말미에 항상 같은 질문을 했다.

"아빠~ 오토바이를 지금 살까? 나중에 살까?"

아빠는 항상 같은 답을 했다.

"성능이 점점 좋아지는데, 나중에 더 좋은 걸로 사자."

그렇게 아빠와 함께 오토바이에 대한 이야기를 나누다 보니 또 다른 사실을 알게 되었다. 아빠는 원래부터 오토바이 광이었다는 것이다. 젊은 시절 꿈이 있었는데, 그건 다름 아닌 멋진 할리데이비슨 오토바이를 타고 드라이브를 하는 것이었다고 한다.

"진짜? 정말이야? 너무 멋지다!"

나는 아빠와 손바닥을 마주치며 펄쩍펄쩍 뛰었다.

그날부터 우리 부녀는 앞으로 갖게 될 멋진 오토바이를 타고 상상 속 세계 일주를 했다. 그 상상 속 여행에서 아빠는 항상 멋진 가죽점 퍼와 선글라스를 끼고 직접 운전을 했고, 나는 과거 어릴 때처럼 뒤에 앉아서 아빠 허리를 꼭 붙들고 '부릉부릉' 외쳤다.

하루는 드넓은 호주 초원에서 캥거루와 달리기 시합을 하기도 했고, 또 하루는 광활한 사막 한복판을 모래바람을 흩날리며 질주하기도 했다. 또 어떤 날은 솜사탕 같은 구름 위를 날기도 했고, 또 어떤 날은 흰수염고래가 사는 바다 위에 오토바이를 둥둥 띄워 놓고 아빠와 함께 휴식을 취하기도 했다. 우리의 오토바이는 하늘도 날아다닐 수 있고 물 위에도 뜰 수 있었기 때문에 못 가는 곳이 없었다. 그렇게 아빠와 나는 특별한 오토바이를 타고 지구 곳곳을 누비고 다녔다.

그날도 카탈로그를 넘겨보며 흐뭇하게 미소를 짓고 있는 아빠에게 마음속으로 물었다.

'아빠 미안해. 계속 거짓말만 해서. 근데 아빠만 행복할 수 있다면 나 앞으로도 계속 거짓말할 거다. 그런 나 용서해 줄 수 있지?'

아빠는 말없이 그저 환하게 웃기만 했다. 그 모습에 가슴이 더욱 아려왔다.

호주머니 속 만 원의 기적

토요일 점심 식사를 마친 후였다.

무슨 생각을 하는지 벌써 며칠째 수염도 안 깎고 집 안만 돌아다니는 아빠. 오늘은 꼭 면도를 시켜주리라 마음먹고, 아빠의 작은 얼굴에 비누 거품을 칠했다.

"우리 아빠는 수염도 참 기품 있단 말이야. 어쩌면 이렇게……."

그리고 면도기를 얼굴에 대려는 순간 아빠가 내 말을 끊고 큰소리로 외쳤다.

"신임아!"

"응? 왜?"

깜짝 놀라서 나도 덩달아 크게 소리쳤다.

"너 나 거지된 거 알고 있었냐?"

"무슨 말이야? 아빠가 거지라니? 갑자기 왜 그런 말을 해?"

아빠는 뭔가 괴로운 듯 면도 내내 인상을 쓰고 있었다. 내가 아무리 웃으며 재잘대도 아빠는 입술을 굳게 닫고 침통한 표정을 지었다.

"니 엄마가, 바로 니 엄마가 나를 거지로 만들었다. 알겠냐!"

"엄마가 아빠를 거지로 만들었다고?"

얘기인즉, 엄마가 현재 살고 있는 아파트를 홀라당 팔아버려서 아빠가 땡전 한 푼 없는 거지가 됐다는 말이었다.

정말이지, 아빠의 상상력은 끝이 없었다. 이번에는 또 뭐라고 안심을 시켜줘야 하지?

면도를 마친 뒤 아빠를 방으로 데리고 가, 침착하게 또박또박 설명해주었다.

"잘 들어. 아빠는 거지가 아니야. 여기는 분명히 우리 집이고, 방금 전에 된장찌개, 자반고등어, 콩나물무침으로 맛있게 밥 한 그릇을 뚝딱 먹어놓고는 어떻게 아빠가 거지일 수 있어? 거지는 먹을 게 없어서 굶주리는 사람이 거지잖아. 근데 아빠 지금 배부르지? 그러니까 절대 거지일 수가 없어. 그러니 안심해도 돼."

아주 여러 번, 단단히 일러두었지만 내 말은 씨알도 안 먹혔다. 아빠는 끝까지 당신을 거지라고 주장했다.

그 후로 아빠는 거의 매일 엄마에게 분노에 찬 얼굴로 쏘아붙였다.

"나 거지 만들어 놓으니 좋소? 이제 속 시원하오? 에라 이 나쁜 사람아!"

엄마는 워낙 이런 말들을 질리도록 들었기에 충격받지도 않았다.

"그래요. 당신 거지 만드니 속이 후련해요! 됐어요? 으이구!"

그 후 며칠이 지났다. 그날도 아빠는 침대 끄트머리에 앉아 '거지'

를 여러 번 언급하며 허공 속 누군가와 얘기 중이었다. 그 옆으로 가 앉았다.

"아빠, 이제 거지 얘기 그만하면 안 될까? 정말 듣기 싫어."

아빠는 들은 척도 안 했다.

"말이 씨 된다고 하잖아. 아빠 말 하나 때문에 우리 정말 거지되면 어떻게 해? 그니깐 거지라는 말 취소해줘, 응?"

아빠는 무겁게 목소리를 내리깔았다.

"취소 못 한다. 나 거지 맞다."

"그래? 그럼 대답해봐. 아빠가 거지니까 나도 거지인 거네. 맞아, 안 맞아?"

'설마 예뻐하는 딸한테만큼은 거지라고 안 하겠지?'

은근히 기대를 하며 대답을 기다렸다. 아빠는 잠시 고개를 숙이고 생각에 잠겼다. 이윽고 뭔가를 결심한 듯 아랫입술에 힘을 주었다. 그리고는 낮은 목소리로 아주 천천히 말했다.

"신임아, 너도 거지다!"

이럴 수가! 순간 내 가슴이 무너졌다. 나에게까지 거지라고 하다니 …….

곧바로 따져 물었다.

"그래? 그럼 우리 집안도 몽땅 거지 집안이네? 난 둘째 거지, 저긴 엄마 거지, 아빠는 대빵 거지네. 맞지?"

내 물음에 아빠는 답을 회피한 채 빠른 걸음으로 거실로 나가버 렸다.

하루아침에 땡전 한 푼 없는 거지가 되었다며 괴로워하는 아빠. 연거푸 아빠 입에서 나오는 거지! 거지! 이러다 정말 거지가 되는 건 아닌지 불안하기까지 했다. 아빠를 위해서나 나의 심신 안정을 위해서나 '거지발언'은 하루속히 철회시켜야만 했다.

그나저나 아빠는 왜 자신을 거지라고 생각하는 걸까? 엄마가 아빠 몰래 집을 팔아버렸다는 이유만으로 그렇게 생각한다는 건 다소 무리가 있어 보였다. 분명 뭔가가 있을 텐데, 그걸 모르겠다.

그렇게 시간은 흘러갔다.

어느 날 나는 우연히 아빠의 반복적인 행동 하나를 포착했다. 그것은 바로 바지 주머니에서 뭔가를 꺼내어 손에 올려놓고 유심히 살펴보는 것이었다. 그런데 그 내용물을 보면, 십 원짜리와 백 원짜리 동전 몇 개 그리고 오랫동안 주머니 속에 방치돼 있던 천 원짜리 지폐 3장이 전부였다. 아빠는 매일 집에만 있었기에 돈을 쓸 일이 없었다. 그래서 돈들은 바지 주머니 속에서 꼬깃꼬깃하다 못해 너덜너덜해지기까지 했다. 아빠는 그 돈을 몇 달째 계속해 보고 또 보고 있는 것이다.

아! 저거였구나. 다 털어도 고작 3천 원이 조금 넘는 현금을 손에 올려놓고 매일 반복적으로 쳐다보고 있으니 자신이 거지라고 생각했던 거다.

긴급 작전이 곧바로 설계됐다.

며칠 후, 출근하기 전 아빠에게 코맹맹이 소리로 말했다.

"아빠! 나 차비하게 천 원만 주면 안 되용?"

아빠는 호주머니에 손을 넣고 한참을 뒤적거린 후 돈을 꺼내 보였다.

"신임아, 나 3천 원밖에 없다."

그리고 긴 한숨을 내쉬며 기어가는 듯한 목소리로 말했다.

"미안하다. 니 애비가 거지라서. 이거라도 가져가라."

"아휴, 아빠! 거지 아니라니까. 신임이 돈 있어. 다녀올게."

아빠를 꼭 안아주며 속으로 말했다.

'아빠 지금 그 3천 원이 한 달이 지나면 과연 얼마가 될지 두고 봐. 깜짝 놀라게 해줄 테니까. 크크……'

작전명 '만 원의 기적'

작전은 그날부터 시행되었다.

밤늦게 퇴근한 나는 안방 문을 빼꼼 열어보았다. 아빠는 곤히 자고 있었다. 나는 도둑고양이처럼 살금살금 다가갔다. 그리고 낮에 은행에서 찾아온 빳빳한 만 원짜리 한 장을 아빠 바지 주머니에 쏙 넣었다. 아침에 나에게 차비를 주려고 뒤적거렸던 바로 그 주머니 속에 말이다.

다음 날 아침 출근 시간, 전날과 똑같이 아빠에게 물었다.

"아빠, 신임이 차비하게 천 원만 주라."

아빠는 어제처럼 호주머니를 뒤적거렸다. 그리고 어제보다 만 원이 많아진 1만 3천 원을 꺼내 보였다.

"신임아, 가진 게 이거밖에 없다. 이거라도 가져가서 써라."

나는 차비를 달라는 건 농담이었다고 말한 후, 아빠를 안아주고 나왔다.

또 밤이 되었다. 나는 또 만 원을 넣었다. 그리고 다음 날 아침, 어제와 똑같은 질문을 했다.

7년간의 마법 같은 기적

그런데 이번엔 아빠의 표정이 조금 달라졌다. 고개를 갸웃하더니 "신임아~ 이게, 어, 이상하다."라고 말했다. 즉시 받아쳤다. "오케이. 거기까지. 나 다녀올게."

아빠의 미세한 심경 변화를 목격한 만큼 이 작전의 성공 가능성은 매우 높을 거라고 판단했다. 나는 그렇게 매일매일 만 원짜리 한 장씩을 아빠 몰래 주머니 속에 넣어 주었다. 은밀한 작전을 쉬지 않고 진행시키는 동안 거지라고 울부짖던 아빠가 어떻게 변해갈지 너무나 궁금했다.

(잠깐, 여기서 의문을 갖는 독자가 있을지도 모르겠다. 아빠가 잠옷을 입고 자는 거 아니냐고? 아니다. 우리 아빠는 주로 집에만 있었기 때문에 늘 같은 바지를 입고, 그 옷을 그대로 입고 잤다. 그러다 가끔 세탁할 때만 주머니에 있는 내용물을 새 바지에 옮겨놓곤 했다.)

그렇게 열흘이 지나고 아빠 주머니에 만 원짜리 지폐가 10장 정도 쌓였을 때였다.

퇴근 후 쉬고 있는데, 아빠가 불렀다.

"아빠, 왜?"

아빠는 침대에 앉아 주변을 경계하며 조용히 물었다.

"신임아, 너 혹시 내 주머니에 돈 넣고 있냐?"

일부러 깜짝 놀라는 표정을 지으며 대답했다.

"엥? 무슨 소리야? 주머니에 돈을 넣다니? 누가? 내가? 나 과자 사 먹을 돈도 없는데."

아빠가 다시 물었다.

"너 진짜 아니냐?"

"당연하지! 내가 아빠 주머니에서 돈을 빼갔으면 빼갔지, 아빠 몰래 돈을 넣는 기특한 짓을 할 애가 아니잖아. 아빠가 더 잘 알면서~"

"하긴, 니 녀석이 그럴 리가 없지."

'푸하하하! 정말 박장대소할 일이로다. 나 같이 착한 딸을 앞에 두고 그럴 리가 없다니? 어이, 이보시오, 아빠님. 어디 두고 보시오! 내곧 아빠를 깜짝 놀라게 해드리리다. 에헴!'

입 밖으로 새어 나오는 웃음을 억지로 참으며 아빠를 관찰했다.

아빠는 뭔가는 이상하긴 하지만, 그래도 행복한 표정으로 웃고 있었다.

그리고는 내게 귀엣말을 했다.

"신임아, 너만 알고 있어라. 엄마한테 말하지 말고."

"응, 뭔데? 얼른 말해봐."

"사실은 말이다. 요새 내 주머니에 돈이 불어나고 있다."

나는 더욱 과장되고 놀란 표정으로 말했다.

"어머 나 심장 떨려. 진짜야? 정말? 어떻게 그런 일이 있을 수가 있어?"

"그러게 말이다. 계속 늘어나는 것 같다."

"어떻게 돈이 늘어나? 혹시 엄마가 넣는 거 아닐까?"

아빠는 단호한 표정으로 고개를 가로저었다.

"니 엄마는 돈 넣을 사람이 아니다."

잠시 후 아빠는 상체를 뒤로 젖히고 오른발을 쭉 뻗어 주머니 속에 있는 돈을 꺼내 보였다.

"여기 봐라. 신임아, 이게 그 돈이다."

나는 마치 심마니가 50년 묵은 산삼을 발견한 듯한 표정으로 환호성을 질렀다.

"우와! 진짜네! 어머나. 이게 다 얼마야?"

그리곤 아빠 앞에서 일부러 손끝에 침을 묻혀가며 한 장 한 장 돈을 세어보았다.

"가만있어 보자…… 만 원짜리가 하나, 둘, 셋, 넷…… 열! 천 원짜리가 하나, 둘, 셋! 우와, 10만 3천 원이나 있네. 울 아빠 돈 많다!"

나의 반응에 아빠의 미소가 얼굴 가득 퍼지기 시작했다.

잠시 후 아빠 가까이 몸을 기대며 속삭이듯 말했다.

"아빠, 내 말 잘 들어! 이건 말이야. 분명히 아빠가 귀인이기 때문에 아빠 주머니 속에서 돈이 저절로 새끼를 치는 게 틀림없어! 신임이도 안 넣고 엄마도 안 넣었는데 어떻게 돈이 늘어날 수가 있어? 이건 확실히 아빠가 조만간 세계에서 가장 큰 부자가 될 거라는 엄청난 길조라고! 맞지, 아빠?"

"글쎄. 모르겠다, 나도. 허허허."

여기까지 진행되자 내가 계획했던 작전이 거의 성공했다는 확신이 들었다.

그날 이후, 아빠가 호주머니에서 돈을 꺼내 확인할 때마다 잽싸게 달려가, "우와, 어제보다 또 만 원이 늘었네? 우리 아빠 진짜 부자잖아."라고 흥을 돋구어주었다.

이런 일이 3주 동안 지속되었다. 20만 원이 넘어가자 어느새 아빠 바지 주머니가 뚱뚱해졌다. 그리고 아빠 입에서는 '거지'라는 말이 사라졌다.

25일째 되던 날, 주머니의 액수가 253,000원이 되자 아빠는 내게

25만 원을 맡겼다.

"이거 뭐 할까?"

"저금해 놔라."

"네!"

아빠가 건네준 25만 원은 같은 방법으로 재사용될 것이다. 25만 원이 40만 원이 되고, 70만 원이 되고, 100만 원이 되고, 1년 365일이 지나면 365만 원이 되겠지. 아! 생각만 해도 가슴이 뛰었다. 우리 아빠는 이제 거지가 아니다. 자고 일어나면 만 원씩 불어나 있는 진짜 부자다!

그런데 꼬리가 길면 잡힌다고 했던가?

그렇게 매일매일 아빠를 속여먹고 있는데, 위기가 찾아왔다. 만 원작전을 시작한 지 거의 두 달 남짓 지났을 때였다.

새벽 1시 30분경.

집 안은 고요했고, 아빠는 흙 침대 오른편에서 아기 코끼리처럼 드르렁드르렁 코를 골며 자고 있었다. 나는 기쁨의 만 원을 넣으려고 불을 켰다. 아빠 왼편으로 가서 무릎을 꿇고 아빠 얼굴 위로 손바닥을 흔들어 보았다. 깊이 잠든 게 틀림없었다. 하긴 매일 만 원씩 불어나는 행운의 사나이가 됐는데 잠도 잘 오실 거다. 누워있는 아빠 바지 주머니가 제법 두툼해져 봉긋 올라와 있었다. 혼자 있을 때 두둑해진 자신의 호주머니의 내용물을 꺼내보며 기분 좋아할 아빠를 떠올려보니 나도 모르게 웃음이 나왔다.

그렇게 혼자 키득거리며 아빠 바지 주머니에 조심스럽게 손을 넣었다. 그때 자고 있던 아빠가 뒤척였다. 잠시 멈춘 뒤, 다시 슬금슬금

호주머니에 있는 현금을 빼내어 세어보았다. 193,000원, 어제 금액 그대로다. 새로운 만 원을 돈다발 위에 포갠 뒤 빠른 손놀림으로 주머니 속에다 슬쩍 밀어 넣었다. 도합 203,000원이 되는 순간이었다. 너무 신이 나서 나도 모르게 콧노래를 '음음음~' 부르며 호주머니 속으로 돈을 좀 더 깊이 쭉 밀어 넣고 있는데……, 그때였다! 세상에! 아빠가 갑자기 두 눈을 번쩍 떴다. 그것도 시뻘건 눈을!(자다 일어나서 시뻘겠다.) 내 눈과 아빠 눈이 마주쳤다. 순간 소름이 쫘아악!!! 그 어떤 공포영화보다 무서웠다.

나는 헐리우드 액션을 능가하는 엄청난 스피드로 아빠 침대 왼쪽 바닥을 향해 '철퍼덕' 굉음을 내며 엎어졌다. 너무 빨리 엎어지는 바람에 침대 바닥에 이마를 세게 찧었다. 엄청 아팠다. 그리고는 얼마간 정적.

그런데 그 와중에 갑자기 이러고 있는 내 꼴이 너무 우스워 "푸후흡" 소리를 내며 웃고 말았다. 아빠가 완전히 깰까 봐 양손으로 코와 입을 틀어막았지만, 새 나오는 웃음은 멈추지 않았다. "픕! 킁! 크흥!" 나중에는 몸까지 들썩거렸다.

아, 이 새벽에 진짜 뭐 하는 짓인지. 아빠가 눈을 감고 있는지, 아님 뜨고 있는지 확인할 수 없으니 답답했다. 그렇게 엎드린 상태로 별의별 쇼를 다 하고 있는데, 잠시 후 누군가 내 뒷머리를 두어 차례 쓰다듬었다. 그러다 나도 모르게 아빠 옆에서 잠이 들어버렸다.

다음 날 아침, 엎드려 잔 탓인지 얼굴이 달덩이처럼 퉁퉁 부어있었다. 다행히 그날은 그대로 넘어갔다.

며칠 후 아빠가 나를 불렀다.

"깡패야~ 지금도 만 원 넣고 있냐?"

"아 아니, 아닌데……."

아빠가 내 볼을 쓰다듬으며 말했다.

"신임아, 이제 그만 해라."

결국 '만 원의 기적' 작전은 안타깝게 실패로 끝이 났다. 아빠를 세상에서 단 하나뿐인 '마르지 않는 만 원의 부자'로 만들어주려던 내 야심찬 계획은 60일 만에 막을 내리고 만 것이다. 아빠를 부자로 만들어줄 다른 방법을 빨리 찾아야 했다.

철학가 고객의 신비한 이야기

또다시 전쟁이 시작되었다. 아빠와 엄마는 지치지도 않는다. 놀이판 위에서 신명나게 한바탕 벌이시는 모습이 참으로 대단하기만 하다.

아빠가 아침에 일어나 눈곱을 떼기도 전에 엄마에게 소리쳤다.

"내가 누구 때문에 이렇게 오래 놀고 있는 거요? 누구 때문에!"

엄마는 화가 머리끝까지 차오른 말투로 대답했다.

"누구 때문이라뇨? 당신 세끼 식사 꼬박꼬박 챙겨준 사람이 누군데, 아침에 일어나기만 하면 소리를 질러요!"

아빠가 엄마를 위아래로 흘겨보며 대답했다.

"당신 때문이잖아요! 당신이 나를 백수로 만들었잖소!"

"이 인간이 정말……. 나 때문은 개뿔! 아휴, 정말 징그러, 징그러!"

정말 극한으로 치닫고 있는 싸움터였다. 두 맹수가 발톱을 드러내고 서로 노려보며 으르렁대는 것만 같았다. 나는 이리저리 뛰어다니며 성난 두 맹수를 진정시키기에 바빴다.

겨우 두 사람을 진정시켜 놓자 엄마가 나에게 다가와 조용히 말했다.

"신임아, 나 진짜 못 살겠다. 저 웬수 같은 니 아빠 얼른 병원에 입원시키자. 안 그러면 나 이 집에서 못 산다."

치매로 힘들어하는 아빠도 안쓰러웠지만, 그런 아빠로 인해 똑같이 힘들어하는 엄마 또한 너무나 안쓰러웠다. 아빠 편을 들자니 엄마가 힘들어하고, 엄마 편을 들자니 아빠를 병원에 보내야 될 것 같고, 정말 한숨밖엔 나오지 않았다.

엄마에게 위로의 말을 전했다.

"엄마, 아빠 이제 곧 좋아질 거야. 조금만 더 기다려보자. 응?"

내 말에 엄마는 그간 억눌렀던 울음을 터트렸다. 그날 난 엄마를 겨우 달랜 후에야 출근할 수 있었다.

솔직히 말하자면, 나 역시 아빠를 병원에 보내야 하지 않을까 하고 수없이 생각했었다. 엄마를 괴롭히는 횟수가 점점 늘어나면서, 이러려면 차라리 병원에 있는 게 아빠한테 유익하지 않을까 생각했다. 하지만 그러다가도 또 언제 그랬냐는 듯 아기처럼 쌔근쌔근 자고 있는 아빠를 보노라면, 그렇게 가기 싫다는 병원에 억지로 보낸다는 것은 결코 해서는 안 될 짓이었다.

이번에는 어떻게 풀어야 할까?

"아빠, 괜찮아. 그냥 쉴 나이 돼서 쉬는 거야. 엄마 때문에 일 못하는 게 아니야." 같은 단순한 설득으로는 안 된다. 스토리가 필요하다. 아빠가 집에서 쉬는 게 무척 자연스럽고, 엄청난 행운으로 여겨지는 그런 굉장한 스토리 말이다.

그즈음, 내 사무실에 신비로운 인물이 찾아왔다.

누가 알았을까? 그 신비로운 인물이 엄마와 아빠의 갈등 상황을 풀어줄 흑기사가 될 줄을. 나는 지금도 그가 하늘에서 보내준 수호천 사라고 굳게 믿고 있다.

그날도 평상시처럼 사무실에서 일을 보고 있었다. 오후가 되자, 말쑥한 옷차림의 신사 한 분이 사무실로 불쑥 들어왔다. 평소 하던 대로 상담을 한 후, 필요한 일처리를 해 주었다. 그런데 특이하게도 그 고객은 내가 일처리를 하는 동안 나를 힐끔힐끔 쳐다보며 계속 웃었다. 나는 속으로 '혹시 젊은 나이에 실성하셨나?'라고 생각했다. 어쨌든 최대한 빨리 일처리를 해주었고, 고객은 고맙다고 인사를 한 후 돌아갔다.

한 10분 지났을까? 다시 사무실 문이 열렸다. 또 그 고객이었다.

"아, 뭐 두고 가셨나요?"

그는 내게 이야기 하나를 들려줬다. 참으로 신기한 이야기였다. 어쩌면 이 이야기가 아빠를 지켜낼 수 있는 중요한 힌트가 될 것 같았다. 아니, 마음속에서 "이게 아빠를 지켜낼 방법이야. 이걸 써봐. 빨리!"라는 말이 들려왔다. 그날 나는 로켓보다 빠르게 집으로 달려갔다.

'띠띠띠띠'

번호키를 누르고 현관문을 열자, 아빠가 환하게 웃으며 서 있었다.

"깡패 왔냐?"

그리곤 내 가방을 받아주었다.

"저녁은 먹었냐?"

"아직 안 먹었쩌. 아빠는?"

아빠는 깊은 한숨을 내쉬었다.

"배가…… 안 고프다."

정말 며칠 굶은 사람처럼 힘이 없었다.

가까이 다가가 팔짱을 끼며 저녁을 같이 먹자고 하려던 찰나, 오른쪽 뺨에 붙어있던 밥풀 하나가 눈에 띄었다. 모른 척하고 밥풀을 떼어주면서 물었다.

"아빠, 저녁 안 먹었으면 같이 먹을까?"

"아니, 생각 없다."

그리고는 잔뜩 삐친 얼굴로 안방으로 가 침대 가장자리에 털썩 앉았다. 엄마에게 물어보니 아빠가 1시간 전 저녁밥을 한 그릇 반이나 먹었다고 했다. 어쩌면 저렇게 감쪽같이 시치미를 떼고 앉아있는지 웃음이 절로 나왔다.

나는 식사를 마친 뒤 아빠의 어깨를 주물러주며 대화를 시작했다.

"오늘은 어떻게 보냈어?"

"그냥 보냈다."

"나는 오늘 되게 신기한 일 있었는데……."

아빠는 별다른 반응 없이 눈만 깜빡였다. 다른 생각에 몰두 중인 것 같았다.

"아빠! 오늘 신기한 일이 있었다고!"

이 말을 다섯 번이나 반복하자, 그제야 반응했다.

"뭔데?"

"지금부터 내가 하는 얘기 잘 들어봐. 정말 놀라운 얘기야."

아빠는 살짝 고개를 끄덕였다.

"오늘 오후에 인상 좋은 고객 한 분이 방문했었어. 완전 호감형 얼굴형이었지. 옷도 굉장히 잘 입었고. 일을 의뢰했는데, 일을 하는 내내 나를 보며 웃는 거야. 일을 다 마치고는 고맙다는 인사를 하고 나갔어. 그런데, 잠시 후 다시 왔더라고. 그래서 내가 '뭐 잊고 가셨어요?'라고 물었지. 그랬더니 나한테 꼭 할 말이 있어서 다시 왔다는 거야. 나는 당황스러웠지만……."

그때, 아빠가 벌떡 일어섰다. 그리곤 "니 엄마 아주 나쁜 사람이다!" 하고 화를 내며 나가버렸다. 나는 냉큼 쫓아갔다.

"아빠, 내 얘기 좀 들어봐. 정말 신기한 얘기라니까."

거실로 나간 아빠는 계속 걷기만 했다. 뭔가 단단히 화가 난 표정이었다. 그러더니 갑자기 걸음을 멈추고 내게 따지듯이 물었다.

"신임아, 내가 지금 몇 년째 놀고 있냐? 나 언제까지 놀아야 하냐? 응!"

역시 아빠는 하루 종일 이런 마음으로 마음 졸이며 집 안을 돌아다녔던 거다. 즉시 아빠를 구출해야 했다. 아빠 옆으로 가 팔짱을 낀 채 똑같이 따라 걸으며 이야기를 계속했다.

"오늘 사무실에 고객이 오셨는데, 어떤 분이 오셨는지 알아? 알면 놀랄걸?"

아빠가 갑자기 걸음을 멈추고 내 팔을 뿌리치며 짜증을 냈다.

"신임아! 나 좀 가만두면 안 되겠냐? 조용히 좀 해라!"

이쯤 되자 나도 오기가 났다. 가뜩이나 속에서 열불이 올라오는 중이었다.

"알았어! 가만 놔두면 되잖아! 아빠 진짜 나빠! 나 집 나가버릴 거야!"

지축이 흔들릴 만큼 고래고래 소리를 지른 뒤 현관문을 쾅 닫고 나와버렸다. 그리고는 문밖에서 귀를 쫑긋 세우고 다시 불러주기만을 기다렸다.

정확히 10초 후, 아빠의 목소리가 들렸다.

"신임아! 신임아! 어디 간 거냐? 신임아!"

냅다 문을 열고 뛰어 들어가 유쾌하게 대답했다.

"엉. 아빠 신임이 불렀어? 근데 방금 내가 왜 나간 거야?"

"몰라. 너 왜 나갔냐?"

"나도 몰라. 까먹었어. 푸히히."

이를 지켜보던 엄마가 고개를 절레절레 흔들었다.

어쨌든, 나는 다시 이야기를 시작했다.

"이제부터 중요한 얘기할 거니까 잘 들어야 해. 알았지?"

아빠는 식탁에 자리를 잡고 앉았다.

"오늘 신임이 사무실에 누가 왔는지 알아?"

"누가 왔는데?"

"미국에서 사업하는 손님이 왔는데, 제법 큰 사업가이신가 봐. 그 사람이 엄청난 얘기를 해줬어."

"뭔 얘기?"

조금 전과는 다르게 아빠는 내 말에 집중했다.

"아빠 알지? 신임이가 일 잘하는 거?"

"알지. 우리 딸 일 하나는 똑 부러지지."

그리곤 내 머리를 쓰다듬어 주었다.

"내가 그 손님 일을 잘 처리해 주었더니, 일이 다 끝난 다음에 나갔다가 다시 돌아왔어. 그러더니 소파에 좀 앉아보래. 할 얘기가 있다고. 좀 이상했지만, 일단 앉았어."

아빠는 내 얘기에 호기심을 느꼈는지 손으로 턱을 괴었다.

나는 흥분한 목소리로 말을 이어갔다.

"그리고는 아무 말 없이 내 얼굴 이곳저곳을 한참을 보더라고. 순간 화가 나서 물었어. '뭐 하세요! 뭘 보는 겁니까?' 그랬더니 손님이 지금부터 자기 말을 잘 들어보라는 거야."

아빠는 눈을 여러 번 깜박였다.

"그러더니 갑자기 돈을 요구했어."

"뭐라고? 돈?"

"응. 천 원! 갑자기 천 원을 달라는 거야. 그래서 내가 물었지."

신임 : 천 원은 왜요?

고객 : 그냥 줘보시면 알아요.

신임 : 싫어요!

그때 아빠가 끼어들었다.

"천 원인데 주지 그랬냐? 걸인 같은데."

"아니야. 옷차림이 걸인이 아니었어. 신사 같았다니까. 목소리는
또 얼마나 좋은데? 성우 뺨칠 정도야. 그러더니 나한테……."

고객 : 저는 철학을 전공했고, 오랜 기간 그쪽으로 수련한 사람입
니다. 지금은 사업을 하고 있습니다만, 사람의 관상을 아주
잘 봅니다. 제 자랑 같겠지만 정치인, 연예인 등 유명인들의
관상도 제가 많이 봐주었지요.

"뭐? 관상?"

아빠가 흥미를 보이기 시작했다.

"응, 관상! 난 관상을 본 적은 없지만, 이 사람이 뭐라고 말할지
궁금해서 일단 천 원을 줬어."

고객 : 이 천 원은 제가 꼭 받아야 합니다. 그래야 제가 별 탈이 없어요. 이해해주세요.

신임 : 네. 어서 말해 주세요. 제 관상이 어떤데요?

고객 : 일단, 소장님께서는 결혼을 늦게 하셔야 합니다.

신임 : 네? 결혼을 늦게 하라고요? 왜요?

고객 : (잠시 머뭇거리다가) 자, 그럼 너무 기분 나빠하지 마시고요. 제가 보는 관상은 거의 정확한 편이라서요.

신임 : 네. 뭐든 말씀하세요. 뭔데요?

고객 : 음……, 소장님께서 결혼을 빨리하시면 두 집 살림을 하실 겁니다.

신임 : 네? 뭐, 뭐라고요? 제가 두 집 살림을 한다고요?

고객 : 얼굴에 나와 있습니다. 확실합니다.

신임 : 지금 그걸 말이라고 하세요? 제 얼굴에 "두, 집, 살, 림"이라고 쓰여 있나요?

"아빠, 정말 어이없지 않아? 나더러 두 집 살림을 할 관상이래!"

"허허, 그 사람 이상한 사람이다."

"그치? 그치? 그래서 한참 노려보다가, 똑같이 복수해줬어."

신임 : 하하. 그러는 고객님께서는 키도 꺽다리같이 훤칠하신 게 다섯 살림하게 생기셨네요. 저 또한 확실합니다. 이제 가셔도 돼요. 안녕히 가세요.

고객 : 너무 언짢아하지 마시고요. 아직 안 끝났습니다.

7년간의 마법 같은 기적

"더 들을 것도 없다. 이상한 사람이구만, 뭐."

아빠가 손사래를 치며 말했다.

"아냐, 아빠. 그 뒤의 얘기가 진짜야. 아주 주~옥 같다니까."

고객 : 소장님은 엄청난 효녀십니다. 그게 얼굴에 쓰여 있습니다.

신임 : 네? 정말요? 호호홍~.

고객 : 그리고 40대 중후반엔 많은 돈을 버실 겁니다. 하지만 건강
　　　을 좀 챙기세요.

여기까지가 실제 그가 한 얘기다. 그 고객은 나의 관상이 매우 좋
은 편이고, 일찍 결혼할 시 두 집 살림을 할 것이며, 효심은 지극하지
만 항상 건강을 잘 챙기라는 말을 남기고 떠났다.

하지만 여기서 끝낼 내가 아니다. 이제부터가 진짜 주~옥 같은 이
야기를 시작할 타이밍이다. 나는 철학가 고객이 들려주었던 이야기
를 각색하여, 아빠를 주인공으로 한 더욱 흥미진진한 이야기를 들려
주기 시작했다.

"아빠, 지금부터가 중요해! 잘 들어봐."

"응."

"그 고객이 뭐라고 했냐면……."

고객 : 소장님은 낯빛만 보아도 아주 큰 복을 타고났습니다.
　　　첫째, 부모 복이 엄청나십니다. 특히 아버지 복이죠.

신임 : 어머, 아빠 복이요? 정말요? 우리 아빠가 어떤데요?

고객 : 둘째 딸이시죠?

신임 : 네에.

고객 : 아버지 성함 중간에 "영"자가 들어가시지 않나요?

아빠가 식탁 의자를 앞으로 당겨 앉으며 물었다.

"그 사람이 내 이름을 어떻게 안다냐?"

"그러니까 신기하다는 거지!"

나는 이야기를 계속 이어갔다.

고객 : 소장님의 아버지는 엄청난 분이십니다. 난 소장님의 얼굴에
　　　서 그걸 읽었어요. 지금 아버지가 집에서 쉬고 계시지요? 정
　　　말 잘하고 계시는 겁니다.

신임 : 쉬다뇨? 우리 아빠 일 계속하시는데요?

"한번 어떻게 나오나 보려고 일부러 거짓말을 해봤어."

아빠는 침을 꿀꺽 삼켰다.

고객 : 아닙니다. 소장님의 아버지는 지금 일을 하시지 않을 겁니다.
　　　확실합니다.

"내가 집에서 노는 건 어떻게 알았대?"

"그니까! 내 얘기를 계속 들어봐."

고객 : 소장님. 저를 속일 생각 마십시오. 얼굴에 다 보입니다.

신임 : 뭐가 보여요?

고객 : 아버님이 집에서 쉬고 계시는데, 왜 일한다고 거짓말하시죠?

신임 : 어머, 거짓말인 거 눈치 까셨어요? 정말 용하시네요.

"아빠, 나 그때 정말 깜짝 놀랐어. 그 사람이 완전히 꿰뚫어 보고 있더라고."

고객 : 다시 한번 묻겠습니다. 아버님은 지금 쉬고 계시는 거 맞죠?

신임 : 네네. 맞아요.

고객 : 아휴, 정말 다행입니다.

신임 : 뭐가 다행이에요?

고객 : 제 말을 안 믿으셔도 상관없습니다만, 저는 오늘 이 얘기를 꼭 전해드리고 가야 합니다. 노신임 소장 관상 속의 아버지는 대단한 분이십니다. 인품도 훌륭하시구요. 돈 벌 궁리는 하실 필요가 없습니다. 왜냐고요? 돈이 그냥 저절로 들어오고 있으니까요. 돈을 안 벌어도 돈이 들어오실 상입니다.

갑자기 아빠의 눈이 부엉이처럼 커졌다.

"뭐라고? 돈을 안 벌어도 돈이 들어온다고?"

"응. 진짜 그렇게 말했어."

아빠는 내 예상보다 두 배는 흥분했다.

고객 : 그리고 아버님은 몸무게는 적게 나가시지만 오래 사실 겁니다.

신임 : 어머, 저희 아빠 마른 거 어떻게 아셨어요?

고객 : 소장님 관상에 다 보입니다.

아빠는 기분이 좋았는지 껄껄껄 웃었다.

"허허, 그거 참 좋은 말이로구나. 맞아. 내 수명은 길 거야. 내 이마가 넓고 귀가 크니까."

"맞아. 그런 아빠를 신임이가 꼭 닮았지."

아빠의 표정은 밝아졌고, 나는 신나게 이야기를 이어나갔다.

"관상 봤던 사람이 나보고 고맙대."

"뭐가?"

"지금껏 관상을 많이 봐왔지만, 이런 기운은 처음이래. 그 사람이 아빠를 직접 만난 건 아니지만, 아빠 딸인 나를 보고 아빠의 기운을 느낀 거잖아. 지금까지 아빠 같은 훌륭한 성인을 한 번도 본 적이 없는데, 나를 보고 간접적으로나마 성인을 만나게 되었으니 고맙다는 거야. 일생일대의 영광이라나 뭐라나?"

"성인……이라고? 내가……?"

"응, 그래서 자기의 운수도 대통할 거래. 훌륭한 성인의 상을 봐서."

"……."

아빠는 멍하니 입을 벌린 채 아무 말도 하지 못했다.

"그러면서 나한테 받은 천 원에 아빠 이름을 써달라는 거야. 그래서 내가 '노영현'이라고 써줬지. 그랬더니 무척 고마워하면서, 그 천 원은 안 쓰고 집안 대대로 가보로 물려주고, 평생 간직할 거래. 그만큼 아빠가 대단하다는 거지. 아 참, 그리고 아빠한테 주의사항을 하나 알려줬어."

"주의사항?"

"응. 아빠 앞으로 절대 일 같은 거 하지 말아야 한대."

"일을 하지 말라고? 왜?"

"왜냐하면, 아빠 같은 사람은 돈 벌 생각은 아예 하지 말고 무조건 잘 쉬고, 잘 먹고, 잠도 푹 자고, 한마디로 집에서 펑펑 놀아야 한대. 그래야 더 부자가 되고 건강하게 오래 살 수 있대. 꼭 그 말을 전해달래."

아빠는 나를 물끄러미 바라보더니 한참 후에 말했다.

"허허, 그래서 내가 이렇게 오래 놀고 있나 보구나."

"맞아. 아빠는 원래부터 놀아야 될 사람이었던 거야. 그러니까 엄마 잘못이 아니라는 거지. 알겠지?"

아빠는 희미하게 고개를 끄덕였다.

"신임아, 처음부터 차근차근 다시 얘기해줘 봐. 그 손님이 뭐라고 했다고?"

나는 그렇게 아주 여러 번 아빠에게 같은 얘기를 들려주었다. 몇 시간 전까지 심각했던 아빠의 얼굴에 행복 꽃이 가득 피었다. 늦은 밤이 됐고 아빠는 잠들었다. 갑자기 엄청난 피곤함이 몰려왔다.

'아, 힘들다. 이 짓을 언제까지 해야 하지?'

그때 내 머릿속에 과거의 한 장면이 떠올랐다. 오래 전 중환자실에서 사경을 헤매던 아빠의 모습과 매일 밤낮으로 아빠를 살려달라고 애원하던 나의 모습이다.

'아, 또 못난 생각을 했네. 그때보단 지금이 몇 천 배는 행복한 건데 ……'

그리고 깨달았다. 이 세상에서, 아니 온 우주에서 슬픈 아빠를 웃게 할 사람은 나밖에 없다는 걸. 그러므로 아빠를 더 많이 웃게 해줘야 한다는 걸.

6장
우주 최고로
행복한 아빠 만들기

팔판동 땅문서를 찾아라!

만일 당신이 어마어마한 땅을 소유한 땅 부자의 딸이라는 걸 우연한 기회에 알게 되었다면 어떨 것 같은가? 물론 현실에서는 그런 일이 벌어질 가능성이 0.000001%도 안 될 것이다. 그러나 그런 일이 우리 집에서 벌어졌다.

이번 이야기는 금지옥엽 같은 땅을 잃어버린 한 남자의 기구한 인생을 담은 슬픈 이야기다. 물론 주인공은 울 아빠다.

아빠는 TV를 보고 있는 엄마에게 5분 간격으로 계속 물었다.

"내 땅문서 어디다 감췄어요?"

"땅문서 누구한테 팔아넘겼어요?"

"땅문서 어디다 버렸소?"

엄마는 냉랭했다. 눈을 밑으로 내리깔고 아빠에게 단 한마디의 대꾸도 하지 않았다. 엄마의 계속되는 무반응에 아빠는 안절부절못하며 불안해했다. 그러다 내가 퇴근해 돌아오면 아빠의 얼굴에 화색이 돌았다.

아빠는 나를 보자마자 마침 잘 만났다는 표정으로 내 손을 꼭 붙잡고 안방으로 데리고 갔다.

"신임아, 팔판동 땅문서 혹시 봤냐? 니 엄마가 감췄는데 아무리 찾아도 없다. 니가 좀 찾아줄래?"

"저기, 아빠. 우리가 저기……, 땅이 있긴 있었나?"

"그럼 있었지."

"아, 그래? 어디에?"

"팔판동에 있다. 팔판동."

팔판동이라……. 생소한 단어였다. 뭘 판다는 건가? 거참 우리 아빠는 땅 이름도 특이하게 잘 지으신다.

그러다 우연히 업무차 종로에 갈 일이 있었다.

일정을 마친 뒤 고객과 차를 마시게 되었다. 근데 고객이 묘한 이야기를 꺼냈다. 여기가 팔판동이라는 둥, 대한민국에서 아주 비싼 땅에 속한다는 둥, 조선시대에 8명의 판서가 살았었다는 둥 하면서 말이다.

그때 낯익은 단어가 귀에 들어왔다.

'팔판동'

순간 내 귀를 의심했다.

"저, 잠시만요. 여기 제가 지금 밟고 있는 이 땅이 팔, 팔판동이라고요?"

"네, 여기가 팔판동입니다."

"세상에……. 팔판동이 실제 존재하는 곳이었나요? 그것도 서울 한복판에?"

고객은 '그렇게 안 봤는데 상당히 무식하군.' 하는 눈빛으로 나를 빤히 쳐다보았다.

그런 고객의 눈빛일랑 한방에 무시하고, 흥분한 목소리로 다시 물었다.

"다시 얘기해줘 보세요. 여기가 그 팔판동이라고요? 팔, 판, 동?"

"네, 맞아요. 팔, 판, 동!"

"어머. 팔판동이 실제로 있는 곳이었어요? 지금 이곳이 정말 팔판동이라고요?"

"예."

세상에! 나는 깜짝 놀랐다.

지금껏 팔판동이라는 곳은 지구상에 존재하지 않는 곳, 아빠가 창조해 낸 상상 속의 동네인 줄만 알았다. 그런데 팔판동이 실제 존재한다는 것은 물론, 대한민국에서 비싸기로 손꼽히는 종로 쪽 금싸라기 땅이었다니! 나는 맹세코 정말 몰랐었다. 그 순간 온몸에 올라오는 전율이란!

어쩜 말이다. 만약에 말이다. 만약에 정말…….

정말 울 아빠 말이 맞는 거 아닐까?

아빠 말대로 팔판동에 실제 아빠 땅이 있는 거 아닐까?

어머, 나 어떡해? 우리 아빠 원래 부자였던 거 아니야?

바로 그때 아빠가 땅문서를 잃어버려 슬픈 사슴 같은 눈으로 날 바라보았던 그 눈빛이 떠올랐다. 아빠의 눈은 말하고 있었다. '팔판동에 실제 아빠 땅이 있단다. 딸아. 내 말을 믿어다오.' 그 말을 들

으면서 솔직히 나는 속으로 비웃었었다. '그랬오? 아빠 땅 있구낭. 알겠웅.'

집으로 돌아온 뒤 아빠에게 긴급면담을 요청했다.
"아빠, 진짜 팔판동에 땅 있어?"
"그럼, 당연히 있지."
"정말이야? 거기 종로 쪽?"
"허허, 너 잘 아는구나. 맞다, 그쪽이야. 거기에 아빠 땅이 많이 있단다."

이제 와서 고백하건대,
나 어릴 적 우리 집이 가난했던 시절, 다음과 같은 장면을 꿈꾼 적이 있었다.

어느 날, 내 앞에 부자 아빠가 나타나 이렇게 말하는 거다.
"내가 니 애비다."
그럼 나는 옷가지를 싼 보따리를 가슴에 품고, 눈물을 머금고 지금껏 키워준 부모에게 그동안 고마웠다는 짧은 인사를 남긴 뒤, 부자 부모에게 가서 예쁜 옷도 잔뜩 입고 맛난 것도 실컷 먹는다. 그렇게 내 앞에 장밋빛 인생이 좌~악 펼쳐진다.

그러나 살아도 살아도 부자 부모는 안 나타났다. 걸음걸이까지 아빠를 쏙 빼닮은 내 외모를 보면, 부자 아빠를 만나긴 애초에 글러먹은 일이었다.

허나 팔판동이 실제 존재한다는 걸 알게 된 이상 얘기는 달라진다. 젊은 시절 그토록 영리하셨던 울 아빠가 팔판동~ 팔판동~ 노래를 부르는 모습은 정말이지 예사롭지 않았다. 분명 뭔가 있다는 직감이 왔다. 생각을 해보라. 대관절 치매에 걸리신 노인이 팔판동이라는 지명을 어찌 알겠는가? 물론 그동안 살아온 연륜으로 아실 수도 있지만, 어쨌든 사람 일은 모르는 거다. 열심히 살면서 젊은 시절 집까지 장만했던 울 아빠가, 선배에게 집문서를 몽땅 뺏겼던 것처럼, 어쩌면 가족들이 모르는 사이 팔판동 땅을 사놓고 그간 잊고 지내다가, 치매가 온 지금 불현듯 그 사실을 기억해 낼 수도 있지 않은가? 이로써, 늘 우리 부녀가 숱하게 외쳤던 '울 아빠 세계 최고 부자'라는 말이 현실이 되어가고 있을지도 모르는 거다.

그렇게 한참을 생각하고 있는데, 문득 묘한 걸 깨달았다. 언제부턴가 아빠와 대화를 나누면 나눌수록 아빠의 얘기들이 사실처럼 느껴졌다는 것이다. 단지 치매 걸린 노인의 헛소리가 아니라 어쩌면 사실일 수도 있다는 실낱같은 믿음으로 말이다.

남들은 아빠가 치매라고, 다 헛소리라고 했지만, 나는 왠지 부정확한 발음으로 침을 흘리시며 말씀하시는 아빠 말에 신뢰가 갔다. 그렇게 우리 두 사람은 외모만큼이나 하고 있는 생각마저도 서서히 닮아가고 있었다.

그날 아빠와 대화를 나누던 도중 엄마에게 달려가 물었다.
"엄마, 혹시 우리 팔판동에 진짜 땅 있는 거 아니야?"
갑자기 엄마가 한쪽 눈을 치켜뜨고 나를 쳐다보았다. 그리곤 버럭하고 소리를 질렀다.

"야! 너도 니 아빠 닮아가니! 진짜 왜 그래 둘 다!!"

역시 엄마는 아직 모르는 것 같다. 괜찮다. 시간이 지나면 다 알게 될 테니.

팔판동 땅의 존재를 확인했던 그날 밤, 나는 아빠 옆에 착 붙어 팔판동 땅에 대한 더 많은 이야기를 들을 수 있었다. 그날만큼은 아빠의 눈빛이 초롱초롱 빛났다. 정말 사실 같았다. 당신의 얘기를 사실로 받아들이는 딸의 모습에 안도했는지, 아빠는 일찍 잠이 들었다. 그러나 나는 묘한 흥분에 휩싸여 한숨도 자지 못했다.

'어쩌면 내가 부자 아빠의 자식일 수도 있어. 아, 땅이 이래서 좋은 거구나.'

하지만 그 모든 꿈은 다음 날 내 명석한 논리 앞에 와르르 무너졌다.

만약 아빠가 팔판동 땅의 주인이었다면, 우리 집에 토지세 관련 세금고지서가 한 번이라도 와야 하는 것 아닌가?

엄마에게 조심스럽게 물었다.

"엄마, 혹시 토지세 관련 세금 고지서 한 번이라도 받아본 적 있어?"

"토지세는 개뿔! 너 아직도 땅 타령이야?"

엄마는 코웃음을 치면서 단 한 번도 받은 적이 없다고 딱 잘라 말했다.

하! 기대에 부풀었던 희망이 썰물처럼 떠내려가는 절망감이라니
…….

혹시 아빠 명의가 아니라 타인 명의로 되어있는 건 아닐까? 그렇다면 그걸 어떻게 찾아올 수 있지? 역시 말이 안 된다.

아, 팔판동 땅 부자의 딸이 되는 내 꿈이여, 그 물거품이여!

잠시나마 정말 행복했는데 그게 현실이 아니라는 사실에 갑자기 가슴이 답답해졌다. 나도 이런데, 울 아빠 마음은 어떨까? 얼마나 힘들까? 누구보다 확실히 팔판동에 당신 땅이 있다고 굳게 믿고 있는데 말이다.

이쯤에서 아빠에게 사실을 말한다면 어떻게 될까? 그건 아마도 아빠 가슴에 대못을 박는 불효가 될 것이다.

그럼 이 노릇을 어쩐담?

아빠는 거의 매일, 하루 종일 땅문서를 찾기 위해 온 집 안을 뒤졌고, 여러 날 밤도 새웠다. 그러다가 내가 눈에 띄면 도움을 청했다.

"신임아. 팔판동 땅문서 좀 찾아줘라. 팔판동, 팔판동 말이다."

내가 위로할 수 있는 말은 없었다. 그저 할 수 있는 거라곤, "응. 팔판동 아빠 땅이지." "팔판동은 우리 땅~ 우리 땅! 소중한 우리 땅." 이라고 말해주는 것뿐이었다.

가끔은 "그 땅문서 아빠 창고에 있을걸." 하고 안심시켜도 보았지만, 이번만큼은 창고도 소용없었다. 그렇게 팔판동 땅문서를 잃어버렸다는 아빠의 절망감은 점점 커져만 갔다.

7년간의 마법 같은 기적

수백 채의 건물주가 된 아빠

땅문서를 향한 아빠의 절망감을 치유할 방법은 무엇일까? 우선 두 가지를 생각해 냈다.

첫째, 팔판동 땅을 진짜 사서 가져오는 방법. 실패확률 100%!
능력이 없어서 불가능하다.

둘째, 땅문서가 은행 금고에 들어있다고 뻥을 치는 방법. 성공확률 50%, 실패확률 50%.
이 방법은 가능은 하지만 위험 요소를 내재하고 있다. 행여 아빠가 은행에 직접 가보자고 하면 어쩔 것인가?

하지만 더 이상 다른 방법이 생각나지 않았다. 에라 모르겠다.
은행 금고 작전이다. 걱정은 그때 가서 하자.

그렇담 은행 금고는 어떻게 구하지? 은행에 부탁해서 사진만 찍게 해달라면 안 될까? 콜센터에 전화해 문의하니 안 된단다.

그럼 은행 금고 모형의 영화 세트장 같은 건 없을까? 샅샅이 뒤졌지만 못 찾았다.

차선책으로 선택한 건 지하철 사물함. 동전을 넣고 사물함의 문을 연 뒤, 미리 준비한 노란색 고급 서류봉투를 그 속에 쏙 넣었다. 그리고 보관함 상자가 사진 전면에 크게 잡히도록 여러 각도로 찍어 가장 그럴싸한 사진을 확보했다.

오, 생각보다 괜찮다. 이제 아빠에게 사진만 보여주면 된다.

부디 이 사진으로 아빠의 아픔이 멈춰지기를. 팔판동이 지금처럼 아픔의 장소가 아니라, 아빠만의 성지가 되어 눈부시게 아름다운 곳으로 변화되기를……

집에 들어가니, 그날따라 아빠의 얼굴이 유난히 창백해 보였다. 창백한 만큼 안쓰러운 마음도 커서, 아빠의 가느다란 손목을 잡고 안방으로 들어갔다.

그리고 그 어느 때보다 진지하게 말했다.

"쉿! 앞으로 엄마 앞에서 팔판동 땅문서에 대해 절대 얘기하면 안 돼."

"왜?"

아빠가 미간을 찌푸리며 물었다.

"사실 요 며칠 엄마가 눈치챌까 봐 쉬쉬했는데, 아빠 팔판동 땅문서 엄마 모르는 곳에 넣어뒀잖아."

"뭐라고?"

"땅문서 엄마가 없앤 게 아니라, 엄마 몰래 안전한 데로 옮겨 놓았다구. 1급 보안사항이라 그동안 말 못 했어."

"그게 무슨 말이냐? 옮겨 놓다니? 어디다?"

"저번에 아빠가 은행 금고에 넣으라고 해서, 금고에 넣어놨잖아. 기억나지?"

"금고?"

"응. 은행 깊숙이 넣어놓으라고 나한테 신신당부 해놓고선. 자, 여기 사진 봐봐."

곧바로 핸드폰에 찍힌 지하철 사물함 사진을 내밀었다.

나는 긴장했다. 이번에도 아빠가 제발 믿었으면 좋겠는데……. 사물함 사진을 얌전히 들여다보고 있는 아빠를 향해 미친 듯이 마음속 주문을 외웠다.

'아빠, 제발 믿어랍! 믿어랍! 얍얍얍!'

설사 아빠가 안 믿는다 해도 무조건 맞다고 우겨볼 참이었다. 그런데 이게 웬걸! 하늘이 도우셨나 보다.

"신임아, 팔판동 땅문서가 여기에 있었구나. 허허, 녀석."

아빠는 너무도 쉽게 믿어주었다. '휴~' 속으로 안도의 한숨을 쉬며 더 단단히 믿게 만들었다.

"응. 여기 사진 속 노란 봉투 보이지? 여기 아빠 팔판동 땅문서 다 들어있어."

그러자 아빠는 입이 귀에 걸린 듯 환하게 웃더니, 침을 튀기며 말했다.

"하하하, 잘했다. 우리 딸! 역시 우리 딸, 잘했어!"

그때 알았다. 땅문서를 찾아드리면 '역시 우리 딸'이 된다는 것을.

하지만 그것도 잠시뿐. 내가 출근만 하면 아빠는 여전히 엄마에게 땅문서의 행방을 캐물었다. 그럴 때마다 나는 "사진 본 거 기억나지 않느냐?"고 몇 번이고 물었지만, 아빠는 어떨 때는 기억했다가 어떨 때는 기억하지 못했다.

아무래도 사물함 사진만으로는 약했나 보다. 뭔가 쇼킹하고 강력한 이미지가 필요했다.

며칠 뒤 오후 2시, 내 사무실에선 '팔판동 땅문서' 건에 관한 긴급 회의가 열렸다. 참석인원은 나와 커서가 깜빡이는 모니터, 둘 뿐.

나는 키보드로 모니터에게 말을 걸었다.

'이번에는 과연 어떻게 아빠를 속여먹을 것인가?'

모니터는 한동안 말이 없었다. 그러나 몇 시간 후, 내 잔머리와 키보드, 모니터가 똘똘 뭉쳐 굉장한 해결책이 나왔다.

7년간의 마법 같은 기적

준비물

첫째, 인터넷에서 근사한 빌딩 사진과 공사현장 사진 등을 다량 확보하여
  캡처한다.
둘째, 사진들을 아빠 눈에 확 들어올 만한 적당한 크기로 복사한 뒤 고급
  컬러 인쇄기로 출력한다.
셋째, 각 사진에 알맞은 단어와 문구들을 빨간색, 파란색, 초록색 등으로
  아빠 눈에 보일 수 있게끔 크게 써놓는다.
예를 들어,
A사진 – ○○ 대학가 주변 오피스텔, 임대료 현 시세 얼마, 7층짜리.
B사진 – 뼈대만 올린 상태. 17층까지 올릴 예정.
C사진 – 땅을 갈아엎음. 굴 파기 작업 끝난 상태, 20층 높이로 지을 예정.
D사진 – 땅 평평하게 펴서 터 닦는 사진, 전통 한옥을 지을 예정.
  주변 경관이 좋아 전 세계 외국인들이 엄청 많이 찾아올 것으로
  예상됨.
E사진 – 현 건물을 몽땅 철거한 뒤 용적률을 높여서 3층 더 높게 할 예정,
  총 30층으로 지을 예정. 현재는 유동인구가 거의 없는 음산한 곳
  이지만, 주변 곳곳에 아빠 건물이 다량으로 지어지면 유동인구가
  현재보다 1,000배는 늘어, 세계적인 관광 명소가 될 것으로 예상.
  아빠는 나라 발전에 상당히 이바지한 훌륭하고 위대한 인물이 될
  것으로 추측해봄.

자, 이제 출력된 사진들과 적어놓은 내용들 그리고 내 머릿속에 미리 짜놓은 굉장한 이야기들을 잘 배합하여, 아빠 손에 땀을 쥐게 할 익사이팅한 이야기를 만들기만 하면 된다.

작전 당일,

퇴근 후 안방 문을 닫고, 아빠에게 긴급 회동을 요청했다. 그리고 곧바로 준비한 사진들을 펼쳐 보였다.

"아빠, 이 사진들이 지금 팔판동에 있는 아빠 땅들이야. 기억하지?"

"뭐라고?"

"자, 첫 번째 사진, 이건 팔판동 지하철 입구 바로 앞에 있는 땅이야."

"뭐? 팔판동에 지하철이 뚫렸다고? 진짜냐?"

헉! 예상 못한 돌발질문이었다. 순간 심장이 두근거리고 식은땀이 흘러내렸다.

"어? 으응. 그, 그럼 당연하지. 지금 공사 중이라서 몇 년 후면 지하철이 완공된다나 봐. 아빠 몰랐었쪄?"

나도 모르게 발음까지 샜다. 그리고 즉시 아빠의 눈치를 살폈다. 다행히 아빠는 사진에 푹 빠져있었다.

일단 작전을 계속 이어나갔다.

"이건 팔판동 대학가 주변 오피스텔 건물 사진, 이건 땅 파고 다지는 사진이고, 이건 뼈대가 어느 정도 올라간 대지 사진이야."

아빠는 팔판동 건물들의 규모에 매우 놀랐는지 입을 딱 벌리고 말았다.

"이게 다 뭐, 뭐냐?"

"뭐긴 뭐야? 아빠 팔판동 땅 사진들이라니까."

7년간의 마법 같은 기적

"아, 그러냐?"

혹시 아빠가 뻥이라는 걸 눈치채지는 않을까, 나는 매의 눈으로 아빠를 계속 살폈다. 그러나 감사하게도(!) 아빠는 내 말을 송두리째 믿어주었다. 작전 중 이때가 가장 짜릿한 순간이다. 내가 거짓말을 했는데 아빠가 사실로 받아들이는 이 순간 말이다. 알 수 없는 전율이 인다고나 할까?

아빠는 출력물의 다양한 볼거리와 글귀들을 보면서, 내 예상보다 훨씬 더 흥분했다.

"이게 전부 팔판동 땅 사진들이라고?"

"응. 모두 아빠가 신임이한테 지시한 거잖아."

아빠는 생각보다 큰 보따리에 경탄한 듯 사진들에서 눈을 떼지 못했다.

아빠가 기뻐하는 모습을 보이자, 나는 수풀이 우거진 경치 좋은 사진을 건네며 좀 더 강도를 높였다.

"이 사진은, 팔판동 근처에 버려지고 냄새나는 땅인데, 땅 주인이 땅 좀 사달라고 부탁하더라고. 주변이 산으로 둘러싸여 있고 햇살도 가득 비쳐서 공기는 좋은데, 너무 구석이라 사람들이 거의 안 다녀. 그래서 한 10% 싸게 샀어. 그래도 땅 주인이 아빠에게 너무 고맙대. 이렇게 좋은 가격에 사줘서. 그런데 여기 부지가 엄청 넓고, 곧 도로도 뚫릴 거야."

"그래? 정말 잘 했다."

"여기다가 뭐 지을까?"

아빠는 거대하고 울창한 숲속에 작은 오두막이 있는 그 사진을 한 동안 들여다보더니, 진지하게 대답했다.

"그럼, 여기는 호텔을 지어라."

귀여운 아빠. 이젠 호텔 사업까지……

"오호! 산도 옆에 있고, 호텔 부지로 딱 좋겠다. 역시 아빠는 천재야!"

난 오버액션으로 손뼉까지 치며 맞장구를 쳐주었다.

"근데 호텔 이름은 뭐로 지을까?"

아빠는 한참을 생각한 후, "세 자매 호텔로 해라."라고 답했다.

나는 즉시 검은 속내를 드러냈다. 실눈을 뜨고 아빠 가까이 몸을 기대며 은근히 제안했다.

"그러지 말고, 신희 언니랑 신화는 시집도 갔고 했으니까, '영현& 신임 호텔'로 하자. 어때?"

아빠는 나를 지긋이 바라보더니 단호하게 말했다.

"안 돼. 세 자매 호텔로 하거라."

나는 몹시 기분 나쁜 표정을 지으며 발톱을 드러내 보였다.

"아빠, 그럼 지금 가지고 있는 재산, 혹시 셋이 똑같이 나누어 줄 생각이야?"

"당연하지. 똑같이 나눠 줘야지."

나는 무척 어이없다는 듯 당황한 표정을 지으며 점잖게 따졌다.

"아니, 말이 안 되잖아. 지금 내가 아빠 재산 관리 다 하고 건물 공사 따고, 현장소장들 만나고, 인부들 밥에 떡볶이랑 오뎅, 음료수에 과 자까지 챙겨주고 얼마나 애를 쓰는데! 누가 봐도 내가 일등공신인데, 나한테 지분을 더 줘야지! 어떻게 셋이 똑같아? 그게 말이 돼?"

아빠는 너그럽게 웃으면서 나를 바라보며 말했다.

"아니야. 그래도 셋이 똑같이."

나는 즉시 헐리우드 톱스타들이 연기하듯 양손을 크게 올리며 외쳤다.

"What? 그건 아니지! 그럼 나한테 돌아오는 건 뭐가 있어? 그게 말이 된다고 생각해?"

"신임아. 너무 욕심부리지 마라."

"뭐라고 아빠? 오마이갓!"

아빠가 틀니를 훤히 드러내며 크게 웃었다. 내 볼까지 살짝 치면서 말이다. (이건 아빠의 기분이 최상의 상태라는 뜻이었다.)

"하하하, 요놈아~ 셋이 똑같이 나눠야지."

아빠의 팔을 꽉 잡고 애원했다.

"마더! 플리즈. 마더! 우리 둘 명의로 하자. 응?"

"마더가 아니라 파더다, 이놈아. 허허허."

아빠는 내 볼을 어루만지더니, 배꼽을 잡고 웃었다.

"뭔 소리야? 아빠를 영어로 '마더'라고 하거든? 아빠 영어 진짜 못한다. 쳇!"

아빠는 웃음을 간신히 참고 내 손을 꼭 잡으며 말했다.

"자, 따라 해 봐. 파더."

"푸흡~ 빠다!"

아빠는 순간 영어 선생으로 변신하여 침을 튀기며 나를 가르치기 시작했다.

"파더. ㅍ 발음이야. 파아더, 파더. 따라 해 봐."

"빠아다. 뻐어더. 뻐터!"

여기까지 오자, 아빠는 포복절도를 했다. 우리 둘이 파더, 마더,

빠더 가지고 한참을 주거니 받거니 하며 웃음이 멈추지 않자 엄마가 문을 열며 물었다.

"아유~ 여보, 조금 전까지 나 못 잡아먹어 안달이더니, 뭐가 그리 신났어요?"

아빠는 눈물을 닦아내며 아무것도 아니라고 손을 흔들었다.

다시 문이 닫히자 아빠는 내 손을 꼭 잡고 작은 소리로 속삭였다.

"니 엄마한테는 비밀이다. 또 다 없애버릴 사람이야. 알았지?"

"응."

그 후로도 나는 내 지분을 더 달라고 호시탐탐 기회를 노려, 꼬드겨보기도 하고, 성질도 부리고, 삐지기도 하면서 온갖 설득을 다 해봤지만, 아빠의 뜻은 완강했다.

"무조건 셋이 똑같이!"

그래 맞다. 우리 아빠는 이런 분이다. 나와 제일 친했지만 항상 세 딸들에게 골고루 사랑을 쏟았던 사람이었다.

그 후로도 팔판동에 대한 회의는 계속되었다.

너무 자주 회의를 하다 보니, 아빠는 팔판동에만 빌딩과 오피스텔을 수백 채 갖고 있는 건물주가 되었다. 아빠는 특히 호텔을 많이 지으라고 했었는데, 호텔 이름도 항상 똑같았다. 세자매1 호텔, 세자매2 호텔, 세자매3 호텔, …… 세자매20 호텔까지 지어졌다. 재밌는 건 아빠와 나의 호텔은 회의를 통해 짧게는 하룻밤 사이나 길게는 일주일 내로 후딱 지어진다는 것이었다.

　　　　　　　　　　　　　　7년간의 마법 같은 기적

아빠는 거기서 멈추지 않았다.

새로 지은 팔판동 빌딩에는 늘 어려운 이웃들부터 입주시키라고 지시했고, 그들에게는 임대료도 저렴하게 해주거나 공짜로 해주라고 당부했다.

그때 알았다. 아빠는 단순한 건물주가 아니라, 어려운 이웃들까지 보살피고자 하는 마음이 가득한 선한 사람이라는 사실을. 아빠는 진정한 마음의 부자였다. 그 아름다운 마음에 나는 두 팔을 들어 올리며 경의를 표했다.

"아빠, 영원히 존경해! 나는 이 세상에서 아빠가 제일 자랑스럽다."

이렇듯 아빠와의 팔판동 회의는 매번 최고로 기분 좋고 멋진 회의로 진행되었다. 그 후로 아빠는 엄마에게 단 한 번도 팔판동 땅문서에 대해서 언급하지 않았다. 팔판동 땅문서는 아빠와 나만이 아는 보안 1급의 극비문서였기 때문이다.

이번 작전은 내 생각보다 훨씬 크게 성공했다. 내 예상대로 팔판동은 아빠만의 눈부신 거대한 성지로 변신했다. 한순간 땅문서를 잃어버린 비운의 남자에서 화려한 부동산 재벌로 거듭난 아빠는 더 이상 팔판동 때문에 슬퍼하지도 아파하지도 않았다.

아빠, 로또 1등에 당첨되다!

거리가 온통 장미꽃으로 빨갛게 물든 어느 예쁜 5월, 햇살마저 꽃 향기를 품고 창문 넘어 들어왔다. 베란다 쪽을 향해 서서 창밖을 내다보는 아빠의 뒷모습이 무척이나 평온해 보였다.

앞으로 아빠에게 펼쳐질 매일매일이 저 장미꽃처럼 아름답고 저 햇살처럼 화사하면 얼마나 좋을까?

하지만 나의 작은 바람은 5분도 안 돼 무참히 깨져버렸다. 아빠가 갑자기 심각한 얼굴로 안방으로 들어가더니, 급하게 나를 부른 것이다.

"신임아, 이리 좀 와봐라. 빨리!"

뛰어 들어가 보니, 열린 장롱 속 접혀진 이불 사이로 아빠가 두 손을 깊숙이 넣고는 뭔가를 열심히 찾고 있었다.

"아빠, 왜? 무슨 일이야?"

"내 복권 어디 갔냐? 내 복권이 없어졌다."

"어? 아빠 복권?"

"그래. 내 복권이 없어졌단 말이다. 좀 찾아줄래?"

아, 한동안 잠잠하더니 또 복권을 찾는다.

아빠는 그렇게 며칠째 복권만 찾았다. 찾았던 곳을 찾고 또 찾고, 다시 찾고 또 찾고, 하루에도 몇 번씩 찾았다. 아무리 찾아도 나오지 않는 복권, 그 복권에 애타하다가 크게 실망도 했다. 식사도 제대로 할 리가 없다. 그러니 더욱 야위고 점점 말라갔다.

잠시 잊고 있었다. 아빠의 복권.

치매 초기, 한참 아빠가 '복권, 복권' 하며 노래를 불렀을 때, 나는 왜 그리 복권에 집착하는지 물어본 적이 있었다. 겨우 어렵게 들었던 답은 나의 마음을 아프게 했었다.

아득했던 옛날, 그러니까 아빠가 젊었던 시절의 일이다. 아빠는 복권을 사서 안주머니에 넣으며 꿈을 품었다고 한다. 당시의 집안 형편으로는 도저히 이룰 수 없던 것들, 딸들의 학용품과 옷을 원 없이 사주기도 하고, 둘째 딸이 노래를 불렀던 2층 침대를 들여놔 주기도 하고, 아내에게 옷 한 벌 제대로 못 사준 미안함을 단번에 해소도 해 보고, 시골에 계신 어머니께 용돈도 원 없이 드려 보는 그런 꿈 말이다. 하지만 안타깝게도 복권 당첨의 행운은 단 한 번도 일어나지 않았다.

그러던 어느 날, 그토록 바라던 복권에 드디어 당첨되었다. 치매가 찾아온 아빠의 상상 속에서 말이다.

그러나 기쁨도 잠시, 당첨된 복권이 쥐도 새도 모르게 사라져버렸다. 알고 봤더니 글쎄, 그 복권을 누군가 훔쳐 간 것이다.

더 깊이 파고 들어가니 평생을 함께 한 아내가 그 복권을 갈기갈기

찢어서 없애버렸단다.

더, 더 깊이 파고드니 당신의 아내가 누군가에게 단돈 3천 원에 팔아먹었단다.

물론 모두 아빠가 해준 말이다.

복권을 잃어버렸다며 괴로워하는 아빠. 벌써 몇 년째인가? 치매 초기부터 참 오랜 시간 피가 마르게 복권을 찾아 헤맸다. 애초에 존재하지도 않았던 복권을.

잊어버릴 만하면 드문드문 복권을 찾으며 힘들어하는 아빠를 보며 내 마음도 편치 않았다. 더 이상 지체할 수가 없다. 하루빨리 아빠의 복권을 찾아드려, 괴로움의 시간을 조금이라도 덜어드려야 한다.

그렇게 새로운 작전이 탄생되었다. 작전명 '로또'

늘 아빠를 피해 요리조리 도망만 다니는 복권이라는 녀석, 그 녀석을 이번에는 제 발로 찾아오게 만들 것이다. 무엇보다 로또 작전은 아빠를 주인공으로 하는 한 편의 미니연극으로 제작한다는 것이 특이한 점이다.

제목: 아빠, 로또 1등에 당첨되는 행운의 사나이가 되다.

연출: 노신임

무대: 우리 집 아빠 방(안방)

주연: 아빠

조연: 신임(거지 몰골로 앉아서 로또 번호를 부른다.)

소품: 로또복권

줄거리: 나란히 앉아 로또 번호를 맞춰보는 부녀, 그들에겐
　　　　과연 어떤 일이 일어날 것인가?
　　　　완성도 높고 긴장감 넘치는 스토리.

　　그렇기에 이번 작전은 다른 작전과 달리 치밀하게 계획되어야 함
은 물론 장소, 소품, 의상 등 다양한 디테일에 신경을 많이 써야 했다.
그중에서도 신경을 가장 많이 쓴 부분은 의상이다. 특히 조연(신임)
이 입을 의상이 상당히 중요했다.

　　윗옷은 내가 한창 잘 나가던 10년 전쯤 구입했던 분홍색 면티였
는데, 양쪽 옆구리와 아랫단이 다 찢어져 누가 봐도 거지 옷 같았다.
다만 기특하게도 가릴 곳은 다 가려지도록 천 쪼가리는 붙어있었다.
그 천 쪼가리는 나풀거리는 게 꼭 레이스 같기도 했다. 그걸 입고 거
울을 보니 정말 많이 불쌍해 보였다.

　　바지는 무릎이 툭 튀어나온 오래된 추리닝을 골랐다. 예전부터
엄마가 제발 버리자고 했던 바지였다. 남들이 보면 창피하다고 했던
옷, 나는 엄마가 버리지 못하도록 몰래 감춰놨었다. (참고로 나는 아

빠를 닮아 버리는 걸 별로 좋아하지 않는다.) 허리 고무줄도 끊어져서, 흘러내리지 않게 하려면 오른쪽 귀퉁이를 꽉 잡아당겨 사무실에서 쓰는 대왕 집게로 고정시켜야 했다.

디데이 며칠 전부터 나는 그 옷들을 위아래로 입고 아빠 옆에 자석처럼 붙어 다녔다. 그 몰골로 아빠와 함께 담소도 나누고 밥도 같이 먹었다.

"신임아, 그 옷 좀 안 입으면 안 되겠냐?"

예상대로 아빠는 그 옷을 싫어했다. 그럼 됐다. 아빠 눈에 그 옷이 누추해 보인다면, 의상 부분에선 완벽히 준비가 된 것이다. 불쌍한 몰골로 있던 딸이 로또 당첨번호를 부르고, 그 순간 1등이 확인된다면 아빠의 감동은 몇 배로 커질 것이다.

리허설도 종종 했다. 실제 로또 5천 원어치를 사서 아빠에게 준 뒤, 연극무대인 안방에서 로또 번호를 맞췄다. 내가 실제 당첨번호를 부르고 아빠가 맞춰보는 방식으로 우리 두 사람은 이미 수차례 로또 당첨에 떨어지는 경험을 해봤다. 즉, 로또 1등 당첨이 되는 건 현실에서는 거의 불가능하다는 걸 아빠에게 지속적으로 보여준 것이다.

드디어 로또 디데이가 되었다.

흔히들 로또 당첨은 벼락 맞을 확률보다 몇 배는 어렵다고 얘기한다. 그러나 나는 오늘 아빠에게 예쁜 벼락을 살짝 맞게 해드릴 거다. 출근 전 아빠에게 이미 운을 떼 놓았다.

"아빠, 토요일에 로또 사놓은 거 있잖아, 오늘 저녁에 퇴근하고 맞춰보자. 알았지?"

"응."

일을 하는 중간에도 몇 차례 전화를 걸어, "이따가 저녁에 로또 맞춰볼 거야. 잊지 마." 하고 각인시켜 주었다.

드디어 저녁 시간,
아빠는 우두커니 소파에 앉아, 멍하니 거실 바닥만 쳐다보고 있었다.
나는 재빨리 누추한 의상으로 갈아입고, 연극무대인 안방으로 가서
아빠를 불렀다.
"아빠, 빨리 와. 로또 맞춰보자."
엄마는 마침 옆집으로 마실 가신 상태였다. 아빠와 나는 침대 위에
마주 보고 앉았다. 그리고 미리 준비해 놓은 작은 상 위에 로또용지
와 빨간 펜을 올려놓았다.
"지금부터 내가 번호를 부를 테니까, 잘 듣고 맞춰봐."
"응."

드디어 막이 올랐다.
-레디 액션-
"아빠, 긴장 푸시고, 지금부터 제가 로또 당첨번호를 부릅니다. 1등
이 되면 놀라지 마시고, 신임이에게 바로 알려주세요."
"어서 불러라."

나는 며칠 전, 이미 꽝으로 확인된 로또복권의 숫자 6개를 미리 적
어놓은 뒤, 그것을 당첨번호라고 말할 것이다. 그러면 로또 1등 당첨
은 100%, 아니 200%인 것이다.
"그럼 번호 부릅니다."

"그래 불러봐라."

아빠는 상 위에 놓여있는 로또용지를 내려 보며 대답했다.

"지금부터 로또 1등 당첨번호를 부르겠습니다. 잘 들으세요."

나는 아빠가 체크할 수 있게 무지 천천히 불렀다.

"로또 당첨번호는 '파알, 시입유욱, 이십오, 삼십치일, 사십사암, 사십일'입니다."

그 순간 아빠를 슬쩍 보니, 갑자기 눈을 동그랗게 뜨고 고개를 갸웃거렸다.

그 모습에 신이 나서 목소리를 좀 더 크게 했다.

"자, 다시 한번 부를게요."

아빠의 긴장감을 높이기 위해 8을 시작으로 점점 더 큰 소리로 부르기 시작했다.

"로또 당첨번호는 파알! 십육! 이십오!! 삼십칠! 사십삼!!! 사십일!!!!"

그때 아빠가 나를 한 번 보고, 로또용지를 한 번 보았다.

그리고…….

그 짧은 순간을 지금도 잊지 못한다.

아빠의 눈이 갑자기 놀란 토끼처럼 커지더니, 한동안 멍한 표정을 지었다. 그리고는 갑자기 눈을 비비기 시작하더니, 로또용지를 가까이 대고 뚫어지게 쳐다보았다.

"신임아, 뭐, 뭐라고? 번호 저, 저, 다시 불러봐."

아빠의 목소리가 매우 떨렸다. 그 순간 나도 긴장했다.

"자, 당첨번호는 8, 16, 25, 37, 43, 41!"

내가 다시 번호를 부르는 동안 아빠는 검지손가락을 로또용지에 갖다 대고 해당 번호를 하나하나 짚어나갔다.

내가 물었다.

"아빠 왜 그래?"

아빠는 갑자기 "아!" 하더니, 오른손으로 양쪽 눈을 사정없이, 마구 마구 비볐다. 마치 뭔가를 잘못 보기라도 한 것처럼.

그리고 다시 로또용지를 보고, 믿기지 않는다는 듯 또다시 눈을 세게 비볐다. 조금은 걱정되었지만, 인내심을 갖고 가만히 지켜보았다.

잠시 후, 아빠가 날 쳐다보았다. 아빠의 눈에 눈물이 그렁그렁 맺히기 시작했다. 그러더니 이내 뺨을 타고 줄줄 흐르기 시작했다.

아빠가 울며 말했다.

"허흑, 신임아. 흑흑, 다시 한번 분러바라. 어더."

너무 흥분한 나머지 발음까지 샜다.

아빠의 우는 모습에 나도 눈물이 차올랐다. 하지만 겨우 감정을 추스르며, 모르는 척하고 물었다.

"아빠, 왜? 왜 그러는데?"

아빠는 떨리는 목소리로 내게 말했다.

"신임아. 번호 8, 16, 25, 다음에 뭐라고?"

"37, 43, 41"

아빠는 내가 부르는 번호를 조그맣게 따라 부르며, 연신 흘러내리는 눈물을 닦아냈다. 그리고는 잠시 후 펑펑 울기 시작했다.

"아빠, 왜? 뭐야? 왜 우는데?"

아빠가 한참 후에 입을 떼었다.

"어, 어, 이거."

"아빠, 왜? 왜 그래?"

"이거 로또 맞았다. 신임아."

"뭐라고! 뭐가 맞아?"

나는 일부러 흥분한 듯 큰소리로 물었다.

"이거 로또 1등 된 것 같다. 숫자 다 맞아. 너가 확인해볼래?"

"뭐, 다 맞았다고? 몇 개가?"

"모두!"

즉시 아빠 손에 들려 있던 로또 용지를 낚아채 열심히 맞춰보는 척했다. 신기한 건 그 순간 내 얼굴과 귀, 온몸이 고구마처럼 시뻘게졌다는 것이다. 아빠가 흘리는 감격의 눈물을 보고 있노라니 실제로 로또 1등에 당첨된 것 같았다. 갑자기 심장이 미친 듯이 요동쳤고, 나 또한 너무 흥분한 나머지 말까지 더듬었다.

"뭐, 뭐, 뭐라고 진짜로? 또로, 아니 로또 1등이 됐다고? 정말이야?"

아빠는 눈물과 미소로 뒤범벅이 된 얼굴로 고개를 끄덕였다.

"진짜 6개가 다 맞은 거야?"

"응. 6개 다 맞았다."

"그럼 1등이야! 아, 이럴 수가!"

나는 아빠를 끌어안고 엉엉 울었다. 아빠 역시 펑펑 울었다. 아예 손바닥으로 얼굴 전체를 가리며 서럽게 울었다.

지난날 아빠는 진심으로 호소했었다. 당신이 복권에 당첨되었다고. 그런데 그 복권이 없어져서 너무나 괴롭다고. 내 손을 붙잡고 복권 좀 찾아달라고 부탁했던 날이 수없이 많았었다. 그럴 때마다 나는 말도 안 되는 얘기 좀 그만하라며 윽박지르기 일쑤였다. 아빠가 복권을 잃어버렸다며 괴로워 잠 못 이룬 날이 숱하게 많았음에도, 아빠를 거들떠보지도 않았었다. '에유, 저러다 말겠지. 쯧쯧' 하며 무시했었다. 아빠가 이렇게 좋아할 줄 알았다면 진즉 로또 이벤트를 해드릴 걸,

7년간의 마법 같은 기적

왜 이제야 한 걸까? 너무도 오랜 시간 아빠의 아픔을 방치했다는 생각에 내 눈에선 참회의 눈물이 흘러내렸다.

잠시 후 아빠의 깡마른 팔뚝을 살짝 꼬집으며 물었다.

"아퍼?"

"하하. 아프다, 이놈아. 허허허."

"우와. 이거 꿈 아니고 현실이구나. 아빠 진짜 로또 1등에 당첨됐구나."

나는 너무도 감격스러워서 벌떡 일어나 깡충깡충 뛰었다. 그때 허리를 잡아주고 있던 대왕 집게핀이 핑 하고 날아갔다. 바지가 밑으로 쑥 내려가려는 걸 간신히 잡았다. 그 모습에 아빠는 배꼽을 잡고 웃었다.

"신임아, 이제 그 옷은 버리고 새로 하나 사자. 하하하."

자, 아직 끝난 게 아니다. 이제 완벽한 마무리를 해야 할 시간이다.

나는 기쁨의 눈물을 얼른 훔치며 아빠에게 물었다.

"아빠, 로또 당첨금 찾아와야 하는데, 같이 갈래?"

"어딘데?"

"농협 본점이래. 서대문 경찰서 쪽에 있대."

"아, 농협이냐? 서대문에?"

잠시 생각을 하더니 아빠가 말했다.

"너 혼자 다녀와라."

"내가 그 큰돈을 어떻게 혼자 가져와? 같이 가자."

"그래? 그럼 나중에 찾자. 일단 복권 갖고 있거라."

"아, 그럴까? 그게 좋겠다."

다행이다. 완벽했다!

혹여라도 아빠가 돈을 찾아오라고 했을 때를 대비해서 그럴싸한 핑곗거리를 만들어놓긴 했지만, 조금은 불안했다. 그런데 아빠가 돈을 찾지 말라니, 이보다 완벽한 결말이 어디 있겠는가? 우리 아빠는 그 후로도 가끔 로또 1등에 당첨되었다.

아빠의 로또 1등 당첨 사실은 가족도 이웃도 아무도 몰랐다. 오직 나와 아빠만 아는 비밀이었다. 그런데 신기한 게 있었다. 아빠는 당첨된 복권을 한 번도 돈으로 바꿔오라고 한 적이 없었다. 그래서 한번은 내가 물었다.

"아빠, 근데 복권을 돈으로 바꿔오란 얘기를 왜 안 해?"

"그냥."

아빠는 웃으며 내 볼만 쓰다듬었다. 그리곤 곧바로 되물었다.

"우리 1등 된 거 몇 개나 있냐?"

"음, 5개에서 지난주에 1개 더 늘었잖아. 총 6개!"

아빠는 흐뭇하게 웃었다.

내 예상대로, 아빠에게 있어서 당첨된 복권은 돈이 아닌 희망이었나 보다. 아빠는 당첨금액이 총 얼마인지도 묻지 않았다. 그냥 복권이 잘 있냐고 묻기만 했다.

오랜 기간 치밀하게 계획했던 로또 작전은 대성공을 거두었다. 그리고 작전이 성공한 이후 나는 또 하나의 놀라운 사실을 깨달았다. 아빠를 안심시키기 위한 나의 거짓말이 역대급 규모로 커져가고 있다는 사실을 말이다.

007가방을 사수하라!

   누구나 한 번쯤은 영화 같은 삶을 꿈꾼다. 현실에서는 쉽게 이루어질 수 없는 삶, 일어나는 순간 '내 인생에도 이런 일이!' 하면서 눈물을 흘리게 되고, 너무나 황홀해서 심장이 터져버릴 것 같은 그런 삶 말이다. 아빠에게도 그런 삶을 선물해주고 싶었다. 집 안 끝에서 끝을 걸어 다니는 게 일상의 전부인 아빠를 영화의 주인공으로 만들어 줄 수 있는 일, 아빠의 자존감을 하늘까지 솟구치게 하고, 아빠의 인생에 엄청난 행복을 가져다줄 수 있는 일, 어디 그런 일이 없을까? 그런 장면을 만들어볼 순 없을까?

   그렇게 수일을 고민했고, 드디어 찾아냈다.

   아무래도 영화 같은 삶이란 돈을 손에 쥐는 것이고, 이왕이면 영화에서처럼 007가방에 돈을 가득 채우면 좋을 것이다. 그러려면 가장 필요한 게 뭘까? 바로 007가방이다!

   그래서 이번 작전은 '코드명 007!'

작전은 곧바로 개시되었다. 나는 주저 없이 007가방을 주문했다. 며칠 후 도착한 가방은 생각보다 컸다. 이 가방에 얼마를 넣어야 꽉 찰까? 가만, 어떤 돈으로 넣지? 동전? 에이, 너무 없어 보인다. 그럼 만 원짜리? 흠, 그것도 좋지만, 이왕이면 5만 원짜리를 넣어야 뽀대가 나지. 영화에서 보면 검은 옷을 입고 검은 선글라스 낀 사람들이 007가방을 탁 열었을 때 5만 원짜리가 가득하지 않던가? 색깔도 흡사 황금빛 찬란한 누런 지폐 다발. 푸하하, 생각만 해도 흥분된다!

그래, 그렇게 하고 싶다. 나도 그렇게 하고 싶단 말이다! 하지만 현실은…….

하는 수 없이 타협에 타협을 해서 천 원짜리로 결정했다. 생각해 보면 파아란 천 원짜리가 얼마나 예쁜가? 세종대왕님도 좋고 사임당 여사님도 좋지만, 퇴계 선생님의 검소한 웃음은 또 얼마나 멋진가! 그래, 아빠도 분명 퇴계 선생님을 좋아하실 거야! 사실 천 원짜리로 채운다 해도 내게는 큰돈이었다.

자, 이제 돈을 채우자. 그런데 어떻게 마련하지? 아무리 천 원짜리라 해도 가방 가득 채울 돈은 나에게 없다. 방법은 단 하나, 은행 대출이다! 이자가 좀 나오겠지만, 아빠를 행복하게 해드리기 위해서라면 그깟 대출이자쯤은 하나도 아깝지 않았다.

일주일 뒤, 007가방을 들고 은행 안으로 거침없이 들어갔다.

"띵동~ 7번 고객님." 드디어 내 순서다.

테이블에 007가방을 철퍼덕 내려놓은 뒤, 가방을 열어젖히며 말했다.

"여기에 천 원짜리로만 가득 채워주세요. 만 원짜리는 넣으시면

7년간의 마법 같은 기적

안 됩니다. 그 금액 전액 대출받을게요."

"……."

주위의 시선을 전혀 의식하지 않고 당당하게 말하는 내 모습으로 인해 창구에는 잠시 정적이 흘렀다. 창구 여직원은 다소 놀란 얼굴로 내게 물었다.

"네? 천 원짜리요?"

"네, 천·원·짜·리·요."

"고객님, 그렇게는 안 됩니다."

이럴 수가! 처음부터 난관에 부딪혔다. 거절이라니……

"왜 안 된다는 거죠? 천 원짜리로 대출이 어렵나요?"

"아니요. 먼저 대출 신청을 하셔야 천 원짜리로 내드릴 수 있어요."

아, 대출 신청!

순간 당황했지만 내 특기인 애드리브를 펼쳤다.

"네. 물론 대출 신청 해야죠. 그런데 가방에 총 얼마가 들어갈지 몰라서요. 사실 지금 영화 촬영 중이거든요. 이 가방이 들어간 씬 (scene)이 상당히 중요합니다. 그래서 일단 천 원짜리를 꽉 채워서 주시면 그 금액 전액 대출받을게요."

여직원은 규정상 안 된다고 말했다.

"아, 그럼 천 원짜리 가운데 허리에 띠 둘러서 묶어놓은 거 있잖아요. 그게 총 얼마죠?"

"10만 원입니다."

나는 손가락으로 가방 속에 천 원짜리 뭉치가 몇 개나 들어갈지 세어보았다. 하지만 아무리 여러 번 세어도 헷갈렸다. 도대체 몇 개가 들어갈까? 얼마를 대출받아야 하는 거지?

하는 수 없이 여직원에게 내 수중에 있는 10만 원을 건네주며, 천 원짜리 다발로 바꿔 달라고 부탁했다.

그러고 난 후 자를 이용해 가방의 가로, 세로, 두께를 쟀다. 이어서 100장 단위로 묶여 있는 천 원짜리 한 뭉치의 가로, 세로, 두께도 쟀다. 그렇게 얼핏 계산해 보니 총 72개의 뭉치가 들어갈 수 있을 것 같았다. 즉시 720만 원을 대출 신청했다.

잠시 후 여직원은 낑낑대며 천 원짜리가 든 박스를 들고 왔다. 그리고 박스에 있던 천 원짜리 뭉치를 데스크에 하나씩 꺼내놓기 시작했다. 뭉치는 쌓이기 시작했고, 곧이어 에베레스트산처럼 우뚝 솟아올랐다.

'뭐야? 펼쳐놓으면 되지, 왜 탑처럼 쌓는 건데?'

차마 무겁게 들고 온 여직원에게 무어라 말은 못 하겠고, 내 얼굴만 빨개졌다. 주위를 둘러보니, 모든 고객들의 시선이 나를 향해 있었다.

"고객님, 돈은 직접 넣으시면 됩니다."

"아, 네……."

초스피드로 007가방에 천 원짜리를 눕히지 않고 세워서 각을 딱 딱 맞춰 넣기 시작했다. 그때 갑자기 70대로 보이는 할머니 한 분이 불쑥 나타나셔서 내가 돈뭉치를 가방에 넣을 때마다 '하나, 둘, 서이, 너이' 하며 숫자를 세어주셨다.

고맙다는 눈인사를 한 후, 돈뭉치로 가득 채워진 가방을 내려다보았다. 참으로 근사했다. 아빠가 이 가방을 열어보면 얼마나 놀랄까? 나는 어깨를 들썩이며 키득키득 웃었다. 그리고는 가방 뚜껑을 닫고 번호를 돌려 단단히 잠갔다.

가방을 들었다. 흠칫! 이럴 수가, 가방이 이리도 무겁다니! 천 원짜리 7,200장의 무게는 실로 엄청났다. 10kg짜리 수박 한 통 정도의 무게쯤 되려나? 아무튼 가냘픈 내 어깨엔 돌덩이 같았다. 너무 무거워 오른쪽 어깨가 옆으로 기울어졌다.

애써 힘든 표정을 감추며, 주변에 위험인물이 있지는 않나 은행 안을 스윽 둘러보았다.

"저거 현금이래, 현금."

"어머, 저 아가씨 뭐야?"

"천 원짜리로 뭐 하려고 저래?"

"저런 사람도 있구나. 호호호."

주위에서 수군거리는 소리가 들렸다. 그 소리를 뒤로한 채 어깨를 펴고 당당히 은행 밖으로 걸어 나왔다.

평소 길가에 떨어진 천 원짜리를 봐도 '저걸 주워, 말어?' 하며 망설였던 나다. 체면 때문이다. (아무도 안 볼 땐 잽싸게 줍는다.) 하찮게 여겼던 천 원짜리가 뭉치면 이리도 무겁다니, 그나저나 이걸 집까지 잘 들고 갈 수 있을까? 대출받았던 은행과 우리 집은 지하철로도 1시간 이상 걸리는 거리였다. 지하철은 위험해 탈 수 없었다. 버스도 위험하긴 마찬가지, 택시가 최선이었다.

두근거리는 가슴을 달래며 은행 밖으로 나오자, 모든 것들이 낯설었다. 720만 원이라는 거금을 특이한 가방에 넣은 탓일까? 세상 사람들 모두가 가방만 뚫어지게 쳐다보는 것 같았다. 분명 검은색 007가방인데, 안이 훤히 보이는 투명가방이 된 것 같았다. 모두가 '그 가방에 720만 원 들어 있는 거 다 알고 있지롱.' 하는 눈으로 나를 보는 것만 같았다. 엄청 무서웠다.

은행 앞에서 택시를 기다렸지만 잡히지 않았다. 다시 낑낑대며 10분을 걸었다. 한참을 총총걸음으로 걸어 나오자 주황색 택시가 내 앞에 섰다. 택시에 올라타 집으로 향했다.

절반쯤 갔을까? 조용한 택시 안에 갑자기 이상한 기운이 감돌았다. 아니나 다를까, 택시 기사가 룸미러를 통해 날 보고 있는 게 아닌가! 순간 그와 눈이 마주쳤다. 그가 으스스한 눈빛으로 나를 쳐다보며 물었다.

"아가씨."

룸미러를 통해 보이는 그의 눈은 범죄 영화에 단골로 나오는 악역 배우의 눈처럼 날카로웠다. 너무 공포스러운 나머지 나도 모르게 개미만 한 목소리로 대답했다.

"네에?"

"그 가방은 뭐예요?"

순간 등골이 오싹했다. '저걸 왜 묻는 거지? 도대체 왜!'

목도 바짝바짝 탔다. '저 아저씨 원래 저렇게 눈이 작은 거야? 아니면 일부러 작게 뜬 거야?'

나는 떨리는 목소리로 겨우 대답했다.

"아, 이거요? 돌멩이에요, 돌멩이. 아빠가 작고 희귀한 돌멩이를 수집하시는데, 마땅히 들고 갈 곳이 없어서 이 가방에 넣은 거예요."

그리고 억지 미소를 씨익 지어주었다.

내 대답에 그는 반응이 없었다. 그리고 잠시 후, 그는 또다시 룸미러를 통해 나를 흘낏 보며 말했다.

"남들이 보면 돈 가방인 줄 알겠네요. 하하하하하."

저 의미심장한 웃음은 뭘 뜻하는 걸까? 우와 진짜 무섭다. 그 웃음소리에 긴장하여 가방 손잡이를 꼭 잡은 채 주변만 계속 두리번거렸다.

혹시 외딴곳으로 차를 돌리는 건 아닌지, 집으로 돌아오는 내내 불안했다. 다행히 무사히 집에 도착했다.

현관문을 열자마자 아빠가 입구에서 반겨주었다. 하루 종일 긴장한 탓인지 아빠가 더욱 반가웠다.

"아빠앙, 신임이 왔어."

"깡패야, 왜 그리 힘들어 보이냐?"

자, 이제 헐리우드 뺨치는 액션 연기를 할 타이밍이다.

나는 일부러 가방이 엄청나게 무거운 듯 양손으로 꽉 잡고 바닥에 질질 끌며 왼발, 오른발 뒤뚱거리며 걸어 들어왔다. 가방을 거실에 턱 올려놓고 신발을 벗자, 아빠가 호기심 가득한 얼굴로 007가방을 쳐다보았다.

"그 가방 뭐냐?"

"아빠, 집에 누구 있어?"

"아니."

007가방을 안방 침대로 가지고 가 조용히 눕혀놓았다.

"뭔데 그렇게 무겁냐?"

"이거 아빠 거야."

"내 거라고?"

"응. 어서 열어봐."

"어떻게 여는 건데?"

"여기 다이얼을 순서대로 돌리면 돼. 비밀번호는 아빠 생일이야."

"내 생일? 내 생일이 언젠데?"

"5월 3일이니까. 503 누르면 되겠지?"

"503으로 돌려?"

"응응. 5 돌리고 0 돌리고 3 돌리면 돼."

아빠는 고개를 갸우뚱하며 다이얼을 하나씩 돌리기 시작했다. 손이 떨리는 탓인지 몇 차례 돌려도 실패했다.

"다시 해보자. 될 거야."

여러 차례 시도한 후 마지막 다이얼을 돌리는 순간 '딱!' 하는 소리가 났다. 그리고 양쪽에 있던 버튼을 세게 누르자 가방이 '딱!' 하고 살짝 들렸다.

"지금 열면 돼. 어서 열어봐."

아빠는 천천히 가방 뚜껑을 들어 올렸다. 가지런하게 세워져 있는 돈들이 아빠 눈에 들어왔다. 내가 봐도 놀라웠다. 안방에서 오픈한 007가방 속 현금은 은행에서와 달리 눈이 부시도록 찬란했다. 가지런히 줄을 딱 맞춰 세워져 있는 모양새가 만 원짜리인지, 5만 원짜리인지, 10만 원짜리 수표인지 정체를 알아볼 수 없었고, 기품도 좔좔 흘렀다. 내 심장도 이리 뛰는데, 아빠는 오죽할까?

아빠는 입을 다물지 못하고 떨리는 목소리로 물었다.

"아! 이게, 이게 다 뭐냐? 신임아, 이거 뭐야? 웬 돈이 이렇게 많아?"

"아휴~ 힘들다. 들고 오느라 혼났네. 아빠 재벌인 건 알지? 계좌에 있는 돈 아주 쪼끔 빼 온 거야. 은행에서 아빠 돈이 너무 많아서 이자로 나갈 돈이 점점 불어난다고, 제발 이자 중 일부라도 현금으로 찾아가라고 해서……."

"이자? 내 돈이 은행에 많아? 하하하."

나는 숨이 가쁜 사람처럼 대답 대신 고개를 사정없이 끄덕였다.

아빠 입에서 굵은 침이 떨어졌다. 너무 놀란 나머지 입을 다물지 못한 것이다. 아빠는 몇 분간 신기한 눈으로 가방 뚜껑을 열었다 닫았다 반복하더니, 떨리는 손으로 현금다발을 만졌다. 그리곤 거듭 묻고 또 물었다.

"이거 어디서 났다고?"

"은행에서 아빠가 VIP 고객이라 이자가 어마어마하게 많이 나간다고, 제발 조금만이라도 현금으로 찾아가 달라고 사정사정을 해서 찾아온 거야."

여러 번 똑같은 질문을 하는 아빠에게 반복해서 설명해줬고, 아빠는 내 얘기를 들을 때마다 감격했다. 그리고 잠시 후 눈을 마구 비볐다. 비볐던 손등이 물기로 축축이 젖었다.

기쁨의 눈물이 분명했다. 나 또한 핑 도는 눈물을 겨우 참아내며, 주름이 자글자글한 손등에 묻은 아빠의 눈물을 내 옷으로 조용히 닦아냈다. 그리고는 아빠 볼에 내 볼을 부비며 말했다.

"고마워. 내 평생에 아빠 잘 만나서 돈 가방도 들어보고, 너무 행복하다. 무겁지만 진짜 행복해."

아빠는 활짝 웃으며 내 볼을 살짝살짝 때렸다. 그리곤 현금 뭉치 하나를 꺼내며 물었다.

"이거 다 천 원짜리냐?"

"응. 만 원짜리 가져오려다가 엄마 아빠 쓰기 편하라고 일부러 천 원짜리로 가져왔어. 만 원짜리는 잔돈 거스르기 귀찮잖아."

"하하하, 잘했다. 우리 깡패."

그리고는 호기심 어린 눈빛으로 나에게 물었다.

"신임아, 이게 다 얼마냐?"

"얼마일까? 맞춰봐."

나는 가방에 얼마가 들어 있는지를 끝까지 밝히지 않았다. 대신 아빠가 원하면 언제든지 만 원짜리, 5만 원짜리, 수표로도 가져올 수 있다고 말했다. 다만, 현금 뭉치를 들고 온다는 건 꽤 무거운 일이며, 택시를 타고 오는 내내 보안상 상당히 불안했다는 것도 알려주었다.

아빠는 고생했다며 내 머리를 쓰다듬어주었다.

"나 잘했죠? 그럼 신임이 용돈 좀 주세요."

내가 두 손바닥을 쫙 펼치자, 아빠는 환하게 웃으며 돈뭉치 하나를 덥석 집어 주었다.

나는 펄쩍 뛰며 "우와! 부자 아빠가 용돈 주셨다. 얏호!"라고 소리 쳤다.

그 모습에 아빠는 "허허허. 깡패 이놈~" 하며 너털웃음을 터트 렸다.

그 후로 아빠의 방에는 007가방이 늘 함께했다. 내가 출근한 후 집 안에 혼자 있을 때도 이따금씩 가방을 열어 돈을 확인했다. 그리곤 내게 전화해 물었다.

"신임아, 이게 뭐라고 했지?"

그러면 나는 마치 처음 얘기하는 것처럼 말해주었다.

"아우, 말도 마. 은행에서 아빠 돈 너무 많아서 은행 금고 터지겠다 고, 제발 좀 가져가라고 난리야. 오늘도 돈 좀 가져가라는데, 바빠서 못 간다 했어. 잘했지?"

아빠는 껄껄껄 웃었다.

이처럼 007가방은 아빠에게 기쁨을 줬다. 아빠는 가방에 눈길이 닿을 때마다 웃었고, 가끔은 돈뭉치들을 침대 위 여기저기 꺼내놓은 채로 그 녀석들과 잠이 들었고, 또 일어나서는 그 녀석들이 곁에 있는 걸 보고 또 웃었다.

혹시라도 아빠의 기억 속에서 가방의 존재가 사라질까 봐 나는 가방 겉면에 큼직한 종이까지 붙여 놓았다. '우리 아빠 돈, 매달 이자만 어마어마하게 입금되고 있음.'

내 통장에서는 720만 원의 대출이자 몇만 원이 매달 빠져나갔다. 그러나 007가방 이벤트가 가져다준 아빠의 기쁨은 복리 이자처럼 점점 늘어나, 매달 몇억 이상의 가치 있는 행복이 되어 우리 가족에게 돌아왔다. 007가방 작전은 그야말로 대성공이었다. 아빠는 007가방이 집으로 들어온 후, 더 많이 웃었고 행복해했고 기뻐했다.

몇 주가 지난 후, 아빠에게 물었다.
"이번에는 만 원짜리로 찾아올까?"
"아니. 이걸로 충분해. 더 찾지 말자."

7장
따뜻하고 다정한 나의 아빠

다정한 아빠

아빠는 항상 다정했다. 권위적인 모습은 찾아볼 수 없었다. 늘 먼저 행동하셨고, 시도하다 잘 안될 때는 아주 공손한 어투로 도움을 청했다.

과일이 먹고 싶을 때

"신임아 바쁘냐?"

물론 바쁠 리가 없다. 책을 보거나 티브이를 보거나 멍 때리는 게 고작이다.

"아빠, 왜?"

"참외 좀 깎아줄 수 있냐?"

"응, 아빠."

아빠에게 가 보면, 참외 윗동만 살짝 잘라놓은 모양이 보인다. 혼자 시도해보다가 안 되겠다 싶어 부탁하는 거다. 내가 과일을 다 깎을 동안 내 앞에 서서 그 모습을 가만히 지켜보고는 침을 꼴깍 삼킨다. 접시에 얇게 잘라주면 "고맙다." 하고 다정히 인사를 건넨 뒤, 순식간에 드셔버린다.

다리가 아플 때

아빠 스스로 발수건을 미리 준비한다. 바지 양쪽을 허벅지 위까지 천천히 올리곤 조심스레 욕실로 들어간다. 중심을 잘 잡은 뒤 샤워기로 무릎부터 종아리까지 양쪽 다리 이곳저곳을 뿌린다. 2분 정도 뿌린 후 샤워기를 조심스레 내려놓고, 욕실 밖으로 나와 발수건으로 다리를 닦아낸다.

잠시 후 이 과정을 반복한다. 20분 사이에 총 5번을 느릿느릿 반복한다. 방금 씻은 걸 잊은 양 또 하고 또 한다. 다리가 많이 아픈 날은 몇 번이고 더 한다.

그걸로 충분치 않으면 조심스럽게 내 곁으로 와, 주변을 살피면서 조용히 말을 건다.

"신임아, 나 다리가 많이 아픈데 '쎄쎄쎄'(다리 주물러 달라는 아빠의 표현) 좀 해줄 수 있겠냐?"

그제야 내게 도움을 청하는 거다. 처음부터 "다리 좀 주물러다오." 라고 요구하면 될 것을……. 아빠는 항상 그런 식이다. 본인이 해보고 정 안되면 도움을 청한다. 나는 또 아빠의 부탁을 받고서야 겨우 주물러준다. 미리 주물러주면 될 것을, 딱히 바쁜 것도 없으면서 말이다. 참 부족한 딸이었다.

목이 마른 아내에게

부부가 사이좋게 티브이를 같이 보고 있다가, 엄마가 아빠에게 부탁한다.

"여보, 나 물 좀 떠다 줘요."

어떤 남편들은 "뭐야? 직접 갖다 먹어!" 한다지만, 우리 아빠는 그렇지 않았다. 조용히 일어나서 물을 떠 오고, 엄마가 물을 다 마실 때까지 엄마 옆에 서서 엄마를 쳐다보며 기다린다.

가끔 엄마가 드라마 삼매경에 빠져 물컵을 든 채로 입을 헤 벌리고 있을 때가 있다. 그래도 짜증 한 번 내지 않고 자상하게 말한다.

"물 아직 다 안 먹었소?"

"아차, 미안해요."

아빠는 엄마가 마저 마실 때까지 기다린다. 그리고 컵을 받아 주방에 놓은 후 안방으로 들어간다.

딸에게 밥을 차려주는 아빠

퇴근해 돌아오면 아빠는 늘 현관까지 나와서 내 무거운 가방을 받아주었다. 간혹은 엄마가 옆집에 가는 등 집을 비우는 경우가 있다. 그러면 내가 짐을 푸는 동안 아빠가 묻는다.

"신임아, 저녁은 먹었냐?"

"아니."

아빠는 아무 말 없이 주방으로 가 냉장고에 있는 반찬통을 모조리

7년간의 마법 같은 기적

꺼낸다. 그리고 짝이 맞지 않는 젓가락과 수저를 식탁 위에 올려놓고는, 반대편 식탁 의자를 빼서 내 앞에 앉는다.

"밥은 너가 양껏 퍼서 먹거라."

"고맙습니다, 아빠! 제가 양껏 퍼서 먹겠습니다."

그리고 내가 밥 먹는 모습을 흡족히 쳐다보며 이런 얘기 저런 얘기를 꺼낸다.

"오늘 많이 바빴냐?" "점심은 챙겨 먹었냐?" "우리 딸 수고했다." 이런 얘기 말고,

"니 엄마 아예 집 나간 거냐?" "니 엄마가 도대체 내 통장 어디다 감춰 놓았대냐?" "니 엄마는 왜 자꾸 내 옷을 버리는 거냐?" 등등. 온통 엄마 얘기뿐이다.

이불 깔아주는 아빠

그날은 업무가 너무 바빴던 탓에 다소 힘없는 모습으로 밤늦게 퇴근했다. 아빠는 늘 그렇듯 문 여는 소리가 들리자마자 밝게 맞아주었다.

"신임아, 늦었구나. 피곤하지?"

"응, 좀 피곤하네."

축 처진 목소리로 대답했다. 엄마는 이미 자고 있었다.

가방을 정리하고 씻을 준비를 하는 동안, 아빠는 그 늦은 시간 뭐가 그리 바쁜지 안방과 거실을 계속 왔다 갔다 했다. 슬쩍 아빠의 모습을 보니, 무거운 이불을 낑낑대며 거실로 옮기고 있었다. (참고로 나는 거실에서 잔다.) 닦지도 않은 거실 바닥에 요를 깔고, 그 위

에 이불을 던지고는 가지런히 펼치려고 애를 썼다. 마지막으로는 베개를 놓았다. 거친 숨을 내쉬는 걸 보니, 힘이 많이 든 것 같았다. 보통 사람 같으면 1분도 안 걸리는 일이 아빠는 5분이 넘게 걸렸다. 나는 문 옆에 기대어 그 모습을 모두 지켜보았다.

"아빠! 바닥 닦고 이불 깔아야 하는데, 그냥 깔면 어떡해?"

말은 이렇게 했지만 정말 고마웠다. 당신이 힘들어도 딸을 위해 저렇게 애쓰는 모습이라니⋯⋯.

"휴~ 신임아, 오늘만 그냥 자거라."

아빠는 미안해하면서도 더 이상 쓸 힘이 남아 있지 않은지 방으로 들어가 버렸다. 그리고 몇 분이 지나지 않아 코 고는 소리가 들렸다. 딸이 들어왔으니 안심하고 주무시는 거다.

우리 아빠는 그런 사람이었다.

아빠가 고쳐준 불면증

언제부턴가 밤잠을 이루지 못했다.

사무실 업무와 아빠 문제 그리고 내게 산적해 있던 모든 문제를 잘 해내야 한다는 압박감이 원인인 것 같았다. 특히 아빠 문제에 있어서 는 어려움이 많은 게 사실이었다. 그나마 내가 출근해있는 낮 시간엔 엄마가 어느 정도 돌봐주니 다행이지만, 엄마 역시 연약한 노인이었 기에 아빠의 변화무쌍한 변덕을 다 받아주기엔 역부족이었다. 엄마 가 힘들어할 때는 또 그만큼 엄마를 달래줘야 하는 게 내 일이었다. 그렇게 내가 감당해야 될 모든 일들이 스트레스가 되어버렸다.

어느 날부터 몸이 이상해지기 시작하더니, 머리가 아파오고 가슴 이 답답해졌다. 잠을 자려고 누워도 뭔가가 안심이 안 되고, 불안한 생각만 들었다. 따뜻한 우유를 마셔도 소용없었다. 수면제 중 최고라 는 서양 고전도 읽어봤지만, 정신만 말똥말똥해졌다.

불면증은 생각보다 심각한 병이었다. 그렇게 몇 달이 지나자 생활

의 리듬이 완전히 깨져버렸다. 눈 밑의 다크서클은 턱밑까지 내려왔고, 온몸은 기운이 빠져나간 듯 무기력해졌다. 당연히 아빠도 제대로 돌보지 못했다. 아빠가 무언가로 힘들어해도 이전처럼 곧바로 해결해주지 못했다. 아빠를 내 손으로 지켜내겠다고 다짐했던 의지가 점점 퇴색되어 갔던 것이다.

도저히 안 되겠다 싶어 병원을 찾기로 마음먹었다. 나도 아빠를 닮아 병원에 가는 게 싫었지만, 더 이상 시간을 끌었다간 우울증에 걸려버릴 것 같았다. 무엇보다 아빠를 이대로 놔둘 수는 없는 노릇이었다. 하지만 병원문은 쉽사리 열리지 않았다. 그렇게 고민만 하고 있던 어느 날, 참 신기한 일이 일어났다.

그날도 새벽 3시 30분까지 잠을 이루지 못하고 뒤척이고 있었다. 그때 안방에서 인기척이 들려왔다. 아빠가 일어난 거다. 아빠는 보통 11시나 12시에 잠이 들어 아침 6시나 7시가 되면 일어났다. 치매 초기에는 잠을 잘 못 이뤘으나, 어느 순간부터 수면은 안정되었다.

그런데 그날은 묘했다. 드르렁거리며 잘 자던 아빠가 한밤중에 일어나서는 화장실에 가는 게 아닌가? 이상하게도 그 사실이 기뻤다. 내가 잠 못 드는 깊은 새벽 누군가가 나와 같은 공간에 함께 깨어 있어 준다는 게 그렇게 반가울 수 없었다. 나는 벌떡 일어나 안방으로 달려갔다. 아빠가 화장실에 가 있는 동안 침대 옆에 놓여있던 물도 갈아주고, 이불의 방향도 원위치로 돌려놓으며 아빠를 기다렸다.

"신임이 안 잤냐?"

"응, 자야지."

"그래. 자라."

"응, 아빠도 잘 자."

깨어있다고 아빠랑 그 새벽에 놀 것도 아니었다. 간단한 인사만 나누고 각자 이불 속으로 들어갔다.

그런데 아빠는 자지 않았다. 안방에서 작은 소리가 들리기 시작했다. 그 새벽에 혼잣말을 하는 것이다. 뭐가 그리 재미있는지 키득키득 웃으면서 말이다.

"하하하, 크크크."

문틈으로 들려오는 아빠의 작은 웃음소리를 들으니 기분이 좋았다. 내 얼굴에도 미소가 피었다.

그게 끝이다. 더 이상 생각이 안 난다. 깨어 보니 아침이었다. 나도 모르게 잠들어버린 것이다! 피곤이 싹 풀릴 정도로 푹 잤다. 참으로 오랜만에 숙면을 취한 것이다.

그런 일이 몇 번 더 있었다. 다음에도, 또 다음에도 아빠는 새벽에 일어나 즐거운 혼잣말로 자장가를 불러주었다. 그리고 그때마다 나는 마음에 안정을 얻고 편안하게 잠을 잤다.

그러던 어느 날, 그날도 아빠는 새벽에 깨서 혼잣말을 하며 웃었다. 나는 이때다 싶어 잠들 준비를 했다. 그때 안방에서 아빠가 작은 소리로 불렀다.

"신임이 자냐, 안 자냐?"

나는 비몽사몽한 상태여서 아무런 대답도 하지 않았다. 그러자 아빠가 한 번 더 물었다.

"신임이 자냐? 어서 자라. 우리 깡패~"

다음 날 아침, 나는 일어나자마자 아빠에게 달려갔다.

"아빠, 요새 왜 만날 새벽에 일어나?"

"몰라."

"어젠 왜 도사님과 대화하다가 나 불렀어?"

"내가 그랬냐? 몰라."

아빠는 기억도 못했다. 그런데 이상한 건, 새벽에 하는 아빠의 혼잣말은 다른 때와 다르다는 것이다. 보통은 일반적인 혼잣말이 50%, 밝은 혼잣말이 40%, 배꼽을 잡고 뛸 듯이 즐거워하는 혼잣말이 10% 정도인데, 새벽에만큼은 100% 뛸 듯이 즐거운 혼잣말이었다. 참 이상했다. 11시에 잠드는 아빠가 그 새벽에 깨는 것도 그렇고, 그 새벽에 껄껄껄 웃으며 배꼽을 잡는 혼잣말을 하는 것도 그렇다. 누가 믿을 것인가? 30대 딸이 잠 못 이루며 불면증에 시달리고 있을 때, 치매 걸린 아빠가 갑자기 일어나 좋다고 손뼉을 치면서 혼잣말 자장가를 들려줘 딸을 곤히 재웠다는 사실을 말이다.

묘하게도 그 후로 내 불면증은 사라져버렸다. 병원에 가지 않아도 되었다. 가끔 뒤척이고 있을 때는 영락없이 아빠가 일어나 혼잣말을 했다. 그러면 나는 스르륵 잠이 들었다. 심지어 아빠가 화장실에 가려고 부스럭거리기만 해도 잠들어버렸다.

아빠가 나를 재우려고 일부러 화장실에 가주었던 걸까? 정말 알 수 없는 일이다.

물수건을 던져서라도……

　온몸이 불덩어리였다. 여간해서는 감기에 잘 걸리지 않는 나다. 그런데 그날은 온몸이 구석구석 쑤시고 아팠다. 도저히 업무를 볼 수 없어 서둘러 퇴근했다. 몸이 아픈 것도 아픈 거지만, 그날은 엄마가 이모네 가서 아빠 혼자 집에 있었다. 식사 정도는 아빠 혼자 챙길 수도 있겠지만, 그래도 오랜 시간 혼자 둘 수는 없었다.

　지하철역으로 서둘러 내려갔다. 퇴근 시간은 안 됐지만, 지하철은 사람들로 붐볐다. 겨우 손잡이를 잡고 서 있는데, 갑자기 어지러워지면서 손잡이를 놓치고 말았다. 다리까지 힘이 풀리면서 중심을 잃어 그 자리에 쭈그리고 앉게 되었다. 순간적으로 직감했다. 보통 감기가 아니라는 걸. 아주 센 몸살감기 같았다.

　"아가씨, 괜찮아요? 여기 앉아요."

　앞에 앉아 있던 중년 남성이 자리에서 일어서며 말했다.

　"감사합니다……."

　　　　　　　　　　　7년간의 마법 같은 기적

하지만 몸을 일으키다가 다시 중심을 잃고 바닥에 철퍼덕 주저앉고 말았다. 주변 사람들의 부축을 받아 겨우 의자에 앉을 수 있었다.

몸 상태가 급속도로 안 좋아지고 있었다. 침을 삼킬 수 없을 정도로 편도가 부어올랐고, 호흡이 가빠왔다. 1시간이면 도착하는 거리인데, 그날은 한 3시간은 걸린 듯 힘들고 괴로웠다.

집으로 들어서자 아빠가 나를 반겼다.

"깡패 왔는가?"

"엄마는 어디 갔어? 안 보이네."

알지만 일부러 물어보았다.

"엄마 이모네 갔다."

다행이다. 엄마가 집을 나가버렸다고 생각하며 우울해하고 있으면 어쩌나 걱정했는데, 아빠의 상태는 '맑음'이었다.

저녁을 차리자 아빠가 숟가락을 들며 물었다.

"너는 안 먹냐?"

"응. 난 벌써 두 그릇이나 후딱 먹고 왔지."

아픈 티를 내지 않으려고 일부러 씩씩하게 대답했다.

겨우 몸을 씻고 서둘러 거실 바닥에 이불을 깔고 누웠다.

아빠가 내 쪽을 보며 물었다.

"어디 아프냐?"

"응. 신임이 많이 아프다."

"약 먹어야지. 어서 약 사다 먹어라."

나는 여간해서는 약을 먹지 않는다. '약 먹으면 일주일, 안 먹으면 7일'이라는 말을 신념처럼 지키며, 가급적이면 깡으로 버티려고 노력한다.

아빠가 입에 음식물을 넣은 채 같은 질문을 되풀이 했다.

"어디 아프냐? 약 먹어라. 어서."

"괜찮아. 약은 안 먹을래. 그 대신 아빠가 신임이 물수건 좀 해주면 안 될까?"

물론 그냥 해본 말이었다. 그런데 그 말 한마디가 아빠와 나의 고요한 새벽을 뒤흔들어 놓을 줄 누가 알았을까?

끙끙 앓던 나는 어느새 잠이 들어버렸다. 얼마나 지났을까? 갑자기 "쿵" 하는 소리에 놀라 눈이 확 떠졌다. 아빠가 넘어졌을 때와 비슷한 소리였기 때문이다.

너무 놀라 옆을 보니, 아빠가 내 옆에 앉아 물수건을 내 이마 위에 올리고 있었다.

"아빠 지금 뭐 해? 왜 그러고 있어? 어머! 넘어진 거야?"

"아니다. 너 물수건 해주려고 앉은 거야."

이럴 수가! 아빠는 내게 물수건을 해주려고 일부러 바닥으로 미끄러지듯 넘어져, 엉덩방아를 세게 찧고 앉은 것이다.

고관절 수술 이후 아빠는 침대 생활만 했다. 일반 사람들처럼 무릎을 접어 앉는 게 힘들기 때문에 웬만해서는 바닥에 앉지 않는다. 어쩌다가 방바닥에 앉으려고 할 때면 나나 엄마가 도와줘야 겨우 앉을 수 있었다. 일어설 때도 마찬가지였다. 그런 아빠가 혼자의 힘으로 바닥에 앉아 있다니, 믿어지지가 않았다.

"그렇게 세게 앉으면 안 되지! 아빠, 고관절 수술한 거 잊었어? 왜 그랬어!"

나는 너무 놀라 벌떡 일어나 앉았다. 목감기고 열감기고 보이지 않았다. 아빠의 고관절이 잘못되기라도 하면 큰일이었다. 혹시라도 수술한 부분에 금이 가거나 또다시 부러진다면 다시 수술을 해야 한다. 상상하기도 싫은 일이다. 허둥지둥 아빠의 이곳저곳을 살폈다.

아빠가 내 이마에 손을 짚으며 말했다.

"어허, 아직도 열이 많구나. 큰일이다."

내 이마에 닿아있는 아빠의 손을 즉시 치우고, 아빠의 고관절과 다리 이곳저곳을 주물렀다.

"아빠, 괜찮아? 지금 주무르는 데 아픈 데 없어? 아프면 당장 얘기해야 해. 아, 왜 그랬어!"

"집에 감기약 없냐? 내가 약 사다 주랴?"

"아이참, 그렇게 세게 앉으면 어떻게 해!"

"너 왜 이렇게 열이 많냐?"

우리는 서로 다른 말을 했다. 아빠는 내 감기에 대해, 나는 아빠의 고관절에 대해.

"아우, 아빠! 나 감기약 안 먹는다고 했잖아. 내가 알아서 한다고! 가뜩이나 아파 미치겠는데, 왜 날 이렇게 힘들게 하는 거야? 이러다 고관절 잘못되면 나더러 어떡하라고! 진짜 왜 그래!"

통제불능인 내 성질머리가 또 튀어나오고 말았다. 온몸이 너무 아프니 제어할 수 없었던 모양이다.

그런 나를 아빠는 가만히 바라보았다. 그리곤 한마디 덧붙였다.

"미안하다."

곧이어 바닥에 양손을 짚고 일어나려 애썼다. 역시 잘 안 됐다. 그러자 내 눈치를 보며 조심스럽게 물었다.

"신임아, 나 좀 일으켜줄 수 있냐?"

"응, 알았어. 아빠 진짜 괜찮은 거지?"

"응, 괜찮다. 쉬어라."

나는 갈라진 목소리로 말했다.

"앞으로 절대 이러면 안 돼. 물수건 안 해줘도 되거든. 나 다 나았으니까 어서 가서 푹 자. 알았지?"

아빠는 말없이 고개만 끄덕였다.

시계를 보니 저녁 9시였다. 아빠의 틀니를 빼서 깨끗이 헹군 뒤 아빠를 씻겨주었다.

얼마 후 아빠는 평소처럼 거실과 안방을 열심히 걷기 시작했다.

다행이었다. 잘 걷는 걸 보니 고관절엔 이상이 없는 것 같았다.

"아빠, 나 먼저 잘게. 필요한 거 있으면 바로 깨워."

다시 누웠다. 평상시 누렸던 건강이라는 녀석이 얼마나 귀중한 것인지를 새삼 느끼며 다시 잠이 들었다.

그날 밤 악몽을 꾸었다. 비슷한 꿈이 수없이 반복되었다. 축구공인지 배구공인지 내 이마를 향해 전속력으로 달려드는 꿈이었다. 나는 공에 맞지 않으려고 몸을 비비 꼬고 피해도 봤지만, 공은 어김없이 내 이마를 명중시켰다. 그 요상한 공에게 꺼지라고 고래고래 소리를 지르며 괴성까지 지르기도 했다. 그러자 이번에는 아까보다 더 큰 농구공이 내 이마를 향해 돌진해왔다. 역시 피하려 했지만 정통으로 맞고 말았다.

그 녀석이 마지막으로 덮쳤을 때 나는 비명을 지르면서 꿈에서 깼다.

"악!"

그와 동시에 둔탁한 마찰음이 울렸다.

"퍽!"

몸이 아팠던 탓일까, 의식까지 혼미했다. 비몽사몽간에 눈을 떠보니 저 위에서 아빠가 나를 내려다보고 있었다.

"아빠, 왜 그러고 서 있어?"

"신임아, 깼냐? 몸은 좀 어떠냐? 열은 좀 내렸냐?"

악몽에서 깼다는 안도의 한숨도 잠시, 순간 내 이마를 짓누르는 무언가가 느껴졌고, 희미한 통증까지 일어났다.

"아, 근데 뭐가 이리 아파? 나한테 뭐 던졌어?"

"응. 물수건 던졌다."

"뭐라고?"

그제야 내 악몽의 실체를 알 수 있었다.

사건은 몇 시간 전으로 거슬러 올라간다.

아빠는 내가 끙끙 앓는 걸 보고 잠을 이룰 수 없었다. 어떻게든 다시 물수건을 해서 열을 좀 내려줘야겠는데, 차가운 물에 수건을 담 갔으나 손힘이 세지 않아 꽉 짤 수도 없었고, 바닥에 앉으려니 엉덩이가 아파 그럴 수도 없었다. 엄마도 없으니 도와 달라 할 사람도 없었다. 어쩔 줄 몰라 고민하던 아빠가 택한 방법은 하나였다. 선 채로 내 이마에다 물수건을 잘 조준하여 그대로 투하한 것이다! 그렇게 내가 잠에서 깨기 전까지 물수건은 수차례 내 이마로 투하되었다.

"퍽!"

"철푸덕!"

"척!"

아빠 나름대로는 최대한 머리를 써서 짜낸 방법이었다. 내가 어릴

적 열감기를 앓았을 때, 아빠는 밤새도록 내 옆에 앉아 물수건으로 열을 내려주었다. 이제는 다리가 불편해 옆에 앉을 수는 없지만, 그래도 그때의 심정 그대로 물수건을 얹어주고 싶은 마음이었다. 서서라도, 내 이마에 수건을 던져서라도 열을 내려주고 싶었던 아빠의 한결같은 마음이었다.

내가 눈을 떴을 때 내 얼굴은 온통 물기로 가득했고, 머리카락도 축축이 젖어있었다. 이부자리 주변에는 물을 가득 먹은 수건들이 여기저기 나뒹굴고 있었다.

"근데 왜 이렇게 젖은 수건이 많아?"

"따뜻해지니까 새 수건으로 갈아야지."

그랬다. 나의 아빠는 허리를 굽혀 따뜻해진 수건을 집기 힘드니 엄지발가락과 검지발가락을 사용하여 내 이마의 수건을 확 걷어내 버리고, 새 수건을 꺼내 일일이 찬물에 적셔 손으로 살짝 짠 뒤 다시 내 이마에 투하한 것이다. 상당히 많은 수건들이 이곳저곳 널브러져 있는 걸 보니, 내가 잠든 사이 아빠가 얼마나 치열하게 내 열과 싸웠는지 알 수 있었다.

덕분에 덮고 있던 이불 위쪽도 물에 젖어 축축했고, 내가 입었던 윗옷도 일부 젖어있었다. 나는 물이 뚝뚝 떨어지는 수건을 손에 쥔 채 일어나 앉았다. 지독한 감기에 귓속까지 뜨겁게 달아올랐다. 온몸이 견딜 수 없이 아파 간신히 말을 꺼냈다.

"아빠."

"응."

"아무리 그렇다고 그 높은 데서 수건을 던지면 내 이마가 아플까, 안 아플까?"

그렇다. 나는 또 미쳤었다. 비겁한 변명을 하자면, 열이 최고도로 올라 제정신이 아니었다고 해두자. 너무너무 아팠기 때문에 그 무엇도 다 귀찮았다고 해두자. 그래도 속으론 무지 고마웠다.

아빠는 부드럽게 대답했다.

"미안하다, 어서 자라."

그리곤 안방으로 들어갔다.

나는 축축한 이부자리에서 겨우 몸을 일으켜, 엄마의 1인용 흙 침대 위로 미끄러지듯 쓰러졌다.

그 후로 아빠는 더 이상 물수건을 던지지 않았다. 몇 시간 후 목이 말라 눈을 떠보니, 내 머리에 베개가 베어져 있었고, 이불도 여러 겹 덮여 있었다. 아빠가 덮어준 것이었다.

겨우 몸을 일으켜 아빠에게로 갔다. 아빠는 이불도 덮지 않고 옆으로 쪼그린 채 새우잠을 자고 있었다. 아빠에게 이불을 덮어주고 막 나오려는 순간, 안방 서랍 이곳저곳을 뒤진 흔적이 눈에 띄었다. 그 귀퉁이에 '종합감기약'이라고 쓰인 작은 박스가 보였다. 내게 먹일 감기약을 찾아놓은 듯했다. 절대로 감기약을 먹지 않겠다는 고집을 꺾고 나는 아빠의 뜻대로 감기약을 먹었다. 그날 밤 편안한 잠을 잤다.

아빠,

우리 아빠는 그런 아빠였다.

8장
괜찮아, 괜찮아.
그래도 우리 아빠가 최고야!

소변을 흘리다

소나기가 걷힌 바다는 유난히 파랬다. 어린 소녀를 태운 배는 빗물에 씻겨 말간 피부를 드러낸 바다 위를 힘차게 달렸다. 너무나 파래 하늘과 바다가 구별되지 않는 저 먼 곳, 쌍무지개가 예쁘게 다리를 만들어 놓았다.

아빠는 어린 소녀를 안고 갑판 위로 올라가 무지개를 가리켰다.

"저게 뭔지 알아?"

"저거? 저게 뭔데?"

"무지개잖아. 책에서 봤지?"

"아, 맞다. 책에서 봤어. 무지개다!"

아빠는 예쁜 눈망울로 무지개를 쳐다보는 딸의 볼을 쓰다듬었다.

"무지개가 2개나 떴네. 그치?"

"어. 2개다. 우와! 아빠 무지개랑 아기 무지개가 같이 있는 거야?"

"그런가 보구나. 하하하."

얼마 후 배는 선착장에 도착했고, 비릿한 바다 내음 가득한 항구를 지나 안쪽으로 걸어 들어가자 금빛 모래가 펼쳐졌다. 부녀는 다정히 손을 잡고 모래 위를 걸었다. 따뜻한 오후 햇살을 받은 금빛 모래가 부녀의 발자국을 예쁘게 새겨주었다.

"아빠, 여기는 어디야?"

"엄마 고향이란다."

"엄마 고향 예뻐. 디따 예뻐."

아빠와 함께하는 5살 어린 소녀의 외갓집 여행은 행복했다.

이튿날 돌아오는 고속버스 안, 아빠 품에서 잠든 꼬마 숙녀는 아빠 바지에 그만 쉬야를 하고 만다. 아빠가 딸의 볼을 쓰다듬으며 말했다.

"곤히 잠들어서 안 깨웠는데……, 휴게소에서 내릴 걸 그랬구나. 내가 잘못 생각했다."

아빠는 쉬야로 젖은 딸의 치마 대신 자신의 외투로 감싸주었다.

꼬마 숙녀는 다시 아빠 품에 안겨 꿈나라로 빠져들었다. 아빠는 딸의 쉬야가 잔뜩 묻은 본인의 바지가 축축하고 냄새까지 났지만 신경 쓰지 않았다. 대신 곤히 잠들어 있는 딸을 꼭 안아주었다.

오래전 아빠와 나의 얘기다.

그로부터 30여 년 후, 부녀의 시간은 반대로 흘러갔다. 어느 날부터 아빠가 소변을 흘리기 시작한 것이다. 누구보다 깔끔했던 아빠가 소변보는 행위조차 실수하는 모습을 보니 가슴이 아팠다.

그동안 치매는 정신적인 부분이라 아빠 내면에 행복만 가득 채워주면 좋아질 거라고 생각했었다. 하지만 육체적 건강에 대한 문제가 닥치자 당황스러웠다. 병원을 극도로 싫어하는 아빠를 겨우 설득해

우여곡절 끝에 진료를 받았다. 다행히 몸에는 아무 이상이 없었다. 그러나 아빠의 소변 실수는 계속됐다.

건강상 문제가 없다는데 왜 소변이 새는 걸까?

몇 주간 면밀히 아빠를 관찰해 보았다. 그리고 한 가지 외형적인 원인을 찾아냈다. 아빠는 화장실에서 소변을 보고 잔뇨가 다 나오기도 전에 지퍼를 올려버려, 바지 앞면과 팬티에 항상 소변이 묻는 것이었다. 왜 그러는지는 알 수 없었다. 그저 같은 행동이 반복되면서 어느새 습관이 되어버린 것 같았다. 그로 인해 아빠 주변은 항상 소변 지린내가 진동했다. 그리고 그 냄새는 점점 집 안 곳곳을 잠식해갔다.

"여보, 제발 옷에 묻히지 좀 말아요."

엄마가 좋은 말로 타일렀다. 그래도 소용없었다. 좋은 말은 어느새 잔소리로 바뀌었다.

"여보! 소변 좀 끝까지 보고 나오라고요!"

"아빠! 소변 좀 제대로 봐!"

나 역시 짜증나는 말투로 말하기 시작했다. 다른 행동들은 다 참아냈어도 냄새만큼은 도저히 참기 힘들었기 때문이다.

아빠는 엄마와 나의 잔소리를 들으면서 의기소침해졌다. 잘 웃지도 않고, 눈이 마주쳐도 슬슬 피했다. 어느 날부터는 안방에 틀어박혀서 나오지도 않고, 가족 누구와도 말을 섞지 않았다. 다시 외톨이 아빠로 돌아가고 있는 것이었다. 그렇게 집안 분위기는 점점 삭막해져갔다.

그즈음 우연히 사무실 서랍을 정리하다가 서랍 깊은 곳에 박혀있던 아빠 천사 증서를 발견했다. 꽤 오랜만이었다. 아빠 천사 증서와 마주

한 것이. 증서에서 아빠는 천사의 모습을 한 채 환하게 웃고 있었다. 순간 정신이 번쩍 들었다.

'그래. 아빠는 내게 돌아온 천사였지!'

만약 신께서 "너 소변 흘리는 아빠라도 곁에 있는 게 좋겠냐? 아니면 냄새나니까 데려갈까?"라고 묻는다면, 주저 없이 대답할 것이다. "그깟 소변이 뭐라고! 당연히 아빠는 제 옆에 있어야죠!"

그렇다. 그 사실을 잊고 있었다. 소변을 흘려도, 지린내가 진동해도 아빠가 내 옆에 있다는 사실이 중요하다. 더 이상 어떤 축복이 있겠는가? 징징거릴 이유가 없었다. 아빠가 내 곁에 살아있음을 감사하며, 문제를 해결할 방법만 찾으면 되었다.

그렇게 며칠이 지난 주말 오전이었다.

아빠가 화장실에서 나와 안방으로 들어가는 게 보였다. 아빠의 바지 사이로 흘러내린 소변이 욕실 앞바닥에 조금 고였다. 마침 엄마가 집에 없는 게 다행이었다. 영락없이 잔소리가 나올 수 있는 상황이었다. 아빠는 자신이 소변을 흘린 것도 인지하지 못한 채 침대 등받이에 기대앉았다. 나는 조용히 바닥에 흘린 아빠의 소변을 닦아냈다. 물티슈로 아빠 발바닥도 깨끗이 닦아주었다. 그리고 서랍에서 큰 수건을 꺼내, 아무 말 없이 아빠 엉덩이 밑에 깔아주었다. 자상한 아빠는 몸을 움직여 수건이 잘 깔리도록 도와주었다.

"신임아, 그거 왜 까냐?"

"아, 흙 침대 딱딱하니까, 아빠 좀 더 푹신하게 앉으라고 깔아놓는 거야."

"고맙다, 깡패."

아빠는 해맑게 웃으며 말했다.

오늘따라 소변 지린내가 더 심하게 났다.

"아빠, 개운하게 씻을까?"

"아니, 싫다!"

"그럼 옷이라도 갈아입을까? 멋지게, 폼 나게!"

"싫다는데 왜 자꾸 그러냐!"

예상대로 아빠는 씻는 것도, 옷 갈아입는 것도 완강히 거부했다.

'냄새나니까 제발 좀 씻어!'라는 말을 지겹도록 아니 귀가 따갑도록 들었던 탓일 게다.

"그럼 아빠, 다리 안 아프게 물로 시원하게 적셔줄까?"

평상시 무릎을 아파했던 터라 그건 바로 수락했다.

아빠를 욕실로 데려가 다리에 물을 적시는 시늉을 하다가, 눈치를 슬쩍 살피곤 허리 위까지 샤워기를 왕창 뿌려 옷을 다 젖게 만들었다.

"어이쿠, 아빠 미안해."

"어허, 조심하지 그랬냐."

"이왕 이렇게 된 거 깨끗이 샤워하고 옷 갈아입자. 응?"

아빠는 '이런 골치 아픈 딸을 봤나?' 하는 눈빛으로 나를 흘겨보았다.

그렇게 아빠의 속옷과 바지를 갈아입히는 데 가까스로 성공했다.

그렇다고 늘 그 방법만 쓸 수는 없었다. 다양한 방법을 써서 아빠를 씻기고 옷을 갈아입혀야 했다. 물론 대부분은 실패했다.

"아빠 팬티를 매일 갈아입으면 만사형통한데."

"싫다."

"팬티를 매일 갈아입어야 장수한대."
"저리 가라 좀!"

"팬티를 자주 갈아입는 사람에게 축복이 온대."
"제발 그만 하래두!"

하는 수 없이 비장의 카드를 썼다.
"아빠, 나 오늘 꿈을 꿨는데……, 아빠가 옷을 갈아입어야 내가 좋은 신랑감을 만날 수 있대."
아빠는 내 말이 떨어지기 무섭게 옷을 갈아입었다.

그렇게 아빠의 마음을 조금씩 풀어주자 안방에만 있던 아빠는 거실로 나와 다시 활동을 재개했다.
하지만 정말 힘든 건 엄마였다. 엄마는 매일 아빠의 옷이며 이불을 빨아대야 했다. 화장실에서 침대까지 이어지는 동선을 하루에도 수차례 청소해야 했다. 화장실 청소는 말할 것도 없다. 특히 내가 출근한 낮 시간, 엄마는 아빠와 항상 전쟁을 했다. 그러다 내가 퇴근만 하면 기다렸다는 듯이 나를 붙잡고 하소연을 했다.
"아유~ 하루 종일 니 아빠 이불이랑 옷만 빨다가 시간 다 간다. 휴~"
낮에는 잔소리요 밤에는 하소연이라…….
그러는 사이 엄마의 건강도 상할까 봐 염려되었다. 어떻게든 엄마의 불평을 줄여주어야 했다. 그렇게 하는 것이 엄마의 건강에도 훨씬 이로울 것 같았다. 그리하여 사실을 토대로 한 명확한 반박에 나섰다.
"엄마, 입은 삐뚤어져도 말은 바로 하랬다고, 이불 빨래는 엄마가 한다기보다는 세탁기가 하는 거잖아. 하루 종일 빨래만 했다는 건 좀 아닌 것 같은데, 그렇지 않아?"

순간 엄마의 표정이 험상궂게 일그러졌다.

"그래. 너 말 잘했다. 바른말 해보자 어디! 니가 빨래 자체를 안 해 봤으니 그리 쉽게 말하지. 너 빨래 제대로 한 번이라도 해본 적 있어? 없잖아! 입만 살아가지고. 너는 말만 청산유수야!"

엄마를 살짝 흘겨보며 대꾸했다.

"엄마! 아무리 그래도 그렇지. 무슨 말을 그렇게…… 해? 칫!"

근데 솔직히 엄마 말이 다 맞기는 했다. 나 입만 산 거 맞다. 그때까지 우리 집 세탁기를 어떻게 돌리는지도 몰랐었다.

며칠 후 힘들어하는 엄마를 위한 해결방안을 짜냈다.

"엄마, 이러면 어떨까? 엄마가 우리 집에서 빨래방을 운영한다고 생각하는 거야."

"뭐, 빨래방?"

"응. 엄마가 빨래방 주인이고, 내가 손님인 거지. 엄마가 아빠 옷이 랑 이불 빨래를 하나씩 할 때마다 나한테 돈을 청구해줘."

"뭐라고?"

역시 내 재치는 우주도 뚫을 만하리라!

소변 묻은 세탁물을 엄마가 '으흐흠~ 랄랄라~' 콧노래를 부르며 기쁘게 빨 수 있도록 바꿔줄 수 있는 건 뭐니 뭐니 해도 용돈이다. 울 엄마가 제일 사랑하는 용돈 말이다!

"앞으로 아빠 빨래하는 걸 힘든 노동이라 생각하지 말고, 집에서 부업으로 빨래방을 운영한다고 생각해. 그게 늘어날 때마다 돈을 벌 수 있는 거지. 그럼 기분 좋잖아! 어때?"

7년간의 마법 같은 기적

"어디서 또 말 같지도 않은 소리를! 넌 빨래가 장난인 줄 알지?"

엄마는 내 제안에 콧방귀도 안 뀌었다. 하지만 아빠의 이불과 옷을 빨래할 때마다 '이불빨래 세탁비'라고 적힌 봉투를 내밀자, 엄마의 태도가 바뀌었다. 처음에는 거절했지만, 두 번째부터는 사양하지 않고 봉투를 받아들었다. 봉투 안을 살짝 들여다볼 때마다 엄마의 코평수가 벌어졌음은 물론이다. (엄마는 기분 좋을 때 코평수가 살짝 벌어진다.)

나는 엄마에게 진지하게 말했다.

"엄마, 우리 아빠 좋아질 거야. 내가 반드시 그렇게 만들 거야. 우리 같이 노력해보자. 응?"

엄마는 힘들어하면서도 수긍했다.

"그러고 보면 니 아빠도 참 안 됐지. 일평생 가정만 위해 일한 사람인데…… 그래, 죽이 되든 밥이 되든 한 번 해보자."

그 후로 우리 모녀는 아빠가 소변을 볼 때마다 곁에서 알려주었다.

"여보, 소변 독하니까 피부에 닿지 않게 끝까지 다 싸요. 알았죠? 우리 신랑~"

"아빠~ 소변의 주성분인 암모니아가 독성이 되게 강하대. 그래서 소변이 옷에 한 방울이라도 묻으면 그 옷 다 버리고 새로 사야 한대. 그러려면 신임이 적금 다 깨서 아빠 옷 새로 다 사야 되거든. 돈 되게 많이 들겠지? 그러니까 끝까지 다 싸고 나오자."

"여보, 소변 개운하게 완전히 다 누고 오면 내가 맛있는 과일 갈아줄게요."

그리고 소변을 흘리지 않고 잘 보고 나오면 폭풍 칭찬을 아끼지 않았다.

"와! 우리 아빠 최고! 아빠 존경해!"

"역시 우리 신랑 멋지다니까! 아우 예뻐! 맛있는 거 뭐 줄까요?"

그렇게 두 사람이 힘을 합쳐 아빠를 정성껏 보살피자 아빠는 서서히 안정을 찾아갔다. 소변을 흘리는 양이 조금씩 줄어들었고, 흘려도 팬티에만 묻을 정도였다. 그게 어딘가? 그것만으로도 충분히 감사할 일이다.

"변비야, 물러가주겠니?"

"노신임 님, 진료실 들어 가실게요."

집 주변 새로 개원한 병원을 찾아갔다. 아무래도 처음 보는 의사가 낫겠다 싶었다. 다행히 병원도 깨끗하고, 의사도 실력 있어 보였다.

"어디가 불편해서 오셨죠?"

"저기, 그러니까, 음…… 그게……."

"편하게 말씀해보세요. 괜찮습니다."

나는 엄청난 비밀을 털어놓는 듯한 표정을 지으며 진지하게 말했다.

"제 항문이 불편해서 왔습니다."

"항문이 왜요? 구체적으로 어떻게 불편하신데요?"

"그러니까, 제가 지독한 변비에 걸린 것 같아요. 한 달 전부터 증상이 있었는데, 최근 들어 더욱 심해졌어요. 전에는 일주일에 두 번 정도는 된똥이라도 싸긴 했는데, 최근에는 그런 된똥마저도 잘 나오질 않고 있어요. 한마디로 변은 마려운데 안 나오고, 어찌다 나오는 변도 자꾸 항문에 끼어요. 있는 힘껏 힘을 줘도 변은 안 나오고, 식은땀만 나요. 그래서 어지럽기도 하고……."

나는 속사포처럼 쏟아냈다. 의사는 약간 놀란 듯했다.

"선생님 왜요? 심각한 건가요?"

"아, 아니요. 계속 말씀하세요."

"네. 그리고 어쩌다 겨우 어렵게 변을 봐도, 연한 항문이 밖으로 조금 튀어나와 있어요. 그걸 치핵이라고 하나요? 하여튼, 선생님 저 어쩌면 좋을까요?"

인상 좋아 보이는 의사는 손에 멸균장갑을 끼며 말했다.

"많이 불편하셨겠네요. 환자분, 일단 누우세요. 한번 봅시다."

"예? 누, 눕다뇨? 왜 누워요? 그리고 어디를 본다는 거죠? 장갑은 또 왜……?"

나는 깜짝 놀라 물었다. 항문외과가 항문을 뚫어지게 쳐다보며 진료한다는 사실을 그때 처음 알았다. 그저 항문이 부드러워지는 연고를 준다거나, 변비약 혹은 염증을 가라앉히는 약을 주는 걸로만 알았지, 자세히 들여다보며 진료하리라고는 생각도 못했다.

"환자분 항문이 어떻게 나와 있는지 봐야 제가 진단을 내리지요. 심하면 수술하셔야 할 수도 있습니다. 어서 누워보세요."

몹시 당황스러웠다. 그런데 항문을 보인다는 것보다 더 당황스러운 건 따로 있었다.

"저, 선생님……."

나는 잠시 머뭇거리다 사실대로 고백했다.

"사실은요. 제 항문에 문제가 있는 게 아니라 저희 아빠 항문에 문제가 있어서 온 겁니다."

7년간의 마법 같은 기적

그렇다. 그날 내가 병원에 간 이유는 아빠 때문이었다.

벌써 한 달이 넘었다. 어느 날부터 아빠는 화장실에만 가면 오래 앉아있었다. 체격은 말랐어도 장 상태는 늘 건강했던 아빠였다. 치매 환자들이 복용하는 약 때문에 간혹 변비가 올 수 있다는 얘기는 들었지만, 그렇다고 약 때문인지는 확실히 알 수 없었다.

걱정이 되어 화장실 문 앞에 서서 물었다.

"아빠, 오늘도 똥 안 나와?"

"응. 안 나온다."

잠시 후 화장실에서 나온 아빠는 조용히 안방으로 들어갔다. 힘든 내색을 워낙 안 하는 성격이니, 지금 상태가 어떤지 가늠할 수도 없었다.

"아빠, 혹시 변비야?"

"아니. 내 평생 변비는 없었다."

사실 화장실에 앉아있는 그때만 불편해할 뿐, 당사자인 아빠는 변비라는 사실을 금세 까먹었다. 변비를 고쳐야 할 이유도, 심각성도 전혀 알지 못했다. 분명 속이 더부룩하고 편치 않은 게 사실일 텐데, 왜 그런지도 모른 채 하루하루를 보내고 있는 것이었다. 결국 아빠의 변비를 해결해줄 사람은 나밖에 없었다.

그러던 어느 날, 그날도 아빠는 화장실에 앉아 똥과 사투를 벌이고 있었다. 참다못한 엄마가 화장실로 들어갔다.

"아우! 여보, 똥이 항문에 제대로 꽉 껴버렸네!"

엄마는 정말 꾸밈없는 사람, 거침없이 말한 큰 소리가 화장실이라서 더 크게 울려 퍼졌다.

"안 되겠어요. 당신 이거 병원에 가야 돼요. 병원 갑시다. 어서요!"

"어허! 어떻게든 병원에 처넣을 궁리만 하는구료? 당신은 아주 나쁜 사람이요. 당장 나가요!"

엄마가 걱정 가득한 얼굴로 화장실에서 나왔다.

"니 아빠 어쩌면 좋니! 방금 똥을 겨우 쌌는데, 아주 조금 나왔다. 니가 좀 달래서 병원에 모시고 가라. 저러다 큰일 나겠다."

"아빠, 신임이 잠시 들어가도 될까?"

"아니! 나 좀 가만 놔두면 안 되겠냐? 제발 부탁이다! 신임아! 제발!"

아빠가 극도로 흥분한 목소리로 소리쳤다. 그리고 화가 난 얼굴로 화장실에서 나와 안방으로 들어가 버렸다.

잠시 후 엄마가 내 손에 무언가를 들려주며 말했다.

"이걸로 관장시켜 드려. 그럼 아빠도 개운해할 거야."

알고 보니, 엄마가 관장약으로 아빠의 변을 빼준 적이 몇 번 있었다. 하지만 그때마다 아빠는 상당히 고통스러워했다고 한다.

나는 아빠의 화가 조금 누그러진 후 아빠 옆으로 가서 앉았다.

"아빠한테 할 얘기 있는데 들어줄래?"

아빠는 이내 눈을 질끈 감아버렸다.

"솔직히 말해서, 나도 아빠랑 똑같은 증상이 있었거든. 똥이 계속 안 나왔었어. 몇 주 전까지."

아빠가 슬며시 눈을 뜨며 물었다.

"뭐라고? 너도 그런다고?"

"응. 나는 아빠보다 훨씬 심각했어. 피도 많이 났는걸? 나 항문 찢어져 죽는 줄 알았어."

7년간의 마법 같은 기적

물론 거짓이었다.

"어허, 어쩌냐? 변을 잘 봐야 할 텐데……, 큰일이구나."

아빠에게 좀 더 가까이 다가가 말했다.

"근데 지금은 다 나았어. 병원 다녀왔더니 싹 나은 거야. 지금은 똥 아주 잘 싸. 그러니까 우리 병원에 같이 가보자. 응?"

내 말이 떨어지기 무섭게 아빠는 날 노려보았다.

"너까지 그러는구나. 병원 절대 안 간다! 저리 가라!"

보기 좋게 실패했다. 그 후로 며칠 더 설득했지만, 결국 실패하고 말았다.

"아하, 그렇게 된 거군요."

"사실 전화상으로 상담만 받으려고 했는데, 환자가 직접 와야만 상담해 줄 수 있다고 해서 이렇게 대신 온 겁니다."

의사가 내 말을 알아듣고 고개를 끄덕였다.

"특히 선생님, 제가 가장 걱정스러운 건요, 아빠의 기력이 약한 관계로 딱딱한 변을 몸 밖으로 배출해 낼 힘이 없다는 거예요. 지난 번에는 너무 힘을 주다가 순간 어지러우셨는지, 변기에서 일어나다가 화장실 바닥에 넘어지셨어요. 다행히 크게 다치진 않으셨지만, 추후에 2차 사고로 이어지지 않을까 걱정됩니다. 솔직히 젊은 사람들도 악성 변비에 걸려서 힘을 무진장 세게 주다 보면 어지럽기도 하잖아요."

"네, 그럴 수 있죠. 아버님을 병원에 모시고 오기 정말 어렵나요?"

"네, 죽기보다 싫어하셔요."

의사는 어쩔 수 없이 몇 가지 조언으로 처방을 대신해주었다. 물을 많이 드시게 하고, 식이섬유가 많이 함유된 음식, 혹은 식이섬유와 유산균이 함유된 보조식품을 계속 챙겨드리라고 조언해주었다.

그날부터 몇 주 동안 도서관과 서점을 들락거리며 건강 관련 책들을 섭렵했다. 그리고 아빠 입으로 들어가는 모든 것들을 서서히 바꿔주기 시작했다. 자주 먹었던 버거, 치킨, 피자 등을 자제시키고, 인스턴트식품과 밀가루 음식을 당분간 끊었다. 엄마도 식단을 건강밥상으로 바꿨다. 그리고 장 활동을 도와주는 유산균과 식이섬유까지 구입했다. 그렇게 아빠의 장 환경 바꾸기 노력이 시작되었다.

그러나 이러한 외형적인 노력만으로는 한계가 있었다. 아빠는 여전히 변비에 시달렸고, 여전히 고통스러워했다.

"아빠, 아직도 똥 안 나와?"

"응, 안 나온다."

매일 이런 식이었다. 나는 빨리 결과물을 보기 원했고, 결과적으로 그게 아빠를 다그친 셈이 되었다. 아빠는 무엇보다 정서적인 안정이 필요했다. 아무리 좋은 음식도 편안하게 먹어야 효과가 나는 법이다.

그때부터 아빠가 무언가를 먹을 때면 옆에서 좋은 말을 해 주었다.

물을 마실 때는,

"아빠, 이 물은 미네랄이 살아 있어서 장까지 금방 도달할 뿐만 아니라, 장속에 살고 있는 수많은 세포들이 더 잘 활동할 수 있게끔 에너지를 팍팍 넣어준대. 그러니까 우리 물 더 자주 마시자. 알았지?"

"알았다, 깡패야."

식이섬유를 섭취할 때면,

"이 식이섬유는 아빠 장에 안 좋은 성분을 쏙 빨아서 똥으로 데리고 나온대. 한마디로 아빠의 소중한 장을 깨끗하게 청소해주는 아빠 장 청소부인 거지. 되게 기특하지?"

"허허, 그렇구나."

유산균을 먹을 때면,

"아빠, 이 유산균이 아빠 장속에 들어가면 장속의 나쁜 균들하고 싸워서 완승을 거둘 거야. 그리고 나면 이 유산균들이 아빠 장속을 매일매일 건강하게 바꿔준다. 그러면 아빠 속이 정말 편안해질 거야. 그러니 이 유산균 열심히 먹자."

"우리 깡패는 모르는 게 없구나. 하하하."

나의 노력 덕분인지 아빠는 물도 평소보다 더 자주 마셨고 유산균과 식이섬유도 매일매일 빼놓지 않고 섭취했다. 그러자 아빠의 장이 조금씩 편안해지는 것을 느낄 수 있었다. 다행인 건 아빠가 하루 종일 집 안을 걸어 다니며 운동을 충분히 했다는 것이다. 그렇게 몇 주 후, 아빠는 감사하게도 2, 3일에 한 번씩 변을 보기 시작했다.

어느 날, 지하철을 타고 출근하는데 엄마에게서 전화가 왔다.

"세상에, 니 아빠 똥이 엄청나게 큰 게 나왔다! 그래서 변기가 막혀버렸지 뭐니. 내가 그거 뚫느라고 얼마나 힘을 썼는지 아니? 아유, 허리야."

잔뜩 흥분한 목소리가 수화기 너머로 흘러나왔다. 소리가 얼마나 컸는지, 옆 사람이 힐끔 날 쳐다보았다. 살짝 민망하기도 했지만, 무엇보다 기쁜 소식이기에 바로 대답했다.

"너무 잘 됐다. 얼마나 큰데?"

옆 사람이 피식 웃었다. 나는 목소리를 낮춰 다시 말했다.

"정말로? 어머나 너무 잘 됐다. 엄마 오늘 파티하자. 똥 파티! 와우!"

그날 우리 세 식구는 기쁨의 파티를 열었다.

애기똥 특허

'킁킁, 이게 무슨 냄새지?'
집 안에서 이상한 냄새가 풀풀 나기 시작했다.

음식 냄새도 아니고 하수구 냄새도 아니고, 그렇다고 아빠의 소변 냄새도 아닌 것이 도대체 어디에서 나는 것인지 통 알 수 없었다.

냄새의 근원을 알기 위해 집 안 곳곳을 샅샅이 뒤졌다. 얼마 후 냄새의 정체를 알아냈다. 거실에 놓여있던 화분 오른쪽에 작고 둥근 모양의 물체가 떨어져 있었다. 자세히 살펴보니 똥이었다. 생긴 게 꼭 염소 똥 같았다.

"뭐지? 우리 집엔 염소도 없는데, 웬 염소 똥? 혹시 11층까지 고양이가 들어왔나?"

그때 엄마가 큰소리로 외쳤다.

"그거 니 아빠 똥이야."

아빠는 바로 정색했다.

"당신 왜 그래요? 내 거 아니에요!"

며칠 후, 식탁에 앉아 저녁밥을 먹다가 결정적인 장면을 목격했다. 아빠가 거실을 열심히 걷고 있는데, 갑자기 작은 물체 하나가 아빠 바지 밑단에서 툭 튀어나오더니 거실 수납장 쪽으로 대그르르 굴러갔다. 동그란 것이 어찌나 구르는 힘이 세던지, 생명의 기운이 느껴질 정도였다. 엄마 말대로 똥의 주인은 아빠였다.

그날 밤 자고 있는 아빠의 안색을 살폈지만 괜찮았다. 도대체 아빠 몸에서 무슨 일이 일어나고 있는 걸까? 왜 작은 똥이 끊임없이 나오는 걸까? 혹시 건강에 무슨 문제가 있는 건 아닐까?

곰곰이 생각해보니 짚이는 구석이 하나 있었다. 변비 사건 이후 아빠는 며칠 간격으로 대변을 봤는데, 그 중간중간에도 변을 보려고 힘을 줄 때가 있었다. 아빠 나름대로 힘을 세게 줘보지만, 원체 힘이 약해서 그런지 내보내려고 하는 그 녀석이 바깥으로 살짝 나오다가 끝까지 안 나오는 거다. 그럼 아빠는 그 상태에서 배변을 포기한다. 변은 그렇게 약간 나와 있는 상태로 머물러 있다가 서서히 굳는다. 그러다가 아빠가 집 안을 열심히 걸을 때 바지 사이로 툭 떨어지는 거다. 물론 내 생각이다.

작은 똥은 완두콩만 한 것부터 호두만 한 것까지 크기도 다양했는데, 웬만하면 타원형을 유지했다. 아빠가 일부러 제작하는 것도 아닐 텐데, 둥근 모양을 유지하는 것도 참 신기했다. 색깔은 짙은 풀색, 황토색, 그때그때 달랐다. 마치 농부가 정성스럽게 씨를 뿌리듯 아빠는 작은 똥을 여기저기 뿌리고 다녔다. 나는 그 녀석의 이름을 '애기똥'이라고 붙여줬다. 애기똥은 며칠마다 2~3개씩 집 안 곳곳을 돌아다녔다.

어느 날은 퇴근 준비를 하는데 엄마한테서 전화가 왔다. 애기똥 2개는 찾았는데, 아직도 냄새가 난다며 빨리 와서 찾아달라는 것이었다. 나는 집에 도착하자마자 똥부터 찾았다. 내 눈의 레이더망과 온몸의 감각을 동원해 찾았다. 하지만 꼭꼭 숨은 애기똥은 쉽게 모습을 드러내지 않았다.

그러다 밤이 되어 샤워를 마친 후, 아빠의 이부자리를 봐주려고 흙 침대 끝 가장자리 안쪽에 발을 슬쩍 넣었는데, 뭔가 물컹한 게 밟혔다. 발바닥을 들어 확인해보니 애기똥이 뭉개진 채로 붙어 있었다.

"악! 드러! 샤워까지 했는데 똥 밟았잖아!"
나도 모르게 큰 소리를 내고 말았다.

화장실로 달려가 박박 씻고는 다시 이불을 깔려고 하니, 아빠가 고개를 푹 숙이고 앉아 내 눈치를 보고 있었다. 아빠에게 괜히 미안해져서 그날은 아무 말도 하지 못했다.

솔직히 시간이 지나면 괜찮아질지 알았다. 여전히 아빠를 많이 웃겨주었고, 희망 가득한 말만 해주었기 때문이다. 하지만 며칠이 지나도 애기똥은 집 안 곳곳에 진을 쳤고, 냄새도 여전했으며, 엄마는 그것을 치우느라 힘들어했다. 아빠에게 기저귀를 권해보기도 했는데, 그럴 때면 아빠가 대노하여 자기 똥이 아니라고 억지를 부렸다.

엄마와 아빠의 다툼이 또 시작되었다. 엄마는 아빠에게 잔소리를 하고, 나에게는 하소연을 했다. 아빠는 엄마를 더 미워했다. 반복, 모든 것이 반복되었다. 아빠의 소변, 변비, 애기똥까지, 사건이 벌어질 때마다 엄마와 아빠의 갈등은 극에 달한다. 언제까지 이런 일이 반복되어야 할까?

저녁을 먹고 엄마와 대화를 나눴다.

"엄마, 요새 많이 힘들지?"

"지옥이 따로 없다."

지옥이라는 말이 살짝 거슬렸지만, 그래도 엄마를 이해해주면서 말했다.

"근데 내 생각에는 저 작은 똥이라도 나와 주니 다행인 거 같애. 똥도 결국은 독소의 하나인데, 그 독소가 조그맣게라도 나오니까 잘된 거 아닐까? 그만큼 아빠 몸에 독소가 줄어든다는 거잖아."

"그래. 니 말이 맞다 치자. 근데 냄새는 어쩔 건데? 저 냄새 맡으면서 평생을 살라는 거냐?"

"냄새? 시골에서 소, 돼지 키우는 사람들도 냄새 맡으면서 잘 살잖아? 하물며 우리 아빠인데 냄새 좀 나면 어때?"

"지금 니 아빠랑 짐승이랑 비교하는 거니? 니 아빠는 짐승이 아니잖아!"

"짐승이 아니니까 더 잘 돌봐야지! 엄마, 이왕 이렇게 된 거 좋게 생각하자. 응?"

이쯤 되자 엄마가 소리를 빽 질렀다.

"저러다 니 아빠 벽에 똥칠까지 하면 어떡할래? 응? 말해봐!"

그 말이 하도 어이가 없어 나도 소리치며 대들었다.

"아, 뭔 말을 그렇게 해! 아빠가 지금 벽에 똥칠했어? 똥칠은커녕 귀엽게 똥을 사뿐사뿐 뿌려주고 있구만! 줍기 편해서 버리기도 쉽잖

　　　　　　　　　　　　7년간의 마법 같은 기적

아. 엄마는 매사에 왜 그리 최악만 생각해?"

"이놈의 기지배가! 너는 출근해서 저녁에만 보니 그런 말 하지. 저 꼴을 하루 종일 본다고 생각해봐! 징글징글하다고!"

그때 아빠가 안방에서 나왔다.

"어허, 그만들 해요. 신임이, 너 엄마한테 대들지 마라."

아빠가 마무리해주지 않았다면 그날 밤 엄마와 나는 대판 싸웠을 거다. 아빠는 이런 상황에서도 내가 버릇없는 딸이 되는 걸 원치 않았다. 그리고 엄마를 존중해주었다. 아빠가 엄마를 미워하기만 하는 줄 알았는데, 그래도 아빠 마음속에는 엄마가 굳게 자리 잡고 있었나 보다.

그날 밤, 아빠 발을 주물러주고 있었다.

아빠가 나지막한 목소리로 말했다.

"신임아, 미안하다."

"뭐가?"

"그냥, 다."

그 순간 뭐라 할 말이 떠오르지 않았다. 아빠의 마음은 어떤 걸까? 분명 아빠도 무언가를 느끼고 있었다. 치매 노인이라고 무조건 막무가내인 것만은 아니다. 어쩌면 아빠도 마음속에서 전쟁을 치르고 있었을지 모른다. 다만 어찌할 수 없는 자신의 모습이 너무 힘들어서 이상 행동을 하는 건 아니었을까?

그렇다고 아빠가 변한 건 아니다. 아빠는 여전히 애기똥을 흘리고 다녔고, 엄마는 그것을 치우느라 스트레스를 받았다.

"여보, 나 허리 아파서 똥 줍기 힘들어요. 기저귀 좀 합시다. 제발!"

"여보, 이리 와서 당신이 방금 똥 흘린 거 봐봐요. 얼른 와요. 얼른! 당신 눈으로 봐야 심각한지 알지!"

"여보, 이번 주에 당신 똥 몇 개나 주운 지 알아요? 휴~ 힘들다, 힘들어."

어느 날, 퇴근해 보니 분위기가 안 좋았다. 두 분이 기저귀 착용 문제로 한바탕한 것이다. 아빠는 지친 모습으로 앉아있었다.

곧바로 안방 문을 닫고 아빠와 대화를 시작했다.

"아빠, 내 말 잘 들어. 아빠 똥은 보통 똥이 아니야. 어마어마한 똥이야!"

"시끄럽다. 저리 가라."

아빠가 귀찮다는 듯 쳐다보지도 않고 말했다. 나는 물러서지 않고 오히려 더 크게 말했다.

"아빠 똥은 엄청 특별한 똥이라고!"

"대체 그게 무슨 말이냐?"

"잘 들어 봐. 지금 현대사회는 농약과 독성이 강한 비료를 써서 연약한 토양이 서서히 죽어가고 있거든."

"근데?"

"아빠의 애기똥은 '이제 그 여리디여린 토양들에게 독성이 강한 비료를 그만 주고, 인간의 인분을 비료로 주어라.'라는 메시지를 주려고 탄생한 거 같애. 즉, 인간의 똥을 변기에 흘려버리지 말고, 작게 만들어 다시 토양에 뿌려주라는 뜻이지. 그 샘플을 최근에 아빠가 하나씩 하나씩 발명해 내고 있는 거고."

"뭐라고? 내가 발명을 한다고?"

7년간의 마법 같은 기적

"응. 최근에 아빠가 애기똥을 방바닥 여기저기 흘려놓았잖아. 맞지?"

"응."

드디어 아빠가 애기똥이 자기 거라고 시인했다. 그동안 자기 똥이 아니라고 부정했지만, 사실은 알고 있었던 거다. 다만 자기 모습이 초라해질까 봐 자존심을 내밀고 있었던 거다.

"근데 그 애기똥을 식물들한테 뿌려주면, 감이 10개 열리던 게 100개 열리고, 수박이 축구공만 하게 열리던 게 엄청 큰 빅 수박이 될 거야. 그렇기 때문에 아빠 똥은 보통 똥이 아니야. 아빠 똥은 위대한 똥이야!"

"어떻게 내 똥이 위대한 똥이냐? 말도 안 된다."

아빠는 말도 안 된다면서 꽤나 재밌어했다. 얼굴에 수심이 사라지고 미소가 피었다.

"아빠가 예전에 나한테 그랬잖아. 사람 인분처럼 좋은 비료는 없다고. 맞지?"

"그렇지. 인분이 좋은 비료지."

"그래서 내가 아빠 애기똥으로 실험도 해봤어."

"무슨 실험?"

"사무실에 죽어가던 토마토 나무에 애기똥 가루 아주 쬐끔 뿌려줬더니, 며칠 만에 잎도 싱싱해지면서 나무가 다시 살아났어. 열매도 맺혔어!"

아빠는 놀라워했다.

"진짜냐?"

"진짜지! 그래서 내가 아빠 똥으로 특허를 내려고 해."

"특허? 내 똥을 특허 낸다고? 허허허허허."

아빠는 입이 귀에 걸릴 정도로 웃었다.

"전 세계가 환경오염 때문에 고생하고 있어. 근데 아빠의 이 애기 똥을 특허 내서 전 세계 사람들에게 알려주면, 이걸 샘플로 해서 수 많은 천연 인분 비료가 탄생할 거야. 그럼 세계 곳곳에서 화학비료 대신 그걸 뿌리겠지? 그럼 땅이 더 건강해지겠지? 그럼 식물, 동물도 건강해지고, 덩달아 사람도 건강해지겠지? 지구 전체가 건강해지는 거야. 아빠 애기똥 때문에!"

아빠 얼굴에 미소가 환하게 피었다. 덩달아 내 가슴도 뛰었다. 이 토록 말도 안 되고 황당한 거짓말을 믿어주다니, 그리고 그렇게 기뻐 해 주다니.

나는 아빠 손을 덥석 잡고 외쳤다.

"아빠! 앞으로 이런 똥을 더 많이 싸줘야 해!"

"그, 그래!"

아빠도 엉겁결에 고개를 끄덕였다.

그 후로 애기똥 특허에 관한 회의가 수없이 진행되었다. 아빠는 엄 마의 잔소리에도 전혀 아랑곳하지 않고 당당히 맞섰다.

"내 똥은 보통 똥이 아니란 말이오!"

"당신 지금 무슨 소리 하는 거예요? 똥이 그냥 똥이지. 뭐가 보통 똥이 아니라는 거예요!"

"아무튼 함부로 버리지 말고, 모았다가 신임이 주세요."

도도한 아빠의 행동에 당황한 엄마가 내게 물었다.

"너 아빠한테 도대체 뭐라고 해놨기에 저렇게 당당해?"

"아빠 애기똥으로 특허받기로 했거든."

"뭐라고?"

나는 기겁하는 엄마를 살살 달래며 설득했다.

"엄마, 그래도 아빠가 이 세상에 있으니 저런 똥도 볼 수 있는 거잖아. 그러니까 우리 냄새나도 좀만 참고 기쁘게 치우자. 어쨌든 아빠 몸속에 있는 것보단 작게라도 밖으로 나오는 게 아빠 건강에 훨씬 좋은 거니까."

엄마도 마지못해 수긍했다.

그렇게 애기똥 소동은 일단락되었다.

그러나 미처 알지 못했다. 애기똥은 앞으로 벌어질 일에 비하면 아주 귀여운 소동이었다는 걸.

똥 파티:
드디어 현실을 마주하다

12월 초, 아직 한겨울이 되려면 멀었지만, 갑자기 불어닥친 찬바람에 어깨가 움츠러들었다. 이런 날씨엔 된장찌개가 딱이다. 구수한 된장에 말랑말랑한 두부가 어우러지면 왠지 모를 고향의 맛이 난다. 뚝배기에서 보글보글 끓는 된장찌개를 막 지은 밥에 살살 비벼 놓으면, 세상 부럽지 않은 진수성찬이 된다.

마침 그날은 엄마가 김장을 하러 언니 집에 갔다. 하룻밤 자고 온다. 빨리 퇴근해서 아빠 저녁을 차려드려야 한다. 요리를 잘 못하는 나로서는 엄마가 없는 게 아쉽지만, 어쩔 수 없다. 어깨너머 배운 솜씨로 구수한 된장찌개 한 그릇 끓여서 아빠와 함께 진수성찬을 즐겨야겠다. 벌써부터 구수한 된장 냄새가 후각을 자극한다.

"아빠, 신임이 와또."
현관문을 열고 집 안으로 들어갔다.

그런데 그날따라 분위기가 낯설었다. 이상하리만치 조용했고, 삭막했다. 게다가 이상한 냄새까지 났다. 구수하지도 않은 것이 된장 같기도 하고 아닌 것 같기도 한, 시큼하기까지 한 야릇한 냄새였다.

'뭐야? 무슨 냄새지?'

혹시 남의 집에 잘못 들어왔나 싶어 현관을 확인했다. 우리 집이 맞았다.

"아빠 어디 있어?"

대답이 없었다. 불길한 마음에 더 크게 불렀다.

"아빠! 어디 있는 거야? 응?"

그제야 안방에서 아빠가 나왔다.

"어, 깡패 왔냐?"

나와 눈이 마주치자 아빠가 씨익 웃었다.

"으응. 아빠 뭐 했어?"

"그냥 있었지."

아빠가 내게 다가와 나뭇가지 같은 두 팔을 내밀었다.

"가방 이리 줘라."

순간 고약한 냄새가 내 코를 찔렀다. 흠칫 놀라 한 발짝 뒤로 물러섰다.

"아빠, 근데 이게 무슨 냄새야?"

"냄새라니? 안 나는데? 어서 신발이나 벗고 올라와라."

아빠를 찬찬히 살펴보았다. 바지 밑단에 누리끼리한 뭔가가 보였다. 뒷모습을 보니, 엉덩이 아래쪽에 동그랗고 누런 자국이 크게 나 있었다. 그리고 시선을 돌려 거실을 보니, 바닥 곳곳에 형체를 알아볼 수 없는 얼룩들이 수도 없이 묻어있었다.

"악!"

나도 모르게 비명을 질렀다.

[여기서 잠깐! 독자들에게 양해를 구하겠다. 근사한 데이트 약속이 있거나 아직 식사 전인 독자들은 잠시 책을 덮어두시는 게 좋겠다. 비위가 강한 분이 아니라면, 식사를 맛있게 하신 후 이 장을 읽으시기 바란다.]

나는 조심스럽게 신발을 벗고 거실로 올라갔다. 그러자 지금까지 살면서 한 번도 본 적 없었던 놀라운 광경이 펼쳐졌다. 저건 누가 봐도 똥이었다.

갑자기 몇 달 전에 엄마가 했던 말이 떠올랐다.

"저러다 니 아빠 벽에 똥칠까지 하면 어떡할래?" "저러다 니 아빠 벽에 똥칠까지 하면……." "니 아빠 벽에 똥칠……." "벽에 똥칠……."

오, 이런 일이 정말 나에게 닥치다니!

거실로 들어서니 냄새가 더 심해졌다. 옷소매로 입과 코를 가리고 천천히 둘러보았다. 집 안 곳곳 사방팔방 똥으로 보이는 얼룩들이 수두룩했다. 정말 난장판이 따로 없었다. 바닥에는 발자국 모양이 도장 찍히듯 찍혀 있었고, 욕실 문지방엔 크고 누런 얼룩이 딱딱하게 굳은 채 붙어 있었다. 이건 애기똥 정도가 아니었다. 분명 옷 입은 상태로 변을 본 것이다. 그것도 설사를…….

무엇보다 이건 한두 시간 내에 벌어진 일이 아니었다. 자국이 굳어 있는 걸 보면, 적어도 대낮부터 이런 상태였던 것 같다. 아빠는 이런 상태로 하루 종일 혼자 있었던 것이다. 하지만 아빠는 아무것도 인지하지 못하고 있었다. 내 앞에서 히죽 웃기만 했다.

"신임아, 밥 먹었냐?"

"어, 어, 아직⋯⋯."

나는 대답하는 시늉만 하고 아빠 방으로 들어갔다. 방바닥과 침대 위, 이불 곳곳에 똥의 흔적이 가득했다. 한숨이 절로 나왔다. 다시 거실로 와 보니, 엄마가 쓰는 소파용 흙 침대와 깔개에도 똥이 잔뜩 묻어 있었다. 주방으로 가보았다. 정수기 아래쪽 바닥에도 똥 찌꺼기들이 여러 군데 떨어져 있었다.

집 안에 펼쳐진 수많은 장면들이 눈에 들어올 때마다 숨이 막혔다. 질식한 사람처럼 가슴이 답답했다. 하지만 아빠는 침대 등받이에 몸을 기대고 앉아, 키득거리며 혼잣말만 했다.

이번에는 화장실로 가보았다. 화장실은 더 가관이었다. 좌변기 주위엔 일부러 투척해 놓은 양 설사 똥이 여기저기 퍼져있었다. 변기 본체는 말할 것도 없이 지저분했다. 아마도 아빠는 변기에 앉아 설사를 한 후, 다 나오지도 않았는데 일어서다가 변기 주변에 또 한 번 싼 모양이다. 그리고 옷을 입은 후에 다시 한번, 아니 몇 번인지는 모르겠다.

견딜 수 없는 건 냄새였다. 냄새가 너무 고약해 토가 나오려는 걸 겨우 참았다. 마지막으로 화장실 벽으로 시선을 돌리니, 묽은 변들이 화장실 벽 여러 군데에 묻어 있었다.

"우웩!"

순간 화장실 밖으로 뛰쳐나와, 참았던 숨을 겨우 내쉬고 미친 듯이 소리를 질렀다.

"악! 더러워! 아빠! 이게 뭐야!"

아빠는 영문도 모른 채 한달음에 달려왔다.

나는 눈을 치켜뜨고 소리쳤다.

"아주 집 안을 똥통으로 만들어놨어! 아우! 도대체 하루 종일 뭐한 거야!"

아빠는 매우 놀란 표정으로 눈만 말똥말똥 뜬 채 나를 쳐다봤다.

"아빠! 집 안 꼴이 이게 뭐냐고! 응? 말 좀 해봐!"

"똥이라니? 그게 무슨 말이냐?"

"지금 이 똥들이 안 보여? 사방이 온통 똥 천지잖아. 아, 정말 미치 겠어! 아빠, 진짜 미쳤어? 돌은 거냐고?"

아빠는 도리어 순수한 어린아이 같은 표정으로 말했다.

"집이 뭐가 어때서 그러냐?"

정말 모르는 눈빛이었다. 나는 그 눈빛에 절망하여 더 크게 소리를 질렀다.

"아, 아빠! 도대체 왜! 왜 그러는 거야? 집에 똥 냄새가 진동하잖아. 이게 안 보여? 둘러봐 봐! 이게 똥이 아니고 뭐냐고!"

너무 크게 소리를 지른 탓인지 아빠가 양쪽 귀를 막고 뒷걸음질을 쳤다. 나 또한 다리에 힘이 풀려 그 자리에 주저앉아 버렸다. 그리고 울음을 터트리고 말았다.

온몸에 불안감이 휩싸였다. 지금 닥친 일은 시작에 불과할 뿐, 앞으로 오늘과 같은 일들이 매일 그리고 영원히 반복될 것만 같았다. 무엇보다 괴로웠던 건, 세상에서 가장 똑똑하고 지혜로웠던 우리 아빠가 본인이 똥을 쌌는지 안 쌌는지 기억조차 하지 못하고 있다는 사실이었다. 모든 상황들이 너무나 가슴 아팠다. 내가 아무리 용을 쓰고 아빠를 지켜내려 해도, 아빠는 내가 지켜낼 수 없는 곳으로 점점 달아나는 것 같았다.

하염없이 흘러내리는 눈물을 닦고 또 닦아내도 눈물은 멈추지 않았다. 고개를 돌려 아빠를 보니 잔뜩 긴장한 얼굴로 내 눈치를 보고 있었다. 그 모습에 가슴이 또 미어졌다. 이러고 있으면 안 되었다. 어떻게든 아빠를 위해 힘을 내야만 했다.

겨우 심호흡을 하고 마음을 진정시킨 후, 후들거리는 다리를 딛고 일어서 거실 벽 쪽으로 갔다. 똥이 집 안 벽에까지 묻어있지 않나 걱정됐기 때문이다. 다행히 벽에는 묻어있지 않았다. 화장실 벽에만 묻어있던 거였다.

그 순간 또 한 번 흐느끼며 혼잣말을 했다.

"흐흐흑! 벽에는 안 묻었다. 다행이다."

안도의 눈물이었다. 만약 벽에까지 그 녀석을 발라놨다면 도배까지 새로 했어야 할 것 아닌가? 엄마가 돌아왔을 땐 또 얼마나 놀랄까?

베란다 창문 앞에서 힘없이 훌쩍거리고 있는데, 아빠가 다가와 속삭이듯 물었다.

"신임아, 무슨 일 있냐? 왜 그리 우냐? 울지 마라."

그 말에 나는 대성통곡을 하고 말았다.

'무슨 일 있냐고? 우리 아빠를 어쩌면 좋단 말인가?'

또다시 어깨를 들썩이며 서럽게 울고 있는데, 아빠가 한 번 더 용기를 내어 말을 걸었다.

"신임아, 밥은 먹었냐?"

나는 겨우 눈물을 삼키며 대답했다.

"아, 아빠 배고프지? 내가 된장찌개 끓여주려고 두부 사 왔는데."

"그러냐? 얼른 먹자. 배 많이 고프다."

"응. 근데 속은 괜찮아? 설사 잔뜩 한 것 같은데."

"아니야. 설사 한 적 없는데? 엄마는 또 도망간 거지?"

"언니네 김장하러 갔잖아. 내일 올 거야."

가엾은 아빠. 어떤 일이 벌어졌는지조차 알지 못하다니……. 저런 아빠에게 화를 내서 무엇하랴?

나는 정신을 차리고 벌떡 일어섰다. 어차피 일은 일어난 것, 수습을 해야 했다.

일단 아빠를 작은방에 데려다 놓고, 안방부터 치우기 시작했다. 즉시 온 집 안의 창문과 문을 열고, 주방에 있던 환풍기까지 가장 세게 틀었다. 양쪽으로 문을 열어놓으니 바람이 세게 들어왔다. 추웠지만 숨통이 트이는 것 같았다.

우선 안방 흙 침대 위에 있던 카페트와 이불을 모두 세탁기에 옮겨놓고, 침대부터 깨끗이 닦았다. 똥이 침대 전반에 고루 묻어있었지만, 다행히 수십 번 닦아내자 깨끗하게 지워졌다. 그렇게 아빠 방만 20분 정도 열심히 닦고 나니 냄새가 조금은 옅어졌다. 곧이어, 아빠가 누워야 할 흙 침대 바닥 온도를 바짝 높였다. 그리고 새 이불과 깨끗한 옷을 꺼내놓은 뒤 안방 창문을 닫았다. 안방은 예전처럼 다시 깨끗해졌다.

작은방 문을 열어보니, 아빠가 의자에 앉아 키득거리며 누군가와 열심히 대화를 하고 있었다.

"아빠, 어서 씻자."

"응, 알았다."

7년간의 마법 같은 기적

웬일인지 흔쾌히 씻겠다고 했다. 아빠도 많이 꿉꿉했던 것이다.

"아빠가 알아서 몸 깨끗이 닦아. 나 화장실 청소하고 있을게."

"응."

아빠가 샤워부스에 들어가 씻는 동안, 나는 가장 지저분했던 양변기 부분을 깨끗이 닦아냈다. 감사하게도 아빠는 내가 변기와 욕실 바닥을 깨끗이 청소하는 동안 샤워기로 자신의 몸 구석구석을 잘 닦아주었다.

샤워를 마친 아빠 머리를 드라이로 말려준 후, 새 옷을 입히고 안방 침대에 눕혀 이불로 폭 감싸주었다. 아직 냄새 때문에 창문을 열고 있어야 할 터, 감기라도 걸리면 큰일이었다.

이어서 거실과 주방, 집 안 곳곳을 무릎걸음으로 기어 다니며 샅샅이 닦았다. 창문으로 찬바람이 들어왔지만, 몸에선 땀이 흘렀다. 너무 세게 닦다가 손이 앞으로 미끄러져 팔꿈치를 찧기도 했다. 엄청 아팠다. 물티슈를 집어 던지고 그 자리에 주저앉아 또 울었다. 그러다가 다시 엉금엉금 기어 다니며 바닥을 박박 문질렀다.

울다가 정신 차리고, 또 울다가 정신 차리기를 반복하다 보니 어느새 3시간이 훌쩍 지나갔다. 집 안의 얼룩은 다 지워졌고, 냄새도 사라졌다. 더불어 마음도 안정이 되었다.

"아빠, 배고프지? 조금만 기다려."

나는 서둘러 두부를 썰고 된장찌개를 끓였다. 사실은 찌개를 처음 끓여보았다. 그때까지 내가 직접 해 먹어본 요리는 라면밖에 없었다. 그러다 보니 비상상황이 발생했다. 두부가 발이 달렸는지, 계속 냄비에서 탈출을 시도하는 것 아닌가? 국자로 꾹꾹 눌러 두부 녀석을 밖으로 못 나오게 하자, 이번에는 국물이 철철 흘러넘쳤다. 나중에 알고 보니 내용물이 냄비에 비해 너무 많았던 것이다. 그때 알았다. 요리가 예술이라는 걸.

가까스로 된장찌개를 완성하고 아빠에게 차려주니, 게 눈 감추듯 드셨다.

아빠가 밥을 먹는 동안 더 있을지도 모를 똥 얼룩을 찾아 방바닥을 두리번거렸고, 똥이 묻은 이불을 애벌빨래한 후 하나씩 세탁기에 돌렸다. 그렇게 일을 다 마치고 나자 자정이 되었다. 집 안을 둘러보니 이제야 내 집 같다는 안도감이 들었다.

아빠는 이미 잠이 들었고, 그 모습이 오늘따라 유독 짠했다. 엄마도 없는 빈집에서 언제 올지 모를 딸을 기다리며, 배가 아파도 말 한마디 못하고 쓸쓸히 아랫배만 움켜쥐고 있었을 아빠를 생각하니 더욱 마음이 아팠다. 그런 아빠에게 나의 표정과 말, 행동이 얼마나 상처가 됐을까? 나는 왜 그렇게 못돼먹었을까? 왜 나는 아빠가 단 한 번도 물려준 적 없는 못되고 더러운 성질머리를 갖게 되었을까?

긴급히 행동 강령 하나가 추가됐다. 아빠에게 절대 하지 말아야 할 행동 강령.

'절대로! 결코! 다시는! 아빠의 똥이 내 눈에 띈다고 얼굴을 잔뜩 찌푸리거나 더럽다 말하지 말 것이며, 말도 함부로 내뱉지 말 것.'

그러기 위해서는 아빠 똥에 대한 내 생각을 바꿔야 한다.

음…… 아빠의 똥이라.

눈을 감고 지구를 떠올려보았다. 나는 지금 우주 위 상공에서 지구를 쳐다보고 있다. 수많은 나라가 보인다. 그 수많은 나라 중 나는 한국

7년간의 마법 같은 기적

이라는 나라, 한 작은 집에 살고 있다.

자, 생각을 해보자.

전 세계 사람 중 나처럼 치매에 걸린 부모를 집에서 모시고 있는 자식들, 치매 어른들을 돌보는 치료사들, 그 외 아픈 사람을 집에서 돌보는 모든 가족들을 합해보는 거다. 만약 지금 이 시간 전 세계 동시다발적으로 치매 부모 또는 돌보고 있는 환자가 똥을 싸놔서 처치 곤란이 되어있는 사람들을 한자리에 모은다면 어느 정도가 될까? 모르긴 몰라도, 적어도 수천 명은 될 것이다. 즉, 나 혼자만 겪는 일이 아니라는 것이다.

내가 괴로워하는 것은 세상에서 그 일을 나만 겪는 일이라고 생각하기 때문이다. 그들 중에는 분명 나와는 다르게 친절하고 상냥하고 유능하게 대처하는 사람도 있을 것이다. 그렇게 생각하니 갑자기 기운이 솟았다.

그리고 또 하나 확실한 사실을 알게 되었다. 이제는 아빠 스스로 할 수 있는 일보다 할 수 없는 일들이 점점 많아지고 있다는 사실이다. 그리고 그와 같은 일들은 앞으로 늘어나면 늘어났지, 결코 줄어들지 않을 것이다.

그러면 나는 어떡해야 할까? 아빠 스스로 제어할 수 없는 그 어떤 불가항력적인 상황이 발생해도 아빠를 보호할 수 있는 능력이 있어야 한다. 그럼 나는 뭘 갖고 있지? 내가 운영하는 작은 사무실과 마이너스 대출 그리고 깡다구가 있다. 그래! 그거면 충분하다.

기저귀 패션쇼

나는 잠을 이루지 못했다. 그날 겪었던 아빠의 똥 사건, 아니 똥 파티는 충격 그 자체였다. 나는 가만 누워서, 그 같은 일이 또 벌어지면 어떻게 될지를 곰곰이 생각해 보았다.

자, 퇴근해 보니 집 안 가득 똥 냄새가 진동한다. 고개를 돌려보면 엄마가 파김치가 되어 앉아 있다. "나더러 니 아빠 똥 수발이나 하면서 여생을 살라는 거냐? 나 그리 못한다. 당장 입원시키자!" 가족들의 깊은 한숨 소리가 계속해서 귓가에 맴돈다. 그중 가장 가슴 아픈 장면은 애기처럼 순한 얼굴로 양 무릎을 세우고 앉아, 무슨 일이 일어났는지조차 모른 채 가족들의 눈치를 살피는 아빠의 모습이다.

아, 생각만 해도 가슴이 아팠다. 결국 병원에 모실 수밖에 없는데, 그건 절대 있을 수 없는 일이었다. 그렇기에 그날 같은 일은 두 번 다시 반복되면 안 되었다.

그러면 어떻게 해야 할까? 결국 답은 하나였다. 오래전부터 시도

했으나 한 번도 성공시키지 못한 것, 바로 '기저귀 착용'이다.

아빠는 기저귀를 완강히 거부했다. 평생을 선비처럼 고상하게 살았던 아빠에겐 수치스러운 물건이었다. 똥오줌 못 가리는 아기들 혹은 그런 노인들에게나 필요한 것 아닌가? 하지만 아빠가 지금 그런 노인이 되어 있었다. 절대 인정하지 않지만 말이다.

그렇다고 강제로 입힐 수도 없는 노릇이다. 어떻게든 아빠 스스로 기저귀를 착용하게 해야 한다. 지체할 시간이 없다. 또다시 똥 파티가 벌어지면 어떻게 할 것인가?

오랜 궁리 끝에 드디어 좋은 생각이 떠올랐다.

일명 '기저귀 패션쇼.'

원래 남들이 하기 싫은 건 나도 하기 싫은 법이다. 반대로 남들이 즐거워하는 것은 나도 하고 싶어진다. 그렇다면 기저귀 차는 일이 즐겁고 행복한 일이라는 것을 보여주자. 다른 사람들이 즐겁게 기저귀 차는 모습을 본다면, 아빠도 기꺼이 기저귀를 찰 것이다. 기저귀 착용은 부끄럽고 창피한 것이 아니다. 즐겁고 행복하며 복을 부르는 행위다. 그렇게 아빠에게 인식시켜야 한다.

나는 즉시 이불을 박차고 일어나, 수납장에 준비해 놓았던 성인용 기저귀를 꺼냈다. 껍질을 보니 '성인용 팬티 기저귀'라고 쓰여 있었다. 나는 한동안 그 녀석을 쳐다보았다. 막상 입으려고 하니, 휴……, 살짝 망설여지는 게 사실이었다.

잠시 후 이를 악물고 용기를 내었다. 일단 짧은 반바지를 입고, 그 위에 팬티 기저귀를 덧입었다. 기저귀에 한 발 한 발 집어넣고 허리까지 있는 힘껏 쭉 잡아 올렸다. 그리고 거울을 쳐다보았다.

7년간의 마법 같은 기적

"헉!"

외마디 작은 비명이 터져 나왔다.

너무나 민망스러웠다. 아빠의 마음이 이런 거였구나. 나조차도 거울에 비친 내 모습이 부끄러운데, 가족들 사이에서 기저귀를 착용한다는 게 가장으로서 얼마나 창피한 일일까?

아빠의 마음을 이해하고 나니 더 용기가 생겼다. 이참에 엄마까지 기저귀를 차면 어떨까? 그러면 아빠도 더 용기를 낼 수 있지 않을까?

다음 날, 조용히 엄마를 불러 제안을 했다.

"엄마, 아빠 기저귀 입어야 되잖아. 그래서 말인데, 엄마랑 내가 먼저 기저귀를 입으면 아빠도 곧 입지 않을까?"

그러자 엄마가 기겁을 했다.

"뭐? 뭘 입어? 기저귀를 입자고?"

나는 팬티 기저귀 한 장을 엄마에게 건넸다.

"이거 내가 입어봤는데 입을 만해. 오늘부터 같이 입자."

"이놈의 기지배가 못하는 말이 없어! 내가 기저귀를 왜 입어!"

"화만 내지 말고, 잘 생각해봐. 이거 입고 우리 둘이 집 안을 돌아다니면서 기저귀는 누구나 입는 거라는 걸 주기적으로 보여주면 아빠도 아무렇지 않게 기저귀를 입게 될 거야. 그럼 저번처럼 똥 파티 일어날 염려도 없고 좋잖아."

"얘가 미쳤나? 멀쩡한 내가 기저귀를 왜 입냐고!!"

그 말이 조금 거슬려 소심하게 따졌다.

"멀쩡하고 아니고가 어디 있어? 그럼 아빠는 안 멀쩡해서 기저귀 입나? 뭔 말을 그렇게 해?"

"니 아빠는 치매잖니. 치매라서 똥 못 가리니까 입는 거잖아."

나는 졸지에 아빠의 대변인이 되었다.

"그게 무슨 말이야? 치매 안 걸렸어도 기저귀 입는 사람 많아. 아가들도 입고, 우주 탐험가들도 우주선 탈 때 입는대. 정상적인 사람들도 꽤 입는다고. 나도 앞으로 입을 거고."

엄마는 잔뜩 얼굴을 찌푸리며 목소리를 높였다.

"말 같지도 않은 소리 하고 있어! 입으려거든 너나 입어. 동네 창피하게 기저귀는 왜 입으라는 거야!?"

"창피? 바로 그거야. 엄마도 창피해하는 기저귀를 아빠는 얼마나 창피하겠어? 그래서 안 입는 거라고. 그러니까 우리가 먼저 기저귀를 입고서 '기저귀는 절대 창피한 게 아니다! 엄청 좋은 거다.'라는 걸 보여주자고. 그러면 아빠도 입을 거라고."

"하여튼 나는 안 입어. 너 혼자 입어!"

"아, 누가 기저귀 차고 길거리 돌아다니자고 했어? 집에서만 입자는 거잖아. 그게 뭐가 어려워?"

"몰라, 안 입어!"

결국 기저귀 공조는 결렬되었고, 나 혼자 입기로 했다. 대신 아빠가 스스로 기저귀를 찰 때까지 엄마도 참고 인내하겠다는 약속은 했다.

다음 날 저녁, 집에 돌아온 나는 내 방으로 들어가 곧바로 기저귀를 착용했다. 상의는 늘 입던 티셔츠를 입었고, 하의는 추리닝 위에다 기저귀를 덧입었다. 당연히 속에다 입어야 하는 거지만, 아빠에게 보여주기 위해 일부러 겉에다 입었다. 솔직히 몰골이 좀 우스웠다.

나는 아무렇지도 않다는 듯이 거실로 나와, 일부러 집 안 곳곳을 배회했다. 잠시 후 아빠가 나를 발견했다. 예상대로 놀란 반응이었다.

"신임아, 너 그게 무슨 옷차림이냐?"

7년간의 마법 같은 기적

"응? 아, 이거. 기저귀 찬 거야. 왜?"

"니가 기저귀를 왜 차고 있냐? 아이고 세상 부끄럽다. 얼른 벗어라."

나는 빙그레 웃으며 대답했다.

"아, 이게 행운을 부르는 기저귀야. 그래서 입고 있는 거야."

"행운은 무슨! 창피하다. 어서 벗어라."

"아빠, 몰랐구나? 요새 기저귀 입는 게 유행이야. 색상도 되게 다양하게 나와 있어. 핑크색 입으려다가 많이 튈까 봐 일부러 하얀색 입은 건데……."

그리고 콧노래를 부르며 집 안을 돌아다녔다.

"랄랄라~ 음음~"

그 모습에 아빠는 혀를 내둘렀다.

"어허, 신임아. 그러지 좀 말아라. 어서 다른 옷으로 갈아입어라. 어서."

"아빠, 왜 자꾸 그래? 이 기저귀 입으면 복이 온다잖아. 앉을 때도 푹신해서 너무 좋고, 이거 차면 골반도 착 잡아줘서 고관절도 튼튼해진대. 아참! 아빠도 고관절 수술했으니까 이거 차면 더 건강해지겠다! 같이 차자."

아빠는 내 말이 끝나기도 전에 안방으로 휙 들어가 버렸다. 엄마도 '그래봤자 안될걸~' 하는 표정으로 날 쳐다봤다.

그렇게 나의 기저귀 패션쇼는 외롭게 진행되었다. 하루가 지나고, 이틀이 지나고, 1주, 2주, 3주…….

여전히 아빠는 기저귀를 거부했다. 하지만 놀랍게도, 나 자신이 기저귀 착용을 좋아하게 되었다. 그냥 생활이 되어버렸다고 해야 하나? 퇴근 후 집에 오면 습관적으로 기저귀를 입었다. 두꺼운 수면 바지 위에 기저귀를 입으면서, 그 위에 예쁜 브로치도 달아보았다. 못 쓰는 청바지를 잘라 인형 옷처럼 미니 청바지도 직접 만들고 미니 티셔츠도 만들어 기저귀에 달았다. 그러다 나중에는 아예 마루인형 들이 입는 깜찍한 옷들과 액세서리를 사서, 기저귀 여기저기에 장식 해보았다. 어느덧 내 기저귀 패션은 엄청 화려해졌다.

그렇게 멋진 기저귀를 착용한 채 나는 책도 읽고 밥도 먹었다. 그 모습으로 노트북을 켜고 잔무도 처리했다. 그 모습으로 아빠의 다리 도 주무르며 대화도 했다. 그러면서 '이 기저귀를 입으니 나에게 좋 은 일만 생기고 있다'는 얘기를 끊임없이 들려주었다. 그러면 아빠는 가만히 내 얘기를 듣기만 했다.

그러다 보름쯤 지났을까?

기저귀를 입고 드러누워 텔레비전을 보는 내 모습을 지켜보던 아 빠가 갑자기 껄껄껄 웃었다. 그냥 웃는 건지, 아님 내 모습이 우스워 웃는 건지는 알 수 없었지만 아빠가 웃으니 나도 따라서 크게 웃었다.

그렇게 또다시 일주일쯤 지났을 때, 아빠가 날 불렀다.

"신임아, 그게 정말 그렇게 입을 만하냐?"

"뭐 말하는 거야?"

"기저귀 말이다."

순간 너무 놀라 기절할 뻔했다.

"다, 당연하지!"

"나도 한 장 줘봐라. 입어보게."

"뭐라고?"

나는 내 귀를 의심했다.

7년간의 마법 같은 기적

"나도 기저귀 하나 줘보라고."

아빠 스스로 기저귀를 찾다니, 실로 엄청난 일이 아닐 수 없다.

"진짜? 아빠가? 기저귀 싫어했잖아?"

"아니다. 한번 입어봐야겠다."

나는 너무 기뻐서 펄쩍펄쩍 뛰었다.

"진짜 잘 됐다. 앞으로 우리 아빠한테도 행운이 가득하겠다. 역시 아빠는 똑똑해!"

"그래. 어서 줘봐라. 입어보자."

그렇게 아빠의 기저귀 착용은 시작되었다.

첫 착용시간은 단 5분, 역시 많이 어색하고 불편했나 보다. 하지만 그게 시작이었다. 첫술에 배부를 수는 없는 노릇, 나는 아빠 귀에 쏙쏙 박히도록 기저귀 예찬론을 더 적극적으로 펼쳤다.

"이 기저귀는 만병통치 기저귀래. 그래서 나 요새 아픈 데 하나도 없잖아."

"이것만 입으면 안 낫는 병이 없고, 무병장수한대."

"이 기저귀를 입으면 골반이 튼튼해져서 200살까지 살 수 있대."

그러자 아빠의 기저귀 착용 시간이 1시간으로 늘었다. 다음번엔 반나절, 좀 더 지나자 하루 종일, 나중에는 특별한 이유가 없는 한 기저귀를 벗지 않았다.

그런데 의문점이 하나 있다. 과연 기저귀에 대한 아빠의 부정적인 선입견이 긍정적으로 바뀐 것인지, 아니면 내 행동이 기특해서 그냥 기저귀를 착용해준 것인지 지금도 의문이다. 왜냐하면 나는 추리닝이나 수면바지 위에 기저귀를 입고 다녔던 반면, 아빠는 팬티 기저귀의 원래 용도대로 팬티 대신 기저귀를 착용했기 때문이다. 아빠는 매우 정상적으로 기저귀를 착용했다.

거기에 더해 감사한 건, 내가 그토록 무서워하고 두려워했던 아빠의 똥 파티가 나의 기저귀 패션쇼가 시작된 이후 단 한 번도 일어나지 않았다는 사실이다. 그저 우연의 일치였을까?

그러다가 7개월쯤 지났을 때는 더욱 감사한 일이 생겼다. 아빠가 기저귀를 매일 하지 않았는데도, 대변을 흘리는 일이 거의 없어졌다는 사실이다. 한마디로 기저귀 없이도 잘 지내게 된 것이다.

내가 한 일이라곤 그저 기저귀 패션쇼를 기획해 얼마간 실행한 것과 많이 웃게 해드린 것, 늘 했던 것처럼 좋은 물과 유산균, 식이섬유 등을 자주 챙겨드린 것밖에 없었다. 하나 더 있다. 아빠에게 사랑한다고, 고맙다고, 아빠가 너무나 자랑스럽다고 자주 말해드린 것, 아마도 이것이 가장 효과가 크지 않았나 싶다. 그렇게 나는 똥 파티의 위험으로부터 아빠를 병원에 입원시키지 않고 끝까지 지켜낼 수 있었다.

아빠 목욕시키기 대작전

"여보, 냄새나니까 좀 씻읍시다. 어서 와요. 어서."

"어허~ 무슨 냄새가 난다 그래요? 나 좀 가만히 놔두쇼. 제발!"

앞에서도 말한 것같이, 아빠는 씻는 것을 참 싫어했다. 씻자고 하면 몸서리를 쳤다. 엄마와 나는 갖은 방법을 써보았지만 결코 쉽지 않았다.

사정도 해 보았다.

"아빠, 제발 좀 씻자!"

"도대체 왜 씻어야 하는 거냐? 왜?"

왜 씻어야 하냐고? 아빠는 가끔 이와 같은 철학적인 질문을 한다. 인간은 왜 씻어야 하는가? 참으로 어려운 질문이로다…….

"왜 씻긴! 씻으면 개운하니까 씻지. 어서 욕실로 들어가."

"싫다!"

물리력도 써 보았다. 아빠의 팔을 꽉 잡고 욕실로 이끄는 것이다.

"들어가라고 제발!"

그러나 아빠의 힘이 만만치 않았다. 팔이 안 되면 등을 떠민다. 내 등을 아빠 등에 대고 힘껏 미는 거다. 그럴수록 아빠는 욕실 문틀을 굳게 잡고 버틴다. 그 야윈 몸 어디에서 그런 힘이 나오는지······.

온몸으로 저항하기도 한다.

"놔라, 놔! 신임이 너 맞을래?"

"그래. 때려! 여기 내 머리 때리라고! 차라리 몇 대 맞고 아빠 목욕시키는 게 훨씬 좋겠어. 냄새나서 미치겠다고!"

그렇게 목욕을 하는 날이면 아빠의 스트레스 지수는 최고조에 달했고, 머리도 말리지 않은 채 누워버리기가 일쑤였다. 한번은 상심이 무척 컸는지 감기에 걸려 온몸에서 열이 펄펄 끓은 적도 있었다. 그 감기를 끊어내느라 엄마와 내가 또 엄청난 고생을 했다. 그때 다시 깨달았다. 목욕 또한 강제로 시키면 안 된다는 것을.

그렇다면 아빠가 자발적으로 거부감 없이 씻게 하는 방법은 없을까?

내 경우를 생각해봤다. 나는 어떨 때 자발적으로 씻었지?

그러고 보니 나 역시 씻는 것을 귀찮아할 때가 있다. 휴일이면 해가 중천에 뜰 때까지 늘어지게 자고, 일어나도 웬만하면 씻지를 않는다. 그러다가 약속이 생기면 그제야 씻고 나간다. 즉, 아빠처럼 집에만 있을 때는 주야장천 안 씻다가, 누군가를 만날 일이 생겨야 자발적으로 씻는 것이다. 그럼 아빠도 누군가를 만난다고 하면 자발적으로 씻지 않을까?

곧바로 작전에 들어갔다. 누군가를 만나 인터뷰를 한다는 작전이다. 다행히 지금껏 '아빠는 엄청난 사람'이라는 걸 계속 주입해 왔기에 충분히 가능한 작전이었다.

일요일 오후, 그날도 엄마는 아빠를 씻기려다 실패했다. 내가 나설 차례였다.

아빠는 흙 침대 위에 엉덩이를 꽉 붙인 채, '내가 어디 씻나 봐라.' 하는 오기 가득한 얼굴로 아랫입술을 꽉 다물고 앉아 있었다.

곧바로 다가가 밝은 목소리로 말했다.

"오~ 아빠, 오늘따라 인터뷰를 해야 할 얼굴인데."

반응이 없었다. 정확히 '아빠 인터뷰하자.' 하는 말을 20번 하고 나자 나를 흘깃 쳐다봤다.

"무슨 인터뷰 말이냐?"

"아빠를 만나려고 전 세계에서 연락을 해오고 있어. 그러니 몸 깨끗이 씻고 인터뷰 연습 좀 해야 할 것 같지 않아? 카메라 테스트도 좀 하고."

이어서 아빠가 믿거나 말거나, 아니 아빠가 설득당할 때까지 '아빠를 사랑하는 전 세계 지구인들'에 대해 쉬지 않고 털어놓기 시작했다. 입이 마르고 닳도록 말이다.

계속 반복하자 아빠의 굳어진 표정이 조금씩 풀어졌다. 그래서 질문을 바꿔보았다.

"우리 아빠 대통령 선거 나갈 거라며, 국민들에게 얼굴 비추려면 좀 씻어야 하지 않을까?"

그러자 아빠가 갑자기 벌떡 일어서더니 "그래! 씻자." 하며 욕실로 후다닥 들어갔다.

그렇게 목욕이 필요한 순간마다 아빠와 수많은 인터뷰를 계획했다. 그때마다 매번 수락하진 않았지만, 10번 시도하면 3번 정도는 수락 해주었다.

"마이크 테스트 하나 둘, 하나 둘, 1번 카메라 제대로 돌아가죠?"

목욕을 마치면 미리 구입해 놓은 실제 무선 마이크를 입에 대고 말한다. 인터뷰의 시작을 알리는 것이다.

카메라는 집에 있던 고장 난 사진기였다. 그 카메라를 삼각대 위에 올리고, 실제 촬영이 되는 것처럼 카메라 렌즈를 아빠 쪽으로 잘 맞춘 뒤 인터뷰를 시작했다.

"자, 1번 카메라 보시고요."

"어디 저기? 저거 카메라 돌아가고 있는 거냐?"

"네. 맞습니다."

질문은 다양했다.

"노영현 님, 언제부터 그렇게 훌륭하셨습니까?"

"하하하~ 몰라."

"대통령 출마하면 뭘 중점적으로 하실 건가요?"

"어려운 사람들 잘 살게 해줘야지. 못 배우는 애기들 공부 가르치고, 아픈 사람들 치료도 잘 해주고."

7년간의 마법 같은 기적

"꿈이 뭡니까?"

"깡패 너 시집보내는 거."

"지금 노영현 님을 사랑하는 전 세계인들에게 하실 말씀은요?"

"고맙소. 나를 좋아해 줘서."

나는 인터뷰 말미에 항상 다음과 같은 말을 아빠에게 전달했다.

우리 아빠가 이런 큰 인기를 얻게 된 사실에 전 세계가 놀라고 있다고. 모두들 아빠를 만나고 싶어 하고 아빠의 얘기를 듣고 싶어 한다고. 모두 아빠와 악수하고 싶어 하고 아빠를 닮고 싶어 한다고.

그렇게 말한 후 아빠를 보았다. 마이크를 든 아빠의 얼굴에 환한 미소가 번졌다. 동시에 느낄 수 있었다. 인터뷰를 하는 지금 이 순간만큼, 아빠는 더 이상 낮 시간 동안 집 안에 홀로 있는 쓸쓸한 노인이 아니었다. 그야말로 최고의 인기남이었다.

그렇게 목욕 인터뷰를 통해 나는 새로운 사실을 알게 되었다. 아무리 집에 있는 아빠라도 누군가 당신을 만나고 싶어 한다는 사실에 행복해하고 설레고 있다는 것을. 그리고 그들을 위해 흔쾌히 씻을 수 있는 의지도 있다는 것을.

9장
내 별명이 깡패인 이유

데이트 폭력 피해 후배 구출 작전

새벽 시간, 핸드폰이 요란하게 울려댔다. 졸린 눈을 간신히 뜨고 전화기에다 소리를 질렀다.

"누구세요!"

"선배 저예요. 늦은 시간 미안해요"

전화기 너머로 낯익은 목소리가 들려왔다. 평소 아끼는 후배였다.

"아, 아니, 괘, 괜찮아. 근데 이 시간에 웬일이야?"

후배는 갑자기 울기 시작했다. 왜 우는지 대답도 않고 그저 울기만 했다.

한참 동안 울던 후배가 겨우 진정하고 입을 뗐다.

"선배, 저 좀 도와주세요. 흑흑."

"왜? 무슨 일 있어?"

"남친이 저를 자꾸 때려요."

그 말에 잠이 확 달아나 벌떡 일어나 앉았다.

그날 후배는 울면서 나와 한 시간가량 통화하며 그간 있었던 일들을 털어놓았다.

3개월 전 만났을 땐, 좋아하는 사람이 생겼다며 무척이나 행복해했던 후배였다. 그윽하게 자신을 바라봐 주는 그의 눈빛을 보고 있노라면 온 세상을 다 가진 것 같다며 기뻐했었다. 그 모습을 보면서 '사랑하는 사람을 만난다는 게 저리도 행복한 일이구나.' 하며 은근히 부럽기도 했었다. 그런 후배가 그 남자가 두렵다고 한다.

그렇다. 후배는 데이트 폭력을 당한 것이다.

후배의 남자친구는 두 달이 조금 지나자 실체를 드러냈다고 한다. 좋을 땐 몰랐는데, 조금씩 다툼이 생기기 시작하자 난폭하게 변하더라는 것이다. 물건을 집어 던지는 건 고사하고, 폭력까지 썼다고 한다. 툭하면 주먹으로 머리를 때리고 욕설까지 퍼부었다고 한다.

"그런 쓰레기를 왜 만나? 진작 헤어졌어야지!"

"헤어지자고 하면 더 심하게 때려요."

"맙소사. 그럼 경찰에 신고를 해야지!"

"안 돼요! 만약 누구에게라도 알리면 가족들까지 가만두지 않겠다고 협박을 해요."

"세상에……."

기가 차서 말이 안 나왔다.

"선배, 너무 아파요. 너무 많이 맞아서 최근에는 귀에서 이상한 소리까지 들려요."

나는 너무 놀라 핸드폰을 떨어뜨리기까지 했다.

"근데 너는 왜 가만있는 건데? 너도 그 자식 머리통을 있는 힘껏 때려주면 되잖아!"

맞기만 하는 후배가 답답해 보여 나도 모르게 소리쳤다. 그러자 후배는 더욱더 서럽게 울며 대답했다.

"선배. 만일 제가 그랬다면요, 저는 아마 맞아 죽었을 거예요."

후배라고 대응하지 않았겠는가? 나름 화도 내보고 저항도 해봤단다. 하지만 그럴수록 돌아오는 건 더 심한 폭력뿐. 점점 더 심한 괴롭힘을 당했다고 한다.

나는 울분을 참지 못하고 말했다.

"치사한 자식! 약한 여자를 때리는 것들이 세상에서 제일 못난 것들이야!"

"이 몸으로 엄마한테 내려갈 수도 없고……, 너무 힘들어요. 그러다 선배 생각이 나서 전화한 거예요. 엉엉……."

후배는 통곡하듯이 울었다.

아, 저 보석같이 예쁜 아이를 어찌 때릴 수 있단 말인가? 그 미친 놈이 내 예쁜 후배를 망치로 내리쳐 부수고 있다. 그러다 보석이 가루가 되었을 때, 어쩜 후배는 이 세상에 존재하지 않을지도 모른다. 생각이 여기까지 미치니 온몸에 소름이 돋았다.

후배를 겨우 진정시키고 다독인 뒤 전화를 끊었다.

아끼던 후배의 삶에 최대의 위기가 온 것이다. 그래도 그렇지, 남자가 폭행하면 경찰서에라도 신고를 할 일이지. 어쩌면 저리도 나약한지……. 한편으론 이해가 됐다. 지금껏 늘 사랑만 받고 자랐기에 한번도 폭력이란 걸 겪어본 적이 없었을 것이다. 그러니 겁에 질려 아무것도 할 수 없었겠지. 후배가 흐느끼며 도와달라고 했던 말이 계속 귓가에 맴돌았다.

7년간의 마법 같은 기적

후배를 구해내야 한다는 생각에 잠이 오지 않았다. 저러다 아끼는 후배가 잘못되면 어쩌나 불안했다. 해결책이 떠오르지 않아 엄지손톱을 뜯으며 고민하고 있던 그때, 아빠가 화장실에 가려고 일어났다. 나는 화장실 앞에서 기다리다가 볼일을 마친 아빠를 다시 침대까지 데려다주었다. 그러자 아빠는 눈을 말똥말똥 뜬 채 한참을 자지 않고 앉아있었다.

"아빠, 왜 안 자?"

"글쎄. 잠이 안 온다. 너 어서 가서 자라."

때마침 아빠가 잠을 안 자고 있으니, 세상에서 제일 총명한 울 아빠에게 자문을 구해보는 것도 좋은 방법일 수 있겠다는 생각에 조심스럽게 물었다.

"우리 아빠는 위대한 성인이니까 한 가지만 물어봐도 될까?"

아빠가 기분이 좋은지 내 볼을 쓰다듬으며 말했다.

"니 아빠가 어찌 성인이냐, 이놈아? 허허허. 뭔데?"

"성인 아빠~ 있잖아. 아끼는 여자 후배가 사귀던 남자친구에게 구타당하고 괴롭힘을 당하고 있는데, 헤어져주지 않는대. 어떻게 해야 할까?"

아빠에게 후배의 상황에 대해 비교적 자세히 알려줬다. 그리고 조언을 구했다. 아빠는 꽤 오랫동안 곰곰이 생각한 후 한마디로 대답했다.

"머슴아도 누군가의 귀한 아들일 텐데, 스스로 떠나가게 하면 되지. 미련 없이."

대답을 하자마자 아빠는 고개를 오른쪽으로 홱 돌리더니, 허공 쪽을 향해 미소를 머금고 웅얼거렸다. 또 '누군가'가 온 것이다. 그러다 그와의 얘기가 재밌는지 껄껄껄 웃었다.

'미련 없이 떠나보내면 된다고? 오~ 심오한 답 같다.'

아빠 답에 뭔가 중요한 메시지가 담겨있는 것 같아 좀 더 자세히 물었다.

"성인 아빠, 그러면 어떻게 해야 스스로 떠나갈 수 있지? 좀 더 구체적인 조언 좀 해줄 수 있을까?"

그러자 아빠가 갑자기 검지손가락을 오른쪽 콧구멍 윗부분에 대더니 엄지손가락을 콧구멍에 쑤욱 밀어 넣어 코딱지를 파기 시작했다. 허공을 바라본 채 고개를 살살 돌려가며 입도 살짝 벌리고 인상도 살짝 쓰면서 아주 정교하게 팠다. 마치 콧구멍 동굴에 있는 사금을 채취하듯 천천히, 세심하게, 한 치의 흐트러짐도 없이 정성을 다해 파고 또 팠다. 잠시 후 코딱지가 나왔다. 아빠는 그걸 검지손가락에 올려놓고 확인까지 했다. 덕분에 나도 볼 수 있었다. 크기가 0.3cm 정도 되는 동그란 녀석이었다.

아빠는 엄지와 검지로 그 녀석을 꼭 쥐고는 허공을 향해 내밀었다. 마치 그 '누군가'에게 '줄까, 말까? 가질래, 말래?' 하는 것처럼 손을 뻗었다 당겼다 하며 키득거렸다.

저러다가 나한테 줄 수도 있겠구나 생각하니 갑자기 두려워졌다. 그래서 맨손으로 받을 수는 없을 것 같아 냉큼 휴지를 뜯어왔다.

그런데 세상에! 아빠가 코딱지를 엄지와 검지 사이에 놓고 몇 번을 스윽 돌리자, 마술처럼 사라져버리는 게 아닌가? 정말 순식간이었다. 침대 바닥을 살펴보았다. 혹시나 아빠가 튕긴 게 아닌가 하여 방바닥과 맞은편 벽까지 살펴보았다. 하지만 코딱지는 어디에도 없었다. 아빠는 어떻게 코딱지 하나로 저런 환상적인 쇼까지 펼치지?

7년간의 마법 같은 기적

"우와!"

나도 모르게 물개박수가 터져 나왔다.

그때였다. 번쩍이는 아이디어가 머릿속을 스쳤다.

'바로 저거야! 어떻게 스스로 떠나가게 하냐구? 저렇게 하면 되잖아! 역시 아빠……'

답은 의외에 있었다. 아빠가 해답을 준 것이다.

며칠 뒤 후배를 만났다.

후배는 예상대로 초췌한 모습이었다. 바싹 마른 모습이 마치 환자 같았다. 그 모습에 울기까지 하니 정말 비참해 보였다.

우는 후배를 진정시키고 해결책을 제시해주었다. 만일 후배가 내 계획대로 잘 따라만 준다면 폭행 남친과의 이별은 시간문제일 것이다.

"내 의견을 따르든 안 따르든 그건 니 선택이야."

후배는 힘없이 고개를 끄덕였다.

나는 아빠에게서 얻은 해답을 토대로 구체적인 실행방안들을 하나하나 설명해 주었다. 설명을 듣는 내내 후배는 인상을 썼다가, 놀라기도 했다가, 고개를 갸우뚱거리기도 했고, 굳은 표정을 짓기도 했다.

후배는 한참을 고민하더니 굳게 마음을 먹고 대답했다.

"네, 해볼게요! 그 남자에게서 벗어날 방법은 그것밖에 없을 것 같아요."

"그래, 일단은 이 방법을 쓰면서 법적으로도 준비하자. 앞으로 데이트 폭력을 입증할 수 있는 모든 증거들은 없애지 말고 반드시 모아놔야 해. 진단서, 녹취파일, 문자 메시지, 사진 등."

"네, 근데 법적으로 하게 되면 그 남자가 가족들까지 해코지 할까 봐 그건 좀 생각을 해볼게요, 선배."

"그래. 그건 네가 결정하렴."

"네."

후배는 굳게 마음먹고 돌아갔다.

그리고 정확히 4주 후, 그 남자와 완전히 헤어졌다는 기쁜 소식을 전해주었다.

그로부터 며칠 후 후배가 우리 집에 놀러 왔다. 주말엔 아빠를 혼자 두고 외출하지 않기 때문에 직접 집으로 찾아온 것이다.

맛있는 과일을 사 온 후배는 아빠에게 인사를 했다.

"안녕하세요, 회장님. 저 놀러 왔어용."

후배도 아빠가 회장님인 것을 안다. 나를 아는 모든 사람에게 우리 아빠는 세계에서 최고로 큰 기업의 회장님이다.

"어서 와요. 재미있게 놀다 가요."

회장님께서도 웃으며 반겨주었다.

"근데, 선배. 어떻게 그런 생각을 했어요? 선배의 조언은 다른 사람들과 달랐어요. 다른 사람들은 그냥 경찰에 신고해라, 접근금지신청을 해라 하며, 법적으로 하라고만 했어요. 도대체 선배는 어떻게 그런 기발한 방법을 생각해낸 거예요?"

"응, 그거?"

나는 집 안을 열심히 걷고 있던 아빠의 팔짱을 끼면서 말했다.

7년간의 마법 같은 기적

"내가 한 게 아니고, 우리 아빠의 아이디어였어."

"뭐라고요? 회장님이요?"

후배는 내 말이 끝나기가 무섭게 아빠에게 달려갔다.

"고맙습니다. 감사합니다."

그리곤 아빠 앞에서 울먹거리기 시작했다. 아빠는 갑작스레 울먹이는 후배에게 울지 말라고 하며, 느린 걸음으로 정수기까지 가서 물을 떠다 주었다.

우리 두 사람은 아빠의 놀라운 지혜의 결과물에 대해 털어놓기 시작했다.

"이게 다 아빠의 가르침 덕분이야. 아빠의 기발한 힌트 덕분에 이 친구가 위기에서 벗어났어."

"맞아요, 모든 게 신임 선배, 아니 회장님 덕분이에요."

아빠는 영문을 알 수 없다는 듯 우리 둘을 번갈아 쳐다보았다.

"선배와 만나고 며칠 후 남친에게 만나자는 연락이 왔어요. 그날만큼은 두려움에 벌벌 떨지 않았어요. 반드시 계획을 성공시키리라 이를 악물었죠. 우선 점심시간이라 갈비탕 집에 갔어요……."

후배의 이야기가 시작되었다.

후배는 예쁜 외모만큼 아름다운 미소를 지으며, 그 남자 앞에서 아빠가 시범 보였던 행동을 선보였다. 아빠와 똑같이 검지와 엄지로 코딱지를 파기 시작한 것이다. 그것도 사람들이 많은 식당에서, 그 어느 때보다 진지하게, 파고 파고 또 팠다.

그 모습을 지켜보던 남자가 차마 소리는 지르지 못하고 작은 소리로 인상을 쓰며 말했다.

"뭐 하는 거야? 더럽게!"

"나 요새 콧구멍에 코딱지가 파도 파도 계속 생겨. 안 파면 너무 답답하고 숨이 막혀!"

후배는 비교적 큰 소리로, 주변 사람들이 들릴 정도로 말했다. 그러자 남자는 주위의 시선을 의식해 말을 멈췄다. 당황한 표정이 역력했다.

그렇게 갈비탕을 몇 숟가락 뜨던 후배는 숟가락을 내려놓고 벌떡 일어서며 말했다. 아까보다 조금 더 큰 소리로.

"오빠! 나 똥 마려. 똥 누고 와서 마저 먹을게."

후배의 이야기가 재미있는지 아빠는 집 안 걷는 것을 멈추고 식탁에 앉았다. 만날 식구들의 이야기만 듣다가 오랜만에 '뉴 페이스'의 이야기를 들으니 더 재미가 있나 보다. 아빠는 입을 헤 벌리고 이야기를 들었다.

화장실에 다녀온 후배는 일부러 휴지를 주먹만 하게 뭉쳐가지고 나왔다. 그리고는 식탁 위에 올려놓았다.

남자가 물었다.

"야! 그 휴지 뭐냐?"

후배가 깜짝 놀란척하며 큰 소리로 대답했다.

"아, 맞다. 똥 닦고 너무 좋아서 휴지통에 안 버렸다. 진짜 오랜만에 똥 싼 거거든."

"뭐? 또, 또…… 오…… 옹?"

남자가 경악했다. 이 또한 이미 짜 놓은 각본이었다. 제법 유명 맛집이었던 그곳은 장소도 넓어, 수많은 사람들이 주변 테이블에서 밥을 먹고 있었다. 그 사람들이 후배를 쳐다보며 숙덕거리기 시작했다. 남자는 고개를 숙였고, 창피해 몸 둘 바를 몰라 했다.

갈비탕 집에서 나온 두 사람은 자리를 옮겨 차를 마시러 갔다. 그곳에서 후배는 특유의 깜찍한 미소를 지으며 애교 섞인 말투로 이야기를 시작했다.

"오빠, 있잖아. 나 고민 있어."

"뭐?"

"변이 안 나와. 오늘 이게 거의 20일 만에 본 거거든. 그러니까 매일 속도 더부룩하고 미치겠어. 어떡하지?"

"뭐? 너 변비 같은 거 없다고 했었잖아?"

"오빠한테 잘 보이려고 거짓말한 거였지. 사실은 나 악성 변비야. 똥 한 달 동안 못 싼 적도 되게 많아."

"뭐라고?"

남자는 기겁을 했다. 그리곤 별로 듣고 싶지 않다는 듯 고개를 저으며 짜증을 냈다.

"아우, 드러! 그만 얘기해라. 듣기 싫으니까."

그러자 후배가 커피숍이 떠나가게 소리를 질렀다.

"아니, 들어! 우리 힘든 거 같이 나눠야지. 나 똥 못 싸서 힘들다는데 그만 얘기하라니, 그게 말이 돼?"

남자는 '이게 오늘 완전히 미쳤구나.' 하는 눈빛으로 후배를 쏘아보더니, 이내 주변으로 눈을 돌려 미안하다고 고갯짓을 한 뒤 집으로 가버렸다.

결국 그날은 데이트가 일찍 끝났다. 후배는 그날 성공을 예감했다.

그 후로 후배는 남자친구를 만나거나 통화할 때마다 '오줌 마렵다.' '똥 마렵다.' '몸이 근질거린다.' 하고 수시로 얘기했다.

그리고 남자친구를 만나는 날이면 세수도 안 하고 최대한 지저분한 상태로 나갔다. 머리는 아예 며칠 동안 감지 않았다.

남자는 갈수록 이상해지는 후배에게 화를 내고 소리를 쳤다. 미쳤냐고, 요새 왜 그러냐고. 그럴수록 후배는 더욱 열심히 더러운 모습을 보여줬고, 남자가 화를 내면 예전처럼 무서워하는 모습을 보이는 대신 오히려 몇 배나 크게 소리를 질렀다. 실내나 거리나 가리지 않고, 실성한 여자처럼 고래고래 악을 썼다. 그러자 남자는 후배를 슬슬 피하기 시작했다. 자연히 만나는 횟수도 줄고 전화도 줄었다. 그럴수록 후배가 더 열심히 만나자 하고 더 열심히 전화했다. 남자가 전화를 받지 않으면 문자를 수시로 보내 어디에 있냐고 따져 물었고, 전화를 받으면 위치가 어딘지, 누구랑 같이 있는지 캐물었다. 거의 집착 수준이었다.

그때 아빠가 물을 마시려고 일어났다. 생각해보니 아빠가 이렇게 오랫동안 다른 사람의 말을 듣는 건 거의 없는 일이었다. 아빠는 집중을 오래 못한다. 하지만 후배의 얘기는 재미가 있나 보다. 물을 한 잔 마시고 거실을 한 바퀴 돌더니 다시 와서 식탁에 앉았다. 가끔은 추임새도 넣었다. "저런." "하하." "맞으면 안 돼." "때리면 나빠."

"회장님, 언니가 진짜 지저분한 걸 가르쳐줬어요."

후배가 나를 보고 장난스럽게 눈을 흘기며 말했다.

"어허, 우리 신임이 지저분하지 않아요. 얼마나 깔끔한 앤데."

7년간의 마법 같은 기적

"그치? 역시 우리 아빠 짱이야!"

"아녜요, 회장님. 제가 얘기해드리면 깜짝 놀라실걸요?"

그때 후배의 입을 틀어막으며 내가 말했다.

"야! 그 얘기는 하지 마. 우리 아빠 놀라시겠다."

후배는 내 손을 뿌리치며 아빠에게 물었다.

"알려드릴까요?"

아빠는 웃으며 고개를 끄덕였다.

"일종의 '극약처방'이라고 하는 건데요."

나는 후배의 입을 다시 막았다. 차마 그 얘기만큼은 아빠에게 들려줄 수가 없었다.

내가 후배에게 일러주었던 '극약처방'의 내용은 이랬다.

4주 전 후배가 불안에 떨며 물었었다.

"선배, 그 모든 걸 다 해봐도 헤어져주지 않는다면요?"

"음……, 그럼에도 헤어져주지 않는다면, 하는 수 없지. 극약처방을 하는 수밖에."

"극약처방이요?"

"알려줄까? 너 놀랄 수도 있는데?"

"알려주세요!"

"너 건강검진 받아본 적 있지?"

"네."

"그때 변을 담아서 오라고 하거든. 용변 검사한다고. 해봤어?"

후배는 고개를 끄덕이며 대답했다.

"네. 해봤어요."

"그와 만나기 전 작은 비닐에 너의 변을 아주 조금 담아서 가져가렴."

"네? 지저분하게 그걸 왜요?"

"그걸 담아갔다가 그와 만날 때, 잠깐 화장실에 가서 그걸 꺼내서 향수를 바르듯 니 쇄골 쪽 약간 아래쪽에 살짝 붙여. 그리고 떨어지지 않게 그 위에 대일밴드를 붙여서 더 단단히 고정시키고."

후배가 질겁한 얼굴을 하고 떨리는 목소리로 되물었다.

"그, 그러면요?"

"그걸 니 몸에 붙여놓는 순간부터 니 온몸에서 똥 냄새가 장난 아니게 풍겨나갈 거야. 그럼 며칠 내로 너에게 이별을 통보해올걸. 거의 확실하다고 보면 돼."

후배는 내 극약처방에 입을 다물지 못했다.

다행히 그 방법까진 쓰지 않았다. 그 남자는 그전에 나가떨어졌다.

두 사람이 마지막으로 만나던 날, 후배는 어깨 위에 비듬처럼 보이는 하얀 가루를 잔뜩 뿌려놓고 남자친구와 팔짱을 낀 채 걸었다.

그날 남자는 후배에게 이별을 통보했다. 후배는 안 된다며, 어떻게 사랑이 변하냐며 괴성을 지르면서 따졌다. 그렇지만 남자는 단호했다.

"미안하다. 좋은 사람 만나라. 내가 그동안 너를 너무나 괴롭혀서 네가 미친 것 같다. 다시는 연락하지 말아줘. 부탁할게. 잘 지내."

이 말을 끝으로 남자는 미친 듯이 도망쳤다. 후배가 전화해도 계속 피했다.

아빠는 후배의 이야기를 다 듣고 흡족한 미소를 지으며 집 안을 다시 걸었다. 나는 그런 아빠를 보고 크게 소리쳤다.

"아빠. 어쨌든 결론은 모든 게 아빠 덕분이라는 거야. 고마워! 우리 아빠는 영웅이야!"

후배도 웃으며 한마디 거들었다.

"회장님, 정말 감사합니다."

"신임아, 아가씨 고생했는데 맛있는 거 많이 사줘라. 아가씨, 자주 놀러 와요."

아빠는 우리 둘을 번갈아 보고 기분 좋게 웃으며 안방으로 들어갔다.

후배를 배웅하며 물었다.

"근데, 그 남자가 너 폭행한 부분은 마땅히 처벌을 받아야 해. 그간 모아놨던 증거 다 있지?"

"네."

"그거 반드시 지방에 계신 부모님께 알려. 혼자 해결하려 하지 말고. 너희 둘이 헤어졌다고 해도 그 남자의 죄가 없어지진 않아. 죄를 지었으면 무조건 벌은 받아야지."

"네, 선배. 생각해볼게요."

그렇게 후배는 돌아갔다.

그 후, 후배는 그가 무서워 고소를 안 하려고 했으나, 후배의 부모님이 그 사실을 알고 집안이 발칵 뒤집혀 결국 고소했다고 한다. 그는 죗값을 치렀다.

그 누구도 상처받고 아파하면 안 된다는 깊은 깨달음을 주신 나의 아빠! 아무리 치매에 걸렸다 해도, 그간 살아온 세월의 지혜만큼은 절대 따라갈 수 없다는 걸 가슴 깊이 깨달았다.

오늘도 혼잣말을 하며 집 안을 걷고 있는 아빠에게 말했다.

"아빠, 나는 이 세상에서, 아니 온 우주에서 울 아빠가 제일 자랑스럽고 똑똑하다고 확신해!"

아빠는 내 볼을 쓰다듬으며 환한 미소로 화답해주었다.

족(足) 같은 년

사업을 하다 보면 간혹 '진상' 고객을 만나게 된다. 나 역시 사업을 하다 보니, 평생 만나고 싶지 않았던 진상 고객을 만난 적이 있다. 그런데 그 진상 고객에게서 날 구해낸 사람은 다름 아닌 아빠였다.

앞에서도 밝혔듯이 나는 속기사무소를 운영하는 속기사다. 다양한 종류의 기록물을 만들고 있지만, 법적 기록물(사건의 증거가 될 만한 녹음파일을 문서화시킨 녹취록)을 작성하는 게 주 업무다. 어느 날, 한 고객이 녹음파일에 없는 내용을 녹취록에 넣어달라고 우기기 시작했다. 당연히 그럴 수 없으며 원칙대로 해야 한다고 명확히 알려주었다. 그는 돌아갔고, 일은 그렇게 끝나는 줄 알았다.

하지만 다음 날 이른 아침, 그로부터 전화가 걸려왔다. 다시금 무리한 요구를 했고, 나는 정중히 거절했다. 그러자 재차 삼차 요구를 하더니 점점 목소리를 높여갔다. 그러더니 급기야 나에게 욕을 퍼붓기 시작했다.

"흐미, 이런 족 같은 년 보소. 너 진짜 혼 좀 나볼래?"

도대체 그가 말한 '족'의 받침이 'ㅈ'인지 'ㄱ'인지 그자의 혓바닥을 타고 나오는 소리가 하도 괴이해서 분간되지 않았으나, 일단 '족'으로 해석하기로 했다. 그래야 덜 슬퍼질 테니까.

욕은 2분 남짓 계속되었다. 만약 '욕 경연대회'라는 게 있으면 대상을 거머쥘 사람처럼, 아주 악랄한 욕들을 마구 뿜어댔다. 그것도 귀에 척척 달라붙을 정도로 찰지게! 그가 내뱉는 수많은 욕들에 귀가 따가울 지경이었다.

사실 직업상 녹취록을 작성하다 보면 욕설이 들어간 내용을 간혹 접하게 되는데, 우리말에 이렇게 욕이 많은지 정말 놀라울 정도다. 그간 수많은 욕설들을 들으며 기록해왔던 속기사의 견해로 볼 때, 우리말 욕에는 몇 가지 종류가 있는 것 같다. 강한 욕, 약한 욕 그리고 기특한 욕. 이렇게 말하면 고개를 갸웃거리는 독자들이 있을 것이다. 강한 욕이나 약한 욕은 그 강도가 세고 약하다는 말 같은데, 기특한 욕이란 도대체 뭐지?

내가 말하는 기특한 욕이란 어떤 사람의 악한 행동이나 성품 등을 간단히 표현한, 욕 같기도 하고 욕이 아닌 것 같기도 한 욕을 말한다.

말하자면 이런 거다.

'고약한 놈' : 지나가던 행인에게 돈을 갈취했던 노숙자가 들은 욕. 냄새가 매우 고약했다.

'천벌을 받을 놈' : 80대 노모를 오랜 기간 학대했던 아들이 들은 욕. 노모는 아들을 보호하기 위해 수년간 그 사실을 숨겨왔다.

'사기 친 놈' : 하루 먹고 살기에도 빠듯한 돈 없는 서민들을 상대로

7년간의 마법 같은 기적

좋은 아이템이 있다고 속여 대출까지 받게 해, 수천 명의 피 같은 돈 수백억 가량을 사기 친 자가 먹은 욕.

내 경험상, 기특한 욕이 흘러나가면 상대방은 어떤 대꾸도 하지 못하고 수긍하는 경우가 대부분이었다. 그래서 욕 중에 그나마 받아들이기 편한 욕은 아무래도 기특한 욕일 것이다. 그러나 이 세상에 기특한 욕만 있다면 얼마나 좋을까? 안타깝게도 기특한 욕은 거의 찾아볼 수 없고, 강한 욕이 90% 이상을 차지한다.

그날 내가 들은 욕은 특히나 강한 욕이었다. 그걸 녹음파일이 아닌, 실제 당사자가 되어 내 귀로 생생하게 라이브로 들으니 정말 화가 치밀어 올랐다.

나는 고민했다. 평소 내 성격대로 받아쳐 버릴까? 솔직히 욕이라면 나도 한 욕 한단 말이다! 만약 그렇게 된다면 인류 역사상 가장 치열한 욕 혈투가 되겠지? 그냥 내가 참는 게 답이다. 나는 대꾸하지 않은 채 계속 듣기만 했다. 그러나 내가 침묵하면 할수록 그 진상 고객의 상태는 더욱 심해졌다. 마치 실성한 자가 날뛰는 것 같았다. 휴~ 저자는 내가 태권도 빨간 띠까지 연마했던 유단자(?)라는 걸 모르고 저 난리를 치는 것이리라. 정말 웃음 밖에 안 나왔다.

몇 번의 심호흡을 한 뒤 일단 전화를 끊었다. 주말 아침이었고, 아빠가 옆에 있었기 때문이다. 천사 같은 아빠는 내게 백만 불짜리 미소를 싱긋 날리며 과일을 먹고 있었다.

아빠의 오른쪽 입가에 앙증맞게 매달려 있는 과일 조각을 떼어주려던 찰나, 또다시 진상 고객에게 전화가 걸려왔다.

"네, 족 같은 년입니다."

"뭐, 뭐라고?"

"족 같은 년 전화 받았습니다. 말씀하세요."

수화기 너머에서는 아무 소리도 들리지 않았다. 수초 후 그의 짜증 섞인 목소리가 다시 들렸다.

"이 년이 돌았나?"

나는 말을 아꼈다. 내가 말이 없자 고객이 다시 물었다.

"여보세요!"

"네, 족 같은 년 전화 안 끊고 계속 듣고 있습니다. 말씀하십시오."

"이 년이 진짜 미쳤나?"

"고객님~ 지금 족 같은 년 옆에는 족 같은 년을 낳아주고 길러주신 족 같은 년 아빠가 계셔서요. 어서 족 같은 년에게 하실 말씀을 하시기 바랍니다."

그때 아빠가 얼굴을 찡그리며 날 쳐다봤다. 나는 아빠에게 살짝 윙크를 한 뒤 장난꾸러기 같은 미소를 건넸다.

10초간의 정적이 흘렀다. 이윽고 그는 조금 전과는 전혀 다른 말투로 말했다.

"아유, 그러지 말고, 그 말 한마디만 넣어줘요."

"아 네, 저 족 같은 년은 그리할 수 없습니다. 지금 저에게 증거 조작하라고 하시는 겁니다."

"에헤, 좀 해달라니깐!"

"저는 제 아버지 앞에서 절대로 증거 조작을 할 수 없음을 다시 한 번 알려드립니다. 그리고 이 부분에 관해 추후에 관계 기관에서 연락이 온다면 ○○○고객께서 저를 '족 같은 년'으로 수차례 불러주셨고, 거의 협박에 가까운 증거 조작을 강요하셨지만, 절대로 조작하지 않았음을 명명백백 알리겠습니다. 그럼 전화 이만 끊겠습니다."

전화를 끊자 아빠가 놀란 눈으로 물었다.

"너 왜 그렇게 욕을 하나?"

나는 별일 아니라는 듯 여유로운 미소를 지어보였다.

"아, 욕이 아니고, 저분 사시는 고향이 '족 같은 마을'이래. 거기는 원래 저렇게 인사한대. 그 지역 방언인데, 꼭 앞에 '족 같은 년'을 붙여서 말한다고 하네. 괴팍하지?"

아빠는 나를 지그시 바라보았다.

"우리 딸, 돈 벌기 힘들지?"

그리곤 내 어깨를 토닥여 주었다.

나는 앞니 두 개만 삐쭉 내민 토끼처럼 웃어 보이고는 아빠에게 팔짱을 꼈다.

"사는 게 다 그렇지 뭐. 욕도 들어봐야 더 단단해져서 더 강한 사람이 되지 않겠어? 그렇지, 아빠?"

아빠는 환히 웃으며 내 머리를 쓰다듬었다.

그 후로 진상 고객은 더 이상 연락이 없었다.

지하철 성희롱

출근 시간 사람들로 붐볐던 오전과 달리 늦은 밤 지하철은 한산했다. 간간이 빈 의자에 앉아 있는 승객들은 하루의 고단함을 이기지 못해 꾸벅꾸벅 졸고 있었다. 늦은 밤 지하철은 그 빈자리만큼이나 하루가 끝나감을 보여주었다.

나는 평소 좋아하는, 좌석 끝 기둥 옆에 앉았다. 야근 후 지친 상태라 자리에 앉자마자 잠이 쏟아졌다.

꾸벅꾸벅 졸다가 너무 심하게 고개가 숙여져 화들짝 잠에서 깼다. 그때 건너편 의자에 홀로 앉아있던 50대 여성이 나를 쳐다보며 뭐라고 중얼거렸다.

'왜 저러시지? 헛것이 보이시나? 마음이 아픈 사람이겠지.'

대수롭지 않게 생각한 후, 다시 기둥에 얼굴을 기댄 채 잠을 청했다.

잠시 후, 이번엔 "빨리! 빨리!"라는 소리가 들렸다. 졸린 눈을 억지로 떠보니 또 그 여성이었다. 그녀는 고개를 세차게 흔들며 안절부절 못하고 있었다. 너무 졸렸던 나는 눈을 뜨는 듯 마는 듯하다가 또다시 잠이 들었다.

"아가씨! 아가씨!"

내가 다시 눈을 떴을 때, 그녀는 거의 울 것 같은 얼굴을 하고, 손가락으로 어딘가를 가리켰다.

이상한 낌새를 챈 나는 그녀가 가리킨 방향으로 서서히 고개를 돌렸다.

그곳은 내가 기대있던 기둥 바로 뒤쪽이었다. 고개를 옆으로 조금 돌리자 왼쪽에 무언가 이상한 형상이 감지됐다. 깜짝 놀라 '뭐지?' 하고 얼굴을 확 돌리니, 세상에! 웬 남자가 선 채로 바지 지퍼 사이로 뭔가를 꺼내놓고, 내 얼굴 바로 옆에서 흔들고 있었다. 온몸에 소름이 쫙 돋았다!

천천히 눈을 들어 위를 보자, 그는 눈을 꼭 감은 채 무언가 음미하듯 야릇한 표정을 짓고 있었다. 생각지도 못한 광경에 순간 숨이 턱 막혔다. 하마터면 소리까지 지를 뻔했다. 나는 급히 양손으로 입을 틀어막고 재빨리 고개를 돌렸다.

말로만 듣던 지하철 변태였다. 앞에 있던 여성은 어쩔 줄 몰라 하면서, 빨리 다른 자리로 피하라는 고갯짓만 했다. 나는 미친 듯이 뛰고 있는 심장을 움켜쥐고, 일단 심호흡부터 했다.

"후……."

좀 있으니 정신이 차려졌다.

'감히 내 앞에서 저런 해괴망측한 짓을 하다니!'

분노가 치밀었다. 입 밖으로 토가 나올 것 같은 느낌을 겨우 참고 다시 눈을 돌렸다. 그는 여전히 눈을 감고 기분 좋은 얼굴로 열심히 음미하고 있었다.

용기를 내어 내가 먼저 말을 걸었다.

"안녕하세요?"

그가 소스라치게 놀라며 눈을 떴다. 그리고는 갑자기 뒤로 홱 돌아서 지퍼를 올렸다.

"지퍼 올렸으면 뒤 좀 돌아보죠. 얘기 좀 해야 될 것 같네요. 그냥 넘어갈 사안이 아니니까요. 어서요."

그는 뒤통수만 보인 채 아무런 대답이 없었다.

"지금 그 역겨운 광경을 제게 구경시켜주신 이유가 뭐죠? 그것도 바로 제 옆에서. 네? 네?"

그는 여전히 답도 없이 지 얼굴이 뭉개질 정도로 출입문 유리에 꽉 붙은 채 미동도 하지 않았다.

그러다 지하철이 역에 정차했고, 출입문이 스르륵 열렸다. 그런데 그때! 변태가 지하철 밖으로 냅다 튀려고 하는 게 아닌가? 이대로 변태를 보낼 수는 없었다.

나는 벌떡 일어나 소리쳤다.

"어디 가? 변태야!"

그리고는 미처 지하철 밖으로 빠져나가지 못한 그의 가방끈을 확 낚아채며 고함쳤다.

"여기 도와주세요! 이 남자가 지 그거를 꺼내서 제 얼굴 쪽에 대고 마구 흔들었어요. 성범죄자입니다! 저 좀 도와주세요! 빨리요!"

그러자 지하철 안에 있던 몇 안 되는 승객들이 내 쪽을 쳐다보았다. 그러나 머뭇거리기만 할 뿐 선뜻 나서주지는 않았다. 나는 주위를 두리번거리며 다시 한번 외쳤다.

"도와주세요! 저 남자 잡아야 해요! 빨리요!"

때마침 탑승하려고 승강장에 서 있던 사람이 놀란 눈으로 내게 물었다.

"이 사람이요?"

7년간의 마법 같은 기적

"네! 그 남자 좀 이리 안으로 넣어주세요!"

고맙게도 그는 변태의 등짝을 있는 힘껏 밀쳤고, 변태는 그 흑기사 승객과 함께 지하철 안으로 떠밀려 들어왔다. 곧이어 출입문이 닫혔고, 열차는 다시 출발했다.

그제야 내 건너편 끝 쪽에 앉아있던 30대 남자 2명과 경로석에 앉아있던 할아버지 한 분이 내 쪽으로 다가왔다. 내 주위에 사람이 별로 없었기 때문에 그마저도 감사했다.

나는 이글거리는 눈으로 변태를 노려보았다. 너무 이글거려 하마터면 눈알이 튀어나올 뻔했다.

"당신! 방금 나한테 뭔 짓 했어?"

인간쓰레기라 반말로 시작했다.

변태는 나를 힐끗 쳐다보더니 태연하게 대답했다.

"내가 뭘?"

"방금 내 얼굴 쪽에 뭣을 들이대면서 계속 흔들었냐고?"

"무슨 말이야? 내가 뭘 했다 그래? 너 뭐야?"

적반하장이었다.

"당신 거시기 밖으로 끄집어 내놓고 내 얼굴 쪽에 대고 사정없이 흔들어댔잖아!"

이쯤 되니 그 칸에 탄 승객들이 내 쪽으로 모여들었다. 재미있는 구경거리라도 났다는 듯 저쪽 멀리 있던 승객들까지 몰려들었다.

"이 여자 미친 거 아니야? 내가 너한테 뭘 했다는 거야? 너 돌았냐! 응?"

변태는 뭐가 그리 떳떳한지, 못생긴 사각턱을 치켜들고 고래고래 소리쳤다.

"변태 씨, 계속 그럴래?"

"증거 있어? 이게 어디서 남의 가방을 붙잡고 난리를 쳐? 너 혼 좀 나볼래? 기지배가 까불고 있어!"

변태는 아주 주먹까지 치켜들었다. 나는 더 이상 참을 수가 없었다. 용암처럼 끓어오르던 내 분노가 화산 터지듯 폭발해 버렸다.

"증거? 내 눈이 증거다! 이 쉬팍쉐끼야! 너 딱 걸렸어!"

그리곤 내 오른발로 변태의 그곳을 있는 힘껏 걷어찼다.

'퍼억!'

"아! 아아악! 아파! 아파아!!!! 너 미쳤어? 지, 지금 뭐 하는 거야?"

변태는 양손으로 그곳을 감싸고 죽을 만큼 고통스러워했다. 얼굴도 붉붉은 고구마처럼 시뻘게졌다.

주변의 승객들이 깜짝 놀라 "어머나" "세상에" "아가씨 그러지 마요." 하면서 나를 말렸다.

"저 인간이 아무것도 안 했다잖아요. 기억나게 해줘야죠! 이게 어디서 눈을 뒤집어 까고 시치미를 떼고 있어! 니 눈엔 내가 그렇게 순해 보였냐? 어디서 꼼수를 부리고 있어!"

그러자 변태가 소리쳤다.

"이, 이 여자 미친 여자예요. 좀 말려주세요. 저 아무 짓도 안 했어요. 정말이에요!"

"뭐? 아무 짓도 안 해? 그럼 내가 기억나게 해줄게. 이리 와! 이리 와! 이 변태 쉐꺄!"

지하철 안은 금세 도떼기시장처럼 시끌벅적해졌고, 사람들은 나를 살짝 미친 여자 보듯 쳐다봤다.

그때 아까부터 나를 걱정해주던 중년 여성이 내 옆으로 다가왔다.

"아유, 말도 마요. 아까부터 요상하다 했는데, 저놈이 아가씨 얼굴 쪽에 거시기를 꺼내놓고 계속 흔들어 대고, 좋다고 눈감고 지랄을 하는데, 내 심장이 지금도 벌렁거려요. 나쁜 놈! 내가 다 봤는데, 뭘 안 했다는 거야? 천벌을 받을 놈!"

변태는 계속 아픈지 두 손으로 그곳을 감싸며 고통스러워했다.

"야! 한 번 더 찰 거니까 기다려. 너 사람 잘못 건드렸어!"

그러자 주위에 있던 한 남자 승객이 말렸다.

"아가씨, 그러다 저 사람 죽을 수도 있어요. 하지 마요. 하지 마!"

다른 여자 승객도 거들었다.

"그래요, 아가씨. 그러다 역으로 당할 수 있어요. 이제 그만 해요. 경찰에 넘겨버려요."

변태는 고개를 숙인 채 끝까지 거짓말을 했다.

"저는 절대 그러지 않았어요. 진짜 결백합니다. 저 여자 미친 여자 예요! 저 좀 도와주세요."

그러자 중년 여성이 갑자기 씩씩거리며 흥분하기 시작했다.

"야! 이 인간아! 저 아가씨 잘 때부터 계속 그랬잖아. 내가 다 봤어. 네 물건 꺼내놓고 왔다 갔다 흔들면서 눈 감고 헬렐레~ 좋아했잖아! 니가 그런 적 없다고?"

나는 중년 여성의 말이 끝나기 무섭게 변태의 머리카락을 내 양 열 손가락으로 단단히 꽉 움켜쥔 후, 나의 분노가 200% 닿을 수 있 도록 사정없이, 완벽하게, 있는 힘껏, 젖 먹던 힘까지 마구우! 마구우! 흔들어주었다. 그렇게 한참을 흔들고 양손을 펴보니, 변태의 머리 카락 몇 움큼이 내 손바닥 위에 놓여있었다. 나는 그걸 내려다보며 환희에 찬 표정으로 씨익 웃었다.

그러자 주위에서 "어머! 저 아가씨 너무 무섭다." "누가 좀 말려야 되지 않을까요?"라며 수군거렸다. 거기서 끝낼 수 없었다. 나는 클라이맥스를 장식했다.

"아직 안 끝났어. 이 변태 쉐꺄!"

말이 떨어지기 무섭게 주먹으로 변태의 볼때기를 세게 날렸다.

"퍽!"

변태는 번개를 맞은 듯 바닥으로 내동댕이쳐졌다. 그러더니 잠시 후 부들부들 떨며 빌기 시작했다.

"자, 잘못했습니다. 한 번만 용서해 주세요."

"야! 변태야! 너라면 용서가 되겠냐? 경찰서 가자! 이런 개보다 못한 인간!"

"한 번만 용서해주십시오. 다신 그러지 않겠습니다. 제 가족들이 알면 정말 큰일 납니다."

"뭐? 가족? 가족이 있는데 이런 짓을 해?"

"죄송합니다. 정말, 흐흐흑." 그리곤 울음을 터트렸다.

그러자 주위 사람들은 "미친놈" "돌았냐?" "용서하지 마라." "머리카락을 더 뽑아라." "죽도록 패줘야 한다." 등 하고 싶은 말들을 쏟아냈다.

"가족이 버젓이 있는데 이런 변태 짓을 했다고? 너 이 짓 할 때 당하는 여자들은 기분이 어떨 것 같냐? 응! 어떨 것 같냐고!"

그리곤 구두 끝으로 변태의 정강이를 매우 세게 차버렸다.

'퍽!'

그 후 지하철 경찰이 도착했고, 나는 조사를 받은 후 집으로 돌아왔다.

집으로 돌아온 후, 아빠에게 이 모든 사실을 상세히 알려주었다.

"신임이 잘했지?"

"어허, 세상에. 어떻게 그런 몹쓸 짓을 한다냐?"

"내가 엄청 패줬어. 머리도 한 움큼 뽑아버렸고, 발차기, 날려 차기, 주먹으로 한 대 퍽 때리기도 했어. 나 완전 멋졌지?"

"어허, 그렇다고 사람을 때리면 안 된다, 신임아."

"더 때려줬어야 하는데, 지금도 분이 안 풀려. 그 화가 여기 내 가슴 언저리에 남아있다고!"

"그래도 사람은 절대 때리지 마라."

"아빠, 나 정말 속이 부글부글 끓어올랐어! 내가 안 그랬다면 그 변태는 다음에 또 그런 짓을 저질렀을 거야."

"신임아, 안 무섭디?"

"절대 안 무섭지! 난 아빠 딸이잖아! 난 아빠가 있어서 항상 든든하거든. 어디에 있든 누구를 만나든, 아빠 딸답게 불의를 보면 나쁜 놈들과 싸울 거야! 멋지게! 폼 나게!"

"내가 딸 하나는 제대로 낳았구나. 아들 필요 없다. 허허허."

아빠에게 팔짱을 끼며 물었다.

"아빠는 누가 지킨다고?"

"하하하, 우리 깡패가."

"그럼 깡패는 누가 지키지?"

"아빠가!"

우리는 서로 마주 보며 깔깔대고 웃었다.

얼마 후 아빠는 잠들었다. 나도 이불에 누웠다.

사실 오늘 아빠에게 들려준 얘기는 모두 내 상상이었다. 지하철에서 변태를 만난 건 맞지만, 그를 두들겨 패준 건 거짓말이었다. 그 변태는 지하철 문이 열리자 잽싸게 도망쳤다. 나는 뭐 했냐고? 그냥 멍하니, 가만히 앉아있었다.

그러자 처음부터 그 광경을 목격하며 날 깨웠던 중년 여성이 내게 다가와 등을 토닥여주며 위로했다.

"어머나, 세상에. 어떻게 저럴 수가 있어요? 내가 다 봤어요. 불쌍도 해라."

나는 "고, 고맙습니다."라고 힘없이 대답할 뿐이었다.

이런 맹한 내가 참으로 한심했지만, 진짜 그게 전부다. 그래도 다행이다. 아빠에게 슬픈 얘기 대신 내 영웅담을 들려줄 수 있어서. 사실을 말했다면 아빠는 무척 마음 아파했을 거다.

이처럼 나는 어떤 위기 상황에 닥치게 되면 아빠에게 사실대로 말하지 않았다. 늘 정반대로 얘기했다. 그래서 나의 아빠는 당신의 둘째 딸은 무인도에 혼자 고립돼도 멀쩡히 살아남을 초인이라고 입버릇처럼 말하곤 했다. 그리고 실제 그렇게 믿었다. 그런 이유 때문인지 몰라도 아빠는 내가 옆에만 있으면 항상 든든해했다.

한편, 성희롱 사건 이후 그 변태를 다시 만나면 혼꾸멍을 내주려했으나, 얼굴도 기억이 안 났으며 그 후로는 볼 수가 없었다. 부디 그짓을 멈췄기를……. 혹 다시 그 짓을 한다면, 이번에는 나 같은 약자가 아닌 어마무시한 강자(툼레이더의 안젤리나 졸리 같은 여전사)에게 걸려 된통 두들겨 맞기를……. 그래서 내가 아빠에게 들려주었던 스토리 이상으로 고통스러운 최후를 맞이하기를……. 이러한 유쾌한 상상을 하며 나는 혼자 키득거렸다.

7년간의 마법 같은 기적

10장
나의 영웅 아빠와 추억 쌓기

모든 순간 아빠를 웃겨라

새로운 미션을 생각해 냈다. 바로 아빠를 웃겨드리는 것이다. 웃음은 만병통치약이라 하지 않는가? 아빠를 눈물 날 정도로 웃겨드리면 건강도 훨씬 좋아질 것이다.

그래서 결심했다. 하루 종일 집 안에만 콕 박혀있는 아빠에게 매일 매 순간 웃음폭탄을 투하하기로. 때로는 강렬하고 통쾌하게, 때로는 유치하고 유쾌하게 그리고 가끔은 감동적으로 웃겨볼 것이다. 너무 웃겨서 60년 넘게 쌓아두었던 가슴속 깊은 외로움이 싹 사라져버리게 해보자. 그간 겪었던 괴롭고 쓸쓸했던 기억이 웃음 때문에 몽땅 없어지게 해보자. 마치 365일 오픈하는 개그콘서트 홀처럼 우리 집을 웃음의 무대로 만들어보자. 혹시 알겠는가? 그러면 치매라는 녀석이 슬그머니 사라져버릴지 말이다.

그렇게 나는 아빠의 생활 곳곳을 온통 웃음으로 채워가기 시작했다. 아빠가 보는 것, 듣는 것, 만지는 것, 모든 것들에 웃음코드를 접목시켰다.

아빠가 외출 준비를 할 때

아빠가 엄마와 함께 이발소나 집 앞 시장에 나가려고 하면 나는 즉시 맨발로 현관으로 뛰어갔다. 신발장 문을 격하게 열고, 아빠의 운동화를 꺼내 신기 편하게 놓은 뒤 한쪽 무릎을 꿇으며 말했다.

"각하, 제가 신겨드리겠습니다."

그리곤 아빠를 지그시 올려보며 물었다.

"각하, 혹시 제가 따라가지 않아도 괜찮으시겠습니까? 뒤를 따를까요?"

목소리까지 익살스럽게 내리깔고 말이다. 그러면 아빠는 웃으며 대답했다.

"하하하. 괜찮다, 요놈아!"

출근할 때

출근 복장을 평상시보다 예쁘게 꾸몄다. 완벽한 의상, 멋스러운 헤어스타일, 게다가 눈빛도 도도하게 떴다. 그날따라 내 모습은 완벽했다. 그 상태로 당당하게 주방으로 걸어가, 예쁜 옷소매 위로 과감하게 고무장갑을 꼈다. 그리고 가방을 메고 침대에 앉아있는 아빠에게 다가가 정중하게 고개를 숙이며 인사했다.

"아버님, 둘째 딸 돈 벌러 나가옵니다."

그러면 아빠는 껄껄껄 웃으면서 날 따라 나왔다.

"신임아, 그 고무장갑은 벗고 가라. 하하하."

나는 진지하게 대답했다.

"아, 이게 일종의 튀는 패션이긴 한데, 정 아버님께서 그리하길 원하신다면 고무장갑은 벗고 가겠나이다."

그러면 아빠는 함박미소를 지으면서, "다녀오거라." 하며 배웅해 주었다.

날씨가 궂을 때

그날따라 천둥 번개가 치고 폭우가 무섭게 쏟아져 내렸다. 출근이나 할 수 있을지 막막했지만, 고객과의 약속 때문에 일단 집을 나섰다. 그런데 조금 전까지 벼락 치던 날씨가 집을 나오자마자 언제 그랬냐는 듯이 맑게 개었다.

즉시 아빠에게 전화를 했다.

"아빠, 방금까지 천둥 치고 난리도 아니었는데, 내가 아빠 딸이라서 하늘에서 비도 멎게 해주고, 출근 조심히 하라고 햇빛을 내리쫴주는 거 같애. 고마워. 내 출근길을 이렇게 맑은 하늘과 햇살로 가득 채워줘서."

"뭐라고, 이놈아? 하하하."

"아빠, 여기 길 중간에 달팽이가 느릿느릿 걸어가는데, 잘못하면 사람들한테 밟혀 죽을 것 같애. 어떡하지?"

"아~ 그것도 생명인데 안전한 데로 옮겨주고 가거라."

"응. 방금 옮겨줬어. 아빠 덕분에 나 오늘 지구에 사는 생명체 하나 구했다. 고마워."

7년간의 마법 같은 기적

"하하하, 그래."

사무실에서 손을 다쳤을 때

사무실에서 일을 하다 종이에 오른손을 베였다. 종이를 많이 다루는 일을 하다 보니 흔히 있는 일이었다.

그날 저녁 아빠에게 말했다.

"아빠, 신임이 손 비었어요. 호~ 해조."

아빠는 "어디?"라고 물은 뒤, 늘 그랬듯 자상하게 '호~ 호~' 불어주었다. 그 사실을 A4용지에 큰 글씨로 '○○년, ○월, ○일 울 아빠가 신임이 손 빈 거 호~ 해주었음.'이라고 적은 후, 아빠 침대 왼쪽 잘 보이는 곳에 붙여놓았다.

그리고 다음 날 퇴근하자마자 가방을 패대기치고 아빠에게 달려갔다. 놀라서 감격한 얼굴로 아빠에게 손을 뻗으며 말했다.

"아빠! 나 어제 손 다쳐서 아빠가 '호~' 해줬잖아. 기억하지?"

"몰라."

곧바로 침대 벽에 붙여놓은 A4용지를 가리켰다.

"저기 봐봐. 내가 저기 종이에다 적어놨잖아. 저거는 기억하지?"

"아, 그랬냐? 잘 모르겠다."

아빠는 처음 본다는 듯이 고개를 갸우뚱했다. 나는 전날의 일을 여러 번 설명한 후, 흥분한 듯 말했다.

"근데! 어제 아빠가 '호~' 해준 곳이 하루밖에 안 지났는데, 다 나아버렸어. 봐봐."

그러면서 다쳤던 오른손이 아닌 왼손을 보여 주었다.

"허허허, 어떻게 그런 일이 있다냐?"

"그니까! 아빠가 '호~' 한 번 해줬을 뿐인데, 다 나아버렸잖아. 정말 굉장하지 않아?"

아빠는 신기하다며 크게 웃었다.

또 한 번 웃음폭탄 투하, 성공이다!

빨래를 갤 때

하루는 아빠와 다정하게 빨래를 개고 있었다. 자상한 아빠는 주로 수건을 갠다. 아빠가 갠 수건이 차곡차곡 쌓이자, 나는 미리 준비해 둔 5센티 크기의 하트 스티커를 수건에 붙였다.

"깨끗한 수건에 그걸 왜 붙이냐?"

"응. 이거 아빠가 갠 수건이라 따로 분리해둬야지. 행운의 수건이니까."

"뭐? 행운의 수건? 그게 뭔데?"

"아빠가 갠 수건은 아빠의 손길이 닿아서 행운이 엄청 따르거든. 그래서 누구든 이 수건만 쓰면 세상에 있는 모든 행운들이 자석처럼 척하고 달라붙는대."

"하하하. 뭐라고? 누가 그러디?"

"지난번 도사님이 오셔서 나한테 귀띔해 주고 가셨어. 나만 알고 있으라면서."

"정말이냐?"

7년간의 마법 같은 기적

"응. 그래서 나는 아빠가 갠 수건만 쓸 거야. 그래야 내가 하는 일이 다 잘 될 테니깐."

내 말을 듣고, 아빠는 내 볼을 살짝살짝 치며 껄껄껄 웃었다.

"아빠가 갠 수건으로 머리를 닦으면 두뇌가 마구 회전을 해서 엄청난 아이디어들이 쏟아져 나오고, 손을 닦으면 손에 돈이건, 재물이건, 사람이건 좋은 것들이 금세 붙어버리고, 허리를 닦으면 아픈 허리가 싹 좋아져!"

"하하하, 싱거운 녀석. 농담도 잘한다."

겉으론 이렇게 말했지만, 아빠의 기분은 그야말로 최고였다.

아빠가 출출할 때

그날따라 아빠는 자장면이 먹고 싶다고 했다. 그럴 땐 주저하면 안 된다. 1초의 망설임도 없이 전화기를 들었다.

"지금 당장 시킬까?"

"그러자! 내 딸!"

아빠는 신이 났는지 자리에서 벌떡 일어났다.

"여보세요. 거기 중국집이죠? 자장면 2개 주시는데요, 한 개는 제가 정말 존경하는 우리 회장님 드실 거니까 진짜 맛있게 해주시구요, 나머지 한 개는 밀가루 반죽 채로 가져오셔도 돼요. 제가 열심히 씹어 먹어볼게요. 네, 잘 부탁드립니다."

통화가 끝나자 아빠는 내 볼을 툭툭 치며 웃었다.

"요놈아~ 미안하게 뭐 그리 요구사항이 많나?"

나는 자장면이 도착하자 곧바로 개그코드를 입혔다. 먼저 아빠 자장면을 잘 비벼드린 후, 내 거는 대충 휘휘 비벼서 마치 태어나서 자장면을 처음 먹어보는 사람처럼 그릇에 얼굴을 처박고 게걸스럽게 먹었다. 요란하게 후루룩 소리까지 내며 자장면을 마구 밀어 넣었다. 입술, 뺨, 턱, 코까지 자장소스가 묻었다. 그 상태에서 일부러 닦지도 않고 아빠를 보며 씨익 웃었다. 어깨까지 들썩이며.

"이히히, 맛있찡. 아빠랑 먹으니까 너무너무 맛있다고!"

아빠는 "하하하, 너 입 좀 봐라." 하며 닦아주었다.

그렇게 아빠를 자주 웃겨드리자, 아빠는 내가 어떤 행동을 해도 껄껄껄 웃었다. 심지어 내가 옆으로 걸어만 가도 웃었고, 내가 리모컨 하나만 슬쩍 집어도 '이 녀석이 이번엔 어떻게 웃겨주려나?' 하는 기대에 찬 눈으로 나를 바라보았다.

그때부터 매일 아빠가 잠들기 전 한 가지 질문을 던졌다.

"아빠, 오늘은 어제보다 행복이 몇 센티나 큰 거 같애?"

내 엉뚱한 질문에 아빠의 답은 항상 같았다.

"5센티 커졌다, 요놈아~ 하하하."

7년간의 마법 같은 기적

"내가 언제 라면을 먹었다고 그러냐?"

늦은 밤, 벌써 자정도 한참 지난 것 같은데 주방에서 달그락 소리가 났다.

'뭐지?'

냉큼 달려가 보니 아빠가 물을 끓이고 있었다.

"아빠 뭐 해?"

"출출해서 라면 끓인다."

나는 서둘러 앞치마를 두른 후, 레스토랑 서버처럼 메모지와 볼펜을 손에 들고 공손히 물었다.

"손님, 뭐로 드릴까요? 뭐가 제일 드시고 싶으세요?"

"하하하, 라면 하나 주세요."

"네~ 손님, 세상에서 가장 맛있는 라면으로 끓여 드릴게요. 잠시만 기다려주세요."

"오냐, 깡패야! 하하하."

잠시 후, 김이 모락모락 나는 라면과 시큼한 김치가 식탁에 차려졌다.

"혼자 먹으마. 들어가 자라."

"아니야. 아빠 먹는 거 봐야지."

혹시라도 배고프다며 라면을 급히 먹다 혀를 델까 봐 옆에 앉아 말동무를 해주었다. 냄비 뚜껑에 라면 면발을 얹어주니, 아빠는 뚜껑을 꼭 잡고 호호 불어가며 맛있게 먹었다.

"손님, 맛이 어떻습니까?"

"응. 맛 좋다."

늦은 시간이지만 맛있게 먹는 모습을 보니 기분이 좋았다. 나는 옆에 앉아 재잘대면서, 물도 따라주고 김치도 얹어주며 최선을 다해 서비스를 해드렸다. 아빠는 최고의 손님이기 때문이다.

설거지를 끝내고 보니, 아빠가 어느새 침대에 누워있었다.

"바로 누우면 안 되니까 조금만 앉았다가 눕자."

아빠는 군말 없이 곧바로 일어나 앉았다.

나는 아빠의 다리와 어깨, 등, 손바닥, 발바닥을 골고루 주물러주었다.

"이러면 금방 소화될 거야."

"하하하, 고맙다."

30분 후 아빠가 잠이 들었다. 나 또한 포근한 이불 속으로 들어가 단잠에 빠졌다.

"우당탕!"

얼마나 지났을까? 갑자기 주방 쪽에서 뭔가가 떨어지는 소리가 났다. 급히 달려가 보니 냄비뚜껑이 바닥에서 빙그르 돌고 있었다. 그리고 옆에는 아빠가 서 있었다.

"아빠 뭐 해?"

"응. 라면이 먹고 싶다."

'이건 뭐지? 데자뷰인가?'

시계를 보니 새벽 3시가 넘어가고 있었다.

"뭐? 라, 라면?"

나는 너무 놀라 발음까지 꼬여버렸다.

아빠는 말똥말똥한 눈으로 나를 보며 고개를 끄덕였다.

일단 진정하고 다시 물었다.

"아빠, 조금 전에 라면 먹었잖아? 또 배고파?"

아빠가 놀란 눈으로 침을 튀기며 대답했다.

"내가 언제 라면을 먹었다고 그러냐? 안 먹었는데."

"3시간 전에 내가 라면 끓여줬잖아. 맛있게 먹고, 소화 잘 되라고 아빠 여기저기 주물러주기까지 했는데, 기억 안 나?"

"무슨 말이냐? 라면 입에도 안 댔는데!"

맙소사! 아닌 게 아니라, 아빠가 부쩍 이상해진 게 사실이다. 음식을 먹고도 조금만 있으면 뭘 먹었는지 잊어버리고, 계속 같은 음식을 먹으려 한다.

'우리 아빠 어떡하지?'

갑자기 슬픈 생각이 확 밀려왔다. 하지만 슬퍼만 한다고 달라질 건 아무것도 없다. 우선 이 상황을 해결해야 한다.

'너무 심각하게 생각하지 말자. 그래, 먹깨비 요정이다. 먹깨비 요정이 아빠의 식욕을 온통 장악해서 시도 때도 없이 마구 음식을 먹이는 것이다. 그럼 저 먹깨비 요정을 어떻게 내보내지?'

곧바로 실눈을 뜨고 아빠를 쳐다보며 속으로 말했다.

'먹깨비 요정아~ 이 야심한 시각에는 울 아빠의 식도, 위, 소장, 대장들도 푹 쉬어야 한단다. 그러니 어서 꺼져주겠니?'

그러자 아빠가 나를 스윽 쳐다보더니 "너도 먹을래?"라고 물었다.

'뭐 나도 먹자고?'

순간 머릿속에 불꽃이 튀었다. 굿 아이디어다! 그래! 아빠 대신 내가 먹어버리는 거다.

아빠의 몸속 장기들을 이 새벽에 힘들게 하는 것보다 차라리 내 장기들을 피곤하게 하는 것이 더 나을 수 있다.

나는 어깨를 들썩이며 냄비에 물을 부으면서 말했다.

"잘 됐다. 나도 배고팠는데, 우리 같이 먹자."

"응. 그러자."

또다시 라면이 끓여졌고, 3시간 전처럼 식탁에 차려졌다. 아빠가 군침을 흘리며 냄비 쪽으로 의자를 당겨 앉았다. 이제부터 잘 해야 한다. 선수를 놓치면 안 된다.

"아우 배고파라. 아빠, 나 먼저 먹어도 되지?"

"그럼. 먼저 떠라."

말이 떨어지기 무섭게 큰 국자로 라면을 푹 떠서 내 그릇에 채웠다. 국물이 식탁에 튀는 건 상관없었다. 그리고 젓가락으로 크게 건져 입안으로 쑤셔 넣었다. 그러기를 여러 차례, 입가와 양 볼에는 라면 국물과 건더기가 잔뜩 묻었다. 아빠는 게걸스럽게 먹는 둘째 딸의 모습을 재미있게 쳐다보았다. 그리고는 이내 파안대소하며 웃기 시작했다.

"하하하, 우리 깡패 배가 많이 고팠구나."

"으응. 나 진짜 배고팠어!"

"많이 먹어라. 허허허."

혀를 내두를 정도의 놀라운 속도로 라면을 집어삼킨 나는 종국에는 냄비를 통째로 들고 남은 라면 건더기와 국물을 후루룩 마셔 버렸다. 그리고는 깨끗해진 냄비를 식탁에 탁 올려놓으며 속으로 외쳤다.

'미션 클리어!'

"옴마! 내가 다 먹어버렸네?"

"하하하, 내 새끼 잘 먹어서 좋다."

"아빠, 근데 어쩌지? 라면이 이제 없어!"

사실 조금 전 라면을 다 감추어버렸다.

"그럼 밥 먹자. 밥 좀 퍼줘라."

"안 돼. 저 밥 내일 내가 다 싸갈 밥이야. 점심에 직원들하고 양푼에 나물이랑 고추장 넣고 싹싹 비벼 먹기로 했거든."

"허허, 그러냐? 나 배고픈데……."

"아빠, 대신에 과일 줄까? 딸기 진짜 맛있는 거 있는데. 입에서 사르르 녹아."

"그래. 그거라도 줘라."

그 후에도 아빠는 가끔씩, 저녁을 먹은 지 두어 시간이 지나면 재차 저녁을 요구했다. 아무것도 먹지 않았다고 하며 말이다. 그럴 때면 식사 대신 과일이나 생과일주스를 든든히 챙겨주었다. 두유에 푸로틴(식물성 단백질) 가루를 타주기도 했다.

다행히 그런 것들을 먹은 후에는 늦은 시간이나 새벽에 야식을 먹는 일이 줄어들었다. 포만감 때문이다. 뇌는 식사한 것을 기억하지 못해도 배는 기억을 하는 것이다.

아빠와의 정산놀이:
아빠의 뇌세포를 깨우다

'도대체 이게 뭔 글자야?'

어려운 한자였다. 나는 업무상 한자로 된 문서를 종종 접한다. 웬만한 문서를 볼 때는 무리가 없지만, 간혹 어려운 한자가 많이 나오면 옥편과 씨름을 해야 한다. 그런 날은 사무실에서 일처리를 끝내지 못하고 집으로 가져온다.

그날도 집에서 옥편을 펼치고 문서를 정리하고 있었다. 열심히 옥편과 싸우고 있는데, 아빠가 옆으로 와서 내가 찾고 있는 한자를 유심히 쳐다보았다. 나는 혹시나 하여 아빠에게 물어보았다. 놀랍게도 아빠는 그 한자를 정확하게 알고 있었다. 뿐만 아니었다. 아빠는 어려운 한자가 가득한 그 문서를 술술 읽어 내려갔다.

"우와, 아빠 천재다!"

나는 감탄을 금치 못했다. 그때 깨달았다. 치매라고 해서 지능이 낮아지는 것은 아니라는 걸. 아빠가 치매라고 모든 기억을 잊어버릴 거라 생각한 것은 완전한 내 착각이었다. 적어도 한자에 대한 아빠의 기억력은 완벽했다.

그날 나는 아빠를 도울 수 있는 새로운 방법을 발견했다. 아빠의 뇌세포를 일깨워주는 것이다. 서서히 굳어져가는 아빠의 머릿속 회로를 방치할 게 아니라, 계속 쓰게 해서 건강한 뇌로 만들어주는 것이다.

어떤 게 좋을까? 우선 내가 운영하는 사업에 대해 아빠의 도움을 받아보기로 했다. 사업에 대해 자주 자문을 구하고, 매출 정산도 함께 해보는 거다. 그러면 아빠의 뇌가 끊임없이 움직이겠지. 그러다 보면 치매도 낫게 되지 않을까? 적어도 악화되지는 않을 것이다.

"아빠, 예전에 사업 몇 년 했었지?"

"오래 했지. 그건 왜 묻냐?"

"아빠 젊었을 때 계산 잘 했잖아. 항상 장부 정리도 했었고."

"응. 그렇지."

아빠는 아득한 추억에 잠긴 듯한 표정을 지었다.

나는 시무룩한 표정으로 말했다.

"나 요새 사무실 운영하는 게 점점 어렵다. 어떡하지?"

"왜? 너 잘하고 있는 거 아니었냐?"

"사실 이건 비밀인데, 요새 부쩍 정신이 오락가락하고 계산도 자꾸 틀려. 장부 정리도 어렵고, 하여튼 무지 헷갈려."

"어허, 젊은 애가 벌써부터 그러면 어떡하냐?"

아빠는 걱정스러운 눈으로 나를 쳐다보았다.

"그래서 말인데, 사업을 오래 했던 사람에게 조언을 얻어야겠어."

"그렇게 해라. 근데 누구한테 얻으려고?"

"누구긴 누구야? 당연히 아빠지. 내 주위에 아빠만큼 사업 오래 한 사람이 어디 있다고?"

아빠는 내 말에 손사래를 쳤다.

"아이구, 내가 그런 걸 어떻게 하냐? 나보다 잘하는 사람한테 물어라."

"아니야, 지금껏 살면서 아빠만큼 대단한 사람은 본 적이 없어. 내가 본받을 사람이 아빠밖에 더 있겠어?"

물론 아빠는 쉽게 승낙하지 않았다. 하지만 내가 누군가? 아빠에 관한 한, 나는 안 되는 것도 되게 하는 사람이다. 거절하는 아빠를 참여시키는 건 그리 어려운 일이 아니다. 그냥 멍청한 연기를 좀 하면 된다.

며칠 뒤, 아빠가 식탁에 앉아 과일을 먹고 있었다. 나는 장부를 펼쳐놓고 아빠 옆에 바짝 붙어 앉았다. 그리고 4살짜리 어린아이가 하는 것처럼 열 손가락을 다 펼치고 천천히 셈을 하기 시작했다.

"5만 원 더하기 3만 원은 7만 원. 어? 근데 왜 8만 원이 있지? 만 원이 남네? 만 원은 어디서 난 거지?"

그러자 아빠가 옆에서 차분하게 말했다.

"신임아, 너 계산 다시 해봐라. 어떻다고?"

나는 양손을 쫙 펼치고, 손가락을 오므렸다 폈다 반복하면서 힘주어 말했다.

"5만 원 더하기 3만 원, 7만 원!"

아빠가 다소 놀라는 표정으로 나를 보며 말했다.

"5만 원 더하기 3만 원이면 합이 8만 원이지, 왜 7만 원이냐?"

아빠 말에 즉시 반박했다.

"뭐라고? 말도 안 돼. 7만 원이 맞지. 아빠 왜 그런 걸 헷갈려 해? 정확히 7만 원이잖아."

"뭐어? 파하하."

아빠가 웃음을 터트렸다. 얼마나 크게 웃었는지, 입속에 있던 사과 조각이 밖으로 튀어나왔다.

"신임아, 너 초등학교 때 암산학원도 꽤 오래도록 보냈었는데……, 산수를 왜 그리 못하냐?"

나는 졸지에 바보 딸이 되어버렸다. 뭐 어떤가? 그런 바보 얼마든지 될 수 있다.

그 후로도 나는 유치원생들도 거뜬히 해내는 산수를 못해 쩔쩔매는 모습을 수시로 보여주었다.

며칠 후 저녁 시간, 나는 초조한 얼굴로 발을 동동거리며 말했다.

"이상하다. 또 만 원이 비어. 내 만 원!"

아빠가 물었다.

"만 원? 그게 왜 비는데?"

"몰라. 없어. 맨날 그래. 만 원도 비었다가 3만 원도 비었다가. 세상에서 계산하는 게 젤로 어려워. 하~ 힘들다."

잠시 후 아빠가 결심을 굳혔는지 부드럽게 말했다.

"신임아, 종이하고 주판 좀 가져와라."

"엥? 주판? 없는데."

"그럼 계산기는?"

"당근 있지."

그때부터 아빠와 나의 '사무실 일일 매출 정산놀이'가 시작됐다. 나는 이왕 하는 거 아빠의 뇌세포를 확실히 일깨워야겠다고 생각했다. 이 정산놀이는 좀 더 실감 나게, 좀 더 치밀하게 계획되었고, 점점 수준을 높여가며 몇 단계로 진행되었다.

첫째, 현금 이용하기

정산놀이를 실감 나게 하려면 장부 정도로는 되지 않았다. 아빠의 뇌에 콕콕 각인시키려면 현금을 직접 활용하는 게 좋다. 그래서 나는 은행에서 현금을 찾아왔다. 그것도 다양한 권종으로.

"신임이가 오늘 번 돈, 일일 매출 정산 좀 해주세요."

"그래, 어디 한번 계산해보자. 가지고 와봐라."

나는 히죽거리며 불룩한 잠바 양쪽 주머니에서 꼬깃꼬깃 구겨진 돈뭉치와 동전들을 자르르 쏟아냈다.

그리고는 "아빠, 신임이 오늘 나가서 돈 이만큼 벌어쪄요! 참 잘 했죠? 히히히."라고 혀 짧은 소리로 말했다.

바닥에는 만 원짜리, 5천 원짜리, 천 원짜리 지폐가 수북이 쌓였고, 500원짜리, 100원짜리, 10원짜리 동전도 한가득 깔렸다. 아빠는 바닥에 있는 돈들을 말없이 바라보았다. 오늘 하루 당신 딸이 피땀 흘려 열심히 뛰었던 모습이 그려지기라도 한 듯, 콧등을 만지작거리고 눈을 비볐다. 그리고는 구겨진 돈들을 권종별로 분리해서 정리했다.

"자, 우리 깡패, 오늘 얼마나 벌었나 세어보자."

아빠는 옆에 있던 A4용지에 '신임이 장부'라고 제목을 달고, 날짜를 적었다. 그리곤 손가락에 침을 묻혀가며 권종별로 하나씩 셌다. 동전까지 꼼꼼히 셌다.

"자, 총 수익은 이거다. 이제 지출을 적어보자. 오늘 뭐를 샀냐? 쭉 말해봐."

아빠의 글씨가 종이 위로 적혀 내려가자 나도 모르게 "얏호!" 하고 소리를 질렀다.

그렇게 총수익과 총지출이 적혀졌고, 마침내 순수익이 산출되었다. "자, 이게 오늘 우리 딸 수익이다. 깡패야, 애썼다."

아빠와의 정산놀이는 내 예상을 훨씬 뛰어넘었다. 아빠는 내가 생각한 이상으로 꼼꼼하고 똑똑했다.

둘째, 영수증 이용하기

며칠 동안 진행한 현금 정산놀이는 성공적이었다. 그렇지만 뇌세포를 좀 더 자극시키려면 방법을 업그레이드해야 한다. 그래서 이번에는 영수증을 이용했다. 영수증은 매우 다양한 금액을 적을 수 있기에 아빠의 두뇌 자극에 훨씬 탁월했다.

나는 사무실에서 바쁜 와중에도 틈틈이 영수증을 만들었다. 그 영수증은 실제 내 매출과는 전혀 상관이 없는, 오로지 아빠만의, 아빠를 위한 가짜 영수증이었다. 내가 여러 장의 영수증을 내밀자 아빠의 반응은 내가 예상했던 것보다 훨씬 적극적이었다.

나는 일주일에 두세 번씩 아빠에게 도움을 청했다. 치매 이후 가족 중 누구도 아빠를 의지한 적이 없었는데, 이제는 당신의 딸이 당신의 도움을 받아야만 사업을 잘할 수 있다며 의지하기 시작한 것이다. 아빠의 표정이 밝아지고 생기가 돌았다. 보람을 느끼기 시작한 것이다.

하루는 상당히 많은 양의 영수증을 뭉치 채로 들고 갔다. 고난이도의 계산을 통해 아빠의 두뇌활동을 도우려는 것도 있었지만, 단 한 번이라도 돈 잘 버는 능력 있는 딸의 모습을 보여주고 싶었기 때문이다.

아빠는 영수증 뭉치를 보더니 너무 놀라 입을 다물지 못했다.

"아니, 이게 다 뭐냐? 오늘 하루 동안 이렇게나 많이 벌은 거냐?"

"그럼~ 나 오늘 정말 열심히 일했어. 구두 밑창이 빵꾸가 날 정도로 뛰어다녔다니까."

"수고했다. 정말 수고했다, 우리 깡패."

"사실은 아빠가 정산을 해 주면서부터 매출이 껑충 뛰어올랐어. 모든 게 아빠 덕분이야!"

아빠는 많은 양의 영수증에도 당황하지 않고, 영수증 하나하나에 일련번호를 붙였다. 그리고 일일이 손으로 짚어가면서 계산을 하고, 그 금액을 장부에 옮겨 적었다. 아빠에게 거짓말을 한 게 조금은 미안했었는데, 그 모습을 보니 오히려 감격스러웠다.

그 후로도 나는 다양한 금액이 적혀 있는 다양한 영수증을 가져다 주었다. 아빠는 그 어떤 순간에도 완벽히 정산을 해냈다.

7년간의 마법 같은 기적

아빠의 두뇌운동은 확실히 활발해진 것 같았다. 나는 내친김에 좀 더 욕심을 냈다. 단순한 숫자 계산을 넘어서 상상력을 자극해 주고 싶었다. 그래서 이번에는 영수증 항목 란에 고객들의 특이사항을 적어보았다.

① 다섯 살 아이를 데리고 온 미혼모: 00원

② 95세에 세계 일주를 하신 할아버지: 00원

③ 고물 줍는 외로운 할아버지, 손을 잡아 드림: 00원

④ 89세 엄마를 모시고 온 착한 아들: 00원

⑤ 100세 노부부: 공짜로 해드림

아빠는 특이사항 읽는 걸 너무너무 재밌어했다. 그리고 틈틈이 조언도 해 주었다.

"이분은 좀 저렴하게 해드리지 그랬냐?"

"항상 잘해드려라. 성깔 부리지 말고, 알았냐?"

"외로운 노인은 몇 살쯤 되어 보이디? 다음에 또 오면 두유 한 병 드려라." 등등.

몇 달이 흘렀다.

그날도 아빠는 흐뭇한 미소를 지으며 열심히 정산 중이었다. 나는 아빠를 바라보고 있었다. 순간 머릿속에 한 장면이 스쳐 지나갔다. 어릴 때 자주 봐왔던 모습, 검은 머리의 젊은 아빠가 열심히 장부를 정리하던 모습이었다. 그런 아빠가 이제는 백발이 된 모습으로 장부를 정리하고 있었다.

갑자기 가슴 한쪽이 아려오면서 코끝이 찡해졌다. 때로는 당신도 감당할 수 없는 낯선 세계에 갇혀 길을 잃고 중얼거리는 아빠지만……, 맞다, 우리 아빠에게도 누구보다 뜨겁고 열정적인 젊은 시절이 있었다. 나는 지금 그 아빠를 다시 만난 건지도 모른다. 아빠도 그 시절로 돌아간 기쁨에 저렇게 환하게 웃고 있는 거겠지.

진작할 걸 그랬다, 아빠와의 정산놀이를. 너무 늦게 시작해 아쉽다.

200살까지의 버킷리스트

어느덧 아빠의 나이도 60대 후반으로 접어들었다. 나는 아빠가 다른 또래 어른들처럼 나이 듦을 무기력하게 받아들이지 않기를 바랐다. "이 나이에 뭘 하겠어?" "그런 건 젊은 사람들이나 하는 거지." 하는 말들은 아빠와 상관없는 말이길 바랐다. 나이가 들어도 여전히 꿈을 꾸는 아빠, 세상의 변화에 능동적으로 적응해 나가는 멋진 아빠가 되기를 바랐다.

하지만 내 앞에 있는 60대 후반의 치매 아빠에게 미래는 불투명할 수밖에 없다. 나는 그게 싫은 거였다. 치매든 아니든, 우리 아빠는 여전한 소망 가운데 살아야 했다. 여전한 생의 기쁨을 누려야 했다.

그래서 나는 아빠 옆에 앉아 스케치북을 펼쳐 놓고, 큼지막한 글씨로 이런저런 것들을 써가며 혼자서 중얼거렸다.

"69세 때는 캠핑카를 타고 여행을 다니자."

"75세엔 크루즈 여행을 해볼까?"

"90세엔, 음……."

그러자 아빠가 스케치북을 말끄러미 들여다보며 물었다.

"너 지금 뭐 하나?"

"버킷리스트 만들어. 버킷리스트가 뭔지 알아?"

"버킷, 뭐? 그게 뭐 하는 건데?"

"음…… 아빠는 200살 넘게 살 거잖아. 그래서 그때까지 할 일들을 하나씩 하나씩 계획 짜 보는 거야."

"하하하, 말도 안 된다. 내가 어떻게 200살까지 살겠냐?"

"도사님이 아빠 200살 넘게 살 거라고 했어! 앞으로 바빠질 테니 미리 계획 좀 짜놓으래."

"진짜냐?"

"응, 진짜야."

아빠가 환하게 웃었다. 그렇게 아빠와 나는 머리를 맞대고 200살까지의 버킷리스트를 작성했다.

66세~80세: 여행 다니기

"엄마랑 신임이랑 여행 다니자. 아, 유람선 타보는 건 어때?"

"여행, 유람선, 다 좋다. 허허허."

"이왕이면 크루즈 여행하자. 바다에선 크루즈 타고, 육지에선 바퀴 달린 이동주택 타고 세계를 여행하자."

"세계 여행, 좋다. 하하하."

아빠는 당장이라도 여행을 떠날 듯이 기뻐했다.

"아빠, 90세 되기 전에 자서전 쓰기에 도전해보자."

"뭐, 자서전? 그런 건 훌륭한 사람들이나 쓰는 거 아니냐?"

"그러니까 쓰는 거지. 아빠는 훌륭한 위인이잖아! 아빠가 그간 어떻게 살아왔고, 꿈이 무엇이었고, 어떤 애환이 있었는지, 그리고 이제까지 살아오면서 가장 가치 있고 행복한 건 뭐였는지 그런 걸 다 기록해보는 거야."

"그 많은 걸 내가 어떻게 적냐?"

"아빠는 말만 해. 적는 건 내가 하면 되지. 기록하는 일이 내 특기잖아. 아빠가 말하는 거 녹음하고, 내가 그걸 들으면서 정리하면 돼. 그러면 세상에서 하나뿐인 '노영현 자서전'이 만들어지는 거야. 어때, 멋지지 않아?"

"그래도……, 내가 뭐가 잘난 게 있어서 자서전까지 만들겠냐? 하지 말자."

하는 수 없이 나는 자서전 편찬의 당위성을 설명하기 시작했다.

"아빠, 잘 들어. 조선왕조실록 500년 기록이 당시의 서관들에 의해 기록되어 지금 우리 후손들에게 대대로 내려오잖아."

"응."

"그럼 현재의 기록들은 누가 작성할까?"

"몰라."

"속기사들이 기록하고 있어. 근데 공교롭게도 아빠 딸 직업이 뭐다?"

"속기사지."

"딩동댕~ 이건 뭘 뜻하는 걸까?"

"뭘 뜻하다니?"

"내가 속기사가 된 건, 조선왕조 500년의 기록을 서관들이 기록했듯이 아빠의 일생도 속기사인 내가 잘 기록해서 자서전을 펴내고, 그걸 아빠의 후손들에게 남기라는 뜻일 거야. 그러니까 아빠 자서전을 펴내는 건 내 사명이야, 사명!"

"너 자꾸 나 놀릴래? 하하하."

입으로는 말도 안 된다며 웃었지만, 표정만큼은 하늘에 둥둥 떠 있는 것이 분명했다. 자신의 일생을 책으로 펴낸다는 것이 얼마나 대단한 일인가?

며칠 후 아빠 침대 옆에 책상을 펴고, 허리를 곧게 편 뒤 그간 아빠에게 보였던 모습 중 가장 프로페셔널하고 완벽한 모습으로 속기 자판을 두드리며 물었다.

"아빠가 몇 년도에 태어났지? 고향은? 꿈은 뭐였어?"

아빠는 팔짱을 낀 채 속기 자판을 신기한 듯 바라보다가 대뜸 엉뚱한 질문을 던졌다.

"그 기계 몇만 원이나 하냐?"

'헉! 고작 몇만 원이냐니?'

이 순간 나를 상당히 멋있는 전문가 딸로 보는 줄 알았더니, 장난감 자판이나 통통 두드리는 말썽꾸러기 딸로 보는 게 틀림없었다. 나는 전혀 개의치 않고 다음 질문을 이어갔다.

"여태까지 살아오면서 가장 잘한 건 뭐야?"

"첫사랑이 엄마 맞아? 엄마한테는 비밀로 할 테니 나한테만 털어나 봐."

"학창 시절 기억나는 일은?"

"어려움에 처한 사람을 도와준 적 있어? 아님 아빠가 어려울 때 도움받았던 사람 있었어?"

"가장 기뻤던 때와 가장 슬펐던 때? 그리고 가장 웃겼을 때?"

"아빠 인생에서 기억에 남는 명장면은 몇 개나 되지?"

아빠는 나의 질문들에 옛일을 회상하며, 추억에 잠긴 듯 하나씩 하나씩 털어놓았다. 그렇게 아빠의 자서전 준비는 착착 진행되었다.

91~100세: 북극곰 구하기

북극의 얼음이 녹고 있다는 다큐멘터리를 아빠와 시청한 일이 있었다. 아빠는 북극곰들이 멸종 위기에 처해 있다는 방송을 보고 안타까워했다.

"쯧쯧쯧, 불쌍하구나."

우리는 어떻게 하면 북극곰들을 구할 수 있을지 고민했다. 그리고 수차례 회의한 끝에 드디어 방법을 찾아냈다. 작은 구슬로 된 특수한 물체를 개발한 것이다. 물론 상상 속에서 말이다.

그 구슬은 매우 용한 구슬이다. 어디든 던지면 눈 깜짝할 사이에 이글루 같은 얼음집이 만들어진다. 바다에 던지면 바다 위에, 얼음에 던지면 얼음 위에 자동 텐트처럼 뚝딱 설치된다. 이 얼음집은 매우 강해서 지구온난화에도 끄떡없다. 심지어 사막 한가운데 갖다놔도 절대 녹지 않는다. 바깥이 아무리 더워도 얼음집 안은 북극처럼 춥다. 그런 구슬을 아빠와 내가 수억 개나 만들었다. 우리는 헬기를 타고 북극까지 날아가, 북극곰들이 사는 바다위에 구슬을 마구 뿌려줄 것이다. 그러면 바다 위에 수많은 얼음집이 생겨날 것이고, 북극곰 아빠들이 처자식들을 데리고 그 얼음집에서 행복하게 살 것이다. 아기 북극곰들도 행복해하며 얼음 집 사이사이를 신나게 헤엄치면서 놀 것이다.

이같이 행복한 계획을 설명해주자 아빠는 매우 기뻐했다. 이 계획은 아빠의 나이 100세가 되기 전에 실행될 일이다. 하지만 아빠는 이미 실행된 것으로 생각했는지 나에게 자주 질문했다.

"북극 언제 가볼래? 흰곰들 어떻게 됐냐?"

나는 침을 꿀꺽 삼키고 조심스럽게 대답했다.

"아주 잘 있어. 북극곰 식구들도 점점 늘고 있고."

그럴 때마다 아빠는 흐뭇한 미소를 지었다.

151~200세: 우주여행하기

우리 부녀는 아빠 나이 200세가 되기 전에 우주여행을 하기로 계획했다. 우주에 대해 문외한이었던 나는 우주에 관한 책을 탐독했고, 아빠와 우주여행에 관해 많은 대화를 나눴다.

"우리 은하에는 적어도 2,000억 개의 별들이 있대. 우리 그 별 하나하나 직접 가서 보고 사진도 찍고 이름도 붙여주자. 재밌겠지?"

"허허, 우주에 별이 그렇게나 많냐? 거기는 뭐 타고 가냐?"

"우주선 타고 가면 되지."

그러자 아빠가 호기심 가득한 얼굴로 물었다.

"도착하는 데 얼마나 걸리는데?"

"응. 현재 운행 중인 우주선으로는 몇 달이 걸리나 봐. 그래서 말인데, 이참에 아빠랑 내가 지구와 우주를 연결시키는 초고속 우주선을 만들어 보자구."

"그걸 어떻게 만드냐?"

"아빠랑 나랑 합심하면 못할 게 없지. 알면서!"

그렇게 우리 부녀는 또 하나의 상상의 세계, 지구에서 우주까지 단 하루 만에 갈 수 있는 초고속 우주선을 만들었고, 그 우주선이 정착할 수 있는 최첨단 우주정거장도 만들었다. 우리는 우주선을 타고 토성, 목성, 화성, 금성 등 지구 밖에 있는 다른 행성에 가보기로 약속했다.

"아빠, 아무래도 200살보다 오래 살아줘야겠는데? 우주여행만 해도 이렇게 갈 곳이 많은데 말이야. 100년만 연장해서 300살까지 살자."

"뭐라고, 이놈아? 하하하."

그렇게 나는 60대 후반인 아빠의 삶을 지금까지와는 전혀 다른 새로운 삶으로 바꿔주려고 노력했다. 단순히 나이만 먹어 점점 죽음에 가까워지는 쓸쓸한 삶이 아니라, 젊은 사람도 부럽지 않을 가치 있는 삶으로 말이다. 당신의 인생을 기록해 책으로 남기고, 멸종 위기의 생명을 구해내고, 아무도 가볼 엄두를 못 내는 우주를 탐험하는 삶, 그것은 아빠가 이 세상에서 아직도 할 일이 많이 남아 있다는 것을 보여주는 꿈과 희망이다. 우리 아빠의 인생은 누가 뭐래도 힘차고 아름답다.

11장
아빠, 다시 떠날 채비를 하다

다시 떠날 채비를 하는 아빠

"생일 축하합니다. 생일 축하합니다. 사랑하는 우리 아빠, 생일 축하합니다."

그해 아빠의 생일은 그 어느 해보다 행복했다. 만물이 소생하는 봄이어서 세상은 온통 향기롭고 싱그러웠으며, 하늘도 맑았고, 날씨도 푸근했다.

평일이라 다른 식구들은 올 수 없었고, 우리 세 식구만 조촐하게 파티를 열었다. 그날따라 엄마와 아빠는 유독 다정했다. 엄마는 아빠 옆에 딱 붙어 앉아서 아빠에게 팔짱을 끼고 미소를 지었다. 그 모습이 너무 예뻐 사진에 담았다. 케이크를 사이에 두고 두 분이 활짝 웃고 있는 사진이 지금도 내 앞에 있다.

"오늘이 아빠 68번째 생일이니까 앞으로 132년 남았네. 우리 매일매일 재밌게 살자."

"그러자, 하하."

7년간의 마법 같은 기적

"뭐, 132년? 우와, 당신 오래 살겠네요. 까짓거 같이 삽시다. 같이 오래오래, 132년 동안!"

엄마가 웃으면서 말했다.

엄마에게 슬며시 다가가 귀엣말로 물었다.

"엄마, 요즘 아빠 어때?"

"니 아빠 최고로 이쁘다! 여보, 울 남편 최고예요."

이보다 행복할 수 있을까? 서로 원수 보듯이 으르렁대기만 했던 아빠와 엄마가 이렇게 서로를 바라보며 웃을 수 있다니…….

엄마는 부쩍 아빠와 가깝게 지냈다. 하루에도 수십 번 아빠를 안아주면서 "내 남편 최고"라고 말했고, 아빠와 함께 식탁에 앉아서는 "신임이 시집보내고 나면 같이 고물상이나 합시다." 하며 사업계획까지 짰다. 나 또한 여전히 아빠를 자주 안아드리며 "사랑해." "고마워."를 연발했다. 아마도 아빠 평생 이렇게 사랑받았던 적은 없는 것 같다. 가족에게 사랑받는 아빠는 누구보다 행복하고 안정되어 보였다. 내가 계획했던 '우주에서 가장 행복한 아빠 만들기 프로젝트'는 그야말로 대성공을 거두었다고 생각했다. 그리고 그 행복도 오래오래 지속될 줄 알았다.

"신임아, 신임아, 이리 좀 와 봐라."

주말 오후, 아빠가 다급하게 불러서 달려갔다.

"휴지 좀 줘라. 어서."

코피였다. 생전에 코딱지를 세게 팔 때 빼고는 피라면 보이지 않던 아빠가 진한 코피를 흘리고 있었다. 분명 코딱지 판 코피는 아니었다. 얼마 후 피는 멎었지만, 그 후로도 여러 차례 코피를 흘렸다.

아닌 게 아니라 아빠의 몸이 말이 아니었다. 체중이 급격히 줄어들었고, 기운도 없어졌다. 평소 좋아하던 과일과 생선을 챙겨줘도 먹지 못했다. 두 달쯤 지나자 얼굴이 노래지기 시작했다. 황달 증세가 온 것이다. 가뜩이나 마른 몸이 더 왜소해 보였다.

어쩔 수 없이 아빠는 그토록 싫어하던 병원에 입원을 하게 되었다. 정밀검사를 받고 결과가 나오는 날, 사무실에 있는 휴대폰으로 전화가 왔다.

"신임아, 잠깐 전화 좀 받아봐."

엄마의 목소리가 떨렸다. 엄마는 가슴이 떨려 직접 설명할 수가 없다며, 같은 병실에 있는 옆 환자 가족을 바꿔주었다. 나도 심장이 뛰었다. 제발 별일 아니기를 바랐다.

"따님, 아버님이 암이시래요."

"네?"

"담도암 3기시래요."

내 머릿속에서 천둥번개가 쳤다. 그리고 아무 말도 할 수 없었다.

울음이 멈추지 않아 전화를 끊었다. 얼마나 울었는지 모르겠다.

정신을 차리고 병원으로 달려갔다. 주치의는 아빠에게 남은 시간이 6개월 정도라고 했다. 항암치료를 통해 얼마간 생명을 연장할 수는 있지만, 장담은 못한다고 했다.

도대체 무슨 말을 하는 건지. 의사는 뭐라고 한참을 설명했지만, 하나도 들어오지 않았다. 머릿속에 들어온 확실한 말은 아빠가 6개월밖에 살지 못한다는 말이었다.

통통 부은 눈을 손으로 꾹꾹 누른 뒤 미소를 지으며 병실로 들어갔다. 이 순간 가장 필요한 것은 아빠의 마음을 편안하게 해드리는 것이다. 아빠는 떠나는 그 순간까지 이 세상에서 가장 행복한 사람이어야 한다.

그러나 아빠의 노란 얼굴을 보니 마음이 흔들렸다. 아침에 봤을 때보다 훨씬 야윈 모습이었다. 가족들이 옆에 있었지만, 아빠의 눈에는 두려움이 가득했다. 마음을 다잡아야 한다. 그 순간 아빠를 위로할 사람은 나밖에 없었다. 마침 동생 신화도 와 있었다. 나는 신화를 보고 입술에 힘을 주었다. 그리고 미소를 지으며 아빠에게 다가갔다.

"아빠!"

나는 평상시와 똑같이 아빠를 안아주었다. 샛노래진 이마에 내 이마를 갖다 대며 환하게 웃어주니 이내 안심하는 것 같았다.

아빠가 내 손을 덥석 잡으며 말했다.

"신임아, 나 얼른 집에 데려다줘라. 어서 퇴원하자."

"아빠, 이 병원 지난번에 얘기했던 그 병원이잖아. 아빠가 인수한 병원."

"뭐?"

사실 오래전부터 병원에 대한 또 다른 스토리를 만들어 아빠에게 들려주곤 했었다. 언젠가 단 몇 번이라도 병원에 갈 일이 생길 텐데, 그럴 때마다 두려워하면 큰일이지 않은가?

아빠는 병원의 이사장이다. 한국의 의사면허가 없는 '히뽀크라테스 1호' 의사라고 불렸다. 아빠가 운영하는 병원은 무서운 곳이 아닌, 아픈 이들을 고쳐주는 고마운 곳이다. 아빠의 병원은 아무리 많이 아픈 사람이 와도 기적적으로 건강해져 웃으면서 퇴원한다. 그 이유는 아빠 병원에 오면 다들 행복해지기 때문이다. 아빠는 그런 병원을 전국에 여러 개 갖고 있었다.

"아빠, 기억나지? 아빠가 이 병원 인수한 거."

"음……."

아빠는 억지로 기억을 해내려고 하는 것 같았다. 신화는 옆에 서서 이 황당한 얘기를 멍하니 듣고 있었다.

"그래서 말인데, 오늘부터 암행입원 좀 해보자."

"암행입원?"

"응. 종합검진도 받아서 의료장비들이 잘 돌아가는지도 보고, 우리 병원 환자들이 불편해하는 건 없는지, 밥은 영양가 있게 먹고 있는지도 보고, 혹시 개선사항이 있으면 조치까지 싹 해주고 나가는 거야. 어때?"

아빠는 잠시 생각에 잠기더니 "그래, 알았다." 하고 동의했다.

"역시 우리 아빠는 멋지다니까! 근데 아빠 혼자 하기 어려우니까, 신임이가 보호자로 변장해서 병원 여기저기 돌아다니며 상세히 알아볼게. 아빠도 환자복 입고 생활하면서 잠복해."

"알았다. 대신 오래 있진 말자."

나는 주변을 한번 스윽 살핀 후, 이번에는 귓속말로 조용하게 말했다.

"아빠가 여기 이사장인 거 환자들이나 병원 관계자들이 전혀 모르고 있어. 절대 들키면 안 되거든. 그러니까 진짜 환자처럼 주사도 맞고 해보자."

"뭐? 주사까지?"

아빠가 깜짝 놀라 소리쳤다.

　　　　　　　　7년간의 마법 같은 기적

"쉿! 놀라지 마. 사실은 주사를 가장한 영양제야. 설마 아빠한데 그 무서운 주사를 놓겠어? 그만큼 완벽해야 한다는 거야. 그래야 사람들이 아빠가 이사장이 아니라 환자인 걸로 믿을 거 아냐?"

아빠는 고개를 끄덕였다.

그날부터 나는 사무실 출근도 하지 않고 아빠 곁을 지켰다.

시간은 어느덧 봄을 지나 여름에 접어들었다. 초여름 신록이 산과 들에 펼쳐지더니 어느새 찬란한 녹음으로 온 세상이 변했다. 푸르른 생명은 산과 들에만 있는 게 아니었다. 공원에도, 거리에도, 심지어 빌딩 숲에도 짙푸른 생명의 기운은 넘쳐났다. 그 생명력은 뜨거운 태양 아래서도 힘차게 솟구쳐 올랐다. 하지만 한 사람, 단 한 사람에게 만큼은 그 생명의 기운이 비껴갔다. 아빠는 하루가 다르게 기력을 잃어갔다.

큰 병원으로 옮겨 수술받으려고도 했지만 거절됐다. 몸이 너무 약해져 수술을 감당해낼 수 없을 거라는 이유였다.

다른 방법으로 항암치료를 하려고 했지만 그것도 무산됐다. 상태가 급속도로 나빠져 별 도움이 안 될 거라는 이유였다.

아빠는 붙잡으면 붙잡을수록 먼 곳으로 달아나는 것 같았다.

3개월 남았다.

얼마 전까지 나와 손뼉을 치고 기뻐하며 배꼽을 잡고 웃었던 아빠가 3개월 후면 돌아가신단다. 이대로 아빠를 보낼 수 없었다. 7년 전처럼 기적이 일어날 거라 믿고 모든 걸 쏟아부었다.

그사이 수많은 일들이 있었지만, 그 일을 다 적기엔 눈물이 나서

도저히 적을 수가 없다.

그렇게 눈 깜짝할 사이 두 달이 또 흘렀다. 소중한 아빠와 함께하는 시간은 왜 그리도 빨리 가는지……. 아침이 되면 금방 저녁이 되고, 저녁이 되면 금방 해가 뜬다. 나의 노력에도 불구하고 아빠의 병세는 점점 악화되었다.

1개월 남았다.

의사가 그랬다. 그러면서 아빠가 편안히 떠나가실 수 있게 호스피스 병동으로 옮겨드리라고 권유했다.

그러나 아빠는 하루에도 수십 번 집에 가고 싶다고 말했다. 끊임없이 그리고 한결같이.

"신임아, 집에 가고 싶다. 제발 집에 데려다줘. 제발 부탁이다."

아빠는 진정으로 집으로 돌아가기를 바랐다. 아빠의 간곡한 호소에 여러 가지를 알아보다가 '가정간호제도'라는 게 있다는 걸 알게 되었다. 가정에서 간호사와 요양보호사를 통해 의료서비스를 받을 수 있는 제도였다.

아빠를 케어할 수 있는 만반의 준비를 마치고 드디어 집으로 모셨다. 시집간 신화도 당분간 친정에서 지내기로 했다.

아빠는 집에 도착하자마자 편안해했다. 그리고 내게 당부했다.

"다시는 나를 병원에 보내지 말아 다오."

"응. 다시는 병원에 보내지 않을게. 우리 집에서 엄마랑 신임이랑 200세까지 행복하게 살자."

나는 하루에 3시간 이상 잠을 자지 않았다. 혹시나 내가 알아차리지 못하는 아빠만의 통증이 있는 건 아닌지 세세히 살폈고, 아빠의 통증을 조금이라도 덜어주기 위해 광선기(온열기)로 아빠의 발바닥부터 종양 부위까지 꼼꼼히 비춰주었다. 그 외에도 수없이 많은 노력을 했다. 7년 전 그때처럼 아빠와 내게 기적이 일어나기를 간절히 바라면서 말이다.

희망.

다행히 정성이 통했는지 병원에서의 모습과는 다르게 아빠의 통증은 차츰 줄어들었다. 아빠는 편안해했다.

그리고 아빠는 한 사람, 오직 한 사람의 이름만을 계속 불렀다. 하루에도 수십 번씩. 그것도 아주 큰 소리로.

"신임아!" "신임아!" "신임아!"

그럴 때마다 나는 몸을 바짝 숙여 아빠의 얘기에 귀를 기울였다.

"물을 다오. 여기가 어디냐?"

"어디긴, 우리 집이지."

"그래, 절대 병원에 보내지 마라."

내 이름을 큰소리로 외치는 아빠를 보며 나는 생각했다. 결코 아빠를 포기해서는 안 된다고. 내가 할 수 있는 최선보다 훨씬 더 많이, 몇십 배, 아니 몇백 배 더 열심히 아빠를 돌본다면, 우리를 비껴갔던 행운의 여신이 아빠에게 돌아올지도 모른다. 혹시 아는가? 꺼져가는 아빠의 생명 빛이 다시 살아나는 기적, 그 기적이 정말로 일어날지 말이다.

나는 다시 희망을 품었다. 치매를 앓고 있는 아빠의 뇌가, 아빠의 심장이, 아빠 몸을 둘러싸고 있는 수십억 개의 세포들이 똑똑히 듣고 힘을 낼 수 있도록 온통 좋은 말만 해주었다.

"아빠 사랑해."

"아빠 고마워."

"아빠 어제보다 훨씬 좋아졌다."

"아빠 점점 좋아지고 있으니까 다 나으면 공기 좋은 곳에 예쁜 전원주택 짓고, 가지, 상추, 오이, 깻잎 그런 거 키우고, 강아지도 기르자."

두려움.

아무래도 행운의 여신은 우리 편이 아니었나 보다. 아빠의 생명 빛이 점점 소멸되는 것이 느껴졌다. 너무 두려웠다. 아빠는 침대 등받이에 혼자 힘으로 앉아있지도 못할 만큼 쇠약해졌다. 그 두려움 속에서 나 또한 체중이 7kg나 빠져버렸다.

그날도 아빠 손을 꼭 잡고 희망의 말을 들려주었다.

"아빠~ 신임이 여기 있어. 신임이가 지켜줄게. 아무 걱정 마."

며칠간 잠을 설치고 너무도 지쳐있던 나는 아빠의 숨소리를 들으며 곁에 누웠다. 그러다가 나도 모르게 잠이 들었다.

갑자기 아빠 침대 주변이 환해지더니 활기가 흘러넘쳤다. 얼마 안 있어 아빠가 예전처럼 예쁜 눈을 말똥말똥 뜬 채 스스로 일어나 앉더니, 나를 향해 환하게 웃고 있는 게 아닌가?

나도 졸린 눈을 비비며 일어나 앉았다.

"우와! 아빠 혼자 일어난 거야? 이제 다 나은 거야?"

"하하하~ 우리 깡패. 내 새끼~ 너 시집은 언제 갈래?"

아빠가 양손으로 내 볼을 꼬집으며 기분 좋게 웃었다.

그리고 눈을 떴다. 꿈이었다.

아빠가 떠나다

1. 작별

아빠가 잠들어 있는 시간이 점점 늘어났다. 발음도 불분명해졌고, 눈빛도 초점이 흐려졌다. 가장 힘들었던 건 아빠의 가래였다. 가래를 뱉어낼 기력도 남아있지 않았기에, 지속적으로 가래를 빼줘야 했다.

그날도 아빠 목에서는 계속 가르랑가르랑 소리가 났다.

아빠에게 죽을 먹이려고 일으켜 앉힌 뒤 침대 등받이에 기대게 했다.

"아빠, 잘 잤어? 아침밥 먹자."

나의 말에 아빠는 힘겹게 고개를 돌리더니, 나를 쳐다보았다.

며칠 만에 눈을 마주친 건지 모른다. 그간 초점을 잃은 채 천장이나 허공을 바라보던 아빠와 눈을 마주치기는 쉽지 않았었다.

순간 너무 기뻐 소리쳤다.

"우와! 울 아빠가 나 봐줬다. 고마워!"라고 말한 뒤 죽 한 숟가락을 떠먹여 주었다.

그토록 거부했던 죽 또한 오늘은 입을 아~ 하고 벌리며 잘 받아주었다. 그러다 죽이 아빠 입 주위로 흘렀고, 엄마가 "우리 신랑 잘 먹네." 하며 닦아주자, 이번에는 엄마를 돌아보며 눈을 맞췄다.

"와, 오늘 우리 아빠 기분 좋은가보다. 엄마도 쳐다보네?"

"그러게. 당신이 나 쳐다본 게 얼마 만인지 알아요? 오늘 계 탔네, 하하하."

엄마와 나는 기뻐서 소리쳤다. 아빠의 얼굴에도 옅은, 아주 옅은 미소가 번졌다.

하지만 잠시 후,

아빠는 가는 숨을 내뱉더니 고개를 떨어뜨렸다. 머리를 받쳐서 다시 세워주었지만, 또다시 힘없이 떨어졌다.

"아빠, 왜 그래? 아빠!"

아빠의 숨소리가 점점 약해졌다.

"아빠! 아빠!"

또다시 일으켜 세워도 힘없이 쓰러지는 아빠를 보며 불길한 생각에 울음을 터트렸다. 그리고 눈을 감고 있는 아빠의 머리를 끌어안았다.

"아빠! 안 돼! 일어나봐. 제발!"

옆에 있던 요양보호사가 아직 절망하지 말라며 119를 부르라고 했다. 나는 아빠를 엄마에게 부탁한 뒤 119를 불렀고, 잠시 후 구급차가 도착했다. 그리고 아직 심장이 뛰고 있다며, 서둘러 아빠를 구급차에 옮겼다. 나는 아빠의 물건들을 이것저것 챙겼고, 엄마는 출근하다 다시 돌아온 신화와 함께 아빠를 모시고 먼저 병원으로 갔다.

얼마 후 신화에게 연락이 왔다. 형부가 아빠에게 심폐소생술을 하지 말라고 권했다는 것이다. 형부는 지금까지 할아버지, 할머니, 아버지, 어머니 네 분의 장례를 치렀던 경험이 있다. 아빠는 이미 쇠약한 상태라, 잘못하면 갈비뼈만 부서지고 오히려 고통만 가중된다는 것이다.

그저 마지막을 편안히 보내드리자는 것이었다. 신화는 받아들이겠다고 했다. 나는 아무 말도 할 수 없었다. 조금 전까지 내 곁에 있던 아빠인데, 그럴 리 없다고, 아빠를 다시 만날 수 있을 거라고 믿었다.

서둘러 아빠의 짐을 챙겨 택시를 타고 병원으로 달려갔다. 엄마와 신화가 슬피 울고 있었다. 아빠가 안 보였다.

신화가 하얀 천으로 덮여있는 쪽을 가리키며 입을 틀어막고 흐느꼈다.

천천히 하얀 천을 젖히자 아빠가 눈을 감은 채 자고 있었다. 늘 내 곁에서 잠자던 모습 그대로였다.

"아빠, 신임이 왔어. 어서 일어나. 우리 집에 가야지. 응?"

눈물을 삼키며 아빠를 불렀다.

"아빠! 아빠!"

아빠는 답이 없었다.

아빠의 이마와 볼을 만졌다. 아직도 이렇게 따뜻하기만 한데 아빠 얼굴 위에 하얀 천은 왜 덮은 거지?

"아빠, 아니지? 우리 아빠 아직 안 갈 거지? 아빠, 내가 더 잘할게. 어서 일어나자, 응?"

가슴이, 심장이 아팠다. 뜨거운 눈물이 뺨으로 흘러내렸다. 아빠를 부둥켜안았다.

"아빠! 아빠!"

신화가 눈물을 훔치며 말했다.

"언니, 아빠한테 인사해. 아직 우리 목소리 다 듣고 계실 거야. 빨리."

가까스로 울음을 참아내며 아빠 볼에 내 볼을 갖다 대고 말했다.

"아빠, 사랑해. 아빠는 내 보물이야. 고마워…….사랑해."

돌이켜보면 우리가 잠든 사이 새벽에라도 아빠는 떠날 수 있었다. 그런데 오전 8시경, 아빠는 눈을 감은 채 출근 인사를 하는 막내딸 신화의 목소리를 들었다. 잠시 후 아침을 먹자며 당신을 일으켜 세운 든든한 둘째 딸 깡패 목소리에 힘겹게 눈을 떠 눈인사를 건넸다. 그리고 마지막으로 입가에 흘린 죽을 닦아주던 엄마의 모습도 눈에 담았다. 그리고는 눈을 감았다. 그제야 알았다. 조금 전 그 순간이 아빠가 우리들과 마지막으로 인사를 나누던 시간이었다는 것을.

만일 오늘 아침 아빠가 떠날 거라는 걸 미리 알았다면 어제 밤새도록 아빠의 모습을 눈에 담고 또 담았을 것이다. 더 많이 안아주고, 사랑한다고, 고맙다고 수없이 말했을 것이다. 단 한순간도 아빠 곁을 떠나지 않았을 것이다. 그러나 그러지 못했다는 사실에 가슴이 찢어지듯 아팠다.

그리고 긴긴밤을 참아내며 아침 시간 식구들과 마지막 인사를 할 때까지 견뎌준 아빠에게 너무도 미안하고 고마웠다. 어젯밤 아빠는 이미 가족들 곁을 떠날 준비를 하고 있었나 보다.

아빠는 내가 병원에 도착하기 조금 전에 이미 운명하셨다고 한다. 그리고 이제 곧 아빠와 헤어져야 한단다. 복받치는 슬픔이 눈물이 되어 내 뺨을 타고 계속 흘러내렸다.

"아빠, 미안해. 신임이가 너무 늦게 와서……. 정말 미안해, 아빠."

그때 흰 가운을 입은 남자가 다가와 말했다.

"고인의 상태를 위해서 영안실로 옮겨야 합니다."

엄마와 동생은 의사의 말에 흐느꼈고, 나는 힘없이 저항했다.

"저희 아빠랑 좀 더 같이 있게 해주세요. 부탁드려요."

"안 됩니다. 어서 옮겨주세요."

결국 그의 요구대로 아빠는 어디론가 실려 갔다. 나는 아빠가 머물러 있던 자리에 웅크리고 앉아 목 놓아 울었다.

얼마나 울었을까? 정신을 차려보니 아빠 얼굴이 기억나지 않았다. 이대로 떠나보낼 수는 없었다. 마지막 단 한 번이라도 아빠를 봐야 했다. 병원 측에 사정을 해서 아빠를 한 번만 더 보게 해달라고 간청했다.

그리고 아빠가 있는 곳으로 갔다. 고요한 그곳은 어두웠고, 여름이었는데도 매우 추웠다. 사망하신 분들이 모여계시는 영안실이었다.

관계자가 아빠가 있다는 냉동고 손잡이를 잡아당기니, 아빠는 검은 가죽으로 뒤덮여 있었다. 지퍼를 열어보니 낯선 모습의 아빠가 누워있었다. 분명히 119에 실려 가기 전 핑크색 이불을 덮어줬었는데, 이불은 온데간데없고 자주색으로 변한 아빠의 얼굴과 앙상한 가슴뼈만 눈에 들어왔다.

아빠의 얼굴을 내 손으로 감쌌다. 아빠는 너무도 차가웠다. 아빠의 가슴에 내 얼굴을 묻고 흐느꼈다. 심장소리가 들리지 않았다. 한 때 청진기를 갖다 대며 우리 아빠 200살까지 건강하게 살 수 있는 심장소리라고 호언장담했던 그 심장소리가 더 이상 들리지 않았다. 가슴이 무너져 내렸다. 이렇게 낯설고 추운 곳에 아빠를 혼자 둬야 하다니…….

그 순간 후회했다. 그냥 아빠를 집에서 편안히 보내드릴걸. 그럼 아빠에게 잘 가란 말도, 사랑한단 말도 실컷 하고, 아빠를 더 많이 안 아주고 좀 더 편안히 보내드렸을 텐데. 괜히 구급차를 불러서 아빠가 그토록 싫어하는 병원으로, 이토록 차가운 곳으로 너무도 빨리 내몰 았구나. 나만 아니었다면 이렇게 춥고 가족들도 없는 외로운 곳에 빨 리 안 와도 됐을 텐데……. 모두가 내 잘못 같았다.

"아빠, 미안해. 다 나 때문이야. 우리 아빠 추운 거 엄청 싫어하 는데 ……, 나 때문에 이렇게 됐어. 정말 미안해. 신임이가 잘못했어. 용서해줘."

찢어질 듯한 고통이라는 게 무엇인지 그때 절감했다.

얼마 후 병원 관계자가 들어와, 시간이 다 됐다면서 그만 나가달 라고 요구했다. 그는 지퍼를 닫고 아빠를 냉동고 안으로 밀어 넣었다. 아주 무심하게.

닫힌 냉동고 정면에 이름표가 붙어있었다. 내 아빠의 이름이었다. 이 모든 것들이 제발 꿈이기를, 꿈에서 빨리 깨어나기를 바랐다.

3. 입관

아빠의 모습을 마지막으로 볼 수 있는 시간이었다. 이 순간이 지나면 아빠를 더 이상 볼 수 없다니 믿기지가 않았다.

관속에 누워있던 아빠의 모습은 암과 사투를 벌이며 힘들어했던 모습이 아니었다. 핏기 하나 없었던 얼굴이 건강했던 시절의 안색으로 바뀌어 있었고, 머리도 잘 빗겨져 있었으며 곧은 자세로 누워있었다. 아무래도 평생 안 해보던 메이크업을 한 듯하다. 아프기 전의 잘생긴 얼굴을 다시 볼 수 있어 감사했다. 아침저녁으로 정성스레 소독해주던 담즙관도 수의로 가려져 보이지 않았다. 보기만 해도 마음이 아파서 가슴을 쓸어내려야 했던, 등에 났던 욕창도 안 보였다.

그간 가녀린 모습으로 아파했던 아빠를 보며 도대체 어떻게 지켜줘야 할지 막막하여 조용히 눈물을 닦아냈던 게 한두 번이 아니었다. 너무 힘들 때면 화장실로 숨어들어 물을 세게 틀어놓고 몰래 엉엉 운 적도 있다. 그렇게 화장실에서 울어댔던 시간이 얼마나 많았던가? 돌이켜보면 그 시간까지도 아빠 곁에 있어야 했다. 그 아까운 시간을 허비했다는 생각에 마음이 더 아팠다. 아빠의 숨이 붙어 있던 모든 순간들이 기적 같은 순간이었음을 이제야 알았다.

지금이라도 아빠가 벌떡 일어나 "신임아, 여기서 뭐 하냐? 어서 집에 가자."라고 말한다면 얼마나 좋을까? 갑자기 재채기를 하며 일어나 앉더니 "수의가 너무 크다. 이번에 말고 다음에 살 좀 찌워서 떠날란다." 하고 말해준다면 얼마나 좋을까? 하지만 무심한 아빠는 끝까지 꿈쩍도 하지 않았다.

가족들 한 사람 한 사람이 아빠와 마지막 인사를 나눴다. 그리고 내 차례가 되었다. 흘러나오는 눈물을 훔치며 천천히 말했다.

"내 사랑 아빠. 우리 아빠는 다리도 엄청 길고, 얼굴도 갸름한 미남이고, 신임이의 엄청난 보물이었고, 영웅이었어. 아빠랑 함께 지냈던 순간이 내 평생 최고의 날들이었어. 먼저 가서 재미있게 놀고 있어. 바둑도 두고, 장기도 두고, 집에서처럼 많이 걷고, 맛있는 것도 많이 먹고, 친구들도 많이 사귀고, 더 많이 웃고, 건강하게 지내고 있어. 그리고 먼 훗날 다시 만나자. 그때까지 잘 지내고 있어야 해. 아빠, 사랑해. 고마워."

4. 장례식

늘 집에만 있어서 외톨이라고 생각했던 아빠였는데, 장례식장에서 보니 내가 모르는 이들이 많이 찾아오셨다. 아빠가 이리도 아는 사람이 많았나 싶었다. 아닌 게 아니라 아빠는 생전에 누구에게든 베풀기만 했던 분이다. 이제라도 그 덕을 받게 되니 고마울 뿐이었다. 그리고 잊고 있던 게 있었다. 아빠도 누군가의 집안 어른, 삼촌, 매형, 동서, 이모부, 형부, 큰아빠 등 숱한 인연이었던 걸 말이다. 치매가 오기 전 친구들과 이웃들을 무척 아끼고 좋아했던 아빠였는데, 그런 아빠의 가는 길만큼은 외롭지 않아 다행이었다.

5. 딸들을 위한 아빠의 배려

생전에 아빠는 내게 여러 번 말씀하셨다.

"나중에 내가 떠나거든 반드시 화장을 해야 한다. 뼛가루도 훌훌 뿌려버리고."

"왜?"

"그냥 그리 해줘라."

여러 번 이유를 물어도 아빠는 늘 "그냥."이라고만 대답하셨다. 그 이유를 발인 때에야 비로소 엄마를 통해 들을 수 있었다.

아빠 집안은 대대로 매장을 했었고, 선산도 있다고 한다. 그럼에도 굳이 아빠가 화장을 고집한 건 바로 우리들, 딸들을 고생시키지 않게 하려는 이유였다고 한다. 아빠는 가는 순간까지 세 딸들을 배려하신 것이다.

6. 화장

장례식장을 출발한 운구차는 아빠가 그토록 좋아했던 집을 한 바퀴 돌아 화장터에 도착했다. 잠시 후 아빠가 화장되는 순번이 정해졌고, 가족들은 대기실로 자리를 옮겼다. 대기실 위쪽에 아빠의 번호와 이름이 표시되면 화장이 시작되는 거였다. 나는 아빠를 모시고 와준 운전기사에게, 아빠의 순서가 오기 전까지 차 안에서 마지막 시간을 아빠와 함께 있게 해달라고 부탁했다. 기사는 자리를 비켜줬다.

내가 태어날 때 나를 받아준 사람은 아빠였다. 힘들게 진통하는 엄마 곁을 지키며 둘째 딸의 생명을 당신의 손으로 직접 받아낸 것이다. 엄마와 나를 연결해주었던 탯줄도 직접 끊어 예쁘게 동여매 주었다고 한다. 아빠가 내 생명을 받은 지 37년의 세월이 흐른 후, 우리 두 부녀는 이런 모습으로 마지막을 맞게 되었다. 본인이 직접 받은 둘째 딸의 심장소리를 들으며 가슴에 품고 기뻐했던 아빠는 운구 차량 뒤 칸에 눈을 감은 채 누워있고, 그 어렸던 딸은 아빠의 화장 순서를 기다리고 있다. 우리 부녀의 마지막 모습이 이러하리라는 걸 그 누가 상상이나 했을까? 아빠와 함께할 시간이 그다지 길지 않다는 걸 미리 알았다면, 나는 조금이라도 빨리 좋은 딸이 될 수 있었을까?

소리 없이 흘러내리는 눈물을 삼키며 마지막 인사를 건넸다.
"아빠, 신임이 낳아서 지금까지 잘 키워줘서 정말 고마워. 아빠 딸이라서 진짜 행복했어. 아빠, 사랑해."

얼마 후 아빠의 순서가 되었고, 화장을 마친 아빠의 모습이 투명한 유리 막 너머로 보였다.

아빠는 마치 애초에 존재하지 않았던 것처럼, 나와 손잡고, 밥 먹고, 웃고 떠들었던 일들이 그저 잠시 꾸었던 행복한 꿈이었던 것처럼 사라지고 없었다. 이번 생에서는 다시는 아빠의 모습을 볼 수 없다는 사실을 알게 된 그때, 목구멍까지 치밀어 오르는 슬픔에 숨이 막혀와 그 자리에 주저앉고 말았다. 이 고통스러운 감정은 아마 내 평생 절대 잊혀지지 않을 것이다.

아빠는 작은 유골함에 담겨 내 품으로 돌아왔다. 아빠를 꼭 안아 줬다. 유골함은 아빠처럼 따뜻했다.

7년간의 마법 같은 기적

아빠는 따스한 햇살과 언덕, 나무들 그리고 날아가는 새들을 한눈에 볼 수 있는 곳, 아름다운 창밖의 풍경을 언제든 감상할 수 있는 좋은 위치의 납골 공원에 안치되셨다.

7. 아빠가 떠나다

혹독했던 장례절차가 끝나고 집에 돌아와 보니 모든 것이 그대로 인데, 단 한 사람, 아빠만 없었다. 마치 집 안을 가득 채우고 있던 공기가 사라진 것처럼 숨을 쉴 수 없이 가슴이 먹먹했다.

아빠가 자주 앉았던 식탁 의자도 그대로 있었고, 늘 같은 쪽으로만 기댔던 탓에 상대적으로 색이 허옇게 바래버린 흙 침대 등받이도 그대로 있었다. 아빠는 그곳에서 고개를 45도로 숙인 채 꾸벅꾸벅 졸곤 했었다.

가끔은 귀찮다고 생각했던 아침 시간의 양치질과 세수, 머리를 빗겨주고 로션을 발라주었던 일, 방바닥에 널브러진 내 긴 머리카락을 스카치테이프로 집고 다니면 어느새 옆으로 다가와 살금살금 걸어 다니며 "여기도 있다. 저기도 있네." 하면서 머리카락의 위치를 알려주었던 자상한 모습, 내가 집 안 불을 여기저기 켜놓고 다닐 때면 어김없이 따라와 조용히 불을 꺼주던 그 모습…….

아빠와 함께했던 소박했던 일상들을 이제 다시는 할 수 없게 되었다. 또다시 눈물이 흘러내렸다. 고개를 위로 들어 멈춰보려 했지만, 볼을 타고 흘러내리는 눈물은 멈추지 않았다.

아빠의 유품을 정리하던 중 아빠가 젊은 시절 써왔던 오래된 장부를 발견했다. 옛날 장부였는데, 누렇게 색이 바래져 있었고, 그리운 아빠의 글씨가 새겨져 있었다. 오랜 세월 세 딸들을 키우며 치열하게 살아왔던 삶의 흔적이 고스란히 남아 있었다.

그중에 눈에 띄는 건 "신임이 학원비." 아빠가 나의 학원비를 무리해서 내셨다는 게 누가 봐도 한눈에 보였다. 장부를 들고 있던 내 손등에 눈물이 떨어졌다. 장부가 기록된 연도는 아빠 나이 37세, 딱 내 나이였다. 아빠 삶의 고단함이 보였다. 지금의 나는 아직도 이렇게 철부지인데, 아빠 혼자의 몸으로 엄마와 딸 셋을 먹여 살리기 얼마나 힘이 들었을까? 하루라도 빨리 아빠 손을 붙잡고 말할 걸 그랬다. "신임이 학원비 고마웠어."라고.

눈을 돌리자 아빠의 서랍장이 보였다. 아빠는 하루에도 몇 번씩 서랍을 열고 닫으며, 자신이 아끼는 물건들이 잘 있는지 확인하고 또 확인했었다.

조심히 서랍을 열어보자, 그곳에는 로또복권, 황금열쇠, 고문서, 내가 수건에 붙여주었던 하트 스티커 등이 놓여있었다. 몇 달 전까지 아빠 손에 들려서 나와 함께 웃으며 대화를 나눴던 물건들이 이제는 주인을 잃은 채 쓸쓸한 모습으로 놓여있는 것이다.

사망신고를 하고 오라는 엄마의 말에 며칠을 망설였다. 사망신고를 하면 아빠의 신분증을 반납해야 하기 때문이다. 아빠의 신분증은 우리 둘 사이에 특별한 추억이 있는 물건이었다.

"신임아, 내 주민등록증 어디 있지?"

아빠는 하루에 적어도 한 번씩은 꼭 물었다.

"거북이 안에 잘 모셔놨지요."

그러면 아빠는 거북이 뚜껑을 열고 신분증이 있는 걸 확인한다.

"신임아~ 나 자꾸 까먹는다. 내 신분증 니가 잘 좀 갖고 있어라. 꼭!"

"응, 알았어. 걱정 마."

그런 아빠의 신분증을 반납한다고 하니 마음이 놓이지 않은 것이다.

사망신고를 마친 후 직원에게 조심스럽게 물었다.

"저기, 저희 아빠 신분증 버리실 거면 제가 간직하면 안 될까요? 아빠가 무척 아끼던 거라서요."

직원은 단호하게 말했다.

"안 됩니다. 폐기처분해야 합니다."

폐기처분을 한다고? 우리 아빠 신분증을? 무심한 직원 같으니라고 ……. 참 슬펐다.

그로부터 몇 주 후, 가족관계증명서가 필요해 발급 요청을 했다. 잠시 후 아빠 이름 옆에 생소한 단어 하나가 큼지막하게 적힌 문서가 내 손에 들려졌다.

"사망"

그 종이 뭉치 하나 때문에 나는 하루를 온종일 울면서 보냈다.

다음 날, 겨우 정신을 차리고 원본을 복사한 뒤, 거기 있는 '사망'이라는 글자를 화이트로 지워버리고 다른 말들을 써 놓았다.

'아빠 천국으로 이사 가심.'

'뛰어 노시느라 바빠 지구에는 안 오실 계획인 것 같음.'

'푹신한 구름 위를 폴짝폴짝 뛰어다니며 놀고 계심.'

'우주선을 타고 토성, 목성, 화성, 금성 등 지구 밖 행성들을 여행 중이심. 영상통화는 꿈에서만 가능.'

그제야 울음이 그치고 내 입가에 미소가 번졌다.

이 책을 집필하던 중에 나는 매우 신기한 경험을 했다.

내 사무실에는 아빠가 썼던 의자가 있다. 너비도 넓고 깊이도 상당히 깊은 검은색 큰 의자다. 아빠가 떠난 후 그 의자를 내 사무실로 가져와서 쓰고 있다. 그 의자에 앉아 업무도 보고, 사업 구상도 하며, 때로는 재밌는 상상을 하면서 키득거리기도 한다. 그러다가 가끔은 의자에 기대어 낮잠을 자기도 한다.

어느 날 오후였다. 점심 식사를 한 뒤라 낮잠이 마구 쏟아졌다. 그날만큼은 엎드려 자다가 침을 흘리고 싶지 않아, 도도하게 의자 등받이에 머리를 기대어 잠을 청했다.

한참을 자고 있는데, 마치 누군가 내 목을 조르는 것같이 답답했다. 동시에 뒷목이 너무나 아파왔다. 소리를 질러도 목소리가 나오지 않았다. 아마도 꿈이겠지 하고는 그냥 잠자코 있었다. 그런데 점점 더 숨이 막혀오면서 호흡이 가빠지는 것이다.

그렇게 얼마가 지났을까? 갑자기 누군가 나를 큰 소리로 불렀다.

"신임아. 어서 일어나라. 벌떡!" (안 믿는 독자를 위해 말하자면 이건 진짜다! 진짜 그랬다.)

그 외침을 듣고 난 뒤 나는 깨어나려고 발버둥을 쳤다. 그러나 아무리 미친 듯이 머리를 흔들고 몸부림을 쳐봐도 내 몸은 꿈쩍도 안했다. 숨은 점점 더 안 쉬어졌고, 정신까지 멍해지기 시작했다. 비록 꿈이었지만 순간 내게 엄청난 위기가 닥쳤음을 직감했다.

나는 더욱더 깨어나려고 애를 썼다. 다시 한번 고개를 있는 힘껏 흔들었다. 한 수십 번쯤 흔들었을까? 다행히 눈이 번쩍 떠졌다.

내가 눈을 떴을 땐 무슨 이유에서인지 천장을 바라보고 있었다.

내 윗머리 정수리 부분도 의자 등받이에 딱 붙어있었다. 아마도 목이 여러 차례 뒤쪽으로 까딱까딱거리다 한순간 완전히 꺾여버린 것 같다. 중요한 건 뒤로 치켜져 있던 고개를 아무리 제 위치에 가져다 놓으려 해도 몸이 꿈쩍하지 않았다는 것이다. 마치 마비가 온 것 같았다. (아마 사무실 CCTV로 내 모습을 확인해보았다면, 입을 헤 벌린 채 바보같이 천장을 바라보며 눈알만 이리저리 굴리는 모습이 찍혔을 것이다.)

분명히 꿈에서 깬 현실 세계였지만 목이 뒤로 너무나 많이 꺾여 있던 상태라 숨을 쉬기가 어려웠고, 가슴도 답답했으며, 피가 안 통했는지 온몸이 굳어 손가락 하나도 까딱할 수 없었다. 혹시 이대로 죽는 건 아닌지 무서워지기까지 했다. 사무실에는 나 혼자뿐이었고, 천장을 향해 살려 달라 고래고래 소리쳐봤지만 아무도 와주지 않았다.

그렇게 3분쯤 흘렀을까? 다행히 멍하니 있던 나의 뇌가 생명의 위협을 느꼈는지 아이디어를 떠올렸다. 의자 손잡이에서 팽팽 놀고 있던 내 양손을 써보라고 신호를 보낸 것이다. 나는 즉시 그 뜻을 받아들여 조심스럽게 양손을 뒷머리 쪽으로 갖다 댄 뒤, 천천히 아주 천천히 뒤로 꺾인 내 뒤통수를 위쪽으로 받쳐 올렸다. 가까스로 내 시선은 천장이 아닌 정면을 볼 수 있게 되었다. 뒤로 목이 꺾인 상태로 거의 30분 이상 있었던 탓인지 뒷목이 무지 아팠고 어지러웠지만, 그렇게 가까스로 목숨을 구할 수 있었다.

그런데 여기서 하나 짚고 넘어갈 게 있다. 잠자고 있던 나를 불러 깨워준 이가 과연 누구냐는 것이다. 지금까지 그 미스터리는 풀리지 않았는데, 묘한 건 그 목소리가 참 낯익은 목소리였다는 것이다.

추측컨대, 아빠가 구름 위에서 축구를 하다가 잠시 내 꿈에 긴급히 들러서 "신임아, 일어나라. 벌떡!" 하고 소리치고 간 건 아닐까? 아니면 신께서 반드시 이 책을 완성하라고 나를 깨워주신 걸까? 어쨌든 누군가 날 깨워주었기에 나는 살 수 있었고, 이 책을 끝까지 완성할 수 있었다. 그가 누구든 이 자리를 빌려 정말 감사하다는 인사를 올리는 바다.

이 책의 원고를 마무리할 즈음에 중요한 의문이 하나 생겨났다. 아빠와 함께 했던 그 시절에는 단 한 번도 생각하지 못했던 것, 그건 바로 '아빠는 정말 몰랐던 걸까?' 하는 의문이다. 아빠는 정말 나의 이야기가 모두 상상이며 허구였다는 것을 몰랐던 걸까?

그렇지 않다면 지난 7년 동안 나한테 다음과 같은 요구들, 예를 들어 은행 금고에 엄청 많이 쌓여있다는 아빠의 돈이나 통장을 직접 보

여 달라고 하거나,

  팔판동에 셀 수 없이 많이 지어진 세 자매 호텔을 직접 보러 가자고 하거나,

  로또 당첨금을 수표나 현금으로 당장 찾아오라고 하거나,

  기계와 잃어버린 물건들이 보관되어 있다는 아빠의 비밀창고에 같이 가보자고 하거나,

  애기똥 특허증의 실물을 보여 달라고 하는 등의 요구를 왜 한 번도 안 한 걸까?

  혹시 아빠는 이미 알고 있었던 것일까? 내가 했던 말들이 전부 상상 속의 허구였다는 것을? 지금에서야 이런 생각이 드는 건, 어쩌면 아빠가 7년 동안 내가 했던 하얀 거짓말을 계속 받아주면서 당신 딸이 더 행복하게 지내길 바란 건 아니었을까 하는 의문이 들어서다.

  이럴 줄 알았다면 아빠가 곁에 있을 때 단 한 번이라도 물어볼걸 그랬다. 내가 아빠에게 좋은 딸이었는지, 아니면 거짓말만 해대던 말썽꾸러기 딸이었는지. 그걸 끝내 묻지 못해 너무 아쉽다.

  그러나 한 가지 분명한 건 있다.

  지난 7년간 아빠를 행복하게 했던 추억들이 하나하나 늘어날 때마다 아빠는 점점 더 많이 웃었고, 더 안정되었으며, 안색도 좋아졌고, 만족해했다는 점이다. 치매 초기 매일 찡그린 표정으로 가족들을 적으로 대하고 그로 인해 외면받았던, 어떻게 보면 귀찮은 노인에 불과했던 아빠가 웃기 시작하자, 어느 순간부터 아빠는 우리 가족에게 없어서는 안 될 아주 귀한 보물로 바뀌어 갔다. 그 미소만으로도 찬

란하고 아름다운 '아빠 보물'로 말이다.

그리고 나는 마침내 깨달았다. 아빠는 원래 웃음이 많았던 사람이라는 것을, 그 웃음을 그동안 감추고 살아왔다는 것을, 아빠도 누구보다 가족들 사이에서 사랑받고 행복해지길 간절히 원했다는 것을 말이다.

지금까지 아빠와 나의 추억여행에 동참해준 독자들에게 감사를 드린다. 어쩌면 지금 이 순간에도 누군가의 가족이, 누군가의 부모가 치매 초기에 있거나 치매 중증 단계로 나아가고 있을지도 모르겠다. 그러나 무조건 절망하거나 아파하지만은 말기 바란다. 어쩌면 그 절망과 아픔 사이에서 꽃이 피어날지도 모른다. 그 꽃을 피우기 위해서 그분이 요양병원에 계시든, 곁에 계시든, 있는 그대로 그분을 사랑해주고 자주 표현해주기 바란다. 그렇게 한다면 당장은 아니더라도 언젠가 그분이 알게 될 것이다. 자신이 사랑받고 있는 존재라는 걸, 자신이 소중한 존재라는 걸, 자신이 버려지지 않은 존재라는 걸. 그게 그분과의 아름다운 치매 여행의 첫 시작이 될 것이다. 절망이 아닌 아름다운 치매 여행 말이다.

그분과의 인연의 시간이 얼마 남았는지는 아무도 모른다. 나처럼 7년일 수도 있고, 더 짧을 수도 있으며, 더 길 수도 있다. 다만 남들이 뭐라 하든, 그 시간만큼은 그저 재밌고 행복하게 그분을 인정해주고 사랑해주고 아껴주기 바란다. 그러면 당신에게도 나와 아빠 사이에 있었던 기적 같은 일들이 생길 수 있을 것이다.

사랑하는 아빠와 함께한 7년간의 기록은 이게 전부다.

이 책을 마무리하면서 한 가지 아쉬운 점이 있다. 그것은 아빠와의 소중한 마지막 76일을 담지 못했다는 것이다. 하지만 다행히도 그 기간의 이야기는 이미 책으로 나와 수많은 독자들과 만났고, 지금도 만나고 있다. 내 동생인 노신화 작가의 <비가 와도 꽃은 피듯이>이다. 너무도 소중한 76일간의 일들을 책으로 펴낸 아빠의 막내딸 신화에게 이 자리를 빌려 고맙다고 말하고 싶다.

마지막으로, 이 책을 준비하는 데 도움을 주신 분들께 감사 인사를 전한다. 우선 사랑하는 나의 엄마 한영심 여사님, 항상 나를 격려해줬던 나의 언니 노신희, 항상 맞는 말만 해서 순간순간 나를 깜짝 놀라게 하는 형부 최영갑, 늘 바르고 부지런한 제부 김인석, 탁월한 예술적 감각으로 표지 디자인에 많은 영감을 줬던 자랑스러운 첫째 조카 최봉현, 언제나 사랑스러운 둘째, 셋째 조카 김라온, 김로운. 그리고 아빠가 떠나가시는 순간까지 매주 찾아와 주셨던 아빠의 오랜 벗 윤상길 아저씨께도 감사를 드린다. 그 외에 이 책이 나올 수 있도록 도움을 주신 모든 분들께 진심으로 감사를 드린다.

7년간의
마법 같은 기적

1판 5쇄 인쇄 2021년 4월 20일
1판 5쇄 발행 2021년 4월 30일

지은이 노신임

편집자 노신임
표지그림 현현
책편집 최봉현
마케팅 지니어스 안, 이소영, 박수진, 한지은

펴낸곳 밀알속기북스
주 소 서울시 서초구 서초중앙로 164, 신한국빌딩 B1
전 화 02-592-7888
팩 스 0504-448-5335
이메일 milalbooks@naver.com
등 록 2019년 5월 1일 제2019-000114호

ISBN 979-11-967082-0-7 03800

이 도서의 국립중앙도서관 출판예정도서목록(CIP)은 서지정보유통지원시스템 홈페이지
(http://seoji.nl.go.kr)와 국가자료종합목록 구축시스템(http://kolis-net.nl.go.kr)에서 이용
하실 수 있습니다. (CIP제어번호 : CIP2019031212)